EMILY HAUSER
Die Frauen von Troja
Tochter des Sturms

EMILY HAUSER

DIE FRAUEN VON TROJA

TOCHTER DES STURMS

Historischer Roman

Deutsch von Sonja Hauser

GOLDMANN

Die Originalausgabe erschien 2017 unter dem Titel
»For the Most Beautiful« bei Transworld Publishers,
a division of The Random House Group Ltd., London.

Sollte diese Publikation Links auf Webseiten Dritter enthalten,
so übernehmen wir für deren Inhalte keine Haftung,
da wir uns diese nicht zu eigen machen, sondern lediglich auf
deren Stand zum Zeitpunkt der Erstveröffentlichung verweisen.

Dieses Buch ist auch als E-Book erhältlich.

Verlagsgruppe Random House FSC® N001967

1. Auflage
Deutsche Erstveröffentlichung Dezember 2018
Copyright © der Originalausgabe 2017 by Emily Hauser
First published as »For the Most Beautiful« by Transworld Publishers,
a division of The Random House Group Ltd.
Copyright © der deutschsprachigen Ausgabe 2018
by Wilhelm Goldmann Verlag, München,
in der Verlagsgruppe Random House GmbH,
Neumarkter Str. 28, 81673 München
Covergestaltung: UNO Werbeagentur nach einem Entwurf
von Penguin Randomhouse UK
Covermotiv: www.dpcom.fr / Plainpicture
Hintergrund: Nine Tomorrows/Shutterstock
Karte: © Peter Palm, Berlin, auf Basis einer Karte von Liane Payne
Redaktion: Irmi Perkounigg
BH · Herstellung: kw
Satz: Uhl + Massopust, Aalen
Druck und Bindung: CPI books GmbH, Leck
Printed in the Czech Republic
ISBN: 978-3-442-48502-4
www.goldmann-verlag.de

Besuchen Sie den Goldmann Verlag im Netz

Für Oliver, immer

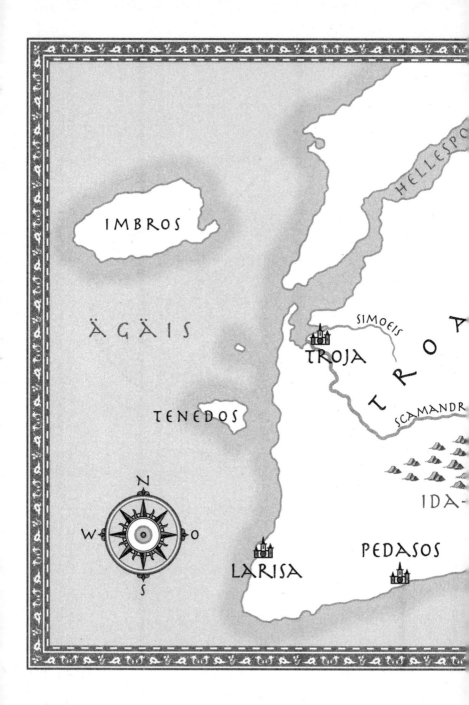

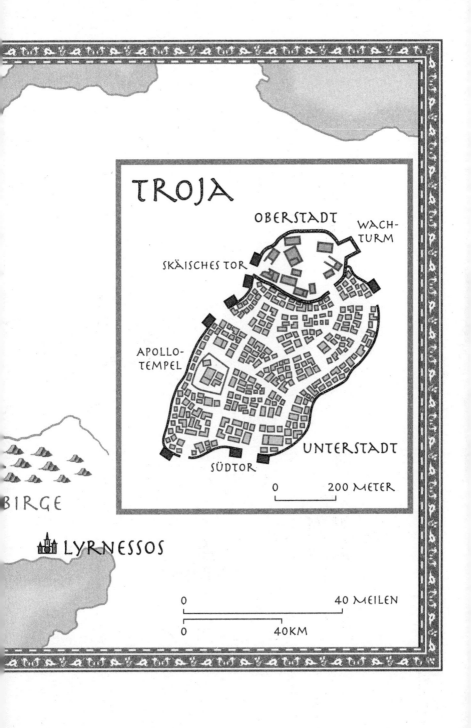

Inhalt

Prolog   11

TEIL I

Vor dem Krieg   23
Helenas Geschichte   47
Die Prinzen kehren zurück   53
Auf dem Olymp   75
Verliebt   81
Die Griechen sind da   97
Über der Ebene   109
Die Stadt fällt   115
In Gefangenschaft   131

TEIL II

Der Krieg beginnt   157
Im Bett des Feindes   167
In den Händen des Schicksals   183
Kampf der Götter   209
Tote   217
Getrennte Wege   235
Gebet zu Apollo   245
Pest   253
Abschied   269
Göttinnen   281

TEIL III

Ortswechsel	289
Schicksalhafte Worte	303
Die Götter bereiten sich vor	311
Gesandtschaft	317
Überfall auf das Lager	335
Neuer Plan	351
Zweikampf	357
Appell an den Prinzen	373

TEIL IV

Tod eines Helden	383
Letzte Dinge	395
Der letzte Gesang	417
Epilog	431

Anmerkung der Autorin	435
Dank	441
Kalender der Bronzezeit	443
Auftretende Figuren	445
Erwähnte Orte	453
Weiterführende Literatur	459

Prolog

Hochsommer auf den Hängen des Ida-Gebirges. Schweiß tropft ihm von der Stirn, Fliegen summen unaufhörlich um seine Herde; der Gestank der Ziegen vermischt sich in seiner Nase mit der salzigen Meerluft aus dem Norden. Er streicht sich die Haare aus dem Gesicht und blickt zum Himmel empor. Die Sonne, der Wagen des Apulunas, hat ihren höchsten Stand erreicht.

Mittag.

Er tritt in den Schatten eines Olivenbaums, sein Hund folgt ihm auf dem Fuß. Die kühle Luft unter dem dunklen Blätterdach kühlt seinen Nacken, als er einen in steifes Leinen gewickelten Laib Brot und seinen mit Wein gefüllten Lederschlauch in die Hand nimmt. Obwohl er ein trojanischer Prinz ist, hütet er seit Kindertagen die Ziegen im Ida-Gebirge. So hofft der König, seinem Volk zeigen zu können, dass seine Söhne sich nicht zu schade sind, auf dem Land zu arbeiten, das Troja mit seinen sagenhaften Reichtümern nährt. Doch Paris interessiert sich seit jeher mehr für das leise Rascheln der Frauenkleider in den bunten Fluren des Palastes als für das Geläut der Ziegenglocken. Er löst den Riemen des Lederschlauchs von seinem Hals und lässt einige Tropfen als Gabe für die Götter, die alle Dinge erschaffen und zerstören, auf die trockene Erde fallen, die den Wein gierig aufsaugt.

Hinter ihm beginnt sein Hund zu knurren.

»Was ist, Methepon?«

Er dreht sich um. Dem Tier, dessen Schnauze bebt, sträubt

sich das Fell. Er bückt sich und packt Methepon am Lederhalsband. Der Hund knurrt und bellt so wütend, dass Speichelfetzen fliegen.

»Was ist?«

Eine Bewegung, ein Rascheln wie von Blättern im Wind. Methepons Knurren und Bellen wird noch lauter, er fletscht die langen Zähne, starrt geradeaus.

Paris hebt den Blick.

Außerhalb des Schattens, den der Olivenbaum spendet, stehen im Licht der Sonne drei Frauen. Wie sie dorthin gekommen sind, weiß er nicht, und letztlich ist ihm das auch egal, denn diese Frauen sind atemberaubend schön. Die dichten, welligen Haare reichen ihnen bis über die Schultern, sie haben glatte, schimmernde Haut und tragen Gewänder aus feinstem Stoff, die ihre schmalen Taillen und Oberschenkel umschmeicheln. Er entspannt sich. Wovor im Namen aller Götter hat Methepon so große Angst? Er denkt schmunzelnd an seinen Bruder Hektor, dessen Frau Andromache so unansehnlich ist wie die Felder um Troja im Winter. Es gibt durchaus Männer, die sich in Anwesenheit von drei solchen Schönheiten fürchten würden.

Paris hingegen ist der trojanische Prinz, der sich am besten mit Frauen auskennt.

Eine winkt ihn lächelnd zu sich heran. Er bückt sich, um Methepons Halsband fester zu fassen, doch der Hund wehrt sich immer noch knurrend. »Was hast du denn?«

Methepon legt sich winselnd auf den Boden.

Paris runzelt die Stirn. »Na schön, dann bleib eben hier.« Er tritt aus dem Schatten, um sich zu den Frauen zu gesellen. »Entschuldigung«, sagt er und verbeugt sich tief. »Sonst ist mein Hund nicht so ...«

»Sterblicher.«

Die Stimme, die aus seinem eigenen Kopf zu kommen scheint, klingt in seinen Ohren. Er hält mitten in der Bewegung inne und sieht die Frauen an, die ihn mit funkelnden Augen anlächeln. Aus der Nähe wirken sie hart – wie mit einem scharfen Meißel aus Marmor oder anderem Stein gehauen, nicht wie aus weichem Fleisch. Er schluckt. »Wer – was – wer seid ihr?«, fragt er, bemüht, nicht auf das neuerliche Knurren seines Hundes zu achten.

»Göttinnen«, lautet die Antwort. »Die drei großen Göttinnen, denen du gerade den Wein geopfert hast. Die Göttinnen des Ida-Gebirges.«

»Göttinnen?«, wiederholt er. »Die Göttinnen von Troja?«

Er muss an seine Lieblingsgöttin Arinniti denken, der er mit Rosenblütenblättern und Granatäpfeln huldigt, deren Statue in einem Schrein in seiner Kammer steht. An Era, die Königin der Götter, die hehre Patronin, für die seine Mutter Hekuba jeden Abend ein frisch gewobenes Gewand als Opfergabe bereitlegt. An Atana, die Göttin des Krieges und der Weisheit, deren Tempel die Oberstadt von Troja ziert und die die Priesterinnen mit fast genauso viel Achtung verehren wie Apulunas.

»Das kann nicht sein«, entgegnet er. »So etwas zu behaupten, ist Gotteslästerung. Die Götter erscheinen nur ihren auserwählten Priestern in Troja.«

Als die Frauen lächeln, schimmert die Luft leicht. »Sieh uns genauer an.«

Er betrachtet Era, die mit ihrem Kranz aus goldenen Eichenblättern und dem Zepter in der Hand souverän und herrschaftlich wirkt. Trotz seiner Furcht spürt er den Reiz einer Frau, die weiß, dass die Welt ihr gehört. Die graugrünen Augen von Atana leuchten klug, und plötzlich verspürt er den Drang, mit ihr die Geheimnisse der Erde zu ergründen, zu den Gipfeln der Berge zu fliegen und Eier aus Adlerhorsten zu stehlen, oder in die Tiefen des Ozeans zu tauchen. Und die Dritte... Die Haut der Dritten ist heller als Elfenbein, leicht rosig wie von einer Ahnung voll erblühter Rosen. Sie hat glänzendes Haar, das in Wellen bis zur sanften Wölbung ihrer Brust reicht, und einen Mund, rot wie reife Äpfel.

»Was wollt ihr von mir?«, fragt er mit bebender Stimme.

Nun lächelt die Dritte, ein vielversprechendes Lächeln. Die Begierde, die seine Adern durchströmt, sagt ihm, dass sie tatsächlich Arinniti ist, seine Arinniti, zu der er jeden Morgen und Abend betet. Sie hält ihm eine Hand hin. Darin liegt ein Apfel, ein Apfel aus Gold, der im Licht der Sonne funkelt. Darauf sind Worte eingraviert, die er nicht entziffern kann.

»Wähle«, sagt sie. »Entscheide, wem dieser Apfel am ehesten gebührt.«

Er sieht sie mit großen Augen an. »Ihr seid Göttinnen. Wie könnte ich da eine Entscheidung treffen?«

Wieder lächelt Arinniti, und dabei kommen ihre weißen Zähne zum Vorschein. »Weil wir dich erwählt haben.«

Er zögert kurz, bevor er zitternd die Hand ausstreckt. Sie legt den Apfel hinein.

Er hält ihn näher vors Gesicht, betrachtet seine glatte, glänzende Oberfläche.

Dann liest er die Inschrift.

ΤΗΙ ΚΑΛΛΙΣΤΗΙ.

»Der Schönsten«, flüstert er.

Die Göttinnen mustern ihn mit gespanntem Blick aus wilden, dunklen Augen.

»Wenn du dich für mich entscheidest«, erklärt Atana mit leiser Stimme, »schenke ich dir den Sieg. Du wirst jede Schlacht gewinnen, in der du kämpfst. Alle werden das Geheimnis deines Erfolgs erfahren wollen. Könige und Götter werden zu dir aufsehen. Dir wird alles gelingen, was du anpackst.«

Sie macht eine Handbewegung, goldenes Licht leuchtet auf.

Städte erstehen vor ihm, belagert von Kriegern mit in der Sonne glänzenden Rüstungen und Waffen, ein ganzes Meer davon, angeführt von einem Prinzen mit seinen edlen Zügen und lockigen Haaren. Er sieht Paläste einstürzen, deren Schutzwälle zerfallen wie Sand, und vor ihm breitet sich ein Reich aus, dessen Grenzen sein Auge nicht mehr erkennen kann: unzählige Städte und Länder, die er sich nur nehmen muss...

Das Bild verschwindet so schnell wieder, wie es aufgetaucht ist.

Blinzelnd wendet er sich der großäugigen Schönheit mit dem Eichenlaubkranz zu. »Wähle mich«, *haucht Era,* »und du wirst über die Welt herrschen und Macht besitzen, wie du sie dir in deinen kühnsten Träumen nicht ausmalen kannst. Du wirst auf Thronen sitzen und juwelenbesetzte Zepter in der Hand halten. Selbst der Himmel wird sich vor dir verneigen. Wer muss einen Krieg gewinnen, wenn er die Völker der Erde zwingen kann, seine Befehle zu befolgen?«

Das Bild ändert sich. Nun knien in goldene Gewänder gekleidete Könige zu seinen Füßen. Er hält ein juwelenbesetztes Zepter in der Hand und trägt eine Krone auf dem Haupt. Die Könige heben ihre Zepter ihm, ihrem Herrscher, entgegen, und Hunderttausende Krieger und Sklaven senken ehrfürchtig den Kopf vor ihm und seiner Macht...

Obwohl er Arinniti durch dieses Bild hindurch nicht sehen kann, erkennt er sie am Klang ihrer Stimme – sie hört sich an wie das Meerwasser, das schäumend am Ufer leckt.

»*Ich biete dir Schönheit«, erklärt sie, und noch einmal verändert sich das goldene Bild. Jetzt blickt er in die Augen einer atemberaubend schönen Frau. Ihre Haare sind weich wie fein gesponnene Seide, ihre Augen glänzen wie flüssiger Honig, ihre Haut hat die Farbe von Öl. Ihre Brüste sind rund und fest wie helle Äpfel, nur zu erahnen unter dem langen, golddurchwirkten*

Schleier, den sie über der nackten Haut trägt. Ein leises Stöhnen der Begierde entringt sich seiner Brust.

Arinniti lacht sinnlich und selbstbewusst. »Mein Geschenk«, verkündet sie, »ist nichts weniger als die schönste Frau der Welt.«

Er streckt zitternd die Hand aus, seine Fingerspitzen berühren den Schleier der Dame, doch da löst sich die Vision auf.

Er zögert, betrachtet die Göttinnen, im Kopf noch immer das Bild der schönen Frau.

Er ahnt nicht, dass von seiner Entscheidung ein Krieg abhängt, von dem man sich noch tausend Jahre später erzählen wird. Er ahnt nicht, dass die Helden, deren Namen man noch Jahrhunderte später kennen wird, seiner Worte wegen kämpfen, leben, lieben und sterben werden. Er weiß nur, dass Arinniti ihn ansieht mit Augen, die so klar und blau sind wie die Untiefen des Meeres, und dass ihr Atem ihm wie der Duft von Rosen im Sommer erscheint.

»Arinniti«, haucht er.

Ihre Lippen verziehen sich zu einem Lächeln.

»Helena gehört dir«, sagt sie, und ihre Finger schließen sich um den Apfel, den er ihr hinhält.

Atana und Era stoßen einen Wutschrei aus. Eine Flamme schießt zwischen den drei Göttinnen hoch, ihre Haut ist in Schatten gehüllt, und ihre Augen beginnen grell orange zu leuchten. Die Haare umwehen ihre Gesichter. Die Luft um ihn herum wird heiß, unerträglich heiß, und die Gestalten der Göttinnen schimmern noch kurz vor seinen Augen, bevor der klaffende Abgrund des Chaos sie verschlingt. Mit schmerzenden Augen und schweißbedeckten Handflächen sinkt er zu Boden. Wind peitscht gegen seine Stirn.

Er hebt den Blick.

Die Göttinnen sind verschwunden, alles ist friedlich wie zuvor. Das Geläut der Ziegenglocken klingt über den Berg-

hang herüber, hin und wieder unterbrochen von Blätterrascheln, wenn eine Eidechse über die Felsen huscht, und von den Schreien der Adler über ihm. Am Horizont ist Troja mit seinen dicken Mauern und der oberen Stadt, die sich über den Lehmziegelbauten der unteren erhebt, zu erkennen, davor die Ebene mit den mäandernden, von Tamariskenbäumen gesäumten Flüssen und dahinter die glitzernde See.

Er erhebt sich mit zitternden Knien.

Er ist sich nicht sicher, ob sich das alles wirklich ereignet hat. Vielleicht hat die Sommerhitze es ihm vorgegaukelt, denkt er. Mit dem Unterarm wischt er sich den Schweiß von der Stirn. Aber wenn doch... Wenn es wahr ist...

Seine Gedanken kehren zu der goldenen Frau zurück, deren Bild noch immer wie eine Fata Morgana vor seinem geistigen Auge vibriert. Helena... Der Name hallt in seinen Gedanken nach wie das Wispern einer lauen Sommerbrise.

Ein Lächeln spielt um seine Mundwinkel.

Helena... Die schönste Frau der Welt.

Hermes, der Gott der Betrüger und Diebe, entfernt sich von seinem Beobachtungsposten hinter dem dicken Stamm des Olivenbaums, wo Paris ihn nicht sehen konnte. Er schüttelt den Kopf. Wie dumm von Paris, nicht sofort die Flucht zu ergreifen, als er hörte, was die Göttinnen von ihm wollten! Helena wird zum Problem werden. Sie herrscht bereits über ein Reich in Griechenland und hat einen Gatten, mit dem sie das Bett teilt – haben die Göttinnen das denn nicht bedacht? Wenn Paris seinen Lohn erhalten soll, bedeutet das Krieg: ein Krieg, der die ganze bekannte Welt erfassen wird, von den ummauerten Städten der Griechen bis zu den Goldschätzen Trojas...

Hermes hält inne. Ein Grinsen breitet sich auf seinem Gesicht aus.

Natürlich haben die Göttinnen das bedacht! Natürlich wussten sie, was passieren würde.

Vermutlich sind sie genau deswegen hierhergekommen.

Während er überlegt, geht er auf und ab. Bestimmt wussten sie, dass Paris sich für Helena entscheiden und beschließen würde, sie ihrem Gatten Menelaos zu rauben, und dass Menelaos die griechischen Armeen zusammenziehen würde, um sich in der größten Schlacht, die die Welt bis dahin erlebt hatte, für seinen Verlust zu rächen. Warum sonst hätten sie sich die Mühe mit der schäbigen Frucht aus Gold gemacht? Warum sonst hätte Zeus ihm aufgetragen, sie zu diesem Trottel Paris zu bringen? Welcher Gott hat sich je etwas aus einem Apfel gemacht, wenn er einen Krieg anzetteln konnte?

Er legt den Kopf schief, und Erregung steigt in ihm auf wie Wellenkämme, kurz bevor sie gegen das Ufer branden. Fast hört er schon das Wetzen der Messer – das herrliche Scharren von Bronze auf Stein, das davon kündet, dass die Sterblichen sich wieder einmal an ihr blutiges Werk machen. Ja, es ist Zeit für einen Krieg, denkt er. Im Moment geht es hier viel zu friedlich zu. Ein wenig Blut auf der Ebene, ein paar Helden, die im Kampf sterben, einige Städte, die in Schutt und Asche gelegt werden, Ruß, der sich in den Himmel erhebt wie der Rauch von Opfergaben…

Er betrachtet Paris, der am Berghang sitzt, den Kopf in die Hände gestützt, die Gedanken bei Helena. Hermes grinst. Helena wird den Krieg nicht auslösen, denkt er. Nein, das werden wie immer die Götter besorgen und der Stolz der griechischen Fürsten, wenn sie sich einer schönen Frau wegen in die Schlacht stürzen. Und die Gier eines Prinzen, der sie raubt, um ihre Schönheit ganz für sich zu haben.

Doch Helena wird nicht die einzige schöne Frau in diesem Krieg sein.

Hermes lässt den Blick über die grün-schwarze Ebene von Troja schweifen, über die zinnenbewehrten Städte Lyrnessos, Pedasos und Larisa an der fahlblauen Küstenlinie vor Troja.

Der Kampf um die Schönste der Welt hat gerade erst begonnen.

TEIL I

Vor dem Krieg

Χρυσηίς
Chryseis, Troja

Stunde des Gebets
Erster Tag des Rosenmonats, 1250 v. Chr.

»Drei... vier... fünf...«

Wir stoben auseinander. Wie ein Schwarm strahlend weißer Vögel, die von einem bellenden Hund aufgeschreckt werden, huschten wir aufgeregt flatternd und schnatternd von Troilus weg.

»Siebenundzwanzig... achtundzwanzig... neunundzwanzig...«

Unsere Füße patschten auf den Steinboden, unsere Herzen klopften wie wild gegen unsere Rippen.

»Zweiundfünfzig... dreiundfünfzig... vierundfünfzig...«

Eine Treppe hinunter. An einem von einer hohen Mauer umgebenen Garten vorbei, in dem die Äste eines Feigenbaums sich unter den reifen Früchten bogen und eine Weinranke sich die Wand hinaufwand. Schnell eine Traube pflücken, den Saft auf dem Kinn spüren und weiter. Um eine Ecke, über einen Hof. Um den alten Fischverkäufer und die Frauen herum, die in großen Tonkrügen Wasser auf dem Kopf trugen.

»Kassandra, nun komm schon...« Weil sie nicht so schnell rennen konnte wie ich und nicht wusste, was ich vorhatte, nahm ich ihre Hand. Ich spürte, wie sich ihre Finger um die meinen schlossen, als wir atemlos flüsternd weiterliefen, aufgeregt wie kleine Kinder, nicht wie fast erwachsene Frauen, die wir inzwischen waren.

»Chryseis...«, keuchte Kassandra. »Chryseis, wo wollen wir hin?«

Ich bog nach rechts in eine lange, schmale Gasse ein, deren Name in den Eckstein eines der Häuser geritzt war. Eine große Steinplatte, grob aus den Felsen des Ida-Gebirges gehauen, wo die Götter wohnten, war darunter eingelassen. Solche Platten gab es überall in der Stadt, eine für jedes Heiligtum, jeweils mehrere für die Tore in den Stadtmauern und die Paläste von König Priamos: Markierungen, wenn man wusste, wofür, und Schutz – die auf unsere Stadt gerichteten Augen der Götter.

Als Kassandra merkte, wohin ich rannte, hob sie die Augenbrauen. »Wir laufen zum Tempel von Apulunas!«, rief sie aus. »Dein Vater hat dir doch verboten, das Gelände zu betreten, bevor...«

»Still«, flüsterte ich. »Wir sind fast da. Er muss ganz in der Nähe sein...«

Ich wich einem kleinen Schrein mit einem Bronzekohlebecken aus, von dem sich süßlicher Weihrauchduft in die Luft erhob, und nickte den beiden jungen Sklavinnen zu, die die Stufen fegten. Ich war noch nie im Tempel des Apulunas gewesen, aber hatte ich ihn nicht unzählige Male vom Wachturm aus gesehen? In Troja gab es keinen größeren, denn Apulunas war der Schutzgott unserer Stadt und der wichtigste der Götter, die uns Prophezeiungen schenkten. Bestimmt war es nicht mehr weit. Ich packte Kassandras Hand fester und bog nach links ein.

Kurz darauf erblickte ich sie am Ende der schmalen Gasse, halb verdeckt durch zwei hohe Gebäude aus Lehmziegeln: die schräge Mauer des Tempelbezirks von Apulunas. Fünf Schichten gewaltiger Kalksteinblöcke, jeder fast halb so groß wie ein Mensch, in unregelmäßigen Reihen zweimannshoch aufgeschichtet. Anders als bei den Stadtmauern, wo die polierten Steinblöcke sich nahtlos ineinanderfügten, waren die Lücken hier an den grob behauenen Ecken so breit, dass ich durch sie hindurch in das Heiligtum hineinsehen und die Säulen des Tempels, die sich vor dem Himmel abzeichneten, erkennen konnte.

»Du willst tatsächlich zum Tempel!«, rief Kassandra aus, als ich darauf zulief. Die Straßen waren leer, die Fenster der Häuser mit Webtüchern verhängt, um die Hitze des Tages draußen zu halten, hier und da lag eine Katze zusammengerollt auf den Stufen zu einem Eingang. »Dein Vater, Chryseis ... das gibt Ärger ...«

Doch ich hatte die Mauer mit den Lücken bereits erreicht, die breit genug für meine Hände und Füße waren. Ich zog mich ein Stück weit hoch und umklammerte mit den Fingern die raue Oberfläche der Blöcke so mühelos, als würde ich die Sprossen einer Leiter hinaufklettern.

»Möchtest du wirklich da rauf?«

Ich zuckte mit den Achseln. »Das ist der einzige Weg. An den Wachen am Haupttor kommen wir nicht vorbei. So schlimm ist es auch wieder nicht, Kassandra, und da drin findet Troilus uns nie. Vielleicht gewinnen wir das Versteckspiel diesmal sogar!«

Ich kletterte auf die erste Schicht Steinblöcke, fand mit den Füßen in den Ritzen dazwischen Halt wie die Eidechsen, die ich an heißen Sommertagen beobachtete, wenn sie die Palastwände hinaufhuschten. »Siehst du? Ist ganz leicht!«

Kassandra blieb stumm.

»Kassandra?«, fragte ich und sah nach unten.

Sie stand mit dem Rücken zur Wand, den Blick starr geradeaus gerichtet.

»Kassandra, alles in Ordnung?«

Dann erstarrte auch ich.

Am anderen Ende der Gasse, etwa hundert Schritte von uns entfernt, tauchten drei wilde Hunde, so groß wie Wölfe, auf, die sich uns mit gefletschten Zähnen und gesträubten Nackenhaaren näherten. Sie schlichen knurrend und mit hochgezogenen Lefzen heran, sodass ihre spitzen Fänge zum Vorschein kamen, die finster leuchtenden Augen auf uns geheftet, als wollten sie uns zerfleischen wie in die Enge getriebene Hasen.

»*Schnell!* Klettere zu mir hoch!«

Das musste ich Kassandra nicht zweimal sagen. Sie drehte sich voller Panik um, raffte die Röcke und begann, sich die Mauer hochzuziehen. Ich bewegte mich meinerseits schnell weiter hinauf – zwischen mir und dem oberen Ende waren nur noch zwei große Steinblöcke… Noch einer…

Mit wild pochendem Herzen schaute ich zurück. Nun rannten die Hunde, immer schneller werdend, mit Schaum vor dem Maul auf uns zu. Sie waren nur mehr fünfzig Schritte entfernt und konnten Kassandra nach wie vor erreichen…

Vor Angst und Erschöpfung atmete Kassandra schwer. Ich stieg ein Stück hinunter und streckte die Hand aus, um ihr zu helfen. »Komm, Kassandra, weiter! Nur noch eine Stufe… eine…«

Dann waren wir endlich oben. Die Hunde schnappten nach unseren Füßen, während wir uns auf die breiten rauen Steine hochzogen.

»Chryseis«, keuchte Kassandra, »das war knapp!«

Ich nickte. Mein Herz klopfte wie wild. »Ja.« Zitternd

sah ich, wie die Hunde weiter mit entblößten Zähnen hochsprangen. Ich drehte mich um, kletterte auf der anderen Seite der Mauer hinunter und landete auf dem Grasboden im Tempelbezirk.

»Aber uns ist nichts passiert«, stellte ich fest.

»Nein«, bestätigte Kassandra und blickte ängstlich aus einer Höhe von über drei Metern zu mir herunter.

Ich streckte die Hand aus und half ihr, sich nach unten zu hangeln.

Sobald wir uns ein wenig beruhigt hatten, schauten wir uns um.

Der Tempel stand auf einer Anhöhe, ein hohes, imposantes Gebäude aus dunklem Stein mit Bronzetüren, vor dem sich bunt bemalte Säulen, ein offener Hof und steile Stufen befanden. Um den Hof gruppierten sich mehrere niedrigere Bauten – eine weiß verputzte Unterkunft, in der vermutlich der Priester und die Priesterinnen wohnten, ein Lagerhaus aus Holz gleich bei der Mauer sowie eine Werkstätte, aus der ein leichter Geruch nach Sand und Staub zu uns herüberwehte. Ein Steinpfad, zu beiden Seiten von knorrigen alten Eichen und den heiligen Steinplatten der Götter flankiert, wand sich den Hügel zu den Gebäuden hinauf.

»Was jetzt?«, erkundigte sich Kassandra. »Können wir nicht zurück zum Palast, Chryseis?«

Als ich ihren flehenden Tonfall hörte, bekam ich ein schlechtes Gewissen. Ich wusste, dass Kassandra das Palastgelände nur ungern verließ und Ungehorsam hasste. Am glücklichsten war sie im Kreis ihrer Brüder, in ihrer vertrauten Umgebung. Doch diese Chance konnte ich mir einfach nicht entgehen lassen. Möglicherweise war das hier die einzige Gelegenheit, etwas über das Leben herauszufinden, in das mein Vater mich zwingen wollte.

Ich strich mir die langen Haare aus dem Gesicht, nahm all meinen Mut zusammen und machte mich entschlossenen Schrittes auf den Weg. »Wir gehen zum Tempel des Apulunas.«

Βρισηίς
Briseis, Pedasos

Stunde der Abendmahlzeit
Erster Tag des Rosenmonats, 1250 v. Chr.

Ich wartete mit gestrafften Schultern und stolz, wie es sich für eine Prinzessin geziemte, im Kräutergarten des Palastes inmitten von duftendem Lavendel im Schatten eines Granatapfelbaums. Doch mein Herz raste in meiner Brust wie das eines kleinen, verängstigten Vogels.

Er muss mich heiraten wollen, dachte ich, bemüht, mir meine Verzweiflung nicht anmerken zu lassen. *Er muss einfach. Und ich muss meine Pflicht erfüllen, bevor es zu spät ist. Er muss mich nehmen. Ich muss meiner Familie beweisen, dass ich immer noch eine gute Tochter und Ehefrau und, wenn es den Göttern gefällt, auch eine Mutter von Prinzen sein kann.*

Im Moment ist nichts wichtiger, als dass er mich will.

Ich strich mir eine Locke aus der Stirn und verlagerte mein Gewicht auf ein Bein, wie ich es von Statuen der Arinniti, der Göttin der Liebe, kannte. Mir war schon oft gesagt worden, ich sei hübsch. Meine alte Amme Deiope hatte mir in der Kindheit prophezeit, ich werde einen wunderbaren Mann heiraten und eine großartige Ehe führen. Und sie hatte mir wiederholt erklärt, dass ich mit meinen langen dunklen Haaren, der blassen Haut und den feinen Gesichtszügen aussehe wie eine der schönen Frauen auf den bunten Gemälden an den Palastwänden. Diese Frauen hatten schwarze Zöpfe, die ihnen bis über den Rücken reichten, und trugen Röcke, die ihre schmalen Taillen eng umfassten. Wenn die Weissagung nicht gewesen wäre, hätte sich niemand Gedanken gemacht.

Doch aufgrund dieser Weissagung war nichts mehr sicher.

Ich richtete mich hoch auf und versuchte, meine Nervosität zu verbergen.

Als ich das Knarren der kleinen Eichenholztür zum Garten hörte, drehte ich mich um. Herein kam meine Mutter, die Herrscherin von Pedasos, eine Frau, die genauso bekannt für ihre harte Hand bei der Führung unserer Stadt war wie für ihre Schönheit. »Briseis«, begrüßte sie mich und schritt mit ernster Miene über den Steinpfad auf mich zu. Dabei streifte ihr weiter Rock die Kräuter am Rand des Pfads, sodass der Duft von Lavendel und Thymian in die Nachtluft aufstieg. »Ich erwarte von dir, dass du dein Bestes gibst.«

Ich senkte den Blick. »Das tue ich. Ich habe nicht um diese Prophezeiung gebeten. Ich wollte nicht...«

»Briseis, bitte...«, sagte meine Mutter, faltete die Hände in majestätischer Manier vor dem Körper und betrachtete mich streng. »Nicht wieder die alte Leier. Wir müssen alle sehen, wie wir mit dem Schicksal zurechtkommen, das die Götter uns zugedacht haben. Du wirst schweigen und deine Schönheit für sich sprechen lassen. Vielleicht segnen uns die Götter dann diesmal endlich mit Glück.«

Ich berührte mit dem Zeigefinger meinen Daumen und schickte ein stummes Gebet an Tyche, die Göttin des Glücks, während ich versuchte, auf meine Schönheit und die Götter zu vertrauen.

Da hörte ich das Geräusch von Schritten, die sich dem

Tor zum Garten näherten. Ich holte tief Luft. Der Freier. Wenn er Gefallen an mir fand, besaß er die Macht, mein Leben für immer zu verändern.

Χρυσηίς
Chryseis, Troja

Abendstunde
Erster Tag des Rosenmonats, 1250 v. Chr.

»Dein Vater... der Hohepriester Polydamas... er wird schrecklich wütend sein... wenn er merkt... dass du hier bist«, japste Kassandra, während wir zum Tempel des Apulunas hinaufstiegen. Ein Sklave in einer schlichten weißen Tunika, der gerade dabei war, die Stufen mit einem Besen zu fegen, runzelte die Stirn, als wir an ihm vorbeigingen.

Ich schluckte. »Ich weiß. Aber ich muss es einfach mit eigenen Augen sehen. Ich muss mir ein Bild davon machen, wie es ist, Priesterin zu sein, was für ein Leben ich nach dem Willen meines Vaters nach meinem sechzehnten Geburtstag führen soll.«

Kassandra, die vom Klettern schwer atmete, schwieg. Die Stufen waren steil und sehr hoch, als hätten die riesigen Zyklopen selbst sie geschaffen.

Ich blickte zum Himmel hinter den Gebäuden hinauf, der bereits eine rosa-goldene Färbung annahm, weil die Sonne, gezogen von den Pferden des Apulunas in seinem güldenen Wagen, zum mythischen Garten der Hesperiden im fernen Westen zu sinken begann. »Ach, wenn ich nur göttlich und unsterblich wäre wie Apulunas«, seufzte ich. »Dann könnte niemand mir vorschreiben, was ich zu tun oder zu lassen habe, am allerwenigsten mein Vater. Ich

könnte ihn einfach mit dem Daumen wegschnippen, so ...«
Ich demonstrierte es Kassandra. »Und er könnte mich nicht zwingen, Priesterin zu werden.«

Doch das war ein Traum; in der Realität sah ich den Tempel mit seinen in der Sonne glänzenden Bronzetüren vor mir.

»Ich sollte doch mehr aus meinem Leben machen können, als es den Göttern darzubringen«, fuhr ich fort. »Weil ich eine Frau bin und die Tochter des Hohepriesters, glaubt mein Vater...« Ich schüttelte den Kopf. »Warum begreift er nicht, dass ich...«

»So, so«, hörte ich da eine missbilligende, nur zu vertraute Stimme. »Ich begreife also nicht. Aber *du*, meine Tochter, widersetzt dich meinen Anweisungen.«

Mittlerweile hatten wir das obere Ende der Treppe erreicht. Neben einer der blau bemalten Säulen im Schatten des Portikus stand der Mensch, dem ich gerade am allerwenigsten begegnen wollte: ein groß gewachsener, ein wenig gebeugter Mann mit grauem Bart und wissendem Blick. Er trug eine lange weiße Priesterrobe, in der Weihrauchgeruch aus dem Tempel hing. Obwohl er ganz anders aussah als ich mit meinen lockigen Haaren und den honigbraunen Augen und ich mir in diesem Moment gewünscht hätte, dass er nicht mein Vater wäre: Er war und blieb es.

»Guten Abend«, begrüßte ich ihn.

Sein verkniffener Mund und die tiefe Furche auf seiner Stirn verrieten mir seine Verärgerung. Mit seinen dunklen Augen blickte er nun Kassandra an. »Prinzessin«, sagte er und verbeugte sich so tief, dass seine lange Robe den Boden berührte und sein Lorbeerkranz – das Ehrenzeichen des Hohepriesters von Apulunas, dem Schutzgott Trojas – auf seinen schütteren grauen Haaren ein wenig nach vorn rutschte. Dann wandte er sich wieder mir zu. »Was...«, fragte er bemüht ruhig, »...was in aller Götter Namen hast du hier verloren?«

»Ich dachte...«

»Nichts hast du gedacht«, fiel er mir ins Wort. »Ich habe dir wieder und wieder eingeschärft, dass du den Tempelbezirk des Großen Gottes Apulunas vor deinem sechzehnten Geburtstag nicht betreten darfst. Das untersagen die Riten und Vorschriften des Gottes. Nach allem, was ich für dich getan und worauf ich für dich hingearbeitet habe, gehorchst du mir nicht und missachtest die Gebote des Großen Gottes, dem ich versprochen habe, dass du ihm den Rest deines Lebens dienen wirst.«

Ich kaute auf meiner Lippe und versuchte erfolglos, stumm zu bleiben, wie es sich für eine Tochter geziemte. »Vater, wenn du mir nur zuhören würdest! Ich verehre die Götter wie alle hier, aber... ich will keine Priesterin werden!«

Er machte den Mund auf, um etwas zu erwidern, doch ich fuhr fort: »Wer möchte sich denn freiwillig in den Tempel einsperren lassen, wenn draußen die weite Welt wartet? Man begegnet den Göttern im Licht des Tages, nicht in der Dunkelheit – hat das nicht ein Prophet gesagt? Ich möchte *leben*, Vater, mit meinen Freundinnen lachen, abends im Palast tanzen und den Menschen in Troja helfen wie der König und die Prinzen! Und ich bin mir sicher: Wenn meine Mutter hier wäre, würde sie...«

»Es reicht!«, herrschte mein Vater mich an. »Ich habe genug gehört. Hast du nichts anderes im Kopf, Chryseis? Prinzen und Tanzen und Paläste? Das Leben besteht aus mehr als Gold und solchen Tändeleien bei Hof, Tochter! Wenn deine Mutter hier wäre, würde sie dir das Gleiche sagen wie ich: dass es die Pflicht eines Priesters ist, ausschließlich auf die Stimmen der unsterblichen Götter zu hören, nicht auf das Geschwätz alberner Frauen. Du wirst das Schicksal annehmen, das ich dir ausersehen habe, und dankbar dafür sein!«

Als ich spürte, wie mir Tränen in die Augen traten, blinzelte ich sie weg. Ich würde mir nicht anmerken lassen, dass er mich mit seinen Worten zum Weinen brachte.

Nun mischte sich Kassandra ein. »Hohepriester Polydamas«, begann sie, und ihre glockenhelle Stimme bebte ein wenig. »Es war nicht ihre Schuld. Wir haben mit meinem Bruder Troilus gespielt und waren auf der Suche nach einem Versteck, als uns plötzlich wilde Hunde verfolgten. Da sind wir hierher geflohen und haben keinen anderen Ausweg gefunden. Chryseis wollte mich beschützen. Uns blieb nichts anderes übrig.«

Kassandra ergriff meine Hand und drückte sie fest.

Dankbar erwiderte ich den Druck.

Mein Vater musterte uns schwer atmend wie ein Läufer nach der Hälfte eines Wettbewerbs. Es lag auf der Hand, dass er einer Prinzessin aus dem Hause Priamos auch im Zorn nicht widersprechen würde.

»Stimmt das, Chryseis?«, fragte er.

Ich nickte. »Ja, Vater. Wir haben Verstecken gespielt, als die Hunde aufgetaucht sind.« Ich verkniff es mir, mehr zu sagen. Schließlich hielten wir uns vor dem Tempel eines Gottes auf, und ich wusste, dass die Götter eine Lüge lauter hören als einen Stein, der in glattes Wasser fällt. Das, was ich gerade gesagt hatte, entsprach immerhin der Wahrheit.

Er schaute mich an, als könnte er wie die Götter Lügen sofort erkennen. »Na schön«, meinte er schließlich und hob achselzuckend die Hände, obwohl mir klar war, dass er mir nicht glaubte. »Gut. Aber den Tempel darfst du nicht betreten«, warnte er mich und verstellte mir den Blick.

Davor sah ich noch kurz zwei weiß gekleidete Frauen und einen dunklen Saal hinter einer der Türen sowie einen Altar, von dem Rauch von einer Opfergabe zur Decke aufstieg.

»Ihr müsst vor Einbruch der Dunkelheit zum Palast zurückkehren – besonders Ihr, Prinzessin«, erklärte mein Vater und neigte das Haupt in Kassandras Richtung. »König Priamos und Königin Hekuba wäre es nicht recht, wenn Ihr Euch nachts auf den Straßen von Troja herumtreibt. Eusebius wird Euch begleiten, damit Ihr den Palast unbeschadet erreicht.« Er schnippte mit den Fingern, und wie aus dem Nichts tauchte ein Eunuch mit dunkel geschminkten Augen und lockigen Haaren neben ihm auf. Er trug eine Fackel in der Hand und einen langen, glänzenden Bronzedolch am Gürtel. »Eusebius«, sagte mein Vater zu ihm, »ich vertraue Prinzessin Kassandra und ihre Begleiterin deiner Obhut an. Geleite sie sicher zum Palast.«

Der Eunuch nickte und legte die rechte Hand auf den Griff seines Dolchs.

Kassandra und ich rafften unsere Röcke, um uns auf den Weg zu machen.

Da spürte ich die knochigen Finger meines Vaters auf meiner Schulter. »Warte, Tochter. Bevor du gehst, möchte ich dir noch etwas sagen.«

Welche Ermahnungen würden nun wieder kommen? Reichte es nicht, dass er mich den Rest meines Lebens in ein Priesterinnengewand stecken und in den Tempelbezirk sperren wollte? Ich wandte mich ihm widerstrebend zu.

Sein Griff um meine Schulter verstärkte sich, und er schob mich um den Portikus herum, sodass Kassandra uns nicht hören konnte. »Tochter«, hob er nach kurzem Schweigen an. »Ich möchte keinen Streit.«

»Ich auch nicht. Nicht ich will jemanden zu etwas anderem machen als er ist.«

Mein Vater schnappte nach Luft, ging jedoch nicht auf meine Bemerkung ein. »Es freut mich, dass du deine Stellung als Gefährtin der Prinzessin im Palast genießt. Du kannst dich glücklich schätzen, von ihr erwählt worden zu sein, als wir von Larisa hierher geholt wurden. Mir ist es ein großer Trost, dass du im Palast gut versorgt bist.«

Ich sah ihn mit großen Augen an. »Warum kann ich dann nicht...?«

Mit einer Handbewegung brachte er mich zum Schweigen. »Ich bin noch nicht fertig. Es freut mich tatsächlich, wenn du zufrieden und den Prinzessinnen und Prinzen nahe bist, wie es bei Freunden und Gefährten sein soll. Aber«, er musterte mich streng, »ich habe deinen Namen in den vergangenen Wochen aus dem Mund von Tempelbesuchern mehr als einmal in Verbindung mit Prinz Troilus gehört. Und ich kann nur um deiner selbst willen hoffen, dass die Gerüchte nicht stimmen, Tochter, denn sie sind skandalöser, als ich dir gegenüber zu wiederholen wage.«

»Ich weiß nicht, was du gehört hast«, entgegnete ich. »Wie soll ich mich verteidigen, wenn du mir nicht mehr verrätst?«

Seine Augen funkelten, und nur mit Mühe gelang es ihm, sich zu beherrschen. »Chryseis, über so etwas lacht man nicht. Du darfst nie vergessen, dass du lediglich die Tochter eines Priesters bist. Lass dich von deiner Stellung als Prinzessin Kassandras Gefährtin nicht täuschen! Du als Priesterin des Großen Gottes...«

»Ich bin doch noch gar keine Priesterin von Apulunas!«,

rief ich aus und hätte fast vor ohnmächtiger Wut mit dem Fuß aufgestampft. »Bis zu meinem sechzehnten Geburtstag sind es noch zwei Monate!«

Mein Vater ergriff meine Handgelenke und schüttelte mich. »Tochter, nun hör mir endlich zu!« Er senkte die Stimme. »Du musst auf deinen Ruf achten und dich an der Keuschheit der unvergleichlichen Götter orientieren. Du wirst niemals…«, fuhr er fort, als ich ihn zu unterbrechen versuchte, »…mehr als die Tochter eines Priesters sein. Und mehr solltest du auch nicht wollen. Es kann keine höhere Ehre geben, als unseren Göttern zu dienen, wie ich es tue – wie du es tun wirst. Hast du mich verstanden?«

Ich sah meine Hände an. Nicht einmal durch ein Flackern meiner Augenlider würde ich ihm den Eindruck vermitteln, ihm beizupflichten.

Er seufzte. »Dies ist meine letzte Warnung an dich, Tochter. Es gibt nichts – wirklich nichts – Wichtigeres als das Priestertum.«

Mit diesen Worten packte er mich am Arm und führte mich wie einen Ochsen im Joch zu Kassandra zurück, die uns fragend ansah.

Ich schüttelte den Kopf, um ihr zu signalisieren, dass ich nichts sagen wollte. »Gehen wir«, wies ich den Eunuchen an, und ohne mich noch einmal zu meinem Vater umzuwenden, lief ich die Stufen hinunter und weg vom Tempel des Apulunas.

Βρισηίς
Briseis, Pedasos

Stunde der untergehenden Sonne
Erster Tag des Rosenmonats, 1250 v. Chr.

»Prinz Mynes, Sohn von König Ardys und Königin Hesione, von den Göttern geliebte Herrscher über die Stadt Lyrnessos«, verkündete der Herold.

Ich versuchte, nicht mit den Fingern zu zittern, als ich sie vor dem Leib verschränkte.

Meine Mutter, die neben mir stand, tat es mir gleich. Mindestens sechs Gesandte und ein Herold betraten den Kräutergarten durch das Tor. Ihnen folgten mein Vater, mein ältester Bruder Rhenor und ein braunäugiger junger Mann mit einem goldenen Diadem in den braunen Locken, der sich angeregt mit dem König unterhielt.

Ich wandte den Kopf meiner Mutter zu, deren Miene undurchdringlich wirkte. Sie beeindruckte das Äußere des Prinzen offensichtlich nicht. Ich hingegen sah ihn mit offenem Mund an. All die anderen Freier – die lange Reihe von Männern, die Interesse an einer Heirat mit mir bekundet hatten und entmutigt geflohen waren, als sie den Wortlaut der Prophezeiung hörten, weil sie Krieg mit der berühmten Armee meines Vaters fürchteten – waren Könige gewesen. Erwachsene Männer, keine Jungen. Ich hatte einen Mann als Gatten erwartet, einen König, der sein Reich mit der Weisheit des Alters und der Kraft des kampferprobten

Kriegers regierte. Einen Mann, der sich eine hübsche junge Frau an seiner Seite wünschte, um seine Macht zu demonstrieren. Stattdessen kam da dieser Prinz, kaum älter als ich, dessen Bart noch fast ein Flaum war.

»Er ist... ziemlich jung«, sagte ich mit gedämpfter Stimme zu meiner Mutter, als mein Vater und der Prinz auf uns zuschritten.

»Er ist stark«, entgegnete sie. »Wenn es den Göttern gefällt, sind euch viele gemeinsame Jahre vergönnt.«

»Ich hatte einen König erwartet«, flüsterte ich mit gesenktem Blick.

Meine Mutter musterte den Prinzen mit dem Herrscherlächeln, das ich so gut kannte, den Kopf auf sehr königliche Weise ein wenig schief gelegt. »Eines Tages wird er König sein«, erwiderte sie so leise, dass sich ihre Lippen kaum bewegten, während sie ebenfalls den Blick senkte.

Ich nickte. Sie hatte recht. Eines Tages wäre er mächtig. Viele Könige starben jung und hinterließen den Thron ihrem Sohn. Vielleicht würde auch dieser Prinz schon bald an die Macht kommen. Ich sammelte mich und lächelte wie meine Mutter, um meiner Rolle als künftige Königin gerecht zu werden. Ich war eine Prinzessin, für die alles auf dem Spiel stand, und konnte die Bedingungen für meine Ehe nicht beeinflussen. Letztlich durfte ich nur hoffen, überhaupt geheiratet zu werden.

»Wir sind gekommen«, verkündete der Herold mit laut hallender Stimme, »um die Verlobung von Prinzessin Briseis von Pedasos mit Prinz Mynes von Lyrnessos zu besprechen. Vor Beginn des formellen Teils muss ich den Anwesenden allerdings mitteilen, dass der König und die Königin von Lyrnessos Aufklärung über eine gewisse Prophezeiung wünschen.«

Schon waren wir beim Punkt. Obwohl mir der Mut sank, versuchte ich, dem wilden Pochen meines Herzens keine Beachtung zu schenken.

»König Ardys und Königin Hesione verlangen eine vollständige Offenlegung dieser Prophezeiung und ihres Inhalts sowie der Bedingungen für ihre Aufhebung«, fuhr der Herold im nasalen Tonfall eines Palastoffiziellen fort. »Sie sind nur dann bereit, einer Ehevereinbarung zuzustimmen, wenn ihre Gesandten...«, er deutete auf die weißbärtigen Männer neben ihm, »...bestätigen, dass die Weissagung keine Gültigkeit mehr besitzt.«

Mir wurde abwechselnd heiß und kalt, als der Herold meines Vaters vortrat und sich räusperte, um das Wort zu ergreifen. Das hatte ich schon so viele Male miterlebt.

Ich schloss die Augen, und mit den Fingern formte ich noch einmal das Zeichen der Glücksgöttin.

»Lasst mich den Wortlaut der Prophezeiung des Sturmgottes Zayu, die dieser seiner Dienerin, der Priesterin, am dreizehnten Tag des Monats des Neuen Weins im fünfzehnten Jahr seit Prinzessin Briseis' Geburt gegeben hat, zitieren«, begann der Herold meines Vaters.

Diese Worte kannte ich so gut, dass ich sie fast auswendig hätte aufsagen können.

»Die Prophezeiung lautet folgendermaßen: ›Wer Briseis' Bettgenoss, mordet ihre drei Brüder und deren Tross.‹«

Wieder dieser Moment absoluter Stille, in dem die Worte der Weissagung nachhallten. Ich hatte wie immer, wenn ich sie hörte, schreckliche Angst. Und wie immer hätte ich am liebsten vergessen, dass ich aufgrund meiner Stellung Haltung bewahren musste, und wäre zu dem Prinzen und seinen Gesandten gelaufen, um ihnen zu sagen, dass das alles nicht stimmte. *Warum sollten die Götter mir eine solche Strafe auferlegen?*, hätte ich gern gefragt. *Womit habe ich ihnen in meinem kurzen Leben missfallen?*

Aber der Herold meines Vaters fuhr fort, und ich musste ihm wie jedes Mal schweigend weiter lauschen, da das Urteil über mich von anderen gefällt wurde.

»Fünf Jahre lang war Prinzessin Briseis ohne Verehrer oder Freier im Palast ihres Vaters eingeschlossen, weil man fürchtete, dass die Prophezeiung tatsächlich eintreffen und der Mann, der um ihre Hand anhielte, ihre drei Brüder und somit die einzigen Erben meines Königs ermorden könnte. Doch dann ist König Bias vor drei Monaten, am fünfundzwanzigsten Tag des Monats des Neuen Weins und im zwanzigsten Jahr seit Prinzessin Briseis' Geburt, zum Heiligtum des Sturmgottes Zayu zurückgekehrt. Dort wurde ihm mitgeteilt, die Weissagung gelte nicht mehr, das sei der Beschluss der Götter. Was bedeutet, dass Prinzessin Briseis nun heiraten kann, ohne Konsequenzen fürchten zu müssen.«

Ich sah hektisch und flach atmend meinen Vater an, doch der beobachtete den Herold. Also schaute ich zu Prinz Mynes hinüber.

Unsere Blicke trafen sich.

Er war ein ausgesprochen attraktiver junger Mann mit olivfarbener Haut und muskulösen Armen. Die Ungezwungenheit seines Auftretens und die Aufrichtigkeit seines Lächelns machten das wett, was ihm an Jahren und Haltung fehlte. Mit einem solchen Mann verheiratet zu sein, konnte ich mir gut vorstellen. Er war nicht so, wie ich ihn mir erwartet hatte, aber an seiner Seite zu leben und mit ihm glücklich zu sein, hielt ich durchaus für möglich.

Ich ermahnte mich zur Zurückhaltung. Ich durfte mir keine Hoffnungen machen, mich, solange ich verschmäht werden konnte, wie schon so viele Male zuvor, auf keine

Gefühle einlassen. So wandte ich, die Wangen leicht gerötet, hastig den Blick ab.

Die Gesandten von Lyrnessos steckten stirnrunzelnd die weißhaarigen Köpfe zusammen. Mein Vater und mein älterer Bruder beratschlagten mit gesenkter Stimme. Meine Mutter stand nach wie vor starr und mit undurchdringlicher Miene neben mir.

Ich beobachtete, wie Prinz Mynes sich zu den Gesandten gesellte, leise mit ihnen sprach und immer wieder zu mir herüberschaute.

Am Ende wandte sich einer der Gesandten, seinem schütteren weißen Bart und den wässrigen Augen nach zu urteilen, der Älteste, meinem Vater zu. »Wir haben einen Beschluss gefasst«, erklärte er mit kaum hörbarer, bebender Stimme.

Ich hielt den Atem an, und der Nagel meines Zeigefingers grub sich tief ins weiche Fleisch meines Daumens. Alle im Kräutergarten warteten mucksmäuschenstill, welches Urteil der Gesandte über mich verhängen würde.

»Das Wort des Sturmgottes ist Gesetz«, erklärte er schließlich.

Ich schnappte nach Luft. Was bedeutete das? Mein Herz klopfte so heftig gegen meine Rippen wie die Trommeln bei einem Fest für die Götter.

Der Gesandte räusperte sich und fuhr fort: »Wenn die Prophezeiung für null und nichtig erklärt wurde, akzeptieren wir, die Gesandten von Lyrnessos, das. Der Prinz und ich...«, der Gesandte nickte ihm lächelnd zu, »...haben keine Angst, dass sich die Weissagung erfüllt oder dass es jemals Krieg zwischen den Reichen von Pedasos und Lyrnessos geben wird, zwischen denen seit jeher nur Frieden und Freundschaft herrscht.«

Er schwieg kurz, sah mich an und neigte leicht das Haupt. »So verkünde ich, dass Prinz Mynes und Prinzessin Briseis fortan als Verlobte gelten sollen. Die Hochzeit wird am nächstmöglichen Tag stattfinden, den die Götter als günstig erachten.« Er wandte sich ab.

Ich atmete erleichtert aus. Es war geschehen. *Es war tatsächlich geschehen.* Endlich würde ich einen Ehemann haben.

Helenas Geschichte

Auf dem Olymp, Griechenland

Wenn Briseis im Kräutergarten glaubt, die Götter würden über sie wachen, täuscht sie sich.

Auf dem Olymp, wo die sieben Gipfel in den Himmel aufragen und die Götter in den Wolken wohnen, verschwenden Unsterbliche, während sie in den duftenden Gärten die Abendsonne genießen, keinen Gedanken an die Sterblichen dort unten. Der Himmel ist tief vergissmeinnichtblau, was den Ausblick auf die Erde von hier oben aus besonders spektakulär macht. Das Wasser der Springbrunnen in den Gärten der golden-elfenbeinfarbenen Paläste glitzert und funkelt im Licht der untergehenden Sonne, Pfingstrosen und Mohn in den Beeten neigen ihre zarten taubedeckten Köpfe, und schwarze Schwalben ziehen ihre Kreise zwischen den Zypressen. Hera und Zeus geben sich gerade einer ihrer Lieblingsbeschäftigungen hin: Sie streiten sich heftig über nichts Besonderes, während sie auf den Steinpfaden in Poseidons Obstgarten lustwandeln, an Poseidon vorbei, der in einer zwischen zwei Apfelbäumen gespannten Hängematte ein Schläfchen hält. Athene poliert im Schatten einer großen Eiche ihre Rüstung. Hephaistos schnitzt neben ihr vor sich hin summend an einem Holzpferd. Artemis und Aphrodite nehmen ein kühles Bad in einem von Granatapfelbäumen und blühendem Jasmin umgebenen Becken vor dem Palast von Artemis, und Apollo beobachtet von einer Bank inmitten duftender Rosen aus verstohlen die beiden Göttinnen, während er vorgibt, sich auf die Ambrosia in seiner Hand zu konzentrieren.

Der Einzige, der die Sterblichen überhaupt beachtet, ist Her-

mes. »Schau mal«, sagt er zu dem Jüngsten der Putti, die zu seinen Füßen sitzen, und deutet durch die Wolken auf den fernen Kräutergarten in Pedasos. »Die junge Frau mit den dunklen Haaren und...«, er gestattet sich ein Grinsen, »...diesem hinreißenden Lächeln. Siehst du sie?«

Der Putto richtet sich auf, nickt und macht es sich wieder im Gras bequem. Hermes nimmt seine Lyra, die aus einem leeren Schildkrötenpanzer und vier Saiten besteht und mit Elfenbeinintarsien verziert ist, zur Hand und stützt sie auf seinem Oberschenkel ab. Er hält sich im Palastgarten seines Vaters Zeus auf. Um ihn scharen sich mehrere junge Putti, die mit großen Augen an seinen Lippen hängen und deren Flügelchen flattern wie die der Schmetterlinge in den Buchsbaumhecken. Ganz in der Nähe sprudelt aus dem goldenen Maul eines Delfins in einem Springbrunnen Nektar. Strahlend weiße Rosen wippen im Wind. Ihr Duft weht zu den jungen Putti herüber, doch die haben nur Augen für Hermes, dessen Geschichten sie so gern lauschen.

Hermes vergewissert sich, dass er die Aufmerksamkeit aller hat. »Wo war ich stehen geblieben? Ach ja. Wir wenden uns jetzt von Briseis in Pedasos...«, er deutet erneut auf die Lücke zwischen den Wolken, »... der Geschichte von Helena zu, die – wie soll ich das ausdrücken? – einer kurzen Erklärung bedarf.« Er räuspert sich. »Helena ist Prinzessin in Sparta, Tochter des Fürsten Tyndareus, und, wenn wir den Barden der Sterblichen Glauben schenken dürfen, die schönste Frau der Welt.«

Sogleich drehen sich die Putti herum und blicken durch die Wolken auf Sparta. Die Älteren stoßen die Jüngeren mit den Ellbogen weg. Hermes schmunzelt. »Vor ein paar Jahren, als Helena ins heiratsfähige Alter kam, strömten Freier aus allen Winkeln Griechenlands herbei. Immer mehr Fürsten trafen im Palast ein, die Helena zur Frau wollten, und je mehr sich einfanden, desto extravaganter wurden ihre Geschenke. Einer *brachte eine ganze Herde einjähriger Kälber, genau richtig zur Opferung, ein anderer einen Wagen aus poliertem Olivenholz von den Hängen des Taygetos-Gebirges. Fürst Menelaos von Mykene, der, so einer der freimütigeren der Freier, einen Ausgleich für sein hässliches rotes Gesicht und seinen Schmerbauch brauchte, hatte eine bis zum Rand mit Edelsteinen gefüllte Truhe sowie einen Harem junger nubischer Sklavinnen dabei, alle reich mit Goldketten behängt und goldene Dreifüße in Händen. Im Palast von Sparta, in dem sich Kälber, junge Nubierinnen und feindselige Fürsten drängten, die ihre Männlichkeit beweisen wollten, ging es hoch her.*

Erst Fürst Odysseus aus dem fernen felsigen Ithaka gelang es, Ruhe herzustellen. Und zwar mit einem simplen Vorschlag: Helena sollte selbst entscheiden, wen sie heiraten wollte. War schon jemals ein Plan aufgegangen, wenn er die Frau nicht glücklich machte? Doch zuvor mussten alle hoch und heilig schwören, Helenas Gatten beizustehen, falls...«, und dabei funkelten Hermes' Augen, »...irgendjemand versuchen sollte, sie für sich zu rauben.

Das war eine elegante Lösung. Die Fürsten, alle eitel genug zu glauben, dass Helena sich für sie entscheiden würde, beeilten sich, diesen Treueschwur zu leisten. Kurz darauf traf Helena ihre Wahl.«

Die Putti sehen Hermes gespannt an.

»Helena, in deren graublauen Augen sich die Juwelen spiegelten, war hingerissen von den üppigen Gaben und dem Reichtum Mykenes, des größten der griechischen Reiche. Und sie entschied sich für Menelaos. Die Heirat fand binnen eines Monats statt und ist mittlerweile fast zwei Jahre her.

Unglücklicherweise für Helena und Troja jedoch war Menelaos tatsächlich so hässlich, wie die anderen Freier behaupteten.«

Kurzes Schweigen, während die Putti diese Information verarbeiten. Dann...

»*Ich kann Helena nirgends entdecken*«, *erklärt einer der älteren Putti ungeduldig und reckt den Kopf.* »*Und...*«, *fügt er stirnrunzelnd an Hermes gewandt hinzu,* »*... ich verstehe nicht, was das alles mit Troja zu tun hat.*«

Hermes grinst. »*Es hat sehr viel mit Troja zu tun, mein lieber Putto, denn als vor einigen Wochen ein junger trojanischer Prinz mit duftendem güldenem Haar als Gesandter den Palast von Menelaos betrat, tja, da...*« *Er blickt durch die Wolken. Ein einzelnes königliches Schiff, das mit weißen Segeln von Sparta aus durchs Meer nach Troja pflügt, umrundet gerade die Insel Kranae.*

»*Hektor und Paris*«, *erklärt Hermes, und die Putti beugen sich mit flatternden Flügelchen über die Wolken, um einen Blick zu erhaschen,* »*kehren von ihrem Besuch bei Menelaos, einer Friedensmission zwischen den beiden wohlhabendsten Reichen der Welt, nach Troja zurück.*«

»*Aber was ist mit Helena?*«, *beharrt der Putto und verschränkt, nach wie vor stirnrunzelnd, die Arme.*

»*Ja*«, *pflichtet ihm ein anderer bei,* »*was hat Helena damit zu tun?*«

Hermes vergewissert sich, dass niemand sonst zuhört, bevor er sich zu den Putti vorbeugt und verschwörerisch die Stimme senkt. »*Ein Vögelchen zwitschert mir, dass sie mehr mitbringen als Gold.*«

Die Prinzen kehren zurück

Χρυσηίς
Chryseis, Troja

Stunde der aufgehenden Sonne
Elfter Tag des Rosenmonats, 1250 v. Chr.

Noch vierundfünfzig Tage bis zu meinem sechzehnten Geburtstag.
Ich drehte mich zwischen den dicken Wolldecken meines Betts herum, die so viel wärmer und weicher waren als die im Haus meines Vaters in Larisa, und schmiegte mich in Troilus' Arme.
Noch vierundfünfzig Tage, bis sich mein Schicksal entschied.
Ich rutschte, die Decke um mich herum, näher an ihn heran und legte meine Wange an seine Brust. Meine Haare waren offen auf meinem Rücken ausgebreitet, wie er es so gern mochte. Leise schnarchend schlang er einen Arm um mich, und dabei spürte ich seinen feinen schwarzen Bart an meiner Stirn. Ich sog seinen Geruch nach Leder und süßem Gras ein.
So war es nicht immer gewesen. Die frühen Jahre meines Lebens hatte ich in Larisa verbracht, einer kleinen Stadt einen halben Tagesritt entfernt, in der es außer einem Apulunas-Tempel und einigen einfachen Hütten und kleinen Gebäuden, in denen die Priester und Bauern lebten, kaum etwas gab. Befreundet war ich vor allem mit den Kindern von Tempelsklaven gewesen – Melaina, Heron, Palaemon, Lukia. Wir hatten miteinander im Sand ge-

spielt und uns danach gesehnt, nach Troja zu gelangen, wo Prinzen herrschten, Kaufleute Handel trieben und reiche Frauen Lesen und Schreiben lernten: eine Welt, die wir uns in unserer Fantasie erschufen, in der wir sein konnten, wer wir wollten, nicht wer wir der Geburt nach waren. Als eines Tages in meinem zehnten Lebensjahr ein Kurier aus der staubigen trojanischen Ebene eingetroffen war, der meinem Vater mitteilte, dass er als Hohepriester des Apulunas in die Stadt berufen worden sei, hatte ich ihn begleitet.

In diesem Moment hatte sich meine Welt verändert.

Aber ich vergaß nie, woher ich stammte.

Ich sah Troilus an, den attraktiven jüngsten Sohn von König Priamos, der tief und fest neben mir in meinem Bett schlief. Als er sich auf den Rücken drehte, zuckten seine Augenlider. Mein Herz machte vor Freude einen Sprung, weil mir bewusst wurde, dass er mich – mich vor allen anderen Frauen der Stadt – auserwählt hatte, mit ihm das Bett zu teilen. Und dass er sich möglicherweise später noch etwas anderes wünschen würde.

Dass ich es vielleicht für immer mit ihm teilen sollte.

Ich schüttelte erschaudernd den Kopf. So etwas durfte ich nicht denken.

Doch dann sagte eine leise Stimme in mir: *Was ist so schlimm daran, sich vorzustellen, was mit ziemlicher Sicherheit niemals eintreten wird: dass er mich trotz meiner niedrigen Geburt zu seiner Frau macht.*

Bilder tauchten vor meinem geistigen Auge auf. Ich würde reich sein, wie ich es mir damals in Larisa vorgestellt hatte, und mehr als das: eine Prinzessin. Mein Vater wäre nicht in der Lage, seinen Plan, eine Priesterin aus mir zu machen, in die Tat umzusetzen, wenn ich eine so hohe gesellschaftliche Stellung bekleidete, dass er mir nichts mehr vorschreiben konnte. Troilus und ich, der gut aussehende Prinz und seine schöne Prinzessin, würden gemeinsam herrschen und die Sklaven und Armen, zu denen ich einst selbst gehört hatte, gerecht behandeln.

Ich schmiegte mich mit prickelnder Haut enger an meinen Geliebten. Meine Lust auf Troilus und meine Liebe zu Troja waren so eng miteinander verquickt, dass ich sie kaum trennen konnte.

»Chryseis?«

Kassandra. Ich hörte, wie sich die Tür zu ihrer Kammer, dem größeren Gemach der Prinzessin, zu dem mein Schlafzimmer letztlich nur ein Vorraum war, leise öffnete.

»Bist du wach?«

Sie tappte herein, während ich mich aufsetzte, einen Finger an die Lippen legte und auf Troilus deutete.

»Oh«, sagte sie und presste eine Hand auf den Mund, um ein Kichern zu unterdrücken. »Guten Morgen, Bruder.«

Troilus schlug erschreckt die Augen auf und zog hastig einen reich mit Einlegearbeiten verzierten Bronzedolch unter seinem Kissen hervor. »Wer da?«

»Still«, flüsterte ich. Vor der Tür standen Wachen. Wenn sie die Stimme eines Mannes in den Gemächern der Prinzessin hörten, würden sie hereinkommen. Was dann? Dann würde König Priamos mich möglicherweise aus dem Palast werfen lassen – oder noch Schlimmeres –, weil ich das Bett mit dem attraktivsten seiner königlichen Söhne teilte. »Es ist nur Kassandra. Du kannst weiterschlafen.«

Troilus schob seinen Dolch unters Kissen zurück und sank wieder aufs Bett.

Kassandra kam auf Zehenspitzen zu uns, setzte sich neben mich, hob ihr Nachtgewand ein wenig an, schob es zur Seite, damit es nicht verknitterte, glättete den herrlichen weißen Stoff mit einer Hand und sah mich an. »Chryseis«, seufzte sie, »du weißt, wie sehr ich mich für dich und Troilus freue, aber ihr müsst vorsichtiger sein.« Sie nahm meine Hand in die ihre und senkte die Stimme. »So viele Leute im Palast hegen schon Verdacht. Glaubst du denn, den Sklaven wäre es entgangen, dass du dich in den letzten Wochen jeden Abend ins Schlafzimmer von Troilus geschlichen hast oder er zu dir gekommen ist? Sehr viel länger wird es nicht geheim bleiben. Auch ich werde nicht in der Lage sein, dich weiter zu schützen, so gern ich das machen würde.«

Ich senkte den Blick. »Ich weiß. Mir ist klar, wie viel du für uns tust, Kassandra, und dafür danke ich dir. Ich kann dir gar nicht sagen, wie sehr ...«

Ich verstummte. Wir spitzten die Ohren wie Hasen im Feld und schauten erschreckt zur Tür. Draußen auf dem Flur näherten sich schwere Schritte.

»Wer bittet um Erlaubnis, die Gemächer der Prinzessin Kassandra zu betreten?«, hörte ich eine der Wachen fragen, als die Schritte unmittelbar vor unserer Tür verhallten.

»Ich soll eine Botschaft von Königin Hekuba an ihre Tochter überbringen«, verkündete der Herold so laut und deutlich, als befände er sich bei uns im Zimmer.

Kassandra und ich sahen einander entsetzt an.

»Schnell! Versteck dich!«, flüsterte Kassandra Troilus zu.

Wir sprangen auf, zogen Troilus hoch und schoben ihn leise kichernd zu der großen Eichentruhe in der Ecke des Raums, in der ich meine Röcke und Gewänder aufbewahrte.

»Schnell, Troilus!«, wiederholte Kassandra, während wir ihn in die Truhe stießen und den schweren Deckel schlossen.

Wir hatten ihn gerade in der Truhe verstaut und bemühten uns, ein unschuldiges Gesicht zu machen, als eine der

Wachen die Tür öffnete und begleitet von König Priamos' altem Herold Idaeus eintrat. Er war in das tiefviolettfarbene Gewand des trojanischen Hofs gekleidet, gefärbt mit den purpurnen Schalen der Murex-Schnecke aus der Bucht vor Troja. Sein Blick wanderte über meine Kammer, über die Wandbilder von Lerchen zwischen Lotosblumen, die große Holztruhe in der Ecke und mein schlichtes Kiefernholzbett mit den zerwühlten Wolldecken.

»Prinzessin Kassandra«, hob er an, kniete vor ihr nieder und neigte das Haupt.

Kassandra, die noch ihr Nachtgewand trug und deren rote Haare zerzaust waren, hielt die Hand vor den Mund. Sie sah aus, als müsste sie sich sehr beherrschen, um nicht laut herauszulachen.

Auch ich hatte Mühe, ein Lachen zu unterdrücken.

»Ich soll Euch eine Botschaft von Eurer Mutter Königin Hekuba überbringen«, sagte Idaeus. »Das Schiff von Prinz Hektor und Prinz Paris ist soeben gesichtet worden. Eure Mutter wünscht und befiehlt, dass Ihr Euch auf der Stadtmauer zu ihr gesellt, um Eure Brüder nach der langen Fahrt zu begrüßen.«

»Meine Brüder sind zurück?«, fragte Kassandra. Auf ihren sonst so blassen Wangen breitete sich ein rosafarbener Hauch aus. »Hektor ist wieder da?«

Idaeus nickte. »Die Königin erwartet Euch auf dem Wachturm.«

»Gut«, meinte Kassandra. »Ihr könnt gehen. Sagt der Königin, ich komme zu ihr, sobald ich angezogen bin.«

Der Herold erhob sich und verließ den Raum unter Verbeugungen.

Dann verneigte sich auch der Wachmann, folgte ihm und schloss die Tür hinter sich.

Kurz darauf kletterte Troilus, der einen ganzen Kopf größer war als ich, aus der Truhe. Ich erfreute mich am Anblick seiner kräftigen Arme und muskulösen Brust, seiner haselnussbraunen Augen, seines feinen Profils und seiner dunklen Haare. Seine Gunst hätte jede junge Frau in der Gegend um Troja gern gewonnen. Dennoch war mir angst und bange, als er sich zu mir herabbeugte, um mich auf die Lippen zu küssen, und ich seinen warmen Mund auf dem meinen spürte. Wir spielten ein gefährliches Spiel.

»Guten Morgen, Liebes«, sagte er, richtete sich auf und schenkte mir ein schiefes Grinsen, als wäre nichts geschehen, als wären wir nicht gerade fast erwischt worden. »Welche Botschaft hat unsere Mutter denn heute Morgen für uns?«, fragte er Kassandra und schlüpfte in sein Gewand.

Kassandras Wangen waren noch immer ein wenig gerötet. »Unsere Brüder sind aus Sparta zurück, wie du sehr wohl gehört hast. Wir sollen sie von der Stadtmauer aus begrüßen.«

Troilus holte seinen mit silbernen Nieten geschmückten Schwertgurt unter einem Hocker hervor und legte ihn an. »Endlich sind Hektor und Paris wieder da«, meinte er. »Hektor hat mir gefehlt, und ich bin neugierig, wie es Paris auf seiner ersten diplomatischen Mission ergangen ist.« Er bückte sich, um seine Sandalen zu binden.

Dann schmunzelte er. »Schade, aber ich muss dich bitten, etwas anzuziehen.« Sein Blick wanderte über meine offenen Haare und mein dünnes Gewand. »Wir wollen meine Brüder doch als Erste hier willkommen heißen.«

Βρισηίς
Briseis, Lyrnessos

Stunde der Sterne
Elfter Tag des Rosenmonats, 1250 v. Chr.

Als ich am Tag meiner Hochzeit Lyrnessos erreichte, meine alte Amme Deiope neben mir im Wagen, wie die Sitte es gebot, mein Vater und meine Brüder auf Pferden vor uns, war ich schrecklich nervös, weil ich mir ziemlich sicher sein konnte, dass die Begegnung im Kräutergarten ein Traum gewesen war und nun nichts geschehen würde.

»Was, wenn er es sich anders überlegt?«, flüsterte ich Deiope wohl schon zum hundertsten Mal zu.

Sie legte ihre abgearbeitete Hand lächelnd auf die meine, und um ihre Augen bildeten sich Lachfältchen. Das erinnerte mich an die braunen Walnüsse, die in den Herbstmonaten im Gebiet um Troja von den Bäumen fielen. »Keine Sorge, das tut er nicht«, beruhigte sie mich. »Du bist so hübsch wie die Göttin Arinniti, und heute übertriffst du sie sogar.« Sie zupfte meinen rot gefärbten Rüschenrock zurecht, der mit einem safrangelben Gürtel eng um meine Taille geschnürt war und über dem ich ein scharlachrotes Oberteil mit blauem Ziersaum trug, bevor sie mir die dunklen Locken richtete, die nach hinten gebunden und mit einem safrangelben Schleier bedeckt waren. »Kein Mann, der Augen im Kopf hat, könnte dir widerstehen.«

»Aber was ist, wenn er Angst vor der Weissagung hat?«,

fragte ich, während Deiope meine Halsketten aus Gold geraderückte und einen prüfenden Blick auf meine Goldohrringe, die die Form von zarten Doppelspiralen hatten, warf. »Was, wenn er plötzlich fürchtet, meine Brüder umzubringen und den Zorn meines Vaters auf sich zu ziehen? Was, wenn er mich am Ende wie die anderen Freier doch nicht will?«

»Eher gibt es keine Götter im Himmel, als dass das passiert«, erklärte sie und steckte vorsichtig Goldringe an meine Finger, bevor sie meine Hand leicht drückte. »Tauben gesellen sich zu Tauben und Krähen zu Krähen. Glaube mir, Kind, alles wird gut. Wenn er dich sieht, wird er dich unbedingt zur Frau haben wollen.«

Bald würde ich wissen, ob Deiope recht hatte, denn in dem Moment holperte unser goldverzierter Wagen nach Lyrnessos hinein. In der Luft lag der schwere Geruch von Sonnenröschen und Lorbeer, und der Schatten des Ida-Gebirges – der Sitz der Götter, wo Apulunas, Zayu, Atana und die anderen herrschten – fiel auf uns, während der tiefviolettfarbene Himmel im Westen allmählich schwarz wurde.

»Willkommen in Lyrnessos.«

Nachdem wir die Tore und die Hauptstraße der Unterstadt hinter uns gelassen hatten, hielten wir vor dem Palast, einem weitläufigen Bereich mit unterschiedlichen Gebäuden, Portiken und Höfen, umgeben von im Wind schwankenden Wacholderbüschen. Prinz Mynes, der mich bereits erwartete, streckte die Hand aus, um mir vom Wagen zu helfen. Er war genauso real wie zwei Tage zuvor. Als meine Hand die seine berührte, wurde mir ein wenig schwindlig, als befände ich mich auf einem Schiff auf stürmischer See und nicht auf einer gut befestigten Straße. Ich murmelte ein Dankeschön und errötete unter meinem Schleier.

Er deutete auf den Palast. »Die Zeremonie wird im Hof stattfinden«, teilte er mir mit, als wir durch das Tor traten und im Licht der Fackeln, die flackernde Schatten auf die bunt bemalten Wände warfen, die langen, gewundenen Flure entlanggingen, ich, meine Mutter, mein Vater und meine Brüder sowie ihr Gefolge und ihre Sklaven.

Mynes legte sanft seine Hand auf meinen Arm. Als ich seine Haut auf der meinen spürte, bekam ich eine Gänsehaut. Ich konnte kaum glauben, dass ich tatsächlich endlich heiraten sollte, und wandte den Kopf Deiope mit einem Lächeln zu, um ihr zu sagen: *Vielleicht hattest du recht.* Meine alte Amme erwiderte mein Lächeln.

Der Hof des Palastes, ein lang gezogener, offener Bereich inmitten der Gebäude, in dem Zeremonien und Spiele stattfanden, war voll mit Priestern und Edelleuten, und in der Luft hing der schwere Duft von Weihrauch. Überall brannten Öllampen und Fackeln.

Mynes führte mich zum Opferaltar, einem großen viereckigen Steinblock in der Mitte des Hofs. Dort blieben er und ich stehen, während meine drei Brüder, meine Mutter, mein Vater und unser gesamter Tross sich um uns scharten, um der Feier beizuwohnen, die meinen Wandel zur Frau markieren würde.

Der Priester des Hochzeitsgottes Hymen streckte die Arme gen Himmel. Sein Gewand leuchtete weiß im Licht des Mondes.

Dann begann die Hochzeitszeremonie.

Einige Stunden später wartete ich in unserem Bett darauf, dass Mynes mit Kelchen voll warmem rotem Wein aus dem Vorraum kam. Tanzende und singende Mädchen, die Fackeln trugen und Gerste und Rosenblütenblätter anlässlich des Vollzugs unserer Ehe ausstreuten, hatten uns zu unseren Gemächern geleitet. Ich blickte lächelnd zu dem dunkelblauen Baldachin unseres Himmelbetts hinauf, der von vier mit Schnitzereien verzierten Wacholderholzsäulen getragen wurde. Ich musste daran denken, wie Mynes mich sanft in die Arme genommen hatte, wie meine Lippen bebten, als er mich küsste, und wie der Schmerz sich mit süßer Lust vermischte, als er mich zu der seinen machte.

Jetzt bin ich eine Frau, endlich die Frau eines Mannes.

Mynes betrat das Zimmer. Ich hörte, wie er die Weinkelche abstellte, und spürte wenig später, wie er sich neben mich auf das weiche Bett legte. Er zog mich zu sich heran und küsste mich leidenschaftlich. Als ich seine nackte Haut auf der meinen spürte, bekam ich erneut eine Gänsehaut.

»Was denkst du?«, erkundigte er sich lächelnd, die Arme um mich geschlungen.

Ich zögerte, weil ich diesen wunderbaren Moment nach unserer ersten körperlichen Vereinigung nicht verderben wollte.

»Du hast mich zur Frau genommen und mir damit das Leben gerettet«, antwortete ich schließlich, drehte mich auf den Bauch und sah ihn an. »Nicht viele hätten das getan. Wenn du dich nicht für mich entschieden hättest, wäre ich den Rest meines Lebens in Pedasos allein geblieben, ohne Nachkommen, zu nichts nütze.«

Wieder zögerte ich, doch dann sprudelte die Frage aus mir heraus wie Wein aus einem übervollen Becher. »Warum hast du mich gewählt? Hast du wirklich keine Angst, dass sich die Prophezeiung erfüllt? Fürchtest du nicht, sie am Ende doch in die Tat umzusetzen?«

In dem aufrichtigen Blick seiner braunen Augen lag nicht die geringste Wut oder Angst. Das Feuer der Fackeln in den

Bronzehalterungen an den Wänden knisterte, ein angenehmes, behagliches Geräusch. »Nein«, antwortete er. »Darüber zerbreche ich mir nicht den Kopf. Warum sollten die Götter uns Leid bescheren? Ich bin der Ansicht, dass wir für unser Schicksal selbst verantwortlich sind und niemand anders es für uns entscheidet.« Er schwieg kurz. »Warum ich dich gewählt habe, Briseis?« Er küsste mich noch einmal. »Sobald ich deine Schönheit erblickt hatte, wusste ich, dass du mein Schicksal bist. Wir werden uns keine Gedanken mehr über die Weissagung machen, sondern unser Leben selbst gestalten, Geliebte, egal, ob die Götter auf unserer Seite stehen oder gegen uns sind.«

Mir war, als würde eine schwere Last von mir genommen. Als ich mich erneut in seine leidenschaftliche Umarmung schmiegte und wir die langen Stunden der Nacht mit unserer Liebe füllten, hatte ich endlich das Gefühl, nach Hause gekommen zu sein.

Χρυσηίς
Chryseis, Troja

Stunde der Musik
Elfter Tag des Rosenmonats, 1250 v. Chr.

Ich half Kassandra beim Anziehen, band ihren langen purpurfarbenen Rüschenrock mit einem dunkelblauen, golddurchwirkten Gürtel um ihre Taille, schob ihr besticktes Oberteil über ihr Leinenuntergewand und schnürte die schmalen Bänder hinter ihrem Rücken. Ihre Haare hatte ihre Dienerin Lysianassa mit kunstvollen Perlenschnüren geschmückt, und darüber lag ein feiner Schleier mit Goldperlen. Zwei Locken ihrer roten Haare rahmten ihr Gesicht. Ich trat einen Schritt zurück, um sie zu bewundern.

»Du siehst wunderschön aus«, stellte ich fest. »Deine Brüder werden dich kaum wiedererkennen, so schön bist du in ihrer Abwesenheit geworden.«

Sie schüttelte den Kopf. »Dir, Chryseis, kann ich nicht das Wasser reichen, aber es ist nett, dass du das sagst.« Sie schenkte mir, ihrer Gefährtin, die sie vor allen anderen erwählt hatte, die in ihren Gemächern schlafen, mit ihr arbeiten und fast wie eine Schwester mit ihr spielen durfte, ein Lächeln, obwohl ich lediglich die Tochter eines Priesters war und noch dazu aus Larisa. »Hier.« Sie reichte mir ihren Bronzehandspiegel mit dem fein verzierten Elfenbeingriff.

Ich sah sie ungläubig an. »Darf ich wirklich?«

Bis dahin hatte ich mich selten im Spiegel betrachtet,

denn nur die reichsten Trojaner konnten sich einen solchen leisten, und Lysianassa bewachte Kassandras kleinen Handspiegel eifersüchtig. Ich hielt ihn ein wenig von meinem Gesicht weg und staunte, wie klar mein Bild in der polierten Bronze zu erkennen war, sehr viel deutlicher als in dem Wasser der Tonschale, mit dem ich mich wusch. Als ich lächelte, konnte ich mitverfolgen, wie meine Augen einen freundlichen Ausdruck annahmen. Ich wandte den Kopf und sah, wie meine Locken über meine Schultern fielen und mein schlichtes gelbes Oberteil eng meine Brüste umschmiegte. Dann drehte ich eine Pirouette und musste darüber lachen, wie mein fahlblauer Rock um meine Hüfte wirbelte.

In dem Moment öffnete Troilus die Tür zu Kassandras Gemach. »Fertig?«

Ich hörte, wankend und ein wenig außer Atem, auf, mich zu drehen. Kassandra ergriff schmunzelnd meinen Arm, um mich zu stützen.

Troilus hob die Augenbrauen und wandte sich zum Gehen. »Wenn wir uns nicht beeilen, verpassen wir noch die Rückkehr meiner Brüder.«

Der lange Weg zum Aussichtsturm führte durch gewundene Korridore des Palasts und die Treppe zum höchsten Turm in der nördlichen Mauer von Troja hinauf, von dem aus man einen Blick über die beiden Meeresbuchten hatte, die eine im Norden vor der Oberstadt, die andere im Westen. Als wir das Ende der schmalen Treppe erreichten und auf die Aussichtsplattform hinaustraten, stellten wir fest, dass Königin Hekuba und König Priamos sich bereits dort aufhielten. Sie saßen auf zwei mit üppigem Schnitzwerk versehenen Thronen, die mit goldenen und blauen Glasbildern von springenden Delfinen unter einem Baldachin aus violettfarbener assyrischer Seide geschmückt waren, welche leicht in der sanften Brise flatterte. Bei ihnen waren zwei ihrer Söhne, Prinz Äneas und Prinz Deiphobus.

Troilus und Kassandra traten zu ihren Eltern und knieten zu ihren Füßen nieder, um ihren Segen zu empfangen, während ich hinter ihnen mit der Stirn den Boden berührte, wie es jemandem meines niedrigen Standes geziemte.

»Sohn«, sagte König Priamos und neigte sein weißes Haupt in Richtung Troilus. »Tochter«, begrüßte er Kassandra.

Kassandra und Troilus erhoben sich und gingen zu Äneas und Deiphobus in den Schatten. Ich gesellte mich widerstrebend zu der kleinen Gruppe von auserwählten Edelleuten und Gefährten und Gefährtinnen der Prinzen und Prinzessinnen, wie man es von mir erwartete.

Da es in der prallen Sonne heiß war, reckte ich den Kopf über die Brüstung, um eine kühle Brise vom Meer zu erhaschen. Den Blick vom Aussichtsturm, dem höchsten Punkt der Stadt am Rand der hohen Klippe, auf der die trojanische Zitadelle stand, liebte ich. Im Westen mäanderte der tamariskengesäumte Scamandros aus den Wäldern heraus durch die fruchtbare Ebene mit ihren Feldern und Olivenhainen, die wirkte wie eine gewebte Decke aus üppig grüner und schwarzer Erde und durch die sich der blaue Faden wand, bevor er die Küste erreichte und seine Wasser sich in die westliche Bucht ergossen. Im Norden näherte sich das Meer der Stadt in Form einer zweiten Bucht, jenseits derer ich hinter dem Vorgebirge von Rhoeteum die Meerenge des Hellespont erkennen konnte, auf dem Handelsschiffe auf ihrem Weg zum Schwarzen Meer mit weißen Segeln fuhren, die mich an gespreizte Flügel erinnerten. Für die Gründung der Stadt hätte der Große Gott Apulunas keinen besseren Ort wählen können. Plötzlich dachte ich: *Ich möchte Troja niemals verlassen.*

Da rief einer der Beobachtungsposten auf den Zinnen: »Das Schiff der Prinzen nähert sich dem Land, mein König!« Er beschattete die Augen gegen die grelle Sonne und deutete auf die westliche Bucht hinaus.

Ich blinzelte in dieselbe Richtung und versuchte, den scharfen Schweiß zu ignorieren, der mir in die Augen lief, und die pochenden Kopfschmerzen, die sich bemerkbar zu machen begannen, als ich das königliche Gefährt inmitten der Flotte von Handelsschiffen entdeckte. Am Bug erkannte ich die vergoldete Galionsfigur von Apulunas, dem Beschützer Trojas. Männer sprangen heraus und wateten mit Seilen durch die Wellen, um das Schiff auf den Strand zu ziehen. Dann wurde das Segel gerafft, das lose im Wind flatterte. Kurz darauf entluden Sklaven das Schiff. Die Menge auf den Stadtmauern applaudierte.

Ich wandte mich Kassandra zu, um meiner Freundin zur sicheren Rückkehr ihrer Brüder zu gratulieren. Die Luft flimmerte in der Hitze, und es dauerte einen Moment, bis mein Blick sie unter dem königlichen Baldachin fand. Als ich ihren Gesichtsausdruck sah, erstarrte ich mitten im Klatschen. Das Lächeln erstarb auf meinen Lippen, bevor es sich richtig hatte formen können.

Kassandra wirkte, als wäre sie der schlimmsten Folter ausgesetzt. Ihre Augen waren schreckgeweitet, ihre Finger verkrampft, und ihr Körper zuckte vor Schmerz.

»Kassandra!«, rief ich voller Angst und bahnte mir einen Weg zwischen den Edelleuten hindurch. Unter dem königlichen Baldachin ergriff ich ihre weiße Hand.

Troilus blickte sie mit leicht geöffnetem Mund an. Äneas und Deiphobus runzelten die Stirn.

»Was ist, Kassandra?«, fragte ich.

Sie konnte nichts sagen, gurgelte, würgte, stammelte.

Ich drehte mich hastig um und winkte einen Sklaven herbei. »So komm doch jemand! Prinzessin Kassandra braucht Hilfe! Bring ihr Wasser! Schnell!«

Meine Worte wurden von einem gellenden Schrei übertönt.

»Nein! Nein! *Neiiiin!*«

Der Schrei war aus Kassandras Mund gekommen, doch er klang wie nicht von dieser Welt, wie das Kreischen der Harpien, jener grässlichen Ungeheuer mit Raubvogelkörpern und grotesk verzerrten Frauengesichtern. Kassandras Leib verkrampfte sich, sie stieß immer wieder verstörte Schreie aus und deutete in Richtung des gelandeten Schiffs und der Gestalten am Strand.

Ich war vor Schreck wie erstarrt, und die anderen schienen genauso entsetzt zu sein. Ich hatte keine Ahnung, was ich tun sollte. Letztlich konnte ich nur jener grässlich hohen, schneidenden Stimme lauschen, die nicht die ihre war.

»Kassandra...«, stammelte ich.

»Troja wird fallen!«, kreischte sie, und ihre roten Haare standen wie Flammen um ihren Kopf, als sie ihn wild schüttelte. »Ich sehe Feuer... Brände... schreiende Menschen... Tod...«

Die Edelleute wichen murmelnd vor ihr zurück.

König Priamos und Königin Hekuba blickten wie aus Marmor gehauene Statuen auf ihre Tochter.

»Der Preis, der ihnen nicht gehört, wird unser Verderben sein«, kreischte Kassandra. Dann erhob sie sich ohne Vorwarnung und deutete mit weit aufgerissenen Augen und wehenden Haaren aufs Meer hinaus. »Bringt sie zurück! Der Preis, der nicht den Trojanern gehört, wird die Stadt schmücken, aber auch ins Verderben stürzen! Troja wird brennen... brennen...!«

Ihre Hand flatterte wie ein Blatt im Wind. Plötzlich gaben ihre Beine unter ihr nach, und sie sank zu Boden. Ich versuchte, sie aufzufangen, doch das war, als wollte ich eine vom Sturm gefällte Kiefer aufrichten.

»Kassandra!«, rief ich und rüttelte sie, doch sie rührte sich nicht. »Kassandra – wach auf!«

Nichts.

Ich bedeckte Kassandras schlaffen Körper mit ihrem Schleier und winkte einige junge Sklaven herbei, die sie in den Schatten des Baldachins tragen sollten. Ich begleitete sie, fächelte ihr Luft zu, beobachtete, ob ihre Augenlider sich bewegten und sie zu sich käme. *Bitte, Apulunas, lass sie wieder aufwachen.*

Ich kniete neben ihr nieder, als sie sie vorsichtig auf den Boden legten, und fühlte ihre Stirn mit meiner Hand. Sie war fiebrig heiß und schweißnass, Gott sei Dank nicht kalt wie der Tod. Mit einem erleichterten Seufzen strich ich ihr die feuchten Haare aus dem Gesicht.

»Kassandra«, flüsterte ich ihr ins Ohr, als wollte ich ein verängstigtes Pferd beruhigen. Ich nahm ein Kissen von einem der Hocker in der Nähe und schob es ihr unter den Kopf. »Ganz ruhig, Kassandra, ich bin bei dir. Jetzt wird alles wieder gut.« Aus einem Kelch, den einer der Sklaven gebracht hatte, versuchte ich, ihr Wasser einzuflößen.

Da öffnete sich eine Tür mit einem lauten Knall, und am Eingang zum Turm entstand Unruhe. Ein mit einer tiefblauen Tunika, der Farbe von Hektors Dienern, bekleideter Bote. Obwohl er sich erschöpft die Seite hielt, lief er geradewegs zu König Priamos, vor dem er schwer atmend stehen blieb. Dort ging er auf ein Knie und neigte sein Haupt.

Er holte tief Luft. »Mein König«, hob er mit lauter, klarer Stimme an. »Ich bringe Nachricht von Prinz Hektor und Prinz Paris.«

Das Gemurmel der Edelleute ebbte zu einem leisen Raunen ab und erstarb schließlich ganz.

»Die Prinzen sind zurück«, verkündete der Bote, »aber sie kommen nicht allein.«

König Priamos sah ihn fragend an. »Wen bringen sie? Einen Gesandten aus Sparta, der unseren Bund der Freundschaft erneuert? Am Ende gar Fürst Menelaos selbst?«

Der Bote verneigte sich noch einmal. »Nein, mein König.« Er schien nach Worten zu ringen. »Sie haben…« Er schluckte. »Mein König, sie haben die Frau von Fürst Menelaos mitgebracht, Helena von Sparta.«

Das Raunen wurde lauter, wie das Summen eines Schwarms aufgescheuchter Bienen.

Troilus umfasste die Armlehne vom Thron seines Vaters so fest, dass seine Knöchel weiß hervortraten.

»Was soll das heißen?«, meinte Königin Hekuba und sah zuerst ihren Mann, dann den Boten an. »Welche Herrscherin reist ohne ihren Gatten? Ist das eine eigenartige griechische Sitte? Warum kommt sie allein, um uns ihre Ehrerbietung zu erweisen?«

König Priamos hob eine Hand und brachte seine Frau so zum Schweigen. »Sprich weiter«, wies er den Boten an.

Der Bote verneigte sich erneut. »Helena von Sparta ist nicht mehr Helena von Sparta«, verkündete er in die gespannte Stille hinein. »Prinz Paris bittet Euch, sie in den königlichen trojanischen Haushalt aufzunehmen. Helena ist nicht gekommen, um ihre Ehrerbietung zu erweisen, meine Königin, sondern um hier zu leben. Prinz Paris hat sie zur Frau erwählt.«

Überraschte und schockierte Ausrufe seitens der Edelleute.

Ich starrte den Boten an, eine Hand um Kassandras schlaffe Finger, die andere um den Kelch gelegt.

Königin Hekuba lehnte sich auf ihrem Thron zurück, die Lippen fest aufeinandergepresst, den Blick auf ihren Gatten gerichtet.

König Priamos wirkte, als hätte er Mühe, die Bedeutung dessen, was er soeben gehört hatte, zu begreifen. »Sie begleitet Paris?«, fragte er. »Als seine Frau? Weiß ihr Mann, Fürst Menelaos, davon?«

Der Bote machte den Mund auf, doch bei dem Lärm, der sich nun erhob, war er nicht zu verstehen. Nur sehr langsam verstummten die Edelleute, weil sie hören wollten, was der Bote zu sagen hatte.

»Mein König, ich habe Euch noch nicht alles berichtet. Auf dem Weg von Sparta haben wir Zwischenstation in Athen gemacht. Von dem dortigen Herrscher haben wir erfahren, dass Fürst Menelaos geschworen hat, Troja bis auf die Grundmauern niederzubrennen und Helena mit seinen eigenen Händen zu töten. Von den Athenern wissen wir, dass sämtliche griechischen Fürsten Menelaos und seiner Frau gegenüber einen bindenden Schutzeid abgelegt haben und Menelaos' Bruder Agamemnon, der Oberkönig aller Griechen, bereits seine Truppen zusammenzieht. Es heißt, er schare das größte Heer um sich, das die Welt je gesehen hat. Angeblich unterstehen tausend Schiffe seinem Befehl.«

Bestürztes Schweigen.

König Priamos beugte sich auf seinem Thron vor. »Wann war das?«

»Vor etwa zwei Wochen, mein König.«

Der König lehnte sich stirnrunzelnd zurück. Die Edelleute waren still wie das Meer vor einem Sturm.

Der Bote holte tief Luft. »Mein König, wir wissen aus berufenem Munde, dass Achilles, der furchteinflößendste Krieger unserer Zeit und Sohn der Göttin Thetis, sich dem Zug anschließen will.«

Auf dem Olymp

Olymp, Griechenland

»*Es ist mir egal, was du sagst, Hera. Tausend Schiffe sind viel zu viel.*« *Zeus nippt an seinem Nektar. Er hat seinen Thron in den Garten des Palasts hinaustragen lassen, um die frische Luft zu genießen. Nun beobachtet er belustigt, wie ein Schmetterling kurz auf seiner Hand landet und ohne zu ahnen, dass er gerade einen Gott berührt hat, wieder wegflattert.* »*Reich mir doch mal die Ambrosia, Hermes. Du nimmst das zu persönlich.*«

»*Zu persönlich?*«, *zischt Hera.* »*Wie soll ich es sonst nehmen, wenn Paris den Preis dieser Schlampe zuerkannt hat?*«

Aphrodite, die bei den Rosensträuchern auf einer Chaiselongue aus goldenen Wolken ruht, hebt eine geschwungene Augenbraue, äußert sich aber nicht dazu. Das muss sie auch nicht. Kein Mann, nicht einmal ein Gott, würde einer so schönen Göttin nicht zu Hilfe kommen.

»*Ich begreife wirklich nicht, wo das Problem liegt*«, *sagt Hermes und lässt etwas Ambrosia in seinen Mund gleiten, bevor er den Rest Zeus reicht.* »*Du hast von Paris verlangt, dass er eine Wahl trifft, und das hat er getan. Liebste Stiefmutter, ich denke, du musst zugeben, dass Aphrodite den Wettbewerb vollkommen fair gewonnen hat.*« *Er grinst Aphrodite an, die ihn ihrerseits mit einem Lächeln bedenkt.*

Hera fährt fort, ohne auf Hermes zu achten. »*Ich bin die Königin der Götter!*«, *herrscht sie Zeus an.* »*Ich bin deine Frau! Und schau Athene an, deine Tochter!*« *Sie deutet auf Athene, die neben ihr sitzt, die Arme über dem Brustharnisch verschränkt.*

»Willst du den Trojanern denn nicht ein bisschen Respekt vor uns beibringen?«

Zeus dreht seufzend seinen Kelch in der Hand. »So leicht ist das nicht«, entgegnet er. »Wir können Troja nicht niederbrennen, weil ein trojanischer Prinz dich in deiner Schönheit gekränkt hat.«

Hera stemmt die Hände in die Hüften. »Und warum nicht?«

»Weil es um mehr geht als nur um dich, liebste Gattin. Wir sollen ein Auge auf die Sterblichen haben, falls du das vergessen hast. Das ist unsere Aufgabe. Erinnerst du dich noch, wann ich das letzte Mal Urlaub hatte?«

Hermes murmelt etwas von einem sommerlichen Ausflug nach Äthiopien, doch Zeus bringt ihn mit einer einzigen Geste zum Schweigen.

»Wir kümmern uns um sie, erhören einige ihrer Gebete und erhalten dafür Lob und Opfergaben. Kurz: Wir brauchen sie, sie brauchen uns. Wir können sie nicht einfach auslöschen.«

»Wer hat denn gesagt, dass wir sie auslöschen sollen?«, fragt Hera. »Es ist ja nur eine einzige Stadt, nicht die gesamte Menschheit. Ich will bloß Troja.« Ihre Augen funkeln. »Und wenn ich dich erinnern darf, Zeus: So ein Unschuldslamm bist du auch wieder nicht. Weißt du noch? Die Flut damals? Als du die ganze Erde ausradieren wolltest, weil ein einzelner Mensch dir nicht genug Hochachtung entgegenbrachte?« Sie schnaubt verächtlich. »Und du behauptest, ich würde überreagieren.«

Zeus übergeht die Bemerkung majestätisch gelassen.

»Für dich mag es ja ›bloß Troja‹ sein«, sagt er. »Wenn du könntest, würdest du die Tore selbst einreißen. Du weißt, wie sehr ich diese Stadt liebe. Priamos und seine Söhne sind gute Menschen. Bei ihnen bleiben meine Altäre niemals leer. Ich werde sie nicht bestrafen, nicht einmal für dich.«

Sie überlegt. In der Stille ist nur das Plätschern des Spring-

brunnens in der Mitte des Gartens zu hören – ein Delfin, aus dessen Maul Nektar sprudelt. Hera sieht ihren Mann mit einem verschlagenen Blick von der Seite an. »Nicht für mich. Aber vielleicht für eine Stadt?«

Zeus hebt so abrupt den Kopf, dass sein Bart Wellen schlägt wie der Fluss Styx. »Wie meinst du das?«, erkundigt er sich.

»Ich biete dir einen Handel an«, antwortet Hera und beugt sich vor. »Gib mir Troja, und ich gebe dir dafür drei meiner Lieblingsstädte. Wie klingt Mykene? Und Sparta und Argos? Denk nur: Wann immer du Lust hast, sehe ich, ohne mit der Wimper zu zucken, zu, wie du sie dem Erdboden gleichmachst. Die drei bedeutendsten Städte in Griechenland«, fügt sie in verführerischem Tonfall hinzu.

Zeus ist versucht, Ja zu sagen. Es ist allgemein bekannt, dass Mykene und Argos Hera inbrünstiger verehren als jede andere Göttin, und er kann nicht leugnen, dass er daran gern etwas ändern würde. Ein paar neue Altäre für Zeus hier und da könnten doch nicht schaden, oder? Und drei ihrer Städte für eine von ihm? Das klingt nach einem fairen Tausch. Aber er hat einen Ruf zu verteidigen als jemand, der besonnen abwägt – schließlich nennen die Sterblichen ihn »Zeus, den Weitblickenden« und den »Gott des Ratschlags« –, also schweigt er um der Wirkung willen ziemlich lange.

Hermes, Athene und Aphrodite beobachten gespannt, wie seine Augenbrauen zucken.

Nach einer angemessenen Zeit des Schweigens nickt er.

Hera lächelt triumphierend.

»Troja gehört dir«, verkündet er. »Mach damit, was du willst. Troja...«, er blickt durch die Wolken hinunter auf die griechischen Schiffe, die bei ihrer Fahrt gen Osten die Ägäis schwarz färben, »... wird fallen.«

Verliebt

Χρυσηίς
Chryseis, Troja

Stunde des Gebets
Achter Tag des Weizendreschmonats, 1250 v. Chr.

Einige Wochen nach der Rückkehr der Prinzen spazierte ich mit Troilus durch die Gärten von Trojas Unterstadt in Richtung der westlichen Mauer. Es war ein wunderbarer Sommertag mit strahlend blauem Himmel. Die Sonne wärmte die Steine unter unseren Füßen, Springbrunnen plätscherten in hinter hohen Lehmmauern verborgenen Gärten, und der Geruch von brennendem Holz aus den Öfen der Bäcker vermischte sich mit dem süßen Duft von Sonnenröschen und reifenden Feigen. Beobachtern mussten wir wie ein frisch verheiratetes junges Paar erscheinen, bis auf die Tatsache, dass ich keinen Goldreif am Finger und kein Diadem auf dem Kopf trug und wir jedes Mal, wenn wir eine Palastwache oder einen Sklaven in königlicher Tunika bemerkten, in die Schatten huschen und uns flach gegen eine Mauer drücken mussten, um nicht zusammen gesehen zu werden. Doch dieser Tag war so schön, dass wir unsere Sorgen mit dem Wind, der mit den über die Mauern der Obstgärten hängenden Äpfeln spielte, gen Himmel schicken wollten.

Nur gelang mir das leider nicht.

»Troilus…«, hob ich an. »Troilus, mir geht im Kopf herum, was mein Vater am Tempel des Apulunas zu mir gesagt hat. Dass ich Priesterin werden soll.«

Er seufzte tief. Ich hatte ihm davon erzählt, und die Angst davor, dass mein Vater seine Drohung wahr machen würde, hing an diesen lauen Sommertagen zwischen uns wie eine dunkle Wolke.

»Ich habe versucht, mit meinem Vater zu reden, aber er weist mich jedes Mal ab. Ich werde es bald wieder probieren. Außerdem...«

Plötzlich übertönte ein tiefes, hallendes Geräusch seine Worte. Ich blieb wie angewurzelt stehen und blickte zurück zur Oberstadt, wo die Paläste und Tempel von einem eigenen Ring dicker Mauern umschlossen waren und sich der hohe nördliche Aussichtsturm befand.

»Was ist das?«, fragte ich. »Warum läuten sie die Glocke? Das habe ich hier noch nie gehört.«

Troilus blieb ebenfalls stehen. Eine kleine Falte bildete sich zwischen seinen Augenbrauen. »Das ist eine Warnung«, antwortete er erst nach einer Weile mit leiser Stimme. »Vor einem Angriff.« Er nahm meine Hand. »Komm«, sagte er und zog mich mit sich. »Lass uns nachsehen. Das Westtor ist von hier aus am nächsten. Von dort hat man einen Blick über die Bucht.«

Oben auf der Stadtmauer war es kühler, eine Brise vom Meer trug den Geruch des salzigen Wassers heran. Troilus lief zu den Zinnen. Ich wartete kurz, bevor ich ihm folgte, und stellte mich mit etwas Abstand neben ihn, damit niemand uns verdächtigte, miteinander gekommen zu sein, obwohl sich auf diesem Turm keine Wachen aufhielten. Sie waren offenbar alle auf den nördlichen Aussichtsturm geeilt, als die Glocke erklang. Ich nahm wahr, wie die Wellen mit weißen Schaumkronen gegen den Strand vor Troja brandeten und das Blau der See mit dem Himmel über dem Hellespont verschmolz.

Dann entdeckte ich sie.

Zuerst sah es aus wie eine schmale Linie grauer Wolken, die von der Insel Lemnos im Westen aufstiegen, undeutlich, wie eine Nebelbank am Horizont. Doch schon bald kamen die Wolken näher und nahmen Gestalt an. Kiele, die das Wasser durchpflügten. Vom Wind geblähte Segel. Masten, die wie Schwertspitzen gen Himmel ragten. Ruder, die sich rhythmisch in die Wellen senkten. Ein schwarzer Streifen, der den Horizont bedeckte und sich langsam über das Meer ausbreitete wie vor einem Sturm.

Ich wandte mich Troilus zu, der mit düsterer Miene auf die bedrohlich dunkle Front der Schiffe blickte.

»Der Aussichtsturm«, sagte er. »Ich muss zum Aussichtsturm. Mein Vater...« Fast schnürte es ihm die Kehle zu. »Mein Vater braucht mich.«

Wir rannten schweigend die Mauern entlang, am Skäischen Tor und an dem alten Feigenbaum vorbei, der wohl schon länger als hundert Jahre dort stand, zum Aussichtsturm, dem Klang der Glocke nach. Als wir bei den Zinnen anlangten, sah ich, wie einer der Wachleute mit einem Prellbock aus Holz gegen eine riesige Bronzeglocke schlug, was diesen tiefen lauten Ton erzeugte, der durch die Stadt hallte wie das Grollen eines Erdbebens.

Prinz Hektor, der älteste von König Priamos' Söhnen und sein Heerführer, stand bereits an den Zinnen. Troilus eilte zu ihm. Ich blieb bei der Tür zurück. Die Brüder betrachteten die dunklen Konturen der Schiffe, die sich immer deutlicher abzeichneten, und schätzten die Größe der Flotte – Tausende von Schiffen, Zehntausende von Männern, die das Meer verdunkelten wie ein von Zeus gesandter Sturm. Mit wachsender Furcht beobachtete ich Hektors Miene. Er runzelte besorgt die Stirn, wie ich es in all der

Zeit, die ich nun schon im Palast war, noch niemals gesehen hatte. Hektor kannte Troja, seine Mauern, seine Soldaten, seine Pferde besser als sonst jemand in der Stadt. Er lebte für Troja, und seine Sorgenfalten beim Anblick der griechischen Flotte waren für mich ein schlimmeres Omen als die Schiffe selbst. Als er sich umdrehte und mich bemerkte, nickte er mir kurz zu. Ich rang mir ein Lächeln ab.

Beim Nordtor zur Oberstadt hatte sich eine wimmelnde Menge von Menschen versammelt, die über das tiefe, hallende Läuten der Glocke hinwegbrüllten. Sie wollten erfahren, was geschehen war. Hektor warf einen letzten Blick auf die sich nähernden Schiffe, legte Troilus eine Hand auf die Schulter und sagte leise etwas zu ihm. Dann trat er an den Rand des Turms, von wo aus man nach Süden, in Richtung Stadt, blickte.

»Trojaner!«, rief Hektor über den Lärm und den hohlen Nachhall des letzten Glockenschlags hinweg.

Allmählich verstummten die Menschen am Fuß der Mauer.

»Ihr wollt wissen, was los ist. Ich erkläre es euch. Die griechische Flotte...«, er deutete auf die Schiffe, »...segelt auf uns zu. Wir haben sie nicht hergebeten. Wir wollten keinen Krieg.«

Mir lief es kalt den Rücken hinunter. Ich schaute zu Troilus hinüber, der bei den Zinnen stand. Noch nie zuvor hatte ich solche Angst gehabt, Angst davor, dass er in den Krieg ziehen müsste, dass die Mauern von Troja mit Pfeilen und Speeren beschossen werden und die hoch aufragenden Türme fallen könnten, wie die alten Witwen es prophezeit hatten, als seinerzeit Herakles in die Stadt gekommen war. Ich hatte Mitleid mit Hektor, der mit gestrafften Schultern am Rand des Turms stand wie der General, als den man ihn erzogen hatte. Eigentlich war er ein sanfter Mann, der gern auf schnellen Pferden über die Ebene ritt und Freude an Schwertspielen mit seinem Sohn Astyanax hatte. Er wollte nur in Frieden über seine Stadt herrschen wie sein Vater vor ihm.

Eine derbe Stimme aus dem hinteren Teil der Menge unten riss mich aus meinen Gedanken. »Und was ist mit Paris? Warum hat er Helena hergebracht?«

Die anderen begannen zu skandieren: »Ja, was ist mit Helena? Wir wollen Helena nicht! Schickt die Ehebrecherin zurück!«

Immer mehr Menschen stimmten ein, es wurde lauter.

Hektor gab den Soldaten am Tor ein Zeichen, dass sie die Leute in Schach halten sollten, die im Rhythmus mit den Worten die Fäuste in die Luft reckten. Doch die Rufe wurden nur noch lauter, und die Soldaten baten Hektor um Anweisungen, weil sie sich nicht gegen das eigene Volk wenden wollten und machtlos waren gegen die Menge.

In dem Augenblick schwang die Tür neben mir auf, und eine Trompetenfanfare übertönte den Lärm. König Priamos und Königin Hekuba betraten mit ihrem Gefolge den Turm, gefolgt von ihrem Sohn Paris und Helena.

Als Helena auf die Mauer hinaustrat, wurde es auf einen Schlag still.

Das also war Helena von Sparta.

Ich musterte sie genau, weil auch ich sie das erste Mal zu Gesicht bekam. Sie war Wochen in Paris' Gemächern verborgen gewesen. Schön im engeren Sinne war sie nicht, dachte ich, denn letztlich reichte es nicht, sie »schön« zu nennen: Das wurde ihr nicht gerecht. Sie war unglaublich begehrenswert.

Ich konnte den Blick nicht von ihr wenden. Mir ging

es nicht allein so. Wir standen alle wie gebannt da, als sie, den Duft von Sommerrosen, süßer Myrte und Jasmin verströmend, Hand in Hand mit Paris zum Rand des Turms schritt. Nichts an ihr erschien mir vollkommen, und dennoch war alles an ihr – ich hätte nicht sagen können, wie – so beschaffen, dass sie unendlich verführerisch wirkte.

Man wollte sie berühren, fühlen, ob ihre silbrig blonden Haare tatsächlich so weich und dicht waren, wie sie aussahen. Man wollte die Hände über ihre schmalen Hüften gleiten lassen und den seidigen Stoff ihres Gewands mit den Fingern spüren. Und man wünschte sich nichts sehnlicher, als dass diese graublauen Augen einen anblickten, die so tief und klar waren wie das Wasser, in das Narziss schaute, als er sich in sein eigenes Spiegelbild verliebte.

Und erst ihre Brüste, ihre üppigen cremeweißen Brüste... Ich merkte, wie ein Gefühl der Eifersucht sich meiner bemächtigte. Würde Troilus mich nach wie vor seine Schöne nennen, nun, da er mich mit Helena vergleichen konnte? Wer würde Chryseis noch eines Blickes würdigen, wenn er Helena haben konnte? Verstohlen versuchte ich, meinen Rock hübscher zu drapieren und den Ausschnitt meines Oberteils nach unten zu ziehen, damit die Wölbungen meiner Brüste besser zur Geltung kamen, und ich band den Gürtel um meine Taille ein wenig enger.

Die Menschen unten in der Stadt stießen einander weg, um Helena besser sehen zu können, die Frau, die die griechische Flotte an Trojas Gestade gelockt hatte. Sie achteten nicht auf Hektor und darauf, wie wütend er Paris musterte.

Dann trat der alte König Priamos vor und hob sein Zepter hoch in die Luft. Die Menschenmenge unten fing an, sich zu beruhigen, wie die Wellen nach einem Sturm, wenn der Gott des Meeres seinen Dreizack hochhält.

»Mein Volk«, begann König Priamos mit machtvoller Stimme, »mit welchem Wahn hat Apulunas euch geschlagen?«

Die letzten Zwischenrufer verstummten, als er den Blick über die Menge schweifen ließ.

»Habt ihr unsere Pflicht gegenüber Zeus, dem Herrscher über die Götter, vergessen?«, donnerte er. »Seine Gesetze verlangen, dass wir Flüchtige und Reisende in unseren Mauern aufnehmen, die um Hilfe bitten. Ihr alle wisst das. Aber ihr wollt Prinzessin Helena den Griechen übergeben, obwohl euch genauso klar ist wie mir, dass sie bei ihnen bald Futter für die Aasgeier wäre. Mein Volk, was ist über euch gekommen?«

Fast schienen sich die Menschen vor dem Zorn, der aus seinen Augen sprühte, zu ducken.

»Troja ist bekannt für seine Gastfreundschaft«, fuhr er fort. »Wir sind keine Barbaren, die eine Flüchtige – eine Frau und die von meinem Sohn erwählte Gattin – an ihre Verfolger ausliefern. Wir sind keine Wilden, die einen Gast zurückweisen. Wir sind Menschen, die die mächtigen und gerechten Götter fürchten. Prinzessin Helena hat um unseren Schutz gebeten, und den soll sie erhalten.«

Er schwieg kurz, damit seine Worte Wirkung entfalten konnten, bevor er leiser und sanfter weiterredete. »Mein Volk, ich schäme mich nicht zu gestehen, dass mein Sohn möglicherweise falsch gehandelt hat, als er die Ehre seines Gastgebers Fürst Menelaos verletzte, aber dafür ist nicht seine Jugend verantwortlich. Es war der Wille der Götter, dass Prinzessin Helena in unsere Stadt gebracht wurde.«

Einige begannen zu raunen und den Hals nach Paris zu recken, andere schüttelten den Kopf, doch die meisten warteten, was der König als Nächstes sagen würde.

»Der Hohepriester des Großen Gottes hat mir mitgeteilt, dass unsere heilige Göttin Arinniti, Tochter des Sturmgottes Zayu, uns mit der Schönheit von Prinzessin Helena als höchstem Gut segnet, das unsere Stadt krönen soll.« Er verneigte sich höflich in Richtung Helena. »Helena ist Prinz Paris als Geschenk zuerkannt, als Zeichen des Wohlwollens der Götter gegenüber Troja. Sie haben uns unter dem ewig gültigen Gesetz der Gastfreundschaft als Beschützer von Prinzessin Helena eingesetzt.«

Helenas rote Lippen verzogen sich zu einem Lächeln, als König Priamos sich ihr zuwandte. Mir wurde flau im Magen. Fast konnte ich spüren, wie sich das Verhängnis unabwendbar auf die Mauern herabsenkte, als der König in Helenas graublaue Augen blickte.

»Die Götter und euer König haben gesprochen. Helena hat unseren Segen. Sie bleibt bei uns.«

Die Menge brach in Jubel aus, und König Priamos senkte sein Zepter. Einer der jungen Fürsten, die neben mir standen, klopfte seinem Nebenmann auf den Rücken und schrie ihm ins Ohr: »Das Gold, das Helena mitbrachte, ist bestimmt auch willkommen.«

»Und der König hat gern hübsche Gesichter um sich«, meinte der andere. Sie fingen beide an zu lachen.

Hektor nahm den Platz seines Vaters am Rand des Turms ein und ließ sich seinen Speer von dem Diener geben, der ihn für ihn trug. Seine Frau Andromache löste sich mit ihrem kleinen Sohn auf dem Arm aus dem königlichen Gefolge, um sich zu ihrem Gatten zu gesellen. Sie richtete den Blick stumm flehend auf Hektor, doch der war unfähig, ihn zu erwidern, wie ein Mann, der von mächtigen Wellen fortgerissen wird. Er holte tief Luft. Die Menge verstummte und wartete, was Hektor zu sagen hätte.

»Mein Vater, der König, spricht die Wahrheit über Zeus. Was mein jüngerer Bruder auch immer getan haben mag: Er hat nur den Willen der Götter erfüllt.«

Allgemeines Gemurmel. Prinz Hektor sah seinen Vater an, der lächelnd nickte. Erneut holte Hektor tief Luft. »Nun, da die Griechen hier sind: Laufen wir weg oder kämpfen wir?«

Die Antwort erscholl: »Wir kämpfen! Kämpfen für Troja!«

Hektor stieß die Spitze seines Speers in den Boden. »Jammern wir beim Anblick der feindlichen Truppen wie kleine Mädchen?«

»Nein!«

Noch einmal stieß Hektor seinen Speer in den Boden. »Geben wir ein Geschenk unserer Götter heraus, einen Gast, der unseren Schutz erbittet und von den ungläubigen Griechen mit ihren falschen Göttern getötet werden würde?«

»Nein!«

Er stieß seinen Speer ein drittes Mal in den Boden. »Was also, Trojaner, machen wir?«

»Wir kämpfen für Troja! *Für Troja!*«

Als Hektor den Speer hoch in die Luft hob und schüttelte, funkelte die Spitze im Licht der Sonne. Er schaute, den Speer über dem Kopf, zu Helena hinüber. Ihre Blicke trafen sich.

Und wieder verzogen sich Helenas Lippen zu einem Lächeln.

Βρισηίς
Briseis, Lyrnessos

Abendstunde
Achter Tag des Weizendreschmonats, 1250 v. Chr.

Die ersten Wochen vergingen in Frieden und Glückseligkeit: Wir genossen die Liebeswonnen eines frisch verheirateten Paares, und jedes Mal, wenn ich meinen jungen, starken Ehemann ansah, durchströmte mich Freude. Nun wusste ich, dass ich nicht mehr allein war und keine Angst vor der Prophezeiung mehr haben musste.

Und natürlich war ich verliebt.

Praktisch vom allerersten Augenblick an, als Mynes' Hand mich berührte. Er war nicht der König, den ich mir erträumt hatte, aber er hatte an mich geglaubt, als kein anderer das wagte, sich für mich entschieden und versprochen, für mich zu sorgen. Für eine junge Frau, die Familie und Freier fünf lange Jahre gleichermaßen gemieden hatten, war dies, als hätte er ihr die Welt zu Füßen gelegt. Und am allerwichtigsten: Seine Liebkosungen und der Klang seiner Stimme versetzten mich in einen Zustand höchster Euphorie. Das erste Mal im Leben hatte ich das Gefühl, geliebt zu werden, und das war, als würde ich nach Jahren der Gefangenschaft endlich wieder die Sonne auf meiner Haut spüren.

Einige Wochen nach unserer Hochzeitsnacht wollte ich gerade zum abendlichen Festmahl gehen, als Mynes aus dem Bereich der Männer trat und sich zu mir gesellte. Er hatte ein Bad genommen. Seine Haut war rosig und roch nach Zedernholzöl aus den Bergen im Süden, sein Gesicht glühte von einem Tag in der Sonne. Er schlang von hinten die Arme um mich und knabberte an meinem Nacken.

Ich löste mich aus seiner Umarmung und bedachte ihn mit meinem würdevollsten, majestätischsten Blick. »Was fällt dir ein, dich an die Prinzessin von Lyrnessos heranzumachen?«, fragte ich, gespielt entrüstet.

Seine braunen Augen blitzten, als er sich an mich schmiegte, die Wärme seiner Haut köstlich nahe an der meinen.

»Ich kann nicht anders«, flüsterte er mir ins Ohr, »weil sie so wunderschön ist.«

Ich stieß einen tiefen, bebenden Seufzer der Begierde aus und blickte mich hastig um, weil ich mich vergewissern wollte, dass niemand in der Nähe war. Niemand.

Ich senkte die Stimme. »Wenn das so ist, wird die Prinzessin dir wohl erlauben, dich wieder an sie heranzumachen.«

Er ergriff lachend meine Hand. »Komm, Briseis«, sagte er und zog mich in Richtung südliches Tor. »Ich möchte dir etwas zeigen.«

»Warte!«, rief ich aus. »Wohin willst du mit mir? Was ist mit dem Festmahl?«

»Das wirst du gleich sehen«, meinte er, ohne mich loszulassen.

Wir liefen um den Palast herum zu den Sklaven- und Küchenbereichen. Warme Luft dampfte aus den Backöfen, und der appetitliche Geruch von brutzelndem Fleisch drang aus den Küchen. Durch die großen offenen Fenster konnte ich beobachten, wie Sklaven mit schweißglänzenden Gesichtern Braten über dem Feuer drehten.

Mynes brachte mich zur Küchentür. Davor stand ein großer, mit einem schneeweißen Tuch bedeckter Weidenkorb. Er hob ihn auf und reichte ihn mir.

Als ich das Tuch zurückschlug, erblickte ich ein kleines Festmahl: ein Krug Rotwein, aufgeschnittener kalter Braten vom Eber, ein Laib warmes Brot, eine Karaffe mit Olivenöl und eine Handvoll Feigen sowie ein Honigwalnusskuchen. Ich streckte die Finger nach dem Brot aus, doch er hielt sie fest.

»Nicht jetzt«, sagte er. »Hab noch ein bisschen Geduld.« Er nahm mir den Korb aus der Hand und zog mich weiter.

Wir liefen vom Palast weg durch die Weinberge zu den steilen Klippen am Meer. Am Horizont braute sich ein Sturm zusammen. Dicke schwarze Wolken ballten sich über der See und schleppten einen Regenschleier hinter sich her. Als wir das Tor am oberen Ende der in den Stein gehauenen Stufen erreichten, drückte Mynes es auf und schob mich hindurch. Da öffneten sich die Schleusen des Himmels, und wir rannten rutschend und lachend die Treppe hinunter. Die Kleider klebten nass an unseren Körpern.

»Hier entlang!«, rief Mynes über das Zischen und Prasseln des Regens hinweg, sprang die letzten Stufen hinunter und hob mich auf den Strand. Dort deutete er auf einen alten, nur wenige Meter entfernten Baum, von dessen silbrigen Blättern das Wasser tropfte wie weißer Achat. Die Arme über dem Kopf, glitschte ich hinter Mynes her über den feuchten Sand.

Mynes duckte sich unter den Ästen des riesigen uralten Olivenbaums hindurch und zog mich in seinen hohlen Stamm. Drinnen war es warm und trocken und dunkel wie in einer alten Truhe. Draußen, jenseits des im Wind schwankenden Blätterdachs, strömte der Regen aus grauen

Sturmwolken auf die Erde, und das Meer wurde zu hohen Wellen aufgewühlt.

Mynes legte den Arm um meine Schulter, schmiegte seinen Kopf an den meinen und schaute hinaus. »War es das hier wert, das Fest zu verpassen?«

»Schon«, musste ich zugeben. »Aber, liebster Gatte, du vergisst, dass wir noch anderes im Sinn hatten als das Festmahl.«

Er umarmte mich lachend, zog mich sanft auf den warmen Boden und sah mir tief in die Augen. So lagen wir eine Weile schweigend da, während der Regen auf das Dach aus Holz trommelte.

»Was denkst du?«, erkundigte ich mich. Die gleiche Frage hatte er mir in unserer Hochzeitsnacht gestellt.

Mynes nahm einen kleinen spitzen Stein vom Boden. »Leg deine Hand um meine.«

Ich tat ihm den Gefallen. Er begann, etwas ins Holz zu ritzen.

»Was soll das werden?«, wollte ich wissen.

»Geduld...«

Vor meinen Augen formten sich Linien heraus.

»B... M«, las ich, als er die letzten Holzsplitter mit dem spitzen Ende des Steins wegkratzte. Nun erkannte ich, was da stand: »Briseis und Mynes.«

Er wandte sich mir zu.

Ich schlang die Arme um ihn und küsste ihn leidenschaftlich, die Hände um seinen Nacken und in seinen Haaren.

Der Stein löste sich aus seinen Fingern und fiel auf den Boden. Seine Hände erforschten meine Haut und zogen die Broschen und Nadeln aus meinem feuchten Kleid und den nassen Haaren. Den Korb, den wir umgestoßen hatten, schob Mynes vollends weg, weil wir nun nicht mehr ans Essen dachten.

In jener Nacht, in der Wärme des Olivenbaums, auf den der Regen herniederprasselte, liebten wir uns das letzte Mal.

Die Griechen sind da

Χρυσηίς
Chryseis, Troja

Stunde der aufgehenden Sonne
Neunter Tag des Weizendreschmonats, 1250 v. Chr.

Am Tag nach dem Auftauchen der Griechen besuchte ich Kassandra, die sich seit ihrem Zusammenbruch auf der Stadtmauer bei der Heimkehr von Paris und Hektor in ihren Gemächern aufhielt. Seitdem hatte ich jeden Tag bei ihr gesessen und ihr erzählt, was sich in der Stadt ereignete. Ich fragte mich, womit das Schicksal uns als Nächstes prüfen würde.

Kassandra lag auf ihrem fein verzierten Ahornholzbett, als ich die Tür öffnete und den Kopf hineinstreckte. Lysianassa war gerade dabei, neben einer der Truhen Laken zusammenzulegen.

»Bist du wach?«

Kassandra nickte. Ich ging zu ihr. Dabei versanken meine Füße tief in den weichen Wollteppichen auf dem Boden. »Wie fühlst du dich?«, erkundigte ich mich und gesellte mich zu ihr aufs Bett. Kassandra schien munterer zu sein als in den Tagen zuvor. Ihre blauen Augen leuchteten in ihrem blassen Gesicht, als sie sich, die Kissen im Rücken, aufsetzte.

Sie nahm meine Hände. »Schön, dass du bei mir bist, Chryseis. Mir geht es besser. Sag, was gibt es Neues?«

Ich legte die Sonnenröschen neben sie, die ich ihr vom

Schrein der Göttin Arinniti mitgebracht hatte. »Die Schiffe der Griechen sind da«, antwortete ich leise und versuchte, mir die Angst, die ich empfand, seit die Glocke das erste Mal über der Stadt ertönt war, nicht anmerken zu lassen.

Kassandra wurde noch blasser.

»Sie sind gestern angekommen. Ich habe sie vom Aussichtsturm aus am Horizont gesehen. Es waren Hunderte. Dein Vater, der König, und Prinz Hektor sind entschlossen, Prinzessin Helena bei uns zu behalten. Und Troilus meint, er weiß keine Möglichkeit, den Krieg zu verhindern, den die Griechen uns bringen wollen.«

Kassandra schwieg. Mir fielen die Worte ein, die sie an jenem Tag auf der Stadtmauer herausgekreischt hatte: *Der Preis, der nicht den Trojanern gehört, wird die Stadt schmücken, aber auch ins Verderben stürzen...* Vielleicht dachte sie ebenfalls gerade daran.

»Ich muss dir etwas sagen.«

Ich blickte sie erstaunt an. Auf ihren Wangen breitete sich Röte aus, und in ihren Augen lag ein merkwürdiges Leuchten. Sie holte tief Luft. »Ich muss dir erklären, was bei der Rückkehr von Paris und Hektor auf der Stadtmauer passiert ist, Chryseis. Ich halte das nicht länger aus. Ich muss mit jemandem darüber sprechen.«

Sie wirkte erregt und verängstigt. »Wirst du mir glauben?«, fragte sie. »Und nicht an meinen Worten zweifeln? Egal, was ich sage?«

»Natürlich glaube ich dir!«, antwortete ich und nahm ihre Hand. »Du bist meine beste Freundin, fast meine Schwester.«

Sie schenkte mir ein kleines Lächeln. »Es hat an dem Tag angefangen, als meine Brüder nach Hause kamen«, sprudelte es aus ihr heraus. »Ich stand dort oben auf der Mauer, unter dem Baldachin, und weil es heiß war, wurde mir ein wenig schwindlig. Ich drohte, in Ohnmacht zu fallen. Da merkte ich plötzlich, dass jemand hinter mir war.«

Ich lauschte gespannt.

»Als ich mich umdrehte«, fuhr sie mit bebender Stimme fort, »sah ich...«

»Wen, Kassandra?«

»...Apulunas.«

Ich brauchte einen Moment, das zu verdauen.

»Apulunas?«, wiederholte ich ungläubig. »Der Große Gott Apulunas ist auf den Stadtmauern von Troja zu dir gekommen?«

»Ja«, antwortete sie.

»Wie hat er ausgeschaut?«

»Er war unsichtbar und hat mir erklärt, ich sei die Einzige, die ihn sehen könne. Er... er... er hat mich begehrt«, wisperte sie, so leise, dass ich es kaum hörte. »Er hat gesagt, ich bin wunderschön, und wollte, dass ich ihn zum Sitz der Götter im Ida-Gebirge begleite. Als ich mich weigerte, hat er mich verflucht. Mit der Gabe der Hellseherei. Er hat mir prophezeit, dass ich immer die Wahrheit sagen würde, aber dass... dass...«, sie begann zu schluchzen, »...dass mir niemand glauben würde.«

Ich schlug entsetzt eine Hand vor den Mund. »Kassandra, nein... das ist Blasphemie.«

»An dem Tag hat er mich zu der Weissagung gezwungen«, flüsterte sie. »Und es stimmt, Chryseis. Troja wird fallen. Dies ist unser aller Untergang.« Sie schwieg kurz. »Kannst du mir das glauben?«

Einen Moment herrschte Schweigen.

»Er hat dich wirklich... begehrt?«, fragte ich schließlich.

Sie nickte.

»Und du hast ihn abgewiesen?«
Wieder nickte sie.
Ich war schockiert. Dass Kassandra meinte, einen Gott erblickt zu haben, war die eine Sache. Doch zu behaupten, er habe das Bett mit ihr teilen wollen, er, ein Gott, mit einer Sterblichen, einfach so, und noch dazu nicht irgendein Gott, sondern der allerhöchste Beschützer Trojas, der in seiner Güte und Reinheit alle anderen übertraf... Das war unmöglich!
Aber Kassandra war meine Freundin. Und ich hatte geschworen, nicht an ihren Worten zu zweifeln.
»Ich... ich glaube dir«, sagte ich und versuchte, überzeugend zu klingen.
Ihre Augen glänzten von Tränen. »Ja?«
Ich zögerte. »Ja.«
Großer Gott, dachte ich, *hoffentlich hörst du meine Lüge nicht.*

Βρισηίς
Briseis, Lyrnessos

Stunde der Abendmahlzeit
Neunter Tag des Weizendreschmonats, 1250 v. Chr.

Später Nachmittag. Mynes war auf der Jagd gewesen und würde bald zurückkehren. Ich hielt mich, die Haare mit einem Stück dunkelblauem Stoff nach oben gebunden, in unseren Gemächern auf, um ein Bad für meinen Gatten zu bereiten, wenn er nach Hause kam. Die bunt bemalte Tonwanne war im Schlafbereich aufgestellt, drum herum Stapel mit Leinenhandtüchern, große, mit schwarzen Spiralmustern geschmückte Gefäße, aus denen das dampfende Wasser, auf dem Blütenblätter von Wildrosen schwammen, geschüttet werden würde, sowie kleinere mit duftendem Olivenöl.

Ich verteilte Zedernöl auf meinen Händen, um sie geschmeidig zu machen, und kniete neben der Wanne nieder.

Ich wartete.

Und wartete.

Doch er kam nicht.

Nach etwa einer Stunde erhob ich mich mit steifen Gliedern. Als eine der Sklavinnen, die Arme voll mit frischen Tüchern, aus den Waschräumen trat, hielt ich sie auf.

»Phryne, hast du Prinz Mynes gesehen?«, fragte ich sie. »Ich habe Angst, dass er sich bei der Jagd verletzt haben könnte. Eigentlich hätte ich ihn schon vor mindestens einer Stunde zurückerwartet.«

Sie sah mich mit großen Augen an. »Hat man es Euch denn nicht gesagt?«

»Was?«

»Vor etwa einer Stunde ist eine dringende Botschaft aus Troja eingetroffen«, antwortete sie. »Prinz Mynes ist sofort nach seiner Rückkehr zu einer Ratsversammlung gerufen worden. Der König und seine Berater halten sich nach wie vor im Großen Saal auf.«

Ich runzelte die Stirn. »Hast du eine Ahnung, wie die Botschaft lautete?«

»Nein, Prinzessin.«

Ich sank zu Boden und stützte den Arm auf den Wannenrand. Meine Finger ertasteten die Rosenblütenblätter, die noch immer ihren süßen Duft verströmten. Doch das Wasser war kalt.

Χρυσηίς
Chryseis, Troja

Stunde der Sterne
Neunter Tag des Weizendreschmonats, 1250 v. Chr.

»Liebst du mich?«

»Mehr als alles auf der Welt.«

Ich belohnte ihn mit einem Kuss.

»Und glaubst du, wir werden unser Leben gemeinsam hier in Troja verbringen?«

Nachdem wir uns geliebt hatten, lagen wir erschöpft in Troilus' Wacholderholzbett inmitten von Wolldecken und bestickten Kissen in seinen privaten Gemächern in einem der hohen Türme des Palasts. Draußen senkte sich der dunkle Schleier der Nacht auf die Stadt herab.

Troilus drehte sich wohlig seufzend auf den Rücken. »Soll ich denn zusehen, wie du allmählich alt und hässlich wirst?«, neckte er mich und drückte mit seinem Finger gegen meinen Bauch. »Ich denke, ich möchte lieber immer eine schöne Frau an meiner Seite haben.«

Ich schob seinen Finger weg und setzte mich im Bett auf. »Wer sagt, dass ich hässlich sein werde? Möglicherweise werde ich ... Nein, bestimmt werde ich die schönste Matrone sein, die dir je zu Gesicht gekommen ist. Dann tut dir leid, was du gesagt hast.«

Troilus zog mich in seine Arme und begann, mich zu streicheln.

Ich lächelte. »Schon besser«, meinte ich, als seine Finger über meinen Rücken wanderten. »Aber eine ausreichende Entschuldigung ist das nicht.«

Er lachte. Dann spitzte er plötzlich die Ohren. Sein Blick richtete sich auf das Turmfenster, von dem aus man die Bucht und die dunkle Ebene sehen konnte. »Was war das?«

»Was?«, fragte ich. »Kommt jemand? Weiß jemand, dass ich hier bin?«

Er schüttelte den Kopf. »Hast du es nicht gehört?«

»Nein.«

Er stand auf, schlüpfte in eine leichte Tunika und trat ans Fenster.

»Was ist, Troilus?«

Troilus schwieg.

Ich zog die Wolldecken enger um meinen Leib, stand ebenfalls auf und gesellte mich zu ihm. In der Bucht im Westen konnte ich die Schiffe der Griechen erkennen, die dort vor Anker lagen. Ihre Konturen zeichneten sich im Schein von tausend Lagerfeuern ab, ihre Buge ragten in den Nachthimmel wie dunkle Bäume.

Ein unablässiger Strom von Lichtpunkten – vermutlich Fackeln, obwohl sie aus der Ferne wirkten wie Glühwürmchen – schien sich von den Schiffen über die Ebene zum Wald im Süden zu ergießen. Gedämpft hörte ich das dumpfe, rhythmische Stampfen von Tausenden Soldatenfüßen. »Was hat das zu bedeuten?«, flüsterte ich Troilus zu.

Er legte schützend einen Arm um mich. »Das bedeutet, dass die Griechen Hunger haben.«

»Sie gehen auf die Jagd – mitten in der Nacht?«, fragte ich verständnislos.

»Nein, nicht auf die Jagd. Sie wollen eine der Städte der Troas einnehmen... Theben, Arisbe oder Percote... Wer weiß? Und ihr Gold, ihre Frauen und ihre Vorräte an sich reißen.«

Ich erschauderte. »Aber nach Troja werden sie nicht marschieren, oder?«

Er bedachte mich mit einem ernsten Blick. »Jedenfalls noch nicht.«

»Hat man die Städte gewarnt?«

Er nickte. »Ja. Den näher gelegenen hat man Hilfstruppen geschickt, den weiter entfernten Boten mit der Nachricht, dass sie sich auf einen Angriff vorbereiten sollen. Doch es ist unwahrscheinlich, dass die Griechen in einer Nacht so weit kommen.«

Er bewegte sich nachdenklich vom Fenster weg und schlüpfte zurück ins Bett. Ich schmiegte mich an ihn, dankbar für seine starke, schützende Nähe. Obwohl die Decken warm waren, zitterte ich. Vielleicht, dachte ich, legten sich irgendwo in einem Ort der trojanischen Ebene zwei Liebende gerade schlafen wie wir. Nichtsahnend, dass dies die letzte Nacht ihres jungen Lebens sein würde.

ÜBER DER EBENE

Ida-Gebirge, mit Blick auf die trojanische Ebene

Die meisten Götter schlafen tief und fest in ihren Sommerpalästen auf dem Ida-Gebirge, das hoch über der Ebene vor Troja aufragt. Sie schlummern in mit Blattgold verzierten Betten und zwischen daunenweichen Wolkenbäuschen; zwei von ihnen können allerdings nicht schlafen. Hermes und Apollo sitzen an der Kante einer Lücke zwischen dünnen, vom Mond beschienenen Wolken und blicken nach Norden, zu den hell erleuchteten Fenstern des Palastes von Troja, auf die hohen, von Fackeln erhellten Mauern und die flackernden Lichter der Häuser in der Unterstadt.

»Es ist ungerecht«, bemerkt Apollo leicht säuerlich. »Ich habe ihr Unsterblichkeit angeboten – was will sie denn mehr?«

»Für deinen Antrag hast du dir nicht gerade den günstigsten Zeitpunkt ausgesucht«, erinnert Hermes ihn. »Was wolltest du mit ihr machen? Wolltest du sie etwa von der Mauer entführen, in der Hoffnung, dass niemand was merkt?«

Apollo hält den Blick auf die Stadt unter ihnen gerichtet, ohne zu antworten.

»Nun zieh kein solches Gesicht, Apollo. Kassandra ist nur eine von vielen. Da gibt's noch jede Menge andere. Oder vielleicht...«, meint Hermes und deutet auf die lange Reihe der Fackeln, die sich vom Lager der Griechen in Richtung Ida-Gebirge erstreckt, »...vielleicht auch nicht. Anscheinend sehnen sich die Griechen genauso sehr nach weiblicher Gesellschaft wie wir.«

Apollo stützt den Kopf auf die geballte Faust. »Wie meinst du das?«

»Sie wollen eine Stadt plündern, oder? Schade. Da wären so viele hübsche Mädchen für uns, aber...«, *er seufzt,* »...heute Abend können wir da nicht hin. Das würde sogar ich als pietätlos empfinden.« *Er schweigt kurz.* »Ja, ja, schon gut, ich kenne keine Moral«, *sagt er, als Apollo die Augenbrauen hebt.* »Doch Sterbliche zu verführen, während ihre Stadt dem Erdboden gleichgemacht wird, ist einfach zu leicht. In einer solchen Situation sind sie so verzweifelt, dass sie sich einem förmlich an den Hals werfen.«

Apollo murmelt etwas, und Hermes schmunzelt.

»Übertreib mal nicht. In der Ägäis schwimmen noch viele andere Fische. Apropos...« *Hermes erhebt sich, wendet sich von der Stadt ab, den Südhängen des Ida-Gebirges zu und streckt sich genüsslich.* »Ich habe mir gedacht, wir könnten Sizilien einen Besuch abstatten und bei den Waldnymphen vorbeischauen, von denen Ares neulich Abend erzählt hat. Das würde dich aufheitern.«

Sofort hellt Apollos Miene sich auf. »Sizilien mag ich sehr. Die Mädchen dort sind nicht so hektisch wie die hier.« *Er wirft einen letzten Blick auf Troja.*

»Dann lass uns aufbrechen«, *meint Hermes und klatscht in die Hände.*

Und schon schwingen sich die beiden Götter von der Wolkenkante, fliegen anmutig über die dunklen Hänge des Ida-Gebirges und auf die Küste zu wie zwei Sternschnuppen.

Apollo hält kurz in der Luft inne, als sie sich nach Westen wenden, um der Küstenlinie zu folgen, und schaut auf einen Ort in einer Bucht am Fuß der Berge hinunter. Die Soldaten aus dem griechischen Lager marschieren in Reih und Glied darauf zu. Noch während die Götter hinabsehen, gehen die Tore der äußeren Mauern in Flammen auf. »Was für eine Stadt ist das?«

Hermes zuckt mit den Achseln. »Keine Ahnung.«

Dann fliegen sie weiter, in den sternenübersäten Schleier der Nacht.

Die Stadt fällt

Βρισηίς
Briseis, Lyrnessos

Nachtstunden
Neunter Tag des Weizendreschmonats, 1250 v. Chr.

Mitten in der Nacht schreckte ich hoch. In dem Raum herrschte Dunkelheit wie in den Eingeweiden des Hades. Ich war allein, Mynes war am Abend zuvor nicht zu mir ins Bett gekommen – ich musste beim Warten auf ihn eingeschlafen sein.

»Mynes?«, flüsterte ich in die Stille hinein.

Ich stand auf und schlang eine Decke um meine Schultern. Der Himmel draußen leuchtete orange. Vielleicht war das der Sonnenaufgang, und Mynes hatte sich überhaupt nicht schlafen gelegt. Ich trat ans Fenster und zog die Riegel zurück, um die kühle Nachtluft hereinzulassen.

Flammen schlugen hoch. Ich hörte das schrille Kreischen einer Frau, das Weinen von Kindern und erderschütterndes Knarren und Ächzen, als von dem Feuer erfasste Gebäude einstürzten. Die Unterstadt lag wie ein glühender Teppich vor den Palastmauern. Ich wich entsetzt zurück.

Lyrnessos brannte.

Ich schlug die Fensterläden zu und hastete voller Angst in die Mitte des Raums zurück. Wo war Mynes? Ich musste ihn finden.

Von unserem Schlafgemach führte eine Wendeltreppe zu einem der höchsten Türme des Palasts, der sich über den

Befestigungsanlagen der Oberstadt erhob. Als ich diese Treppe hinauflief, umflatterte der dünne Stoff meines Nachtgewandes meinen Körper. Von dort oben würde ich nach Mynes Ausschau halten.

In der Unterstadt rannten Menschen kopflos zwischen den brennenden Gebäuden herum. Soldaten mit Brustharnischen aus Bronze, glänzenden Helmen und Schienbeinschützern warfen Fackeln in alle Häuser, an denen sie vorbeikamen. Männer und Frauen schrien. Das Wasser im Hafen beim Südtor reflektierte die Flammen in der Unterstadt. Es sah aus wie eine träge dahinfließende glühende Lavamasse, als würde auch das Meer brennen. Der beißende Geruch von verkohlendem Holz und Rauch wehte zum Palast herauf und verätzte mir die Kehle. Trompetenfanfaren erklangen, Männer sammelten sich zur Schlacht.

Im Hof des Palasts entdeckte ich inmitten einer Menge verängstigter Menschen eine Gruppe lyrnessischer Edelleute, die sich mit Waffen von einem großen Haufen rüsteten, um die Befestigungsanlagen in Richtung der brennenden Unterstadt zu verlassen. Vielleicht wussten sie, wo Mynes war.

Als ich die Stufen hinunterhastete, kam mir aus der Dunkelheit eine Gestalt, die Arme voll mit hölzernen Abbildern von Gottheiten, entgegen, die weißen Haare zerzaust, die Augen vor Schreck geweitet. Der Priester, der unsere Hochzeitszeremonie vollzogen hatte. »Flieht, Prinzessin!«, rief er mir mit bebender Stimme zu. »Lauft weg, oder Ihr sterbt!«

Er stolperte weiter, die Statuetten der Götter an die Brust gepresst.

»Wartet, Panthus, wartet!«, rief ich ihm nach. »Habt Ihr Mynes gesehen?«

Meine Frage hallte in dem leeren Treppenhaus nach, ohne beantwortet zu werden.

Inzwischen hatte ich zu weinen begonnen. Ich rannte die Stufen hinunter, den dunklen Säulengang entlang und durch die Palasttore hinaus auf den großen Vorhof, wo ich mich voller Panik umblickte. Die lyrnessischen Soldaten, die ich vom Turm aus gesehen hatte, waren noch da. Ich wollte mich an einem von ihnen festhalten, sank jedoch, die Haare wild um mein Gesicht, das von Schweiß und Tränen nass war, auf die Knie.

Der Soldat wandte sich von mir ab, weil er etwas gehört hatte, und ein anderer zog sein Schwert. Auch ich vernahm den Klang forscher Schritte, und wenig später hob eine Hand mein Kinn an.

»Briseis?«

Mynes.

»Was in aller Götter Namen tust du hier?«, herrschte er mich an.

Tränen schnürten mir die Kehle zu. »Mynes! Mynes, was ist los?«

Er beugte sich zu mir herab und legte die Hände auf meine Schultern. »Wir haben heute die Nachricht erhalten, dass die Griechen möglicherweise angreifen würden, aber nicht so schnell damit gerechnet. Darauf war die Stadt nicht vorbereitet. Ich muss den Soldaten beistehen und mein Volk schützen. Ich kann nicht zulassen, dass Lyrnessos fällt.«

Seine Miene wirkte hart, und sein kampflustiger Blick ließ mir das Blut in den Adern gefrieren. Nun wurde mir bewusst, dass mein Ehemann, egal, was er mir bedeutete, auch ein Anführer dieser Stadt und ein Krieger war, dessen vorrangige Aufgabe darin bestand, einen Speer zu schwingen.

»Aber was ist mit mir?«, schluchzte ich. »Was wird aus mir, wenn du stirbst? Geh nicht! Ich habe nur dich! Du bist mein Ein und Alles, Mynes. Ich darf dich nicht verlieren.«

»Ich kann meine Leute nicht im Stich lassen«, wiederholte er. »Was würden sie sagen, wenn ich mich feige vor der Schlacht drücke? Das ist unmöglich. Ich muss los. Doch Briseis…«, fügte er hinzu, als ich ihm ins Wort fallen wollte, »…ich lasse dich nicht ohne Schutz zurück.« Er ergriff meine Hand. »Du weißt, dass du mir mehr bedeutest als irgendjemand sonst in Lyrnessos«, flüsterte er mir zu. »Sogar mehr als meine Eltern. Ich kehre zu dir zurück, das verspreche ich dir.«

Ich schluckte. »Und wenn nicht?«, fragte ich kaum hörbar. »Wenn du nicht kannst?«

Mynes sah mich lange an. Dann führte er mich von den Soldaten weg, von denen uns einige neugierig beobachteten, während sie Schienbeinschützer und Brustharnisch anlegten.

Als wir die Wacholderbäume beim Tor erreichten, deren schwerer Duft in der Luft lag, und seine Männer uns nicht mehr hören konnten, blieb Mynes stehen. »Ich muss dir die Wahrheit sagen. Die Griechen haben die Unterstadt eingenommen. Die meisten unserer Soldaten sind dabei umgekommen, und ich habe nicht genug Leute, um dem Feind etwas entgegensetzen zu können.«

Seine Miene war düster, seine Stirn von tiefen Falten durchzogen. Ich sah ihn entsetzt an. »Du glaubst also, dass wir unterliegen werden?«, flüsterte ich.

Er nickte.

»Dann müssen wir fliehen!«, rief ich aus. »Komm mit mir nach Pedasos! Mein Vater hat eine große Armee. Er wird dir Truppen zur Verfügung stellen, mit denen du zurückkehren kannst.«

Mynes schüttelte den Kopf. »Nein, Briseis. Ich habe dir bereits gesagt, dass ich nicht weglaufen werde. Meine Männer brauchen mich hier und jetzt.« Er senkte die Stimme und drückte meine Hand. »Bei unserer Hochzeit habe ich geschworen, dich mit all meiner Kraft zu schützen. Aber wenn das Kriegsglück mir nicht gewogen ist und ich sterbe…«

»Sag das nicht!«

Er packte meine Hand fester. »Hör zu: Falls ich tatsächlich falle, darfst du nicht um mich trauern. Du musst lernen, dein Leben ohne mich zu führen. Lygdon soll dich nach Pedasos bringen, wo du mit deiner Familie in Sicherheit leben kannst, und…«

Ich schnappte nach Luft, und erneut traten mir Tränen in die Augen. »Ich werde dich nicht verlassen!«

»In diesem Punkt dulde ich keinen Widerspruch«, erklärte er in für ihn untypisch scharfem Tonfall. »Wenn ich dich in Gefahr weiß, kann ich nicht kämpfen, Briseis. Begreifst du das?«

Als ganz in der Nähe ein Schrei die Nachtluft zerriss, lief es mir kalt über den Rücken. Am Ende nickte ich. Aus weinseligen Gesprächen meines Vaters mit seinen Soldaten wusste ich nur zu gut, wie gefährlich es sein konnte, wenn ein Krieger nicht in der Lage war, sich voll und ganz auf den Kampf zu konzentrieren.

Mynes schluckte. »Ich könnte den Gedanken daran, dass du trauerst, nicht ertragen.«

Das Licht der Flammen färbte den Himmel blutrot, als er mich küsste. »Wann auch immer es den Göttern beliebt, uns von dieser Erde zu nehmen: In der Unterwelt sind wir wieder vereint. Und wer von uns beiden auch immer das Land der Lebenden zuerst verlässt: Er wartet. Wir werden aufeinander warten, Briseis, wie wir es in diesem Leben getan haben, und einander am Ufer des Styx begrüßen und dann auf ewig zusammen sein.« Ihm brach die Stimme. »Doch nun versprich mir, in Pedasos zu bleiben und mich zu vergessen, falls mir etwas zustoßen sollte. Zu deinem eigenen Schutz.«

Nun schüttelte ich den Kopf, und Tränen liefen mir über die Wangen. »Das kannst du nicht von mir verlangen.«

»Ich muss es«, entgegnete er mit schmerzerfülltem Blick. »Briseis, bitte – *versprich es mir*.«

Mir brach fast das Herz. »Ja«, sagte ich schließlich, nur mit Mühe weitere Tränen unterdrückend. »Ich verspreche es.«

Ich spürte, wie er sich entspannte. Er richtete sich auf und zog mich zu den Männern, die gewappnet und mit glänzenden Speeren und Schwertern bewaffnet im Hof warteten.

»Lygdon!«, rief er seiner persönlichen Wache, einem kräftigen Mann mit einer Streitaxt aus Bronze, zu.

»Ja, Prinz?«

Er trat mit mir zu ihm und legte eine Hand auf meine Schulter. »Bring die Prinzessin durch das geheime Tor an der Rückseite des Palastes und führe sie ohne Umwege nach Pedasos. Hast du mich verstanden?«

Lygdon salutierte. »Ja, Prinz.«

Mynes wandte sich mir zu. »Wirst du zurechtkommen?«

Ich wischte mit dem Ärmel meines Gewands die Tränen aus meinem Gesicht. »Natürlich«, antwortete ich so überzeugt, wie ich nur konnte. »Ich habe schon Schlimmeres erlebt.«

Er lachte, wölbte die Hände um mein Gesicht und küsste mich auf den Mund. »Genau das ist die Frau, die ich geheiratet habe«, sagte er und wandte sich, in Gedanken bereits beim Kriegsgeschäft, ab.

»Männer, seid ihr bereit?«, rief er, und die Soldaten hoben zur Antwort ihre Speere und Schilde.

»Seid ihr bereit, euer Leben für eure Stadt zu geben?«

Sie versprachen es mit lauter Stimme.

»Dann lasst uns für unsere Götter und unser Reich kämpfen!«, dröhnte er und bückte sich, um seinen ovalen Schild und seinen Speer mit der Bronzespitze vom Boden zu nehmen.

»Warte... Mynes!«, rief ich und hastete zu ihm, um ihm die Hand auf den Arm zu legen, als er seinen Schild auf den Rücken schnallte.

»Du hast doch keine Angst, Briseis?«

»Nein. Es ist nur... Ich liebe dich.«

»Du weißt, dass ich dich ebenfalls liebe. Aber ich muss gehen.«

Er küsste mich auf die Stirn, setzte seinen Bronzehelm mit dem schwingenden rot-goldenen Pferdehaarbusch auf und befestigte den Wangenschutz. Dann verschwand mein Gatte nach einem kurzen Lächeln für mich und einem Ruf für seine Männer durch die großen Holztore in Richtung der brennenden Unterstadt.

Gern hätte ich ihm länger nachgeblickt, doch ich spürte eine kräftige Hand auf meiner Schulter und hörte Lygdons raue Stimme: »Dann brechen wir mal lieber nach Pedasos auf, Prinzessin.«

Kurzes Schweigen, während er darauf wartete, dass ich mich in Richtung Palast in Bewegung setzte.

»Lygdon«, fragte ich vorsichtig, »glaubst du, die Tore

der Oberstadt sind stark genug, um dem Feind standzuhalten?«

Lygdon zögerte. »Natürlich«, sagte er schließlich. »Lyrnessos ist noch niemals eingenommen worden. Die Griechen sind nur im Vorteil, weil sie uns überrascht haben.« Er lächelte grimmig. »Aber ihr Glück wird nicht lange genug währen, um sie in die Oberstadt zu führen, da bin ich mir sicher.«

Die Götter wussten, dass ich mein Versprechen Mynes gegenüber nicht brechen wollte, doch ich konnte den Gedanken nicht ertragen, ihn im Stich zu lassen. Ich presste die Fingerknöchel gegen meine Stirn. »Der Prinz meint, wir würden besiegt werden…«

Lygdon schüttelte den Kopf. »Wir werden gewinnen, Prinzessin, da könnt Ihr sicher sein. Höchstwahrscheinlich hat der Prinz das nur gesagt, um Euch dazu zu bringen, dass Ihr die Stadt verlasst.«

Ich dachte über seine Erklärung nach. »Und möchtest du der Schlacht fernbleiben?«

Wieder schüttelte er den Kopf. »Ich würde lieber mein Zuhause verteidigen«, antwortete er ehrlich. »Ich habe selbst eine Frau und drei Kinder. Das Kleinste ist erst vor Kurzem auf die Welt gekommen. Eigentlich möchte ich sie nicht allein lassen.«

»Dann bleiben wir«, sagte ich. »Bring mich in den Großen Saal. Dort werde ich auf die Rückkehr des Prinzen warten und den Lyrnessern zeigen, dass ihre Prinzessin nicht beim ersten Anzeichen von Gefahr flieht.«

Kurzes Schweigen, bevor Lygdon das Haupt neigte. »Wie Ihr wünscht, Prinzessin.«

Kurz darauf eilten wir zu den offenen Toren des Palasts und hindurch. Lygdon zog sie knarrend hinter uns zu und lief mir voran einen langen Korridor entlang, durch den Hof, über dem der Himmel leuchtend rot gefärbt war, und in den Großen Saal. Dort war es dunkel, nur ein wenig Mondlicht drang durch die hohen, schmalen Fenster und erhellte die vier roten Säulen um das Feuer, die ausgebleichten Fresken und den Steinaltar des Apulunas mit einer Elfenbeinstatuette des Großen Gottes und einigen Opfergaben.

Lygdon signalisierte mir, dass ich mich neben den Altar setzen und mich dem Schutz der Götter anvertrauen solle, während er mit schweren Schritten zu der Doppeltür aus Bronze stapfte und sich, die Beine gespreizt, die schwere Streitaxt vor der Brust, davor postierte. »Es dauert bestimmt nicht lange, bis der Prinz wiederkommt«, meinte er.

Im Palast war es gespenstisch still. Das Geräusch meines Atems klang mir in den Ohren, und in der Luft hing der Geruch von Weihrauch. Die Zeit verging quälend langsam. Ich beobachtete, wie das Licht des Mondes sich mir gemächlich über die farbigen Bodenfliesen näherte.

Plötzlich war Lärm zu vernehmen, der durch die Säle des Palasts hallte.

»Was war das?«, fragte ich. Lygdon starrte die geschlossenen Türen des Großen Saals an.

Wieder dieses dumpfe, laute Geräusch wie von einem Erdbeben.

»Lygdon, was ist los?« Ich klammerte mich an den Kanten des Altars fest.

Er wandte sich mir zu, die Hände fest um den Griff seiner Streitaxt. »Es klingt, als ...« Er schüttelte den Kopf.

»Wie klingt es?«

»Als würden die Griechen die Tore der Oberstadt mit einem Rammbock einrennen.«

Ich bekam einen trockenen Mund. »Was machen wir jetzt?«, flüsterte ich.

Bevor Lygdon antworten konnte, war das Splittern von Holz zu hören, dann ein knarrendes, bebendes Geräusch, als die Tore aufgebrochen wurden, danach Jubelrufe und schwere Schritte.

»Sie sind drinnen«, stellte Lygdon bestürzt fest. »Die Griechen sind in der Stadt. Kommt, Prinzessin, schnell. Wir müssen zum hinteren Tor.«

Ich vernahm das Klirren von Metall und wie sich lyrnessische Soldaten vor dem Großen Saal sammelten und betete inständig, dass einer von ihnen Mynes sein möge, dass er noch am Leben sei …

Als ich mich benommen vom Altar löste, spürte ich kaum meine Beine unter mir.

Lygdon legte eine Hand auf den Riegel der Tür und streckte mir den anderen Arm hin. »Kommt, Prinzessin, schnell!«

Ich hörte Kampfgeräusche. Die Säle und Flure hallten von aufeinanderprallenden Schwertern und Speeren wider, die näher und näher kamen. Ich stolperte auf Lygdon zu.

Und erstarrte.

Denn plötzlich herrschte im Palast Totenstille.

Diese Stille war erschreckender als all der Lärm zuvor, weil sie bedeutete, dass niemand mehr zum Kämpfen da war. Niemand außer Lygdon.

Dann ein lauter Knall.

Bummmm.

Der Saal erzitterte. Etwas war mit so großer Wucht auf die Doppeltür aus Bronze aufgetroffen, dass sich eine Delle im Metall abzeichnete.

Lygdon sprang beiseite und hob die Axt. Ich wich zum

Altar zurück und umklammerte seine genietete Kante so fest, dass meine Fingerknöchel weiß hervortraten.

Wieder dieses Geräusch.

Bummmm.

Die Delle wurde größer und tiefer.

Bummmm. Bummmm. Bummmm.

Und dann …

Eine Faust schlug mit unvorstellbarer Kraft durch die Tür, und sie zerbarst mit einem lauten, splitternden Geräusch, das an die Meeresbrandung erinnerte. Zwei Hände schoben sich hindurch, zogen das schimmernde Metall weg und falteten es, als wäre es aus weichem Ton. Kurz darauf tauchte in dem entstehenden Loch ein Mann auf.

Nein, kein Mann. Seine Augen leuchteten in der Dunkelheit, die Haut seiner Arme und seiner Brust spannte sich schimmernd über dicken Muskelpaketen wie bei einer jungen Schlange.

Kurze Stille, die Lygdon benötigte, um sein Gegenüber zu erkennen. Dann zischte er, als würde eine scharfe Klinge durch die Luft sausen: »Achilles.«

Als Lygdon ihn angriff, sprang der Mann hoch, so schnell, dass meine Augen nicht folgen konnten. Ich nahm nur das Aufblitzen von Stahl wahr und wie Blut aus Lygdons Hals spritzte. Lygdons Körper hatte noch nicht einmal den Boden berührt, als Achilles schon an ihm vorbei war.

Mir stand kalter Schweiß auf der Stirn, meine Finger glitten von dem Steinaltar ab. Mein Instinkt sagte mir, dass ich weglaufen solle, doch ich wusste, ich hatte keine Fluchtmöglichkeit. Das Mondlicht, das durch die runde Öffnung im Dach direkt über dem Feuer hereindrang, ließ mein dünnes weißes Gewand hell schimmern.

Als ich den Blick von Achilles' dunklen Augen auf mir

spürte, fürchtete ich, dass mein letztes Stündlein geschlagen hatte. Ich begann zu beten. Betete um den Tod, weil der mir lieber war als die Sklaverei. Alles war besser, als Sklavin der Griechen zu werden.

»Apulunas, Gott der Trojaner, Beschützer der Stadt«, flüsterte ich mit trockenen Lippen und machte mit zitternden Fingern das Zeichen der Glücksgöttin, »bitte hilf mir.«

Da erklangen Schlachtrufe, und ich hörte, wie Bronze auf Bronze traf.

Ich blickte zum Eingang hinüber. Soldaten drückten von der anderen Seite gegen die Tür, deren Angeln kurz darauf mit lautem Knacken nachgaben. Die letzten verbliebenen Lyrnesser stolperten in den Großen Saal und wehrten sich wacker gegen die Übermacht der Griechen.

Achilles kam langsam auf mich zu. Mir schlug das Herz bis zum Hals, und ich konnte mich nicht bewegen.

»Apulunas«, flüsterte ich noch einmal mit rauer Stimme, *»bitte hilf mir.«*

Achilles beschleunigte seine Schritte, den Blick seiner dunklen Augen unverwandt auf mich gerichtet. Die Kampfgeräusche machten mir Angst, in der Luft lag der metallene Geruch von Blut, und ich hörte die Schreie der Verwundeten. Lyrnessische Soldaten bedrängten Achilles von allen Seiten, doch er wischte sie mit seinem Schwert weg wie Fliegen, ohne sie auch nur anzusehen.

Ich starrte voller Panik auf die Masse kämpfender Leiber. »Hilfe!«, kreischte ich, *»Hilfe!«*

Da tauchte hinter Achilles ein einzelner Mann auf. Er bahnte sich mit fast dämonischer Wildheit einen Weg zwischen den Soldaten hindurch und schwang das Schwert nach rechts und links, während er sich mit einem ovalförmigen Schild schützte.

Achilles wog sein Schwert in der Hand.

Der andere Mann arbeitete sich hackend und stechend durch die Menge vor. Blut rann vom Wangenschutz seines Helms und tropfte von seinem rot-goldenen Pferdehaarbusch.

Rot und golden.

Mein Herz setzte einen Schlag aus.

Mynes.

Inzwischen war er nicht mehr weit von Achilles entfernt. Seine Augen funkelten, als er mit hoch erhobener Waffe meinen Namen brüllte. Nur noch wenige Schritte, dann würde sein Schwert auf den Kopf von Achilles niedersausen und ihn spalten.

Achilles musste nicht einmal nach hinten blicken. Er wirbelte schnell wie der Wind herum und stieß Mynes das Schwert in die Brust.

Mynes erstarrte, als es durch Harnisch und Rippen in sein Herz drang.

»*Mynes!*«

Das kann nicht sein. Nein, bitte lass das nicht wahr sein.

»Mynes ... nein ...« Ich sprang vom Altar weg. Die Haare schweißnass am Gesicht klebend, kämpfte ich mich zu ihm vor, ohne auf die blitzenden Schwerter, Speere und Streitäxte und die Schmerzensschreie der Verwundeten zu achten. Ich sah nur noch meinen Gatten, in dessen Herz das Schwert von Achilles steckte, und eine Pfütze leuchtend roten Blutes, die sich um seine Füße ausbreitete.

Er sank in die Knie.

»*Mynes!*«, schrie ich ein weiteres Mal und schob mich mit noch größerer Kraft durch die wogende Menge. »Mynes, bitte stirb nicht ...«

Da spürte ich, wie eine Hand meinen Arm packte, so

grob, dass sie mir fast die Schulter ausrenkte. Ich schnappte nach Luft.

»Loslassen!«, kreischte ich, um mich schlagend und tretend wie ein wildes Tier.

Mynes' Gesicht war aschfahl. Achilles verstärkte seinen Griff um meinen Arm, sodass ich mich kaum bewegen konnte.

»*Mynes!*«, schrie ich noch einmal, wurde aber vom Getöse des Kampfes übertönt.

Mynes' Augenlider flatterten schwach.

»*Mynes!*«

Es war zu spät. Er stieß einen letzten Seufzer aus, bebte einmal kurz und sank dann nach vorn auf den Boden.

Er war tot.

»*Nein!*« Mein Körper wurde von Schluchzen erschüttert, während ich mit letzter Kraft versuchte, mich aus Achilles' Griff zu befreien. »Nein... mein Mann.«

Achilles hatte genug von meinem Gezeter.

Seine Hand umschloss meinen Hals, seine Finger pressten sich schmerzhaft in mein Fleisch, und einen Moment fürchtete ich, dass er mich erwürgen wollte. Doch dann spürte ich, wie seine Muskeln sich anspannten, und plötzlich flog ich, mit übermenschlicher Kraft geschleudert, durch die Luft zurück zum Altar. Mein Schädel schlug gegen die Steinkante, Schmerz durchzuckte mich, und mir wurde schwarz vor Augen.

In Gefangenschaft

Χρυσηίς
Chryseis, Troja

Stunde der Sterne
Zehnter Tag des Weizendreschmonats, 1250 v. Chr.

Kassandra und ich saßen in ihrem Gemach auf der Bank unter dem Fenster, das auf die mondbeschienene trojanische Bucht und die Küste ging, wo die Wachfeuer der Griechen vor den Bugen ihrer Schiffe glommen. Nachdem wir Mutmaßungen darüber angestellt hatten, was die Griechen planten, wie lange es wohl dauern würde, bis sie Troja angriffen, und wie viele andere Städte sie zuvor einnehmen würden, schwiegen wir. Es war fast die Stunde der Abendmahlzeit. Kassandra blieb in ihren Räumen – das Essen wurde ihr von der Küche heraufgeschickt. Seit sie auf der Stadtmauer in Ohnmacht gefallen war, hatte sie es vorgezogen, sich nicht dem Klatsch und dem Hohn des Hofs auszusetzen. Doch sie bestand trotz meines Widerspruchs darauf, dass ich hinunterging und mit den anderen speiste.

Kassandra erhob sich und ergriff meine Hand. »Komm«, sagte sie und wandte sich vom Fenster ab. »Ich will nicht mehr über die Griechen nachdenken. Lysianassa soll dich frisieren.« Sie schob mich zu ihrem Tisch, setzte mich auf einen kleinen, mit Schnitzereien verzierten Hocker und winkte ihre Sklavin heran.

Lysianassa eilte von der Tür herbei und kniete zu Füßen ihrer Herrin nieder.

»Ich möchte, dass du Chryseis frisierst und ihr die Augen schminkst. Und verwende meinen neuen ägyptischen Duft, den der Gesandte des Pharaos geschickt hat.«

Die Schminkutensilien waren auf dem Tisch vor mir in Dutzenden kleiner Alabastergefäße aufgereiht, jedes davon kostbarer als alles, was ich je besessen hatte. »Ich kann nicht...«, versuchte ich mich zu wehren und wandte mich zu meiner Freundin um. »Wie hübsch.« Ich nahm ein Tiegelchen mit zerstoßenem grünem Malachit in die Hand und betrachtete die leuchtende Farbe. »Aber...«

Kassandra beugte sich zu mir herab, um mir etwas ins Ohr zu flüstern. »Wenn du beim Essen besonders hübsch aussiehst, hält Troilus vielleicht noch heute Abend um deine Hand an.«

Ich sah sie verblüfft an. Das Herz wollte mir schier in der Brust zerspringen. »Woher weißt du, dass ich an Heirat denke?«

Kassandra schmunzelte. »Ach, Chryseis, das ist dir deutlich vom Gesicht abzulesen. Wer dich kennt, sieht es.« Sie nahm meine Hand und drückte sie. »Troilus könnte sich keine wunderbarere Frau wünschen.«

»Meinst du wirklich?«, hauchte ich, als hätte ich Angst, dass jemand uns hören könnte, obwohl sich nur Lysianassa in Kassandras Gemächern aufhielt. »Glaubst du tatsächlich, dass er mit dem Gedanken spielt, mich zu heiraten? Mich, die einfache Tochter eines Priesters? Und nun, da uns ein Krieg bevorsteht?«

Kassandras blaue Augen blitzten. »Das festigt seinen Entschluss bestimmt noch.«

Ich holte tief Luft. »Also gut.« Ich drehte mich um und blickte sie im Spiegel an. »Dann fangen wir mal lieber an.«

Lysianassa machte sich mit Kassandras Elfenbeinkamm gekonnt ans Werk.

In dem hübschen Handspiegel aus Bronze verfolgte ich mit, wie sie meine Haare mit weißen Nadeln aus Bergkristall hochsteckte, ein goldenes Band darum wand und es in meinem Nacken befestigte. Anschließend schmückte sie meine Ohren mit großen spiralförmigen Gold- und Lapislazuliohrringen aus Kassandras Schmuckkästchen und legte mir eine zarte Goldkette um den Hals, bevor sie sich über mich beugte, um meine Augen mit schwarzem Kholstift und meine Lider mit blauem Azurit zu schminken.

»Warte«, meinte Kassandra, eilte zu ihrer Truhe und öffnete diese. Sie holte einen Rüschenrock und ein Oberteil heraus, beide aus üppigem goldenem Garn gewirkt und über und über mit winzigen goldenen Vögeln und Blumen bestickt.

»Das kann ich nicht annehmen!«, rief ich aus. »Da draußen vor den Stadtmauern sind Griechen, Kassandra! Ich sollte lieber deinen Brüdern helfen, sich auf den Krieg vorzubereiten, oder Gerste für die Getreidespeicher mahlen, statt mich wie ein Pfau herauszuputzen. Außerdem ist dieses Gewand viel zu kostbar. Ich kann nicht deine Kleidung, deinen Duft und deine Schminke tragen! Die Leute werden denken, ich möchte aussehen wie eine Prinzessin!«

Sie reichte das Gewand Lysianassa und beugte sich zu dem Spiegel herab, sodass unser beider Gesichter Wange an Wange darin zu erkennen waren. »Wenn heute Abend alles gut geht, wirst du eine Prinzessin sein und meine Schwester, egal, was sich vor den Mauern der Stadt abspielt«, erklärte sie lächelnd.

Als ich die Türen des Großen Saals erreichte, war es schon spät, und über den Hof drang fröhliches Gemurmel. Ich hielt inne. Noch niemals zuvor hatte ich so schöne Kleidung getragen. Kassandra hatte, nachdem ich hineingeschlüpft war, meine Nervosität noch verstärkt, indem sie mir verbot, mich in ihrem Handspiegel zu betrachten. »Du wirst dich früh genug sehen.«

Meine Finger glitten über den kostbaren Stoff und die winzigen darauf gestickten Vögel und Blumen. Meine hoch aufgetürmten Haare fühlten sich schwer an, und der Duft des Parfüms in meinem Nacken würzte die Nachtluft. Ich atmete tief durch.

Die Wachen öffneten die leuchtend blau und rot bemalten Türen. Ich betrat den Großen Saal. Er war gefüllt mit niedrigen Tischen und Kissen, Bänken und Hockern, auf denen Edelleute in quastengeschmückten Gewändern und weiß gekleidete Priester saßen. Sklaven eilten mit geprägten Goldtellern voll Bratenfleisch und Kräutern, mit Krügen voll eisgekühltem Granatapfelwasser und Rotwein, mit Trauben, Aprikosen und süßen, reifen Feigen an mir vorbei. Das offene Feuer in der Mitte des Raums brannte hell, darüber wurde ein Spieß mit einem riesigen Eber von zwei jungen Sklaven gedreht.

Das Herrscherpaar saß auf reich verzierten Steinthronen neben der Feuerstelle. Ich ging zu den beiden, um ihnen meine Hochachtung zu erweisen. »Mein König«, sagte ich, als ich sie erreichte, verbeugte mich tief und berührte mit dem Kopf den Boden. »Meine Königin.«

Als ich den Blick hob, sah ich Troilus mit seinen Brüdern Paris, Deiphobus, Äneas und Hektor an der Seite des Königs sitzen, neben Troilus Hektors Frau Andromache mit ihrem Sohn Astyanax. Troilus betrachtete mich, mein eng geschnürtes Oberteil, die Rundungen meines Körpers und die Wölbung meines Busens, verzückt wie ein Seemann die Sterne.

»Tochter des Polydamas«, begrüßte König Priamos mich. »Seid willkommen.« Er musterte schweigend mein prächtiges Gewand, und seine Augen verengten sich. »Euer Vater hat mir mitgeteilt, er habe Euch als Priesterin für den Großen Gott Apulunas ausgewählt, und Ihr würdet in einigen Tagen in Euer Amt eingeführt.«

Ich erstarrte.

»Ihr könnt Euch glücklich schätzen, einen Vater zu haben, der sich so gut um Euch sorgt«, fuhr der König fort, und seine Mundwinkel verzogen sich zu einem kleinen Lächeln. »Nur wenige Frauen erhalten die Gelegenheit, Priesterin des Apulunas zu werden.«

Ich neigte das Haupt und biss mir auf die Lippe, damit ich nichts Falsches sagte. »Mein Vater bemüht sich in der Tat sehr, gut für mich zu sorgen«, pflichtete ich ihm vorsichtig bei. Ich versuchte mir meine Angst ob der Worte des Königs nicht anmerken zu lassen, obwohl vor meinem geistigen Auge Bilder von weiß gewandeten Priesterinnen, die durch dunkle Tempel huschten, auftauchten, von großen leeren Sälen und kalten Räumen, in denen es keine Kassandra gab, mit der ich vor dem Einschlafen lachen würde, keinen Troilus, den ich lieben konnte, kein richtiges Leben …

»Der König und ich werden entzückt sein über eine so hübsche Priesterin, die dem Großen Gott dient«, bemerkte Königin Hekuba.

Ich verneigte mich noch einmal, richtete mich wieder auf und entfernte mich wortlos rückwärts gehend von ihnen. Dann nahm ich auf einem Hocker zwischen der Tochter eines Edelmannes und der Hohen Priesterin von Atana Platz und ließ mir von einer Sklavin einen Teller mit knusprigem Brot, glänzenden dunklen Oliven, frischem Käse und Eberbraten reichen, doch der Abend war mir verdorben. Ich hielt es kaum noch in Gesellschaft von Troilus und der königlichen Familie aus, nun, da ich wusste, dass ich für sie immer nur die Tochter eines Priesters sein würde.

Ich blickte mich um. Bestimmt würde ich niemandem fehlen. Ich nahm eine Olive von meinem Teller und schlüpfte an der großen Feuerstelle in der Mitte des Saals vorbei und durch eine Seitentür auf die Terrasse.

Kurz darauf betrat ich den Garten durch einen Bogen und folgte einem schmalen Pfad zwischen den dichten Ranken der Weinlaube hindurch, deren reife Früchte bis fast zu meinem Kopf herunterhingen. In der Laube hielt sich niemand auf, das Geklapper der Becher und die Gespräche der Edelleute waren durch die Fenster des Großen Saals nur noch gedämpft zu hören. In der Luft lag der veilchensüße Duft der Trauben. Auf einem der Weinstöcke sang eine Nachtigall mit geschwellter Brust. Ich ging zu dem Kalksteinbrunnen in der Mitte, in dem kristallene Wassertropfen gegen eine Bronzestatuette der Arinniti plätscherten, und sank auf die Steinbank daneben.

»Chryseis.«

Ich schnappte nach Luft. »Troilus?«

Er stand praktisch neben mir, vergewisserte sich hastig, dass niemand uns beobachtete, nahm mich in die Arme und küsste mich leidenschaftlich. Erst nach einer ganzen Weile löste er sich von mir und sah mir in die Augen. »Du bist wunderschön, die schönste Frau der Welt.«

»Nach allem, was dein Vater gesagt hat, dachte ich, du würdest nicht mit mir reden wollen.« Ich senkte die

Stimme. »So kann es nicht mehr lange weitergehen. Es sind nur noch fünfundzwanzig Tage bis zu meinem sechzehnten Geburtstag...«

Troilus brachte mich mit einem weiteren Kuss zum Schweigen. »Chryseis, ich muss dich haben. Ich muss.«

Ich schüttelte den Kopf. »Vielleicht später. Du darfst dem Festmahl nicht zu lange fernbleiben, und wenn jemand in die Laube kommt...«

»Das habe ich nicht gemeint.«

Ich sah ihn fragend an. »Was dann?«

Er zog mich wieder zu sich heran, legte die Arme um mich und küsste mich so inbrünstig, dass sein feiner schwarzer Bart mein Kinn kitzelte. Und er flüsterte mir ins Ohr: »Komm morgen zur Stunde der aufgehenden Sonne hierher. Ich möchte dich etwas fragen.«

Βρισηίς
Briseis, Lager der Griechen

Nachtstunden
Zehnter Tag des Weizendreschmonats, 1250 v. Chr.

Wir gingen, keine Ahnung, wohin. Meine Handgelenke schmerzten unter dem verknoteten Seil, mit dem sie gefesselt waren. Meine Füße schleiften über den Boden, die Haare fielen mir ins Gesicht, weil mein Kopf vor Müdigkeit nach vorn sank. Der Geruch der Asche von Lyrnessos lag in der Luft, ich schmeckte sie auf der Zunge. Rauch und Ruß der geschleiften Stadt ließen Ströme schwarzer Tränen aus meinen Augen fließen. Mein Zuhause, meine Liebe waren nur noch Staub und Aas für die Geier: ein Haufen schwarzer Asche auf der Ebene, wie eine verwünschte Opfergabe für die Götter. Mein Gatte, der Einzige, der je an mich geglaubt hatte, das einzige helle Licht in der Dunkelheit der Prophezeiung, war verloschen. Nun drohte die Düsternis mich vollends zu umfangen.

Ich keuchte vor Anstrengung, als ich meine Füße durch den Sand schleppte. Jeder Atemzug, den ich tat, war ein Fluch. Ein lebenslanger Fluch gegen die Götter, die ungerührt vom Ida-Gebirge auf uns herabblickten, während Achilles alles zerstörte, was ich je geliebt hatte. Ich schwor mir, mich jede Sekunde meines restlichen Lebens daran zu erinnern, was die Götter mir angetan hatten. Was ihr Sohn mir angetan hatte.

Vor mir sah ich Mynes.

Mynes, der mich, die Arme um meine Taille, unter dem Baldachin unseres Betts anlächelte. Mynes, das Schwert hoch über dem Kopf erhoben, auf seinen Lippen mein Name.

Und ich sah einen Mann mit schlangenartiger Haut und funkelnden dunklen Augen, deren Blick auf mich gerichtet war. Einen Mann, der tötete, um das zu bekommen, was er wollte, der tötete wie ein Gott. Den Mann, der Mynes das Schwert ins Herz stieß, ohne mit der Wimper zu zucken. Den Mann, der meinen geliebten Gatten ermordete.

Ohne Vorwarnung schnellte ein Peitschenhieb durch die Luft und traf meine Haut. Ich krümmte mich vor Schmerz, schrie auf, stolperte weiter, getreten vom Sklaventreiber, gezogen von dem Seil, an dem meine Hände festgebunden waren. Die Reihe der Gefangenen erstreckte sich über die Ebene, von den rauchenden Ruinen der Stadt weg.

Meinen Lippen entrang sich ein Seufzen, rau und unregelmäßig, wie ein Fluch. Es klang nach einem Namen: *Achilles.*

Wir brauchten zwei Nächte, um das Lager des Feindes zu erreichen. Der Morgen graute bereits, als wir endlich ankamen. Wut und Kummer schienen mir sämtliche Kraft geraubt zu haben. Mir war alles egal; ich empfand es sogar als angenehm, nichts mehr zu spüren. Ich musste nur einen Fuß vor den anderen setzen, und das konnte ich, ohne zu überlegen. Es war so leicht, wenn einem gesagt wurde, was man tun sollte. So leicht, nicht mehr an seine zerstörte Welt, seinen Zorn und seinen Schmerz zu denken, wenn man einfach immer weitergehen konnte.

In dem Moment wurde die gebeugte grauhaarige Frau vor mir langsamer und blieb schließlich ganz stehen.

Die Fessel um meine Handgelenke hing durch. *Nein, nicht*, dachte ich benommen. *Weitergehen. Nicht nachdenken, nicht stehen bleiben. Einen Fuß vor den anderen.* Ich kam nicht an ihr vorbei. Zum ersten Mal seit jener Nacht hob ich den Blick von den Fersen der alten Frau vor mir.

Und schaute mich um. Wir waren am Strand. Riesige Schiffe ragten vor mir auf, ihre Buge mindestens dreitausend Schritte weit in den Sand gepflügt, wie schwarze schlafende Ungeheuer. Vor ihnen befand sich ein buntes Durcheinander aus Treibholzhütten mit reetgedeckten Dächern sowie Zelten aus den Segeln der Schiffe, die man mit Pfosten und Seilen im Sand befestigt hatte. Rund um das Lager war ein kreisförmiger Palisadenzaun aus spitzen Holzpfählen in den Boden gerammt, zu dem im Innern parallel ein hölzerner Gehweg für die patrouillierenden Wachen verlief. Krieger, die lachend und plaudernd Speere schärften, würdigten uns kaum eines Blickes, als wir an ihnen vorbeikamen. Sklaven rührten über offenem Feuer in Töpfen, von denen sich spiralförmig Rauch in die Luft erhob. Maultiere schrien, Hunde bellten, Bronzerüstungen wurden klirrend zum Flicken auf Haufen geworfen. Im Osten erhob sich aus dem Dunst eine Zitadelle, deren hohe Mauern im Morgenlicht rosafarben schimmerten.

»Du da drüben«, rief der Sklaventreiber, ein klein gewachsener, stämmiger Mann mit schütterem rötlichem Haar, mir anzüglich grinsend zu. »Geh zur Hütte des Achilles.«

»Ich bin Prinzessin Briseis, Soldat«, erklärte ich ihm kühl.

Sein Grinsen wurde breiter, als er auf mich zuschlenderte. Nun fiel mir auf, dass ihm mehrere Zähne fehlten. »Prinzessin, so, so. Habt ihr das gehört, Männer? Sie möchte, dass wir *Prinzessin* Briseis zu ihr sagen.«

Einige der Griechen, die sich in der Nähe aufhielten, um

sich ihren Anteil an der Beute zu sichern, lachten und riefen »Eure Königliche Hoheit«. Anderen fielen schmutzigere Dinge ein.

»Was meint ihr, braucht die Prinzessin eine Eskorte zur Hütte von Achilles, Jungs?«, fragte der Sklaventreiber und stieß mir den Griff seiner Peitsche in den Rücken.

Ich ließ mir den Schmerz nicht anmerken und auch nicht, dass mich Wut durchströmte, wie ich sie noch nie empfunden hatte. Ich stand aufrecht und zuckte nicht zusammen, als er meine Handfesseln mit einem scharfen Dolch durchtrennte. Darunter war meine Haut aufgescheuert, auf ihr zeichneten sich Linien aus Blut ab. Er packte mich am Arm und stieß mich mitten unter die Soldaten.

»Männer, wo sind eure Manieren? Bildet eine Eskorte für die Prinzessin!«

Die Soldaten drängten sich um mich, verbeugten sich höhnisch und tanzten in gespielter Unterwürfigkeit um mich herum. Einer sprang aus der Menge heraus, packte mich an den Haaren und zerrte mich zu sich. Ein anderer ergriff mein wundes Handgelenk. Vor Schmerz traten mir Tränen in die Augen.

»Macht Platz für Ihre Königliche Hoheit!«, verspottete mich der Sklaventreiber. »Macht Platz für die Prinzessin des Lagers!«

Die Soldaten lachten schallend.

Da nahm ich eine blitzartige Bewegung an meiner Wange wahr. Ein langer, schmaler Speer war an meinem Gesicht vorbeigesaust, der nun in der Brust des Sklaventreibers steckte. Er geriet ins Wanken, das dümmliche Grinsen nach wie vor auf seinem Gesicht, die Augenbrauen überrascht gehoben. Dann verschwand sein Grinsen. Die Knie gaben unter ihm nach, er kippte nach hinten und sank in den Sand.

Sofort hörten die Männer um mich herum mit ihren Spottrufen auf. Stumm betrachteten sie den zitternden Eschenschaft in der Brust des Sklaventreibers.

Nun erklang eine herrische Stimme: »*Lasst die Finger von meiner Beute.*«

Ich drehte mich um.

Es war der Mann, der meinen Gatten getötet hatte.

Χρυσηίς
Chryseis, Troja

Nachtstunden
Elfter Tag des Weizendreschmonats, 1250 v. Chr.

Früh am folgenden Morgen schlich ich nach einem hastigen Abschied von Kassandra hinaus in die Dunkelheit, aufgeregt und – wie immer in diesen schwierigen Tagen – voller Angst. Am Abend zuvor hatte Troilus mir durch einen jungen Hofpagen, den er mit Geld zur Verschwiegenheit verpflichtete, die Nachricht überbringen lassen, dass wir uns lieber am Südtor von Troja treffen sollten. Seine Bitte erstaunte mich. Das Südtor befand sich am anderen Ende der Stadt, in einiger Entfernung vom Palast. *Vermutlich werde ich früh genug herausfinden, warum er mich ausgerechnet dorthin bestellt.*

Der Ort schlief noch, als ich mich auf den Weg in die Unterstadt machte. Die Straßen jenseits der oberen Mauern wurden von flackernden Fackeln in Halterungen an den Hauswänden erhellt, und in einigen Brotöfen der Bäcker glomm nach wie vor die Glut des Vortages. Der Himmel über mir war tiefschwarz, nur am Horizont befand sich eine schmale fahlgelbe Linie, die vom Aufgehen der Sonne kündete. Ich zitterte in der kühlen Luft und zog das Gewand enger um meinen Leib.

Als ich mich den Türmen des Südtors näherte, nahm ich die Umrisse von Troilus wahr, der wenige Meter von ihnen entfernt wartete. In den Schatten neben ihm schüttelten zwei edle Pferde, deren Zügel von der Torwache gehalten wurden, die Mähnen.

»Chryseis«, begrüßte Troilus mich. »Du bist gekommen.«

Ich schaute unsicher zu dem Wachmann hinüber, doch Troilus beruhigte mich. »Axion können wir vertrauen.«

Als ich die Silbermünzen in der Hand des Mannes bemerkte, wurde mir alles klar. Auch sein Schweigen hatte Troilus sich erkauft. »Warum wolltest du mich hier treffen? Und wozu die Pferde?«, flüsterte ich.

»Folge mir«, antwortete er und bewegte sich in Richtung eines Seitentors.

»Warte.« Ich hielt ihn an der Schulter fest. »Warte, Troilus. Du kannst nicht einfach aus der Stadt hinausgehen! Nicht, wenn die griechischen Schiffe zweitausend Schritte entfernt vor Anker liegen!«

Troilus wandte sich zu mir um. »Wir müssen«, flüsterte er. »Wir dürfen in der Stadt nicht zusammen gesehen werden.«

Mich schauderte, und ich wich einen Schritt zurück. »Du schämst dich in meiner Gesellschaft?«

»Natürlich nicht«, meinte Troilus stirnrunzelnd. »Aber es gibt Leute, die das anders verstehen könnten. Wir dürfen nicht riskieren, miteinander beobachtet zu werden – schon gar nicht jetzt.«

»Was ist mit den Griechen? Du darfst dich nicht in Gefahr bringen, Troilus! Du bist ein *Prinz*! Wenn sie dich außerhalb der Stadtmauern finden...«

»Wir sind nicht in Gefahr«, fiel Troilus mir ins Wort. »Axion behält das Lager der Griechen seit Sonnenuntergang im Auge. Dort ist alles ruhig. Es dauert auch nicht lange.«

Ich folgte ihm zu den Toren und versuchte die Angst zu ignorieren, die in mir steckte, seit die griechischen Schiffe an unserer Küste gelandet waren. Wenn der Wachmann sagte, dass in ihrem Lager alles ruhig war, stimmte das sicher… Trotzdem bemächtigte sich eine merkwürdige Furcht meiner, als Axion Troilus zunickte, ihm die Zügel der Pferde reichte, den Riegel des seitlichen Tors zurückschob und es öffnete.

Wir traten hinaus, den dunklen Himmel über uns, die gelbe Linie am Horizont, die sich allmählich rosa färbte, vor uns. Rechts von uns zeichneten sich die Buge der griechischen Schiffe schwarz ab wie kahle Bäume im Winter.

»Hier entlang.« Troilus marschierte mit den Pferden zu dem Wald aus trojanischen Eichen, der sich nur fünfzig Schritte von der südlichen Stadtmauer entfernt erhob.

»Troilus, was…?«

Er bedeutete mir mit einer Geste, dass ich schweigen solle. »Das erkläre ich dir gleich.«

Wir betraten den dichten Wald, in dem wir vor Blicken geschützt waren, falls sich feindlich gesinnte Griechen auf der Ebene herumtrieben.

Troilus band die Zügel der Pferde an einem Baum fest und wandte sich mir zu.

»Chryseis«, hob er an.

Ich erinnerte mich, wie er sich in der Weinlaube an mich gepresst und gesagt hatte: *Ich muss dich haben.* Meine Angst löste sich in freudige Erregung auf. »Ja, Troilus?« Ich senkte den Kopf, obwohl ich wusste, dass das Beben meiner Mundwinkel nach wie vor zu erkennen war.

»Chryseis, ich kann dich nicht heiraten.«

Es dauerte einen Moment, bis ich den Sinn seiner Worte begriff. Ich hob verständnislos den Blick.

Eine Furche zeichnete sich zwischen seinen Augenbrauen ab. »Ich kann dich nicht heiraten«, wiederholte er und ballte die Fäuste. »Mein Vater hat es mir verboten.«

Ich machte den Mund auf, wieder zu und noch einmal auf. Mein Herz schlug wie wild in meiner Brust, während meine Erregung sich in Furcht verwandelte.

»Gestern Abend habe ich meinen Vater um seinen Segen zu unserer Verbindung gebeten. Er hat ihn mir verwehrt und mir mitgeteilt, dass ich mich mit Prinzessin Tania von Dardanus verloben muss«, erklärte er.

»Mit einer Prinzessin«, wiederholte ich. »Natürlich.«

»Und er hat mir vor dem versammelten Hofstaat untersagt, jemals wieder mit dir zu sprechen. Außerdem hat er deinem Vater die Anweisung überbringen lassen, dich heute noch zum Tempel zu schicken, wo deine Initiation stattfinden soll.«

Ich schnappte nach Luft. »Meine *Initiation*?«

Troilus griff nach meiner Hand. »Ich werde nicht zulassen, dass mein Vater uns trennt.«

Ich sah ihn ungläubig an. »Wie bitte? Du willst dich dem König widersetzen?«

»Wir verlassen Troja!« Er sprach schneller, seine Augen glänzten, und von seinem Gesicht war die Abenteuerlust abzulesen. »Ich habe Pferde. Wenn wir schnell reiten, gelingt es uns, aus der Stadt und vor dem Zorn meines Vaters zu fliehen. Sobald wir das Gebiet der Hethiter im Osten erreichen, können wir heiraten und auf ewig zusammen sein.«

»Ist das weit von Troja weg?«

Er nickte. »So weit, wie die Pferde durchhalten.«

»Und wir könnten niemals mehr zurückkehren?«

»Nein, niemals. Dein Leben wäre in Gefahr – vielleicht auch das meine. Wir wären Ausgestoßene.«

Wieder senkte ich den Blick, und ich sah, dass der Waldboden dick mit Blättern und fahlrosafarbenen Wildblumen bedeckt war.

Er nahm auch noch meine andere Hand. »Chryseis, tust du das für mich? Verlässt du Troja und wirst meine Frau?«

»Damit hatte ich nicht gerechnet«, antwortete ich zögernd.

»Ich weiß. Ich hätte nicht gedacht, dass mein Vater mir irgendeinen Wunsch abschlagen würde...«

Ich schüttelte den Kopf. »Nein, das meine ich nicht. Ich hatte nicht erwartet, dass ich in Zukunft vor Troja und den Menschen, die ich liebe, weglaufen müsste.«

Erneut legte sich seine Stirn in Falten. »Aber dafür hättest du mich. Ist dir das nicht genug?«

Ich sah ihn an. In seinen haselnussbraunen Augen lag Hoffnung. Mir fielen meine Träume davon ein, mit Troilus auf dem Thron zu sitzen und gerecht über das trojanische Volk zu herrschen. Ich hatte mir uns immer in Troja vorgestellt: oben auf dem Turm, wie wir den Armen halfen, oder unten auf den Straßen, bei den Menschen, oder im Palast mit Kassandra.

In dem Moment wurde mir klar, dass ich, wenn ich mich zwischen Troja und dem jungen Prinzen entscheiden musste, Troja wählen würde.

Egal, wie schwer mir das fiel.

»Tut mir leid, Troilus.« Mir brach schier das Herz. »Wirklich. Aber ich kann nicht ewig auf der Flucht sein. Für mich ist ein Leben in Troja vorgesehen. Mein Vater, egal, was er getan hat, Kassandra, meine Stadt... Ich kann sie nicht im Stich lassen.«

Die Falten auf seiner Stirn vertieften sich, und er ließ meine Hand los. »Nicht einmal für mich?« Er schluckte. »Nicht einmal, um deinem Los als Priesterin zu entgehen?«

»Nein.« Mir kippte die Stimme. »Ich kann es dir nicht einmal richtig erklären. Ich habe das Gefühl, hier gebraucht zu werden, an diesem Ort, der mir vorherbestimmt ist.«

Troilus wandte sich von mir ab. »Ist das dein letztes Wort?«

Ich nickte. »Ich...«

Und verstummte.

Irgendwo im Wald hatte ein Zweig geknackt. Dieses Knacken hallte in meinen Ohren nach.

Troilus legte die Hand auf das Heft seines Schwerts.

»Was war das?«, flüsterte ich.

Troilus schaute zu den Stadttoren, doch dort war alles ruhig. Männerstimmen drangen zu uns herüber. Troilus bedeutete mir mit einer Geste, dass ich in die Hocke gehen solle, und ich tat, wie mir geheißen.

»Das sage ich Nestor die ganze Zeit«, bemerkte jemand mit leiser Stimme. »Es wird nicht mehr lange dauern, bis die Trojaner anfangen, im Wald herumzuschnüffeln, und merken, dass der Pfad zum Lager unbewacht ist. Es ist nicht klug, den Wald ungeschützt zu lassen. Ich finde, wir sollten zum König zurückkehren und ihm vorschlagen, permanent Wachen hier aufzustellen.«

Ein anderer schnaubte verächtlich. »Ich pflichte eher Odysseus und Diomedes bei. Die Bäume stehen nahe bei den Mauern. Wenn die trojanischen Bogenschützen sie mit ihren Pfeilen in Brand stecken, während wir uns dazwischen aufhalten, ist es um uns geschehen. Meiner Ansicht nach ist es das Sicherste, das Lager zu schützen und darauf zu hoffen, dass sie sich nicht zu weit herauswagen.«

»Wenn du meinst...«, seufzte der Erste.

Die Stimmen kamen näher, und das Geräusch knackender Zweige und raschelnden Laubs wurde lauter. Das Licht des Morgens drang zwischen den Ästen hindurch, sodass die Spitzen der Blätter leicht golden schimmerten und im Wald Schatten warfen.

»*Griechen!*«, formte ich an Troilus gewandt mit den Lippen. Ich spürte, wie das Blut in meinen Adern pochte.

»Schnell, aufs Pferd!«, zischte Troilus mir zu und rannte zu der grauen Stute hinüber, um sie von dem Baum loszumachen, wo sie neben seinem Hengst stand.

Sie warf mit geblähten Nüstern den Kopf in den Nacken, als würde auch sie die Gefahr spüren. Ich versuchte, nahe genug an sie heranzukommen, damit Troilus mir hinaufhelfen konnte, doch sie tänzelte weg und stampfte hektisch mit den Hufen auf.

»*Still!*«, murmelte Troilus, packte die Zügel und versuchte, sie zu beruhigen, indem er ihre Nase streichelte.

»Und was ist mit den Wachen im Osten?«, fragte eine Stimme, so klar, als würde der Mann direkt neben uns stehen. »Wenn ihr alle so versessen darauf seid, das Lager zu bewachen... Warum hat Agamemnon die meisten Posten auf der südlichen Seite aufgestellt?«

»Die Haupttore müssen geschützt werden, Acamas. Der Palisadenzaun wird einem Angriff leicht standhalten.«

»Schnell, Chryseis!« Troilus fasste mich an der Taille und hob mich auf den Rücken des Pferdes. Ich klammerte mich an der Mähne der Stute fest, um das Gleichgewicht zu halten.

»Reite los!«

Ich drehte mich zu ihm um. »Du musst mitkommen, Troilus!«

Da traten fünf Männer mit schwarzen Bärten keine vierzig Schritte von uns entfernt zwischen den Bäumen hervor.

Unsere Blicke trafen sich.

»*Los!*«, rief Troilus, gab der Stute einen Klaps auf das Hinterteil und lief, um seinen Hengst loszubinden.

Die dunklen Augen meines Pferdes weiteten sich vor Schreck über Troilus' laute Stimme und den Schlag, und es scheute.

Die Griechen eilten auf uns zu.

Ich krallte mich verzweifelt an der Mähne der Stute fest. Äste huschten vorbei, als sie losrannte. Ich duckte mich und versuchte, die Zügel zu ergreifen, die lose um ihren Hals schlackerten. Doch sie warf vor Angst wiehernd den Kopf hin und her, sodass ich sie nicht zu fassen bekam.

Als ich Troilus rufen hörte, wandte ich mich um. Da schlug mir wie aus dem Nichts ein Ast in den Nacken. Ich schrie auf, ließ die Mähne der Stute los und fiel von ihrem Rücken...

Obwohl das Laub, das den Boden bedeckte, meinen Sturz ein wenig abfederte, taten mir alle Knochen weh, und meine Lippe blutete. Ich hörte, wie Troilus sein Schwert zog, dann das Trampeln von Hufen, als die Stute in den Wald davongaloppierte.

Ein Grieche kam auf mich zu. Bevor ich reagieren, mich auch nur bewegen konnte, zerrte er mich hoch, packte mich an den Handgelenken und fesselte sie hinter meinem Rücken. Dann wurden mir die Augen verbunden, und man steckte mir einen Knebel in den Mund. Ich wollte schreien, brachte aber keinen Laut hervor. Ich konnte nichts sehen, hörte nur Kampfgeräusche um mich herum und Rufe. Plötzlich spürte ich Arme um mich, und ich wurde, mit dem Bauch nach unten, über den Rücken eines Pferdes geworfen wie ein zusammengerollter Teppich. Als ich um mich trat, gab mir jemand eine schallende Ohrfeige, sodass meine Haut vor Schmerz prickelte.

»Sollen wir sie nicht töten?«, fragte eine Stimme in der Nähe. »Sie könnte unser Gespräch belauscht haben. Es wäre besser, sie los zu sein.«

Jemand band ein Seil um meine Beine. Ich spürte, wie die Knoten in mein Fleisch schnitten, als ich mich dagegen wehrte. »Sie ist eine Frau, Teucer. Was kann sie schon ausrichten? Außerdem ist sie hübsch. Ich denke, selbst der König würde sie gern in seinem Bett haben.« Der Mann lachte. »Ich hätte jedenfalls nichts gegen sie.«

Der andere Grieche lachte ebenfalls. Ich versuchte erneut zu schreien, doch heraus kam lediglich ein gedämpfter Laut, und ich konnte weder etwas sehen noch mich bewegen.

Mit einem Ruck trabte das Pferd los; nun nahm ich nur noch Staub wahr.

TEIL II

Der Krieg beginnt

Ida-Gebirge, mit Blick auf die trojanische Ebene

»*Was ich gesehen habe, errätst du nie.*«

Hermes stützt sich lässig auf die Rückenlehne von Artemis' Thron im geräumigen Eingangsbereich zu ihrem Palast und dreht einen goldenen Stab zwischen den Fingern.

Ohne sich umzudrehen nimmt Artemis gelangweilt einen Schluck von dem Nektar in ihrem Kelch. »*Was, Hermes? Was hast du diesmal wieder gesehen?*«

Er dreht den Stab ein wenig schneller, um sicher zu sein, dass sie ihm wirklich zuhört. Schließlich handelt es sich um sensationelle Neuigkeiten, und es hätte keinen Sinn, alles gleich zu verraten. »*Du kennst doch Aphrodite, oder?*«, *fragt er auf schier unerträglich arrogante Weise.*

Artemis seufzt gequält, stellt ihren Kelch ab, wendet sich um und blickt über die Rückenlehne ihres Throns. »*Wir leben ja erst seit einer Ewigkeit hier zusammen*«, *antwortet sie.* »*Was ist mit ihr?*«

Hermes lächelt wie jemand, der einen Eimer Gülle über einen ahnungslosen Feind auskippt. »*Ich habe sie gestern gesehen*«, *wiederholt er und tut so, als wäre ihm nicht aufgefallen, dass Artemis sich zu ihm umgedreht hat.* »*Im Bett.*«

Artemis stößt ein ganz und gar unmädchenhaftes Geräusch aus. »*Da ist sie doch die meiste Zeit*«, *meint sie und greift erneut nach ihrem Kelch.* »*Und deine Schilderungen ihrer Nacktheit interessieren mich nicht, Hermes. Wir haben sie oft genug so bewundern dürfen.*«

Hermes achtet nicht auf ihre Worte. »Sie war nicht allein. Und auch nicht mit ihrem Gatten Hephaistos zusammen.«

Ein ziemlich prüder Ausdruck tritt auf Artemis' Gesicht. »Und was soll daran neu sein?« *Sie rümpft die Nase.* »Sie liegt doch ständig mit irgendeinem Sterblichen im Bett. Wer war's diesmal? Anchises? Adonis?«

Hermes schüttelt den Kopf. »Kein Sterblicher«, *erklärt er und senkt die Stimme.* »Ein Gott.«

Artemis macht große Augen. Es kommt so gut wie nie vor, dass eine Göttin es wagt, ihren Gemahl mit einem anderen Gott zu betrügen. Die eine oder andere Tändelei mit einem Sterblichen ist entschuldbar – schließlich sind die Sterblichen keine echte Konkurrenz und leben nicht lange –, aber ein Gott als Geliebter? Das ist etwas völlig anderes.

Hermes beobachtet mit kaum verhohlener Freude, wie Artemis gegen ihre Neugierde ankämpft. Dann...

»Und?«, *fragt sie.* »Mit wem war sie nun zusammen?«

Hermes grinst. Die jungfräuliche Göttin, keuscher als die Farbe Weiß, lässt sich auf Klatsch über eine schmutzige Affäre ein. So etwas erlebt man auf dem Ida-Gebirge nicht jeden Tag. Er schlendert um den Thron herum und streichelt den Jagdhund, der zu Artemis' Füßen liegt. Ihm macht das Spaß, das sieht man. »Kann sein, dass du ihn kennst«, *sagt er, als hätte er den Namen vergessen.* »Kräftiger Kerl. Waden wie Baumstämme, und ein Hintern, so groß wie...«

»Hast du denn nicht gesehen, wer's war?«

»Schon möglich.«

Wieder seufzt Artemis. Sie reicht ihm den Kelch. »Fällt's dir jetzt ein?«

Er trinkt einen großen Schluck und wischt sich den Mund mit dem Unterarm ab. »Ah, das tut gut.« *Dann blickt er Artemis an.* »Wo waren wir stehen geblieben? Ach ja, beim Freund *von Aphrodite. Stimmt, nun erinnere ich mich wieder. Schätze, Hephaistos wird nicht allzu glücklich sein, wenn er herausfindet, dass sie den ganzen Nachmittag mit Ares geschmust hat, was?«*

Artemis wirkt schockiert. »Mit Ares? Bist du sicher?«

Hermes nimmt einen weiteren Schluck. »Ganz sicher«, antwortet er schadenfroh. »Wenn es einen Gott gibt, mit dem sie Hephaistos wirklich eifersüchtig machen kann ... Lass es mich so ausdrücken: Ares hat alles, was Hephaistos fehlt. Jedermann weiß, wie empfindlich Hephaistos in Bezug auf sein Aussehen ist.«

»Das kann ich mir nicht vorstellen«, entgegnet Artemis, aufrichtig erstaunt. »Und das, als ich dachte, sie könnte nicht mehr tiefer sinken. Du hast von Helena und dem Schönheitswettbewerb gehört, nehme ich an?«

Nicht einmal Hermes würde es wagen, bei diesem Thema zu scherzen. »Artemis, jeder Mann, der Augen im Kopf hat, hätte dich für den Wettbewerb ausgewählt. Vermutlich hat Zeus einfach die erstbesten drei Göttinnen genommen. Du erinnerst dich sicher, wie betrunken er an dem Tag war – wie betrunken wir alle waren! Was für ein Fest«, schwärmt er.

Artemis will gerade den Mund aufmachen, um zu sagen, dass es ihr egal ist, ob sie ausgewählt wurde oder nicht, als der Klang zweier streitender Stimmen durch den Himmel hallt. »Was ist da los?«, fragt sie.

»Wahrscheinlich Hephaistos und Aphrodite«, antwortet Hermes mit einem fröhlichen Lächeln, nimmt etwas Ambrosia aus seiner Tasche und beißt genüsslich hinein. »Er scheint's gemerkt zu haben.«

»Das glaube ich nicht.« Artemis spitzt die Ohren, und der Hund zu ihren Füßen tut es ihr gleich. »Das klingt nicht nach Aphrodite.« Sie erhebt sich von ihrem Thron und huscht leicht-

füßig durch die Säulengänge ihres Palastes in Richtung des Lärms, gefolgt von ihrem Hund und Hermes, dessen Gesichtsausdruck »Hab ich's dir nicht gesagt?« zu bedeuten scheint.

Die Götter haben sich in jenem Bereich des Himmels über dem Ida-Gebirge versammelt, der den Zusammenkünften des Rates vorbehalten ist. Hier strahlen die Wolken am stärksten golden, und mehrere Throne sind in einem großen Kreis angeordnet wie die Zuschauerreihen in einem Theater. Sie sind alle auf die Lücke zwischen den Wolken ausgerichtet, durch die die Erde und die Stadt Troja zu erkennen sind.

»Wie kannst du es wagen, dich einzumischen?«, zischt Athene. Sie steht vor den Thronen, direkt vor der Lücke zwischen den Wolken. »Wie kannst du es wagen, ihm seinen ersten Kampf zu verderben?«

Poseidon, der auf einer Wolke dahingestreckt liegt, lacht so laut, dass sein Bart Wellen wirft. »Tut mir leid, wenn ich deinem kleinen Liebling das Leben schwer mache«, höhnt er. »Aber Cycnos ist mein Sohn. Entschuldige, wenn ich das sage, Athene, doch ich finde, Blutsbande sind wichtiger als deine Vorliebe für griechische Muskeln.«

Athene ist außer sich vor Wut. »Das hat damit nichts zu tun«, brüllt sie, und die Schlangen auf ihrem Brustpanzer zischen und beginnen sich zu winden. »Er ist einer der besten Krieger im griechischen Heer. Und ich habe ihm meinen Schutz zugesichert! Ich habe ihm Ruhm versprochen, und nun mischst du dich ein und lässt uns beide aussehen wie Idioten!«

Artemis bückt sich, um ihrem Bruder Apollo ins Ohr zu flüstern: »Was ist hier los?«

Apollo sieht sie über die Schulter an und dreht sich auf seinem Sitz herum. »Der Krieg hat angefangen«, stellt er grinsend fest.

Artemis reagiert nicht. Solche Dinge passieren die ganze Zeit. Wenn man unsterblich ist, fällt es einem schwer, sich alles zu merken. Sie fragt sich, wieso Athene sich immer noch so aufregen kann.

Apollo fährt fort: »Ein paar von den Griechen sind heute aufgebrochen, um einen Angriff auf Colonae einige Kilometer südlich von Troja zu starten. Ajax hat sich sofort auf Poseidons Sohn Cycnos gestürzt, den König von Colonae. Natürlich hat Poseidon ihn beschützt und unverletzlich für Waffen gemacht. Ajax kann ihn nicht töten – momentan ist er ziemlich außer sich.«

Apollo deutet auf die Küste, wo Artemis eine kleine Stadt erkennt. Dort kämpfen zwei Gruppen von Kriegern gegeneinander. Inmitten des Getümmels schleudert ein dunkelhaariger Mann voller Wut einen Speer nach dem anderen auf seinen Gegner.

»Und darüber ist Athene alles andere als glücklich.« Artemis nickt und strafft die Schultern. Das ergibt Sinn. Athene liebt die Griechen, seit Paris ihre Schönheit verschmäht hat, so sehr, dass Hermes oft spottet, sie solle auf ihre Unsterblichkeit verzichten und unten bei ihnen leben. Ajax ist einer ihrer Lieblinge.

»Du wirst dich nicht über meine Entscheidung hinwegsetzen, Poseidon!«, sagt Athene gerade in drohendem Tonfall. »So wird der Krieg nicht verlaufen. Glaub ja nicht, dass alles nach deinem Kopf geht.«

»Ach, tatsächlich?«, erwidert Poseidon und stützt sich auf einen Ellbogen, um Ajax weiter zu beobachten, der immer noch mit sämtlichen Waffen, derer er habhaft werden kann, gegen den unverwundbaren Cycnos ankämpft. »Liebe Nichte, ich bin ein ganzes Stück älter als du. Auch eine Tochter von Zeus darf uns Älteren gegenüber nicht unhöflich sein.«

Athene verschlägt es vor Wut die Sprache. Ihre graugrünen Augen funkeln.

Niemandem fällt auf, dass Aphrodite und Ares sich heranschleichen und ihre Plätze hinter Zeus einnehmen.

Dann sagt Athene: »Ja, du hast recht. Du bist älter als ich.«

Poseidon sinkt lächelnd in seine Wolke zurück. Er scheint gewonnen zu haben.

Athene bückt sich, um Helm und Speer aufzuheben. »Aber du bist nicht so wendig wie ich!« Sie setzt den Helm auf und zückt den Speer. Bevor irgendjemand sie daran hindern kann – bevor Poseidon überhaupt Zeit hat, sich zu bewegen –, fliegt sie schon hinunter zur trojanischen Ebene, schneller als die Blitze ihres Vaters.

Poseidon hat kaum mitbekommen, was geschehen ist. Er ruht nach wie vor mit selbstgefälligem Lächeln auf seiner Wolke.

Nun sehen die anderen nicht mehr ihn an, sondern setzen sich hastig auf ihre Plätze, um hinunterzuschauen, wo Athene soeben das Schlachtfeld erreicht. Sie nimmt die Gestalt eines griechischen Soldaten an und scheint Ajax Ratschläge zuzurufen.

»Kluges Mädchen«, meint Zeus stolz, was ihm einen giftigen Blick von seinem Bruder einträgt.

Statt einen der Speere vom Boden aufzuheben, die dort von Ajax' früheren Versuchen liegen, rennt er unbewaffnet auf Cycnos zu.

Cycnos stutzt. Ist es nicht unehrenhaft, einen Unbewaffneten zu töten?

Ajax weicht Cycnos aus, läuft an ihm vorbei, dreht sich um und greift ihn von hinten an. Mit seinen riesigen Händen packt er Cycnos' Helmriemen und zieht sie um seinen Hals zusammen.

Schweigen bei den Göttern. Ein wagemutiges Manöver, wie man es in einer Schlacht heutzutage nur noch selten sieht, da es so viele unterschiedliche Schwert- und Speerarten gibt, mit denen sich das Herz eines Gegners durchbohren lässt.

Hat Ajax genug Kraft? Wird er in der Lage sein, Cycnos zu halten, während dieser verzweifelt versucht, sich aus den bestickten Riemen zu lösen?

Am Ende hört Cycnos auf, sich zu wehren.

Die Götter atmen auf. Athene hat es geschafft. Wieder haben die Griechen gewonnen.

Alle Götter – außer Poseidon, der damit beschäftigt ist zu schmollen – klatschen.

Sieht ganz so aus, als würde es ein interessantes Schauspiel werden.

Im Bett des Feindes

Βρισηίς
Briseis, Lager der Griechen

Mittagsstunde
Elfter Tag des Weizendreschmonats, 1250 v. Chr.

Ich kniete auf dem feuchten, mit Binsen bedeckten Boden der Hütte. Der Geruch von Blumen stieg mir von dem Badewasser in die Nase. Ein schlichter Tonkrug mit Olivenöl stand auf der festgestampften Erde. Ein Sklave erschien an der Tür und hielt sie auf. »Das Bad, das Ihr wolltet, mein Herr«, sagte er zu jemandem und verbeugte sich tief. »Und das Mädchen, das Ihr wünschtet.«

Wenig später betrat Achilles die Hütte. Seine groß gewachsene, schlanke Gestalt zeichnete sich dunkel vor der Helligkeit draußen ab. Er schloss die Tür und schob den Riegel vor. Abgesehen vom gedämpften Licht der Öllampen und ihrer Spiegelung im Wasser und von den schmalen Streifen Sonnenlichts, das durch die Holzwände hereindrang, war es in der Hütte düster.

Ich strich meine Haare aus dem Gesicht und gab vor, die Temperatur des Wassers mit meinen Fingerspitzen zu prüfen. Es war warm genug zum Baden, und auf der Oberfläche schwammen weiße Rosenblütenblätter. *Rosen*, dachte ich. *Für ihn habe ich Rosenblüten auf dem Wasser ausgestreut.*

Obwohl Achilles in der Hütte herumging, drehte ich mich nicht zu ihm um. Das zeugte von einem Mangel an

Respekt, doch das war mir egal. Kurze Zeit später vernahm ich ein leises Geräusch hinter mir, von Flüssigkeit, die in einen Kelch eingeschenkt wurde. Dann hörte ich ihn auf mich zukommen und spürte, wie er neben mir in die Hocke ging. »Wie heißt du, Mädchen?«, erkundigte er sich und trank einen Schluck Wein.

Ich schwieg.

Er nahm einen weiteren Schluck. »Ich habe dich gefragt, wie du heißt«, wiederholte er.

Nach wie vor schweigend, begann ich eines der weißen Stofftücher zusammenzulegen.

Da packte mich seine Hand mit gewaltiger Kraft am Kinn und drehte meinen Kopf herum, sodass ich vor Schmerz aufschrie.

»Du hast also eine Stimme«, stellte er fest, ließ mich los und erhob sich, um die Lederriemen seines Brustharnischs zu lösen. Als er sich das nächste Mal mir zuwandte, klang er drohend. »Ich frage nicht noch einmal.«

»Briseis«, antwortete ich leise. »Prinzessin Briseis von Lyrnessos.« Stumm fügte ich hinzu: *Und Frau von Mynes, Prinz von Lyrnessos, dem Mann, den du mit einem Stich ins Herz getötet hast.*

»Briseis. Das ist ein alter Name. Er bedeutet ›das Mädchen, das gewinnt‹, nicht wahr?« Achilles lächelte. »Passend für die Sklavin des Besten der Griechen, eines Halbgottes.« Er beugte sich zu mir herab, um mein Kinn anzuheben. »Meine wunderbare Kriegsbeute.«

Meine Wangen brannten, als ich in seine glänzenden dunklen Augen blickte, die mir so nahe waren, dass ich jede einzelne seiner hellen Wimpern erkennen konnte. Ich spürte, wie ich errötete und mir die Galle hochkam. *Welcher Gott hat mich hierhergeführt?*, dachte ich. *Welcher schlimme*

Gott hat mich als Sklavin zu dem Mann geschickt, dem ich zusehen musste, wie er meinen Gatten tötete?

Ich versuchte, mein Kinn wegzudrehen, weil ich seine Berührung und die Erinnerung an das, was diese Hände getan hatten, nicht ertrug.

Er ließ mich lachend los und stieß mich mit solcher Kraft und Leichtigkeit zurück, dass ich hinfiel und das Gewand von meiner Schulter rutschte. Ohne zu überlegen, richtete ich mich auf und gab ihm eine schallende Ohrfeige, bevor er das nächste Mal Luft holen konnte. Und ich holte aus, um noch einmal zuzuschlagen.

Nun lachte er nicht mehr. Er packte mich so fest an den Handgelenken, dass die Aufschürfungen von den Seilen schmerzten und mir Tränen in die Augen traten. Fast hatte ich Angst, er würde mir die Knochen brechen, denn ich spürte seinen heißen Zorn. Sein Körper war angespannt wie der eines Löwen vor dem Sprung.

Dann ließ er mich plötzlich los.

Langes Schweigen. Ich rührte mich nicht, war wie gelähmt von der animalischen Kraft, die jeder Pore seines Leibs zu entströmen schien. Meine wunden Handgelenke tobten. Als Soldaten an der Hütte vorbeigingen, hörte ich Gesprächsfetzen. Die Flammen in der Feuerstelle knackten, beißender Rauch breitete sich in der Hütte aus und stieg durch das Loch in dem Binsendach ins Freie auf.

Endlich machte Achilles den Mund auf. »Das Mädchen, das gewinnt. Hier im Lager gibt es keinen einzigen Mann, der es gewagt hätte, mich zu schlagen wie du.« Er musterte mich mit einem merkwürdigen Blick. »Wer hätte das gedacht?«, sagte er, fast wie zu sich selbst. »Eine Sklavin, die Achilles die Stirn bietet.«

Χρυσηίς
Chryseis, Lager der Griechen

Stunde der Opfergaben
Elfter Tag des Weizendreschmonats, 1250 v. Chr.

Ich stand erschöpft im Lager der Griechen, mein staubbedecktes Gesicht war gezeichnet von Tränenspuren. Der Grieche, auf dessen Pferd ich transportiert worden war, hatte mich mitten unter den Feinden an der Bucht vor Troja abgesetzt.

Ein klein gewachsener, stinkender rothaariger Mann hatte mich an Händen und Füßen gefesselt und mich in eine Gruppe schmutziger Mädchen in Lumpen geschoben, obwohl ich mich mit Zähnen und Klauen dagegen wehrte. Ich blickte die lange Reihe der Gefangenen am Ufer an und bekam eine Gänsehaut, als mir klar wurde, warum ich hierhergebracht worden war. Die Griechen hatten sämtliche Frauen, derer sie habhaft werden konnten, mitgenommen, um sich mit ihnen zu vergnügen. So etwas geschah, wenn Männer weit von der Heimat entfernt waren, das hatte ich schon gehört. Ich musste an Troilus denken und biss mir auf die Lippe, um nicht vor Schmerz laut aufzuschreien bei der Erinnerung daran, wie er im Wald gekämpft hatte, ein Prinz gegen vier Griechen. Nein, das durfte nicht sein ... er konnte nicht ...

Als ich Stimmen hörte, hob ich den Kopf. Am anderen Ende der Linie entdeckte ich zwei griechische Fürsten mit schlichten gehämmerten Brustpanzern aus Bronze und Schienbeinschützern, die im Vergleich zu den aufwendig verzierten der Trojaner erbärmlich aussahen. Nur einer trug Schmuck; er schien ihr Anführer zu sein: ein ziemlich beleibter Mann, über dessen dickem Bauch sich das Gewand spannte. Seine Augen wirkten in seinem schwabbeligen Gesicht klein, und er schien zu schielen.

Mit zunehmender Furcht beobachtete ich, wie er vor Anstrengung schnaufend die Reihe abschritt, gelegentlich das Kinn von einer der Mädchen mit dem Ende seines Zepters anhob, stehen blieb, um eine Frau in Brüste und Hinterteil zu kneifen, und wie er dann mit seinen Männern lachte. Doch keines der Mädchen schien ihm zu gefallen.

»Ha!«

Nun stand er wenige Schritte von mir entfernt und musterte mich mit seinen Schweinsäuglein. Er wandte sich mit gerunzelter Stirn seinen Leuten zu. Als sie mich anstarrten, wurde ich rot.

»Und wer ist diese hübsche Kleine?«

Einer der griechischen Gesandten eilte zu ihm. »Wir kennen ihren Namen nicht, oberster König Agamemnon«, erklärte er, sich tief verneigend. »Sie wurde von den Männern entdeckt, die Ihr ausgesandt habt, um den Wald südlich von Troja zu erkunden, zusammen mit einem trojanischen Prinzen.«

»Was habt ihr mit ihm angestellt?«, fragte ich. »Was habt ihr mit Troilus gemacht?«

Der Gesandte gab mir keine Antwort. Der König hingegen beugte sich ein wenig vor, um mich genauer in Augenschein zu nehmen. Sein Atem roch ranzig, und ihm fehlten mehrere Zähne.

Trotz meiner Bemühungen, mir meine Angst nicht anmerken zu lassen, zuckte ich zusammen.

»Nicht so schüchtern, Mädchen«, sagte der König, legte einen Wurstfinger unter mein Kinn und hob es an.

Ich versuchte mich zu wehren, als er mein Gesicht hin und her drehte und an meinen Haaren schnupperte wie ein Eber, der nach Wurzeln wühlt, aber der Gesandte zwang mich, den Kopf hoch zu halten. Ich spürte, wie seine Finger sich schmerzend in meine Schulter gruben. »Ich habe gehört, dass Priamos eine Menge wertvoller Juwelen in seinen Truhen hat«, erklärte der König den Fürsten und Soldaten um ihn herum, »doch von einem Juwel wie diesem war nie die Rede.«

Sie lachten, und König Agamemnon winkte einen seiner Sklaven herbei, der sich beeilte, die Fesseln um meine Gelenke zu lösen. Dann nahm der König meine Hand und küsste sie. Dabei drückte er seine dicken Lippen fest auf meine Haut. »Willkommen im Lager der Griechen, Sklavin«, begrüßte er mich.

Βρισηίς
Briseis, Lager der Griechen

Stunde des Gebets
Elfter Tag des Weizendreschmonats, 1250 v. Chr.

»Raus! Verschwinde!«

Ich floh aus der Hütte und rannte blind vor Tränen gegen einen schlanken, braunhaarigen jungen Griechen mit schmalem Kinn, der direkt vor der Tür stand.

Er sah mich überrascht an. »Was ... Wer bist du?«

Ich wollte mich an ihm vorbeidrängen, doch er ergriff meinen Arm. »Was ist passiert?«

Ich versuchte, mich zu befreien.

Er zog mich von der Hütte weg zum Strand, an anderen Hütten, Schuppen und Zelten vorbei, an Soldaten, die ihre Waffen schliffen und Pfeile mit Bronzespitzen zusammenbanden, sowie an Sklaven, die Tongefäße mit Wasser trugen. Am Ufer wandte er sich mir zu. »Was ist passiert?«, wiederholte er besorgt.

Ich blickte ihn mit feuchten Augen an. »Warum sollte ich dir das verraten? Ich weiß ja nicht einmal, wer du bist.«

Seine Miene wurde sanfter. »Du bist die Sklavin von Achilles, die er aus Lyrnessos mitgebracht hat?«

Ich nickte, und eine Träne rollte mir über die Wange.

»Ich bin Patroklos«, stellte er sich vor. »Der ... Gefährte von Achilles«, fügte er nach einer kurzen Pause hinzu. »Du kannst mir ruhig sagen, womit du ihn verärgert hast. Ich will dir nichts Böses.«

Langes Schweigen. »Ich bin keine Sklavin«, erklärte ich schließlich mit leiser Stimme. »Ich bin Prinzessin Briseis von Pedasos. Und ich habe nichts getan, um Achilles zu verärgern«, versicherte ich ihm, »abgesehen davon, dass ich ihn gebadet habe, wie mir befohlen wurde.«

Patroklos runzelte die Stirn. »Du musst aber etwas gemacht haben, das ihm missfallen hat.«

»Nein!«, widersprach ich heftig und wurde vor Wut rot. »Ich habe ihn gebadet und ihn von den Schultern bis zu den Füßen mit Öl eingerieben, wie meine Mutter es mir...«

»Du hast seine Füße berührt?«

»Natürlich habe ich seine Füße berührt. Warum auch nicht?«

Er wandte sich ab, sodass ich sein Gesicht nicht sehen konnte. »Erzähl mir, was geschehen ist.«

Ich dachte nach. »Ich habe seine Beine und Knöchel mit Öl gesalbt und seine Ferse angefasst. Da ist er in die Luft gegangen und hat mich aus der Hütte geworfen.« Erneut traten mir Tränen in die Augen. »Ich habe nichts Schlimmes gemacht«, wiederholte ich.

Patroklos' Blick war auf die See gerichtet. »Du tätest gut daran, seine Ferse nie wieder zu berühren«, meinte er schließlich.

Ich hob ungläubig die Augenbrauen. »Ich habe ihm ungestraft eine Ohrfeige gegeben, und du meinst, ich darf seine Füße nicht anfassen?«

Patroklos nickte, nach wie vor mit dem Rücken zu mir.
»Warum?«
»Das kann ich dir nicht verraten.«
»Ist das ein griechischer Brauch?«

»Nein.«

»Warum willst du es mir dann nicht sagen?«

Als er sich mir zuwandte, huschte ein Schatten über sein Gesicht. »Ich darf es nicht. Lassen wir es dabei bewenden.« Dann fügte er leise hinzu: »Kein Mann, am allerwenigsten Achilles, würde seine einzige Schwäche gestehen.«

Ich machte den Mund auf, doch er brachte mich zum Verstummen. »Du hast Achilles eine Ohrfeige gegeben«, wiederholte er nachdenklich. »Es wundert mich, dass du noch am Leben bist.«

Ich zuckte mit den Achseln. »Offenbar bin ich eine Überlebenskünstlerin.« Ich klang verbittert. »Vielleicht ist es auch weniger Gabe als Fluch.«

»Ich verstehe nicht, was du damit meinst. Aber wenn du die nächste Morgendämmerung erleben möchtest, Briseis, würde ich dir etwas raten.«

»Und das wäre?«

Er ergriff meine Hand, und ich sah ihn erstaunt an.

»Mach das heute Abend nicht noch einmal.«

Ich entzog ihm meine Hand. »Was soll das heißen?«

Er errötete. »Nun, du weißt ...«

»Nein«, erwiderte ich und straffte die Schultern, »ich weiß nichts.«

Seine Wangen und Ohren nahmen einen leuchtenden Rotton an. »Dir ist doch sicher klar, warum Achilles dich als seine Kriegsbeute gewählt hat?«

»Er braucht eine Frau, die ihn bedient, da die Griechen nicht in der Lage zu sein scheinen, ihre Arbeit selbst zu erledigen.«

Patroklos musterte mich schweigend.

»Mir ist klar, was du denkst«, sagte ich, ein wenig ungeduldig. »Aber das geht nicht. Nicht einmal *er* würde es wagen, eine Prinzessin von königlichem Blut in sein Bett zu zwingen. Das widerspricht den Gesetzen der Götter und den Gebräuchen der Menschen.«

Sanft, sehr sanft, nahm er meine Hände noch einmal. Nun entzog ich sie ihm nicht. »Begreifst du denn nicht?«, fragte er leise.

»Was?«

Patroklos seufzte. »Genau deswegen will er dich. Er möchte dich in seinem Bett, weil du schön bist und eine Prinzessin. Du bist, was alle Männer wollen: das, was sie nicht haben können.« Er holte tief Luft. »Das ist der einzige Grund, warum du noch lebst, Briseis.«

Wieder langes Schweigen.

»Sag so etwas nicht, Patroklos«, bat ich ihn, löste meine Hände aus seinem Griff und wich zurück.

Patroklos folgte mir. »Leider ist es die Wahrheit, Briseis.«

Ich wandte mich von ihm ab und rannte den Strand entlang von ihm weg, als könnte ich so dem Schrecken entfliehen, der Vorstellung, dass Achilles auch nur daran dachte, den Göttern die Stirn zu bieten und eine Prinzessin in sein Bett zu holen. Dass er mich mit ebenjenen Händen berühren wollte, die Mynes das Schwert ins Herz gestoßen hatten. Mir wurde übel.

»Briseis!«, rief Patroklos und lief mir nach. »Briseis, bitte bleib stehen!« Er fasste mich an den Schultern und schüttelte mich. »Irgendwann wirst du mit ihm schlafen müssen. Achilles kann sehr...«, er suchte nach dem richtigen Wort, »...sehr leidenschaftlich sein, wenn es um Zorn oder Liebe geht. Das hast du selbst schon erlebt. Es gibt keine andere Möglichkeit.«

Ich riss mich von ihm los. »Richte ihm von mir aus, dass er mit seiner Leidenschaft meinetwegen in den Hades fahren kann.« Ich wandte mich ihm mit funkelnden Augen zu. »Solange ein Herz in meiner Brust und eine Seele in meinem Körper ist, werde ich nicht zulassen, dass Achilles mich in sein Bett zwingt. Hast du mich verstanden?« Ich holte bebend Luft. »*Niemals.* Wenn du mich jetzt entschuldigen würdest: Ich muss zurück.«

Ich rannte zur Hütte, während Patroklos mit offenem Mund am Ufer des tosenden Meeres stehen blieb.

Mein Entschluss wurde noch am selben Abend auf die Probe gestellt.

Achilles zupfte an seiner Schildpattlyra und sang Geschichten von seinen eigenen Heldentaten und denen anderer Männer und Götter. Patroklos stocherte unterdessen mit seinem Dolch in der ersterbenden Glut des Feuers, das ein paar letzte Momente der Wärme verströmte. Es würde noch Stunden dauern, bis ich müde wäre, das wusste ich. Doch ich musste jetzt handeln, sonst war es zu spät.

Ich trat schweigend an den Haufen warmer Schaffelle und Wolldecken, die Achilles' Schlafplatz markierten, und bückte mich. Obwohl es in der Ecke dunkel war, weil der Schein des Feuers nicht so weit reichte, gelang es mir, einige Felle und Decken zusammenzuraffen, ans andere Ende der Hütte zu gehen und getrocknete Kräuter auf dem Boden auszustreuen, genug, um eine Schlafstelle für mich zu schaffen.

Achilles' Lyra verstummte.

»Was tust du da?«, durchbrach die Stimme von Achilles die Stille wie ein blendender Blitz.

»Ich mache mein Bett«, antwortete ich, bemüht, ruhig zu klingen.

Angespanntes Schweigen. Als ich hörte, wie Patroklos

seinen Dolch weglegte, wusste ich, dass er sich einmischen wollte.

»Ich werde heute Nacht hier schlafen«, erklärte ich, bevor Patroklos etwas sagen konnte, verstreute weiter duftende Kräuter und breitete Felle aus. »Ich denke, ich kann mir mein Bett dort bereiten, wo ich möchte.«

»Briseis…«

»Sei still, Patroklos.«

Achilles. Ich hörte misstönendes Klirren, als die Lyra auf dem Boden landete, von übermenschlicher Kraft dorthin befördert. Unwillkürlich drehte ich mich um.

Achilles hatte sich erhoben. Seine dunklen Augen glänzten. Von ihm strahlten Hitze, Wut und Macht aus wie von einem erzürnten Gott.

»Patroklos… verschwinde!«, brüllte er, und sein Freund eilte mit verängstigtem Blick davon. Die Tür schlug hinter ihm zu, dann herrschte Stille.

Ich schien Stunden in diese unergründlichen Augen zu sehen. Achilles' Gesicht war eine Maske. Mein Herz hämmerte wie wild gegen meine Rippen. Und plötzlich…

»Ich werde dich nicht zwingen«, meinte er erstaunlich leise und ruhig. »Niemand sollte zur Liebe gezwungen werden.«

Achilles, der tausendfache Mörder, der meinen Gatten kaltblütig getötet hat, spricht von Liebe?

Er weiß nicht, was Liebe ist.

»Aber lass dir gesagt sein, Briseis«, er beugte sich so weit zu mir vor, dass ich seinen warmen Körper und seinen heißen Atem spürte, »du *wirst* in mein Bett kommen. Und ich werde nicht ewig warten.«

Er richtete sich auf und blieb einen Moment so stehen, groß und muskulös und gottgleich. Dann stapfte er zur Tür und hinaus und schlug sie hinter sich zu. Nun war ich allein in der Hütte.

Wieder hatte ich mich durchgesetzt.

In den Händen des Schicksals

Χρυσηίς
Chryseis, Lager der Griechen

Stunde des Gebets
Vierzehnter Tag des Weizendreschmonats, 1250 v. Chr.

»Ihr seid sicher?«, fragte König Agamemnon. »Sicher, dass er es war?«

Obwohl man mich erst einige Tage zuvor in den Wäldern von Troja gefangen genommen und ins Lager der Griechen verschleppt hatte, kam es mir vor wie ein ganzes Leben. Mir war, als wäre ich in jeder Nacht, die ich König Agamemnon, dem Anführer der Truppen, die meine Heimat angegriffen hatten, einem übelriechenden groben Mann, alt genug, mein Großvater zu sein, in seinem Bett zu Diensten sein musste, um Jahre gealtert.

Nun, am dritten Tag meiner Gefangenschaft, schenkte ich dem König und seinen Lieblingsfürsten Wein in seinem Zelt ein, das sein Palast und mein Gefängnis war: Mehrere Schiffssegel formten zusammengenäht ein Dach über dem Beratungsraum, den Gemächern des Königs und den Küchen. Das Ganze wurde getragen von Stangen – manche aus Treibholz, andere waren Ruder, mit dem Paddel nach unten in den Sand gerammt. Wandteppiche in bunten Farben erzählten von den griechischen Reichen, über die König Agamemnon herrschte. Ein mit Schnitzereien verzierter Wacholderholzthron stand auf einem niedrigen Podest vor einem großen kreisrunden, mit Tontafeln bedeckten Tisch, der umgeben war von ebenfalls mit Schnitzereien verzierten Hockern, auf denen griechische Fürsten saßen.

»Ganz sicher«, antwortete eine jüngere, freundlichere Stimme mit leicht ländlichem Einschlag. Ich erkannte sie als die des Odysseus, eines Fürsten, der in Agamemnons Heer diente, Herrscher über Ithaka war und bekannt wegen seiner Schläue und Redegewandtheit. »Ich kann es beschwören, mein König. Ich habe die Leiche in der Hütte des Heilers mit eigenen Augen gesehen. Nach den Beschreibungen unserer Herolde kann kein Zweifel daran bestehen, dass er es war.«

Odysseus rief mich mit einem Fingerschnippen zu sich. Ich ging zu ihm, wie es von mir erwartet wurde, und füllte seinen Kelch aus einem Tonkrug mit Wein. Dabei spürte ich, wie er mich mit seinen hellbraunen Augen musterte.

Unter seinem Blick errötend, trat ich einen Schritt zurück und wischte sorgfältig den Rand des Krugs ab, obwohl kein Tropfen daran hing.

Odysseus hob seinen Kelch an die Lippen und trank einen Schluck. »Ja, der Mann, den wir im Wald getötet haben, war eindeutig Troilus, der Prinz von Troja.«

Der Krug entglitt mir, landete auf dem Boden und zerbarst in tausend Scherben. Wein spritzte in alle Richtungen, sodass mein Gewand voll roter Flecken war.

Allgemeines Gemurmel. König Agamemnon herrschte mich an: »Das war einer von meinen besten attischen Tropfen, du dummes Ding! Nun heb endlich die Scherben auf!«

Als ich niederkniete, um sie aufzusammeln, konnte ich keinen klaren Gedanken fassen. *Troilus tot?* Das durfte nicht sein ... Noch vor ein paar Tagen hatten wir in seinen Gemächern in Troja das Bett geteilt. Er konnte nicht ...

Ich biss mir auf die Lippe, und meine Finger zitterten, als

ich die Scherben nahm. *Wenn er seinem Vater ni[cht] gen die Stirn geboten, wenn ich nur Ja gesagt hätte, [wäre er] den Griechen möglicherweise entkommen...* Träne[n tra]ten in meinen Augen. Ich versuchte, sie mit dem [Unter]arm wegzuwischen, während Kummer, Schuldgefüh[l und] schreckliches Bedauern in mir hochwallten wie ein [Fluss,] der in der Frühjahrsschneeschmelze über die Ufer zu tr[eten] droht. *Troilus... tot...*

»Der Tod dieses Mannes ist von weit größerer Bedeu[-]tung, als selbst die Trojaner ahnen«, fuhr Odysseus fort, ohne den Blick von mir zu wenden.

Weiteres Gemurmel der Fürsten.

Von den Scherben in meinen Händen tropfte Wein. Wie meinte er das?

Odysseus rieb sich das Kinn. »Ihr erinnert euch sicher an die Weissagung des Kalchas bei unserer Landung.«

Ein breitschultriger Krieger mit struppigem rotem Bart schlug sich mit der flachen Hand gegen die Stirn. »Natürlich! Die Weissagung!«

Nestor, ein weißhaariger alter Mann, hob die Augenbrauen. »Würde mir bitte jemand erklären, worum es gerade geht?«

Die Fürsten verstummten, um zu lauschen.

»Die Prophezeiung, die Kalchas von Apollo höchstpersönlich erhalten hat«, sagte Odysseus, nachdem er sich geräuspert hatte, »lautet folgendermaßen: ›Wenn Troilus fällt...‹«, er schwieg kurz und sah in die Runde der anwesenden Ratsmitglieder, »›...gehört Troja euch.‹«

Ich machte große Augen. Dieser Apollo schien ein Gott zu sein, der den Sterblichen weissagte. Wie konnten die Griechen zu den Göttern beten, wenn alle Götter auf der Seite Trojas standen? Es musste sich um falsche Götter handeln, um Idole... aber... aber wie konnten sie eine Prophezeiung von einem falschen Gott erhalten haben, wenn dieser Gott nicht existierte?

Odysseus blickte den König und die versammelten Krieger an, die zu begreifen begannen. »Troilus, der Sohn des Priamos, war Gegenstand der Weissagung, und er wurde von einem Griechen getötet. Im Moment liegt sein Leichnam hier in unserem Lager. Das ist ein Omen, ein Zeichen! Troja wird uns gehören! Die Götter haben uns den Sieg versprochen!«

Ich kniete wie erstarrt auf dem Boden, wollte mich bewegen, doch mein Körper reagierte nicht. Mein Herz klopfte so schnell, dass ich Angst hatte, es könnte zerspringen.

Troilus... tot... und Troja wird fallen...

Gedanken wirbelten in meinem Kopf, Schuldgefühle und Furcht pulsten durch meine Adern. Troilus war bei dem Versuch gestorben, mich zu beschützen, und nun hatte auch noch ein Gott der Griechen seinen Tod als Vorboten für den Fall Trojas prophezeit. Panik ergriff mich. Bestrafte Apulunas mein Volk dafür, dass ich mich weigerte, seine Priesterin zu werden, wie mein Vater es wollte?

Die Fürsten lachten, klatschten, jubelten und hoben ihre Kelche.

»Dachte er denn...«, übertönte König Agamemnon den Lärm, als die Männer Odysseus auf den Rücken klopften und die Weissagung wiederholten, »...dass er einfach so aus seiner Stadt herausschlendern könnte, ohne mit Folgen rechnen zu müssen?« Er schnaubte höhnisch. »So hat er mir Troja geschenkt!«

Die Männer stießen mit ihren Kelchen an und tranken in großen Zügen daraus.

Ich kniete nach wie vor auf dem Boden, die Scherben des

Krugs in den Händen. Wein sickerte in den groben Stoff meines Sklavengewandes. Angst durchströmte mich, mir war flau im Magen. Wenn das, was ich soeben gehört hatte, stimmte, standen den Griechen mächtige Götter bei, die in der Lage waren, die Zukunft vorherzusagen. Diese Götter hatten ihnen versprochen, dass unsere wunderschöne, von unseren Göttern erbaute Stadt fallen würde.

Und ich war schuld daran.

Βρισηίς
Briseis, Lager der Griechen

Stunde der Abendmahlzeit
Vierzehnter Tag des Weizendreschmonats, 1250 v. Chr.

Ich stand mit einem grauen Tontopf voll heißer Zwiebelbrühe neben dem einfachen Holztisch in Achilles' Hütte, und mir knurrte der Magen. In den vergangenen Tagen hatten wir die Mahlzeiten schweigend zu uns genommen, und ich sah keinen Grund, warum es nun anders sein sollte.

Als Patroklos die Hand ausstreckte, um Brühe in die Schale von Achilles zu schöpfen, hob Achilles die Hand. »Nicht jetzt.«

Das waren seine ersten Worte, seit er von der Plünderung eines weiteren Ortes der Troas zurückgekehrt war: Theben, die Stadt des Königs Eëtion. *Eine wunderbare Stadt und nicht weit von Lyrnessos entfernt*, dachte ich verbittert.

Patroklos sah Achilles stirnrunzelnd an. »Du musst essen. Hungern holt die Männer, die du heute getötet hast, nicht ins Leben zurück.«

Achilles bedachte ihn mit einem kühlen Blick. Patroklos legte die Kelle weg, nahm auf seinem Hocker Platz und senkte den Kopf über seine Schale.

»Du musst nicht kämpfen. Niemand hat dich gezwungen hierherzukommen und das Leben von Menschen zu ruinieren, die dir nichts getan haben«, hörte ich mich sagen.

Achilles wandte sich mir zu.

Patroklos schlürfte seine Brühe so geräuschvoll wie möglich und klapperte mit seinem Löffel gegen die Schale, ganz offensichtlich, um Achilles von mir abzulenken.

Ich holte tief Luft. »Du hättest nicht hersegeln müssen«, erklärte ich. »Du hättest dich anders entscheiden können. Dein Bedauern hilft den Männern nicht, denen du das Leben geraubt hast.«

Ich machte mich auf einen weiteren Ausbruch ähnlich dem gefasst, als ich ihn am ersten Tag gebadet und seine Ferse berührt hatte. Doch Achilles wirkte nicht zornig. Seine dunklen Augen verrieten eher Interesse. »Denkst du das, Briseis von Lyrnessos?«

»Ja«, antwortete ich.

Aus den Augenwinkeln nahm ich wahr, dass Patroklos uns halb fasziniert, halb voller Abscheu beobachtete wie einen Löwen und eine Maus, die man zusammen in einen Käfig gesperrt hat.

»Ich könnte es verstehen, wenn du mir nicht glaubst«, sagte Achilles, »aber auch ich bin der Meinung, dass wir unsere Entscheidungen selbst treffen.« Er hob den Blick zur Decke der Hütte. »Meiner Ansicht nach gibt es kein Schicksal, nur die bewusste Entscheidung für Größe und Ruhm. Ich wurde wie du durch den Befehl meines Königs und den Willen der Götter in den Krieg gezwungen. Da ich nun einmal hier bin, mache ich das Beste aus dem, was die Götter mir mitgegeben haben.«

Bei seinen Worten bekam ich eine Gänsehaut, denn sie ähnelten denen, die Mynes in unserer Hochzeitsnacht gesprochen hatte, sehr. »Du strebst nach Größe und Ruhm?«, fragte ich. Es gelang mir nicht, meine Verachtung zu verbergen. »Und was ist das?«

Er schmunzelte. »Man kann in zwei Dingen Größe beweisen: im Kampf und in der Liebe.«

Ich lachte. »Liebe? Was weißt *du* schon davon?«

Langes Schweigen, dann öffnete er den Mund, um etwas zu sagen.

Da ließ Patroklos den Löffel klappernd in seine Schale fallen, und Achilles wandte sich ihm zu.

»Entschuldigung.« Patroklos wurde rot. »Ich... Ich denke, ich werde...«

Er führte den Satz nicht zu Ende, rutschte mit seinem Hocker scharrend über die getrockneten Binsen, die den Boden bedeckten, marschierte mit seiner Schale zur Tür, trat hinaus, schloss sie hinter sich und ließ mich mit Achilles allein.

Achilles verzog grimmig den Mund.

»Bitte sehr.« Ich stellte den Tontopf voll Brühe mit einem Knall auf den Tisch. »Iss, wenn du kannst, wenn dir dein schlechtes Gewissen nicht den Appetit verdirbt.«

Danach folgte ich Patroklos aus der Hütte, weg von Achilles' Schweigen, hin zum Strand.

Χρυσηίς
Chryseis, Lager der Griechen

Abendstunde
Vierzehnter Tag des Weizendreschmonats, 1250 v. Chr.

Denk nach! Ich lief hektisch in König Agamemnons Zelt auf und ab. Der König und sein Kriegsrat hatten sich in Odysseus' Hütte begeben, um mit dessen feinstem ithakischem Wein zu feiern, und ich war allein zurückgeblieben. Als die Dämmerung hereinbrach, begannen die Fackeln in ihren Halterungen zu flackern. *Denk nach, was das bedeutet!*

Vielleicht hatte Odysseus im Hinblick auf die Prophezeiung geblufft. Aber wenn, war er ein begnadeter Schauspieler, und außerdem erinnerten sich auch die anderen Krieger an die Weissagung.

Wer war dieser Gott der Griechen? Es war bekannt, dass die Götter im Ida-Gebirge Troja inniger liebten als alle anderen Städte und dass sie ausschließlich uns mit Prophezeiungen über die Zukunft beglückten. Wie konnten die Griechen behaupten, selbst Götter zu haben – Götter, die laut Aussage von Odysseus nicht nur mit ihren Priestern sprachen, sondern den Feinden Trojas den Sieg zusicherten?

Ich rieb mir frustriert die pochenden Schläfen. Das ergab keinen Sinn.

Ich sehnte mich danach, mit Kassandra oder – ich schloss vor Schmerz die Augen – Troilus zu reden. Er hätte bestimmt gewusst, was zu tun war. Ich riss mich zusammen.

Troilus hätte keinesfalls gewollt, dass ich mich mit meiner Verwirrung und meinen Schuldgefühlen selbst schwächte. Nein: Ich musste etwas *unternehmen*.

Aber was?

Ich schaute mich in dem Raum um, als könnte ich die Antwort darin finden. Die Tontafeln lagen auf dem runden Tisch, wo die Krieger sie vergessen hatten. Ich warf einen Blick darauf. Linien und Schnörkel bedeckten die Tafeln, mit einem Stift in den noch weichen Ton gedrückt, merkwürdige Symbole, die ich nicht entziffern konnte, weil ich lediglich in der Lage war, die einfachsten Wörter zu lesen. Frustriert seufzend marschierte ich zum Eingang und an den Wachleuten vorbei, denen ich erklärte, der König habe mich rufen lassen. Ich ging an den Strand.

Was für eine Erleichterung, an der frischen Luft zu sein! Graue Wolken hingen am dunkler werdenden Himmel, und Wind wühlte die Wellen der See auf und ließ sie weiß erstrahlen, wenn sie gegen das Ufer brandeten. Plötzlich drang Musik an mein Ohr. Sie schien aus einem der Zelte fast am Wasser zu kommen. Es bestand aus einer Reihe hölzerner Pflöcke, über die ein Leinensegel geworfen war, in das man grob eine Klappe als Eingang geschnitten hatte. Als ich das Symbol darauf erkannte, ein Felsen und eine Ziege, das Zeichen von Ithaka, wurde mir klar, dass das Zelt Odysseus gehörte. Ich blieb stehen.

Näher traute ich mich nicht heran, das wäre dumm gewesen. Wenn der König mich ertappte, wie ich seinen Privatgesprächen lauschte... Da fielen mir die seltsamen Linien und Symbole auf den Tafeln ein. *Wenn ich nicht lausche, erfahre ich auch nichts. Was, wenn sie über das Schicksal von Troja reden?*

Also nahm ich all meinen Mut zusammen und ging, so leise ich auf dem Sand konnte, hinüber. Eine schöne

Stimme in trojanischem Akzent sang zur Lyra. Eine solche Stimme nach so vielen Tagen im Lager der Griechen zu vernehmen, war Musik in meinen Ohren. Ich lauschte den Worten des Liedes.

Hekuba, der Prinzen Mutter, einst von Schönheit unvergleichlich,
Sitzt auf dem Thron nun und macht Sorgen sich.
Andromache aus Theben, von Cestrina geboren,
Ist, wenn auch nicht schön, als Hektors Frau auserkoren.
Kassandra, hellhäutge Nymphe mit flammend rotem Haar und tiefblauen Augen,
Ist munter und hübsch, obgleich die Vernunft ihr nicht mag taugen.
Doch am lieblichsten von allen ist Chryseis mit dem güldnen Haar,
Ihr Blick wie die Sonne erstrahlt wunderbar.

Hesione, Herrscherin von Lyrnessos, ist eine Schönheit durch und durch, ja, das stimmt,
Ihr Gemahl Ardys von Theben sie inniglich liebend nimmt.
Briseis, treu, liebevoll, hübsch und aus Pedasos stammend,
Hat in ihrem Sohn nun endlich einen Gatten, wie so manch andere Damen.
Laodice, Mutter dreier Söhne und Pedasos' König und Königin,
Scheint eher Mann als Frau, was hat das für einen Sinn?
Doch die Dreisteste von allen ist Helena, die nun in Troja weilt,
Ihre Verschlagenheit hat sie von Sparta entführt, ihr Wagemut mit ihr in den Untergang eilt.

Lautes Lachen von Männern, die sich vor Vergnügen auf die Schenkel schlugen und anzügliche Kommentare von sich gaben. Die Beine von Holzhockern scharrten über die rauen Binsen auf dem Boden, und Kelche klapperten auf Tischen. Offenbar wollten die Männer das Zelt verlassen.

Mit wild klopfendem Herzen drückte ich mich in eine schmale Lücke zwischen dem Stoff des Zelts auf der einen und dem Holz einer Hütte auf der anderen Seite. Meine Haare waren gerade in dem Spalt verschwunden, als die Klappe geöffnet wurde und der erste der Männer heraustrat. Dann vernahm ich das Stapfen von Füßen und trunkenes Gelächter. Der König und seine Fürsten entfernten sich.

Ich atmete erleichtert auf. Man hatte mich nicht bemerkt. Aber ich hatte auch nichts Nennenswertes erfahren, und nun konnte es sein, dass ich erst nach König Agamemnon sein Zelt erreichte.

Ich vergewisserte mich, dass alle Fürsten weg waren. Hinter dem Stoff zeichneten sich im Licht der Öllampen deutlich die Umrisse des Sängers ab. Er nahm seine birnenförmige Laute in die Hand und rückte seinen Hocker zurecht.

Leise, sehr leise, trat ich aus meinem Versteck hervor, in der Hoffnung, dass er mich nicht hören würde.

»Wer da?«

Ich blieb wie angewurzelt stehen.

»Wer da?«, fragte er noch einmal, nicht unfreundlich, mit einer Stimme, die so klar und schön klang wie bei seinem Gesang. Sein trojanischer Akzent schmeichelte meinen Ohren.

»Niemand«, antwortete ich hastig. »Nur eine Gefangene aus Troja.«

»Ah«, meinte er, und ich sah, wie sein Schatten hinter dem Stoff des Zelts nickte. »Ich komme auch aus Troja oder jedenfalls aus der Gegend – aus einem kleinen Dorf an den Hängen des Ida-Gebirges. Das kennst du wahrscheinlich nicht.«

Ich hob überrascht den Blick. »Du bist ebenfalls ein Gefangener?«

Der Schatten schüttelte den Kopf, und dem Tonfall nach zu urteilen, schmunzelte er. »Nein, ich bin ein reisender Sänger. Ich ziehe zwischen den Städten der Troas herum, manchmal auch ein wenig weiter, und singe Lieder für alle, die mich dafür bezahlen.« Er seufzte. »Seit dem Krieg ist leider alles anders.«

»Du spielst sogar für die Griechen?« Ich war schockiert.

»Sogar für die Griechen. Sie sind ja auch Männer und brauchen Lieder, die sie von ihren Sorgen ablenken. Und ich brauche Silber, um mich ernähren zu können.«

»Diese... Diese Frauen, von denen du gesungen hast... kennst du die?«

Wieder schüttelte der Schatten den Kopf. »Ich kenne sie nicht«, antwortete er, »aber im königlichen Palast habe ich genügend Geschichten über die Frauen von Troja gehört. Warum fragst du?«

»Ich... Ich bin mit einer befreundet«, improvisierte ich.

»Verstehe.«

Langes Schweigen.

»Du erzählst von Liebe und Krieg. Weißt du denn darüber Bescheid?«

Der Sänger zuckte mit den Achseln. »Über den Krieg weiß ich viel. Über die Liebe...«

Ich wartete, dass er fortfahren würde, doch er blieb stumm.

»Wenn eine der Gestalten aus deinen Versen...«, hob ich an. »Stell dir vor, eine dieser Figuren wäre die Einzige, die wüsste, dass ihre Stadt fallen wird. Was würdest du tun? Als Dichter, meine ich. Würdest du ihr raten aufzugeben oder Widerstand zu leisten?«

Der Sänger schwieg so lange, dass ich schon bedauerte, etwas gesagt zu haben. Würde jemand, der Silber von den Griechen nahm, sich auch für andere Dienste bezahlen lassen? Oder war am Ende – bei dem Gedanken wurde mir flau im Magen – Odysseus noch da drinnen? Und hatte mich gehört? Dann ...

»Ich würde ihr zum Widerstand raten«, antwortete der Sänger schließlich so leise, dass ich näher an das Zelt herantreten musste, um ihn zu verstehen.

Ich schluckte. »Auch wenn sie nur eine Sklavin wäre? Vielleicht noch weniger als eine Sklavin?«

»Auch dann. Die niedrigste Sklavin ist genauso mächtig wie ein König – möglicherweise sogar noch mächtiger –, wenn sie weiß, was sie sich am sehnlichsten wünscht, und dafür zu kämpfen bereit ist.«

Ich runzelte die Stirn. »Hier geht es nicht um Wünsche, sondern darum, Menschen das Leben zu retten, und ...«

»Und?«

»Und ... und um die Überzeugung, dass die Götter keine Stadt zerstören, die sie über alles lieben.«

Der Schatten nickte. »Diese Figur, von der du sprichst ... wenn sie das täte, was du erzählst, und für das kämpfte, was sie als richtig empfindet, wäre sie ein Preislied wert.«

Ich schmunzelte. »Was ist mit den Frauen, von denen du den Griechen gesungen hast?«

»Ich wiederhole lediglich, was andere gern hören«, antwortete der Sänger ernst. »Ich sage nicht immer das, was ich selbst glaube. Und ich wäre ein Narr zu meinen, dass Schönheit sich nur mit den Augen erkennen lässt.« Er schwieg kurz. »Vergiss nicht«, fügte er lachend hinzu, »ich bin ein Dichter.«

Auch ich lachte, und mir wurde ein wenig leichter ums Herz.

»Ich muss mich jetzt leider verabschieden«, verkündete er.

»Ja, natürlich.« Seine Worte hatten mich getröstet wie das Lächeln eines guten Freundes. Nun sah ich, wie sich sein Schatten bewegte, allerdings nicht von mir weg zum Eingang des Zeltes, wie erwartet, sondern auf mich zu. Ich verfolgte erstaunt, wie er näher kam. Kurz darauf hielt er die Handfläche an die Zeltplane, seine dunklen Umrisse so deutlich, als würde er nicht durch den Stoff von mir getrennt vor mir stehen.

Unwillkürlich hob ich ebenfalls die Hand, und als ich die seine berührte, staunte ich, wie fest und warm sie sich durch den Stoff hindurch anfühlte. So verharrten wir eine Weile, zwei Menschen aus Troja im Lager der feindlichen Griechen, die Hände aufeinander, und spendeten uns gegenseitig wortlos Trost.

Dann ließ er die seine sinken, und der Moment war vorbei.

Ich raffte den Stoff meines rauen Gewands und wandte mich zum Gehen.

»Auf Wiedersehen, Chryseis«, sagte er.

Βρισηίς
Briseis, Lager der Griechen

Nachtstunden
Vierzehnter Tag des Weizendreschmonats, 1250 v. Chr.

In jener Nacht träumte ich von Achilles.

In meinem Traum teilte ich das Bett mit ihm, und in meinem tiefsten Innern wusste ich, wie es sich anfühlte, von der wilden Begierde eines Halbgottes wach gehalten zu werden. Sprenkel weißen Mondlichts lagen auf seiner Haut, als unsere Körper sich im selben Rhythmus hoben und senkten, unsere Lust und unser Schweiß sich heiß vermengten.

Meine eigene Begierde empfand ich als zutiefst verwirrend. Ich spürte seine Lippen auf den meinen, so deutlich, als wäre es …

Schweißnass schreckte ich hoch und richtete mich auf meiner Schlafstätte in Achilles' Hütte, so weit von der seinen entfernt wie möglich, auf. Das Herz klopfte mir bis zum Hals, in meinen Adern pochte die Furcht. Stille. Achilles schlummerte auf seinen Wolldecken, seine Brust hob und senkte sich bei jedem Atemzug, und ein Strahl des Mondlichts, das durch das Loch im Reetdach drang, erhellte seinen Körper wie in meinem Traum. Ich zog schockiert die Knie an und schlang die Arme darum. Achilles war mein Todfeind, und ich hatte mir geschworen, niemals das Bett mit ihm zu teilen. Wie konnte ich da so leidenschaftlich träumen …?

In meinem Gehirn wirbelten Bilder von Achilles durcheinander: seine Lippen, seine Zunge ... Ich bemühte mich, auf andere Gedanken zu kommen.

Mynes. Denk an Mynes. Ruf dir ins Gedächtnis, wie es sich anfühlte, mit ihm zusammen zu sein, ihn zu lieben.

Ich versuchte mich an jede Einzelheit unserer ersten gemeinsamen Nacht zu erinnern. An den blauen Baldachin über unserem Bett, an seine Arme um mich, an das Mondlicht, das durch das Dach der Hütte drang ...

Nein! Nicht die Hütte. Wir waren im Palast. Im Palast von Lyrnessos, den Achilles geschleift hat.

Ich spürte, wie Zorn in mir hochzüngelte wie eine Flamme. *Du hasst Achilles. Du hasst ihn.*

Es war nur ein Traum.

Ich wälzte mich frustriert und wütend in meinem Bett herum, zog die Decke bis zum Kinn hoch und ballte die Fäuste darum. Solche Gedanken durfte ich nicht zulassen. Sie waren Verrat an der Seele von Mynes, der noch immer unbestattet im Hades herumwanderte.

Du bist die Gattin von Mynes und seine Liebe, auf ewig.

Ich hielt inne.

Aber du hast ihm versprochen, meldete sich eine leise Stimme in meinem Innern zu Wort, *dein Leben ohne ihn weiterzuführen.*

Ich schüttelte den Kopf. *Das war nicht mein Ernst gewesen. Darum hätte er mich nicht bitten dürfen.*

Doch als ich zu dem Reetdach hinaufblickte und wieder einzuschlafen versuchte, fragte ich mich, ob Mynes geahnt hatte, wie wenig Trost die Toten den Hinterbliebenen in ihren kalten Betten und mit ihren gebrochenen Herzen spenden können.

Χρυσηίς
Chryseis, Lager der Griechen

Stunde der Abendmahlzeit
Sechzehnter Tag des Weizendreschmonats, 1250 v. Chr.

»Idaeus, der Herold der Trojaner, ist da, mein König.«

Ich stand in der Ecke von König Agamemnons Versammlungsraum unter dem größten der reich geschmückten Wandteppiche. Die Hocker, auf denen für gewöhnlich die griechischen Fürsten saßen, waren verwaist, von dem großen runden Tisch hatte man die Tafeln und Landkarten entfernt, und die Öllampen in den Bronzeständern waren angezündet. Talthybios, einer der griechischen Herolde, schob die Zeltklappe beiseite, sodass ein gebeugter Mann zum Vorschein kam, dessen dunkle Haare mit grauen Strähnen durchzogen waren. Als ich ihn erkannte, schnappte ich nach Luft: Das war der Bote, der erst ein paar Wochen zuvor Königin Hekubas frühmorgendliche Bitte an Kassandra überbracht hatte, auf die Stadtmauer zu eilen. Er sah mich nicht an. Wer würde schon eine Sklavin bemerken? Sein Blick war auf den König gerichtet, der wie üblich auf seinem Thron saß.

König Agamemnon hob eine mit schweren Goldringen geschmückte Hand. »Ah«, sagte er, nur mäßig überrascht ob der Anwesenheit eines Trojaners im Lager. »Herold, du kommst, um den Leichnam von Troilus zu holen, nehme ich an?«

Idaeus nickte. »Der Schatz befindet sich in einem Karren am Eingang zum Lager.«

König Agamemnon beugte sich vor. »Ich hoffe, Ihr haltet Wort, Trojaner. Wir haben König Priamos' Zusicherung, dass er das Gewicht des Prinzen in Gold schickt für das Recht, ihn begraben zu dürfen.«

»Wir halten unseren Teil der Abmachung ein«, erklärte Idaeus.

König Agamemnon lehnte sich zurück und bedachte ihn mit einem Lächeln. »Und wir den unseren«, meinte er. »Du findest den Leichnam in der Hütte des Heilers.«

Idaeus neigte das Haupt.

»Du kannst gehen.« König Agamemnon entließ ihn mit einer Handbewegung. »Talthybios begleitet dich zu dem Karren mit dem Lösegeld, um sich zu vergewissern, dass tatsächlich der volle Betrag bezahlt wird.«

»Moment!«, rief ich aus.

Der König wandte sich mir zu, und Idaeus sagte erstaunt: »Gefährtin der Prinzessin! Wir dachten, Ihr seid…«

Ohne ihm Beachtung zu schenken, trat ich zu Agamemnon und zwang mich, zu seinen Füßen niederzuknien. »Erlaubt Ihr mir, Idaeus zu begleiten und sicherzustellen, dass mit Troilus' Leichnam auf angemessene Weise umgegangen wird?«, fragte ich nervös.

Talthybios machte einen Schritt auf mich zu, als wollte er mich zum Schweigen bringen, doch der König schüttelte den Kopf, und seine Mundwinkel verzogen sich zu einem spöttischen Lächeln. »Mit dem Leichnam wurde bereits auf angemessene Weise umgegangen, Sklavin.«

Ich wagte es, ihm in die Augen zu sehen. »Nein, mein Herrscher. Es ist auf die griechische Art geschehen.«

Langes Schweigen. Ich hielt den Atem an. War ich zu

weit gegangen? Der König stieß ein kurzes Lachen aus. »Na schön.« Er deutete auf die beiden Herolde. »Talthybios, nimm sie mit. Und sorge dafür, dass sie bekommt, was sie braucht.« Er schmunzelte. »Schließlich wollen wir uns nicht nachsagen lassen, tote Trojaner respektlos zu behandeln, nicht wahr?«

Talthybios verneigte sich tief vor dem König, und ich richtete mich hastig auf und gesellte mich zu ihm, bevor Agamemnon es sich anders überlegen konnte.

Als wir das Zelt verließen, war Talthybios' Blick missbilligend, in dem von Idaeus lag kaum verhohlene Verwunderung.

Die Hütte des Heilers befand sich nur etwa dreißig Schritte von König Agamemnons Zelt entfernt. Wir gingen schweigend hinüber. Die Sandalen der Herolde knirschten im trockenen Sand.

Sobald wir die Hütte erreichten, stellte ich mich mit verschränkten Armen vor den Eingang.

»Du darfst nicht hinein«, erklärte ich dem griechischen Herold.

Talthybios' Augen verengten sich. »Für wen hältst du dich, Sklavin, dass du mir vorschreibst, was ich zu tun oder zu lassen habe?«

Ich zuckte mit den Achseln. »Der König hat gesagt, du sollst mir alles geben, was ich brauche, oder? Idaeus und ich müssen allein sein. Nur Trojaner dürfen die trojanischen Totenrituale sehen.«

Talthybios reagierte verärgert, entgegnete aber nichts.

Ich drehte mich um und drückte die Tür auf. »Idaeus? Kommt Ihr?«

Der Herold nickte und folgte mir. Ich erhaschte einen letzten Blick auf Talthybios, der mit dem Rücken zu uns stand und ungeduldig mit dem Fuß auf den Sand tippte, bevor die Tür zufiel und wir allein waren.

In der kleinen schäbigen Hütte roch es stark nach Myrrhe und Weihrauch. Als ich den Leichnam von Troilus entdeckte, biss ich mir auf die Lippe. Natürlich hatte ich es gewusst, aber es war etwas anderes, ihn zu sehen. Ich blinzelte salzige Tränen weg und stützte mich an einer der Holzsäulen ab, die das Dach trugen. Sein schöner Leib war mit Duftölen einbalsamiert, und er lag auf einer hölzernen Bahre. Die Wunden waren gesäubert, auf seinem Kopf saß ein Kranz. Ich wünschte mir nichts sehnlicher, als mich auf ihn zu werfen und mich ganz meinem Schmerz hinzugeben, doch ich wusste, dass ich das nicht konnte. Andere Dinge mussten erledigt werden.

Und die Zeit war knapp.

»Idaeus«, sagte ich mit gedämpfter Stimme zu dem Herold, der den Leichnam des Prinzen mit feuchten Augen betrachtete, »Ihr wisst, dass Ihr mir vertrauen könnt, nicht wahr?«

Der Herold schniefte. »Prinzessin Kassandra hat immer gesagt, sie würde Euch ihr Leben anvertrauen«, flüsterte er. »Ihrer Ansicht nach seid Ihr nicht schuld am Tod des Prinzen Troilus.«

»Und was denkt Ihr?«

»Ich bin nur ein Herold, Tochter des Polydamas«, antwortete er leise. »Es steht mir nicht zu, eine eigene Meinung zu haben. Aber wenn ich eine Vermutung wagen darf... Der Prinz war ein hitzköpfiger junger Mann, die Götter mögen ihn selig haben. Und dass der König ihm nicht erlaubt hat, Euch zu heiraten, hat ihn in seinen Grundfesten erschüttert.«

»Idaeus, überbringt dem König eine Botschaft für mich.

Wenn es nicht wichtig wäre, würde ich Euch nicht darum bitten.«

Er schaute mich staunend an.

»Sagt König Priamos Folgendes: Die Griechen meinen, von ihren Göttern eine Prophezeiung erhalten zu haben, dass Troja fallen wird. Ich weiß nicht, ob ich das glauben soll oder nicht, aber wenn es stimmt, muss der König es erfahren.« Ich schwieg kurz. »Teilt ihm des Weiteren mit, dass es im Süden einen geheimen Weg durch den Wald ins Lager der Griechen gibt und dass die Griechen diesen Pfad offenbar nicht bewachen.« Mir fiel ein, wie Troilus mir von König Priamos' Befehl erzählt hatte, nie wieder mit mir zu sprechen. »Doch verratet dem König nicht, dass diese Information von mir stammt.«

»Woher wisst Ihr von dem Pfad?«, erkundigte sich Idaeus.

»Ich habe die Griechen im Lager davon sprechen gehört.«

Wir schwiegen eine Weile.

»Warum tut Ihr das, Tochter des Polydamas?«, fragte Idaeus schließlich. »Ist Euch klar, wie viel Ihr riskiert?«

»Würdet Ihr tatenlos zusehen, wenn Ihr wüsstet, dass die Stadt und die Menschen, die Ihr liebt, in Gefahr schweben?«

Er verschränkte die Arme und blickte mich mit ernster Miene an. »Chryseis, Ihr steckt voller Überraschungen. Soll ich sonst noch etwas tun?«

»Im Moment nicht. Könnt Ihr wiederkommen?«

»Vielleicht in ein paar Tagen. Es gehen Gerüchte von einem Waffenstillstand. Wenn sie der Wahrheit entsprechen, braucht der König mich, um diesen auszuhandeln.«

Ich bedachte ihn mit einem kurzen Lächeln. »Einige Tage sollten genügen, um mehr Informationen aus König Agamemnons Kriegsrat zu sammeln.«

Ich zwang mich, Troilus' Leichnam anzusehen, der friedlich auf der Bahre ruhte, und nahm mit zitternden Fingern ein raues Tuch sowie ein Gefäß mit Myrrhe von dem Hocker neben mir.

»Aber zuerst müssen wir etwas anderes erledigen.«

Kampf der Götter

Ida-Gebirge, mit Blick auf die trojanische Ebene

Kurz nach der Mittagsmahlzeit scharen sich die Götter um den Versammlungsplatz im Ida-Gebirge rund um die Lücke zwischen den Wolken über der trojanischen Ebene. Sie fragen sich, warum Zeus sie zu einer so ungewöhnlichen Stunde zusammenruft. Vielleicht hat er eine Botschaft von den Schicksalsgöttinnen.

Zeus wartet, bis alle Platz genommen haben, und steht dann von seinem Thron auf, um den Blick über seinen Rat schweifen zu lassen. »Götter«, *hebt er an und breitet die Arme aus.* »Söhne. Töchter. Heute müssen wir eine sehr wichtige Entscheidung treffen.«

Als niemand etwas sagt, fährt Zeus fort: »Vor einigen Wochen haben wir an genau dieser Stelle beobachtet«, *er nickt in Richtung Athene, die aufmerksam lauscht,* »wie meine geschätzte Tochter dem Helden Ajax im Kampf beigestanden hat.«

Poseidon, der bis dahin auf seinem Thron lümmelte und in den Himmel emporblickte, zuckt zusammen, weil Ares ihm mit dem Ellbogen in die Rippen stößt. »Was ist?«, *zischt er. Dann sieht er, dass Athene vor Stolz strahlt, und seine Miene verdüstert sich.* »Geht's wieder um Cycnos?«

Zeus schmunzelt. »Ach, Bruder, nimm nicht immer alles so persönlich.«

»Wie damals, als du die Herrschaft über die Welt an dich gerissen und mir nur das stinkende Meer gelassen hast?«, *murmelt Poseidon und verschränkt die Arme.* »Das meinst du?«

Zeus tut so, als hätte er ihn nicht gehört, und fährt in herr-

schaftlichem Ton fort: »Das dürfen wir nicht noch einmal zulassen.«

Athene springt von ihrem Sitz auf, die Schlangen auf ihrem Brustpanzer beginnen zu zischen.

Zeus hebt die Hand, und sie setzt sich schmollend wieder hin. Poseidon verzieht schadenfroh den Mund.

»Ich will damit nicht sagen, dass du etwas falsch gemacht hast«, *meint Zeus,* »aber solche Auseinandersetzungen dürfen den Fortgang des Krieges nicht behindern. Schließlich ...«, *er strahlt in die Runde,* »... sind wir Götter! Wir sollen ein Vorbild sein!«

Er lacht. Als niemand einstimmt, kaschiert er dieses Lachen mit einem Husten.

Seine Frau Hera bedenkt ihn mit einem kühlen Blick.

»Nun«, *er rutscht ein wenig nach vorn,* »ich denke, wir könnten zu einer Art Kompromiss gelangen ...«

»Was für ein Kompromiss?«, *fragt Hera.*

Zeus schaut sich um.

Die Götter sehen ihn mit versteinerten Mienen an. Der Vorschlag, sich nicht in den Krieg einzumischen, ist eindeutig nicht so gut angekommen wie erhofft. Zeus seufzt. Er hätte es wissen müssen ... Hier oben gibt es nicht allzu viele Möglichkeiten, sich die Zeit zu vertreiben. Bei den Sterblichen und ihren Kriegen mitzuspielen macht für gewöhnlich am meisten Spaß.

Er holt tief Luft. »Wir wissen, dass Troja fallen wird. Darüber sind wir uns einig.«

Er blickt Hera an, die schmallippig nickt.

Ares springt auf. »Ja, das wissen wir.« *Seine tiefe Stimme hallt von den Wolken wider wie Donner vor einem Sturm.* »Aber ich bin der Gott des Krieges. Es ist meine Aufgabe zu entscheiden, wie Schlachten gekämpft werden und wer wann stirbt. Das kannst du mir nicht verwehren, Vater.«

»Und was ist mit mir?«, *kreischt Athene.* »*Du bist nicht der einzige Gott des Krieges, Ares. Auch ich besitze das Recht, mich einzumischen, wenn ich das möchte.«*

Zeus spürt Panik in sich aufsteigen. Die Dinge drohen, ihm zu entgleiten. Nun rufen alle Götter wild gestikulierend die Namen ihrer Söhne und Lieblingshelden, gehen aufeinander los und verlangen, an der Schlacht teilnehmen zu dürfen.

»Schluss jetzt!«, donnert Zeus, und die Götter verstummen. »Schluss jetzt!«, wiederholt er leiser. »Troja wird fallen. Nein«, er hebt die Hand, als Ares ihn von Neuem unterbrechen will, »hört mich an. Der Ausgang steht fest. Wenn darüber Einigkeit herrscht, gelangen wir vielleicht zu einer Übereinkunft.«

Die Götter nicken, manche bereitwilliger als andere.

Hera und Athene lächeln triumphierend und verziehen spöttisch den Mund.

»Wenn ihr wirklich kämpfen wollt...«

Die Götter spitzen die Ohren.

»... müsst ihr euch hier und jetzt entscheiden, auf wessen Seite ihr euch stellt, damit der Kampf gerecht verläuft. Ohne Missverständnisse und...«, Zeus schaut kaum merklich in die Richtung seiner Gattin, »... Tricks. Die Stadt wird fallen, doch wir haben noch nicht beschlossen, wer leben und wer sterben wird. Ihr dürft versuchen, eure Lieblinge zu retten, aber offen. Keine privaten Rachefehden. Verstanden?«

Die Götter jubeln. Manche prosten Zeus sogar mit ihren Nektarkelchen zu und leeren sie mit einem Zug.

Er lächelt erleichtert.

»Das ist einfach. Wir sind auf der Seite der Griechen.« Die Stimme Heras durchschneidet den allgemeinen Trubel.

Sie und Athene marschieren lächelnd zu den Wolken über den Hütten und Zelten der Griechen.

Da hört Zeus lautes Brummen aus dem Rat. Als er sich um-

dreht, sieht er, dass Ares auf seinem Platz vorrutscht und Athene beäugt, die mit gezücktem Speer über dem griechischen Lager steht.

»Wenn das so ist«, meint Ares mit seiner tiefen Stimme und erhebt sich von seinem Sitz, »muss ich den Trojanern helfen. Schließlich können nicht beide Kriegsgötter auf derselben Seite kämpfen.« Er marschiert zu den Wolken über der Stadtmauer von Troja. Seine Rüstung klirrt beim Gehen. Ein Seufzer der Bewunderung erklingt.

Zeus nimmt wahr, wie Aphrodite sich Artemis zuneigt und ihr deutlich hörbar zuflüstert, wie attraktiv sie Ares in seiner Rüstung findet und wie tapfer es von ihm ist, sich für die Verlierer einzusetzen. Die beiden Göttinnen kichern, wispern, haken sich schließlich unter und gesellen sich, Aphrodite voran, zu Ares. Aphrodites Hüften schwingen einladend.

Die Blicke sämtlicher Götter folgen ihr.

Ihr Mann Hephaistos wirkt verwirrt. »Aber... Aber ich dachte, wir unterstützen seit jeher die Griechen«, meint er unsicher. »Stehen wir nicht immer schon denen bei, meine Liebe?«

Aphrodite zuckt die zarte Schulter. »Ich weiß es nicht«, antwortet sie, ohne ihn anzusehen, »entscheide du.«

Hephaistos' Miene hellt sich auf. »Vermutlich ist es tatsächlich gerechter, wenn wir uns aufteilen«, sagt er. »Gute Idee. Ich übernehme also die griechische Seite, und du...«

Doch Aphrodite hört nicht zu. Sie redet leise mit Ares. Dabei spielt ein entzückendes Lächeln um ihre rosigen Lippen.

Alle außer Hephaistos erkennen, dass sie nur Augen für Ares hat. Aber Hephaistos scheint blind zu sein. Er schlurft, offensichtlich sehr mit sich selbst zufrieden, zu Athene und Hera hinüber und winkt seiner Gemahlin von der gegenüberliegenden Wolke aus zu.

Sie erwidert sein Winken nicht.

Nun sitzen nur noch zwei Götter im Rat. Poseidon bedenkt beide Seiten mit einem mürrischen Blick, hin- und hergerissen zwischen seinem Hass auf die Trojaner und dem auf Athene. Er erhebt sich von seinem Thron, zögert und bewegt sich schließlich in Richtung griechisches Lager.

»Interpretier da nichts hinein«, zischt Poseidon Athene zu. »Das ändert nichts an der Sache mit uns.«

Athene hält die Hand vor den Mund, um ihr Schmunzeln zu verbergen.

Zeus reibt sich zufrieden die Hände. »Tja, das wär's dann wohl.« Er lässt den Blick über die Götter wandern, die über dem Lager der Griechen einerseits und der Stadt Troja andererseits aufgereiht sind. »Nein, Moment. Wo stecken Hermes und Apollo?«

Die Götter blicken sich um. Tatsächlich: Zwei fehlen. Kurz herrscht Verwirrung, Murmeln hebt an. Dann ...

»Ich glaube«, meint Athene grinsend, »sie wurden zuletzt in den sizilianischen Hügeln gesichtet, wo sie eine Waldnymphe verfolgten.«

»Ah«, meint Zeus. »Das kann ich ihnen nicht verdenken. Auf Sizilien gibt's ausgesprochen hübsche ...«

Als Hera ihn finster ansieht, verstummt er mitten im Satz. Verlegenes Schweigen.

»Hast du nicht noch jemanden vergessen?«, fragt Hera mit schneidender Stimme in die Stille hinein.

Zeus schaut verständnislos. »Wen soll ich vergessen haben?«

Ihre Augen funkeln. »Dich, Zeus«, zischt sie. »Du hast mir Troja versprochen, weißt du noch? Du bist auf der Seite der Griechen.«

Zeus entspannt sich und lächelt. »Meine liebe Gattin, ich bin der Herrscher der Welt und somit neutral.«

Das Feuer in Heras Augen würde genügen, die gesamte Un-

terwelt in Brand zu setzen. Sie stemmt die Hände in die breiten Hüften. »*Und ich bin die Herrscherin über unser Ehebett. Wenn du also weißt, was gut für dich ist, kommst du hier rüber, Zeus, und zwar ein bisschen plötzlich.*«

Zeus fällt die Entscheidung nicht schwer. Er neigt das Haupt und trottet zu seiner Frau, die über den Schiffen der Griechen Stellung bezogen hat. Er fragt sich, ob die anderen Götter Heras Worte möglicherweise nicht mitbekommen haben, gelangt jedoch zu der deprimierenden Einsicht, dass er sich vermutlich falsche Hoffnungen macht. Er zuckt resigniert die Achseln und denkt: Das größte Problem des Göttervaters ist es nicht, die Sterblichen bei Laune zu halten, sondern die Mutter der Götter.

Somit stehen sich die mächtigsten Götter im Himmel gegenüber. Die Wolken unter ihnen verfinstern sich, als sie einander belauern. Wer macht den Anfang? Wer wagt, seine Zuneigung offen zu zeigen und einen Angriff für seine Seite zu führen?

Ares wirft seinen Speer als Erster. Er zischt durch die Luft wie ein weißer Blitz und trifft donnernd auf Athenes Schild.

Auf der trojanischen Ebene unter ihnen fängt es zu regnen an.

Der Kampf der Götter hat begonnen.

Tote

Χρυσηίς
Chryseis, Lager der Griechen

Stunde des Gebets
Fünfundzwanzigster Tag des Weizendreschmonats,
1250 v. Chr.

Einige Tage nach meiner ersten Begegnung mit Idaeus hielt ich die Arme zum Schutz gegen den Regen, der unvermittelt herabprasselte, über den Kopf, ohne dass das wirklich etwas bewirkt hätte. Dunkle Wolken ballten sich über dem Meer zusammen, und Blitze durchzuckten den Himmel. Es hörte sich an wie Schwerter in der Schlacht. Ich rannte über den Sand, vergewisserte mich, dass niemand mich beobachtete, drückte die Tür zur Hütte des Heilers auf und hastete hinein.

Die gebeugte Gestalt des Idaeus stand mit dem Rücken zur Tür. Als ich eintrat, wandte er sich mir zu.

»Idaeus«, keuchte ich. »Ich habe nicht viel Zeit. König Agamemnon ist zu Nestor gegangen, kann aber jeden Moment zurückkommen.«

Idaeus trat zu mir. »Ihr seid ja völlig durchnässt«, stellte er fest, nahm den warmen Wollumhang von seinen Schultern und legte ihn um die meinen. »Setzt Euch.«

»Sind wir allein?«

Er nickte. »Ja.«

Ich sank auf einen Hocker und zog den Umhang enger um meinen Leib. Idaeus und ich hatten uns, seit er das erste

Mal ins Lager der Griechen gekommen war, so oft wie möglich getroffen. Die Hütte des Heilers erschien uns dafür der geeignetste Ort. Obwohl Troilus mittlerweile nach trojanischer Sitte in der schwarzen Erde begraben war, bewegte sich Idaeus permanent zwischen dem Lager der Griechen und der Stadt hin und her und überbrachte Botschaften von einem Herrscher zum anderen. Diese Hütte lag so abseits, dass wir einigermaßen sicher sein konnten, nicht belauscht zu werden. Der Heiler Machaon, dessen Aufgabe es war, die Verwundeten zu versorgen und sich um die Toten zu kümmern, war ein allgemein bekannter Trunkenbold und verbrachte den größten Teil seiner Tage schlafend in seiner Kammer im Myrmidonenlager.

»Ich habe Neuigkeiten.«

»Gute oder schlechte?«

Ich zuckte mit den Achseln. »Sowohl als auch. Der Rat hat sich gestern über die griechischen Krieger unterhalten, über ihre Stärken und Schwächen in der Schlacht. Ihr solltet wissen, dass Opheltes für seine Fähigkeiten im Streitwagen berühmt, jedoch im Kampf Mann gegen Mann schwach ist. Unsere Soldaten können diesen Vorteil nutzen.«

»Ich gebe die Information an Prinz Hektor weiter.«

Ich holte tief Luft und versuchte mich zu erinnern, was sonst noch gesagt worden war. »Menelaos ist bekannt für seine laute Stimme und ordnet die Truppen in schwierigen Situationen mit seinen Rufen. Ihr würdet gut daran tun, ihn zum Schweigen zu bringen. Diomedes kann besonders geschickt mit dem Speer umgehen und einen Mann damit auf fünfzig Schritt Entfernung töten. Ich habe noch nicht gehört, wie ihm am besten beizukommen ist. Und Teucer ist ein begnadeter Bogenschütze, aber wegen seiner verletzten rechten Schulter kann er im Nahkampf kein Schwert schwingen.«

»Sie müssten sich leicht überwältigen lassen.« Idaeus verzog das Gesicht. »Und was sind die schlechten Neuigkeiten?«

»Achilles«, antwortete ich. »Man kann ihn offenbar nicht töten.«

Idaeus hob die Augenbrauen. »Kein Mensch lebt ewig, nicht einmal der Sohn einer Göttin.«

»Die Griechen behaupten, Achilles sei von seiner Mutter, der Göttin Thetis, unverwundbar gemacht worden.«

Idaeus stieß deutlich hörbar die Luft aus. »Das sind wirklich schlechte Neuigkeiten.«

»Ein wenig Hoffnung besteht«, erklärte ich. »Odysseus hat neulich Abend verraten, dass es eine Stelle an Achilles' Körper gibt, die die Göttin versehentlich verwundbar gelassen hat, doch niemand scheint zu wissen, wo sie sich befindet. Das ist ein streng gehütetes Geheimnis.«

Idaeus schwieg.

»Das Problem sieht folgendermaßen aus…«, sagte ich, stand auf und begann, in der Hütte hin und her zu laufen, »…wie soll Hektor Achilles aufhalten, wenn der nicht getötet werden kann? Wie soll Troja sich je sicher fühlen, wenn der stärkste Krieger der Griechen nicht umzubringen ist?«

Idaeus schüttelte den Kopf. »Ja, wie?«, fragte er.

Βρισηίς
Briseis, Lager der Griechen

**Stunde der Abendmahlzeit
Fünfundzwanzigster Tag des Weizendreschmonats,
1250 v. Chr.**

Das Geräusch von Soldaten, die von einem Raubzug zurückmarschierten, hallte in der Hütte wider: das rhythmische Stampfen von eintausend Füßen auf hartem, feuchtem Sand, das Klirren von Schilden und Speeren, das Jammern und Schluchzen von Gefangenen, die ins Lager geführt wurden, und darüber das unablässige Trommeln des Regens auf dem reetgedeckten Dach.

Ich saß auf meiner schmalen Schlafstelle, Achilles' Lyra auf dem Schoß, und zupfte an den Saiten.

»Lass das.« Patroklos, der dabei war, mit seinem Bronzedolch einen Falken aus Holz zu schnitzen, wich meinem Blick aus.

»Warum?«, fragte ich. »Achilles ist nicht da. Und er erfährt auch nichts davon. Es sei denn, du sagst es ihm.«

Patroklos errötete. »Vielleicht tue ich das«, meinte er. »Trotzdem solltest du nicht darauf spielen.«

Er wirkte geistesabwesend, in seine eigenen Gedanken versunken.

»Warum kämpfst du nicht, Patroklos?«, erkundigte ich mich. »Wieso bleibst du hier, wenn Achilles in die Schlacht zieht?«

Er sah zuerst mich an, dann seine Hände. Es dauerte ziemlich lange, bis er antwortete. »Mein Vater hat Achilles das Versprechen abgenommen, dass er mich nicht kämpfen lässt.«

»Aber du würdest gern?«

Er schnitzte weiter. »Wer möchte das nicht? Helden werden im Krieg gemacht. In meiner Heimat nennen sie mich Patroklos, Sohn des Menoetios, Gefährte des Achilles. Hier hätte ich Gelegenheit, mehr zu werden.« Der Dolch verharrte über dem Holz. »Jemand anders.«

»Du würdest also gern Achilles und seine Soldaten begleiten, vergewaltigen, plündern und die Städte der Troas brandschatzen? Verstehe. Wessen Leben haben sie heute ruiniert?«

Wieder wich er meinem Blick aus. Regen trommelte aufs Dach, und aus dem Feuer spritzten Funken. »Das kann ich dir nicht sagen. Sei nicht so streng, Briseis. Du weißt, wie es im Krieg ist.«

»Ich weiß, wie Männer sind«, entgegnete ich. »Agamemnon ist vermutlich hierhergekommen, um seine bereits übervollen Schatztruhen mit noch mehr Gold aus Troja zu füllen. Und die meisten Soldaten werden alles tun, um eine Frau in ihr Bett zu bekommen. Eines *weiß* ich sicher: Achilles will nichts anderes als zerstören, morden und plündern.«

»Das ist ungerecht«, erwiderte Patroklos leise. »Du kennst ihn nicht, Briseis. So darfst du nicht über ihn reden.«

»Warum nicht?« Allmählich wurde ich wütend. »Ich darf über ihn reden, wie ich möchte. Er ist nicht hier und kann sich nicht verteidigen.«

Patroklos wandte sich erneut seiner Schnitzarbeit zu, mehr und mehr Späne landeten auf dem Boden.

»Du hast mir immer noch nicht verraten, wohin Achilles gegangen ist.«

»Das kann ich dir nicht sagen«, wiederholte er. »Und es geht dich nichts an.«

Ich erhob mich mit zorngeröteten Wangen. Mein Temperament drohte nach Tagen in Patroklos' Gesellschaft mit mir durchzugehen, und ich ließ die Lyra fallen. »Ich begreife das nicht. Wie kannst du es aushalten, zu Hause zu bleiben und ihn zu verteidigen, während er da draußen unschuldige Menschen abschlachtet?«

»So einfach ist das nicht. Männer töten, weil sie müssen. Und Achilles ist ein Mann. Aber er ist auch zu Liebe fähig...«

»Wage ja nicht, von Liebe zu reden!«, rief ich aus und verlor noch den letzten Rest Selbstbeherrschung. »Wage nicht, ihn zu entschuldigen! Was weiß Achilles schon von Liebe? Er hat meinen Gemahl vor meinen Augen umgebracht! Meinen *Gatten*, den einzigen Mann, den ich je geliebt habe, der mich je so gesehen hat, wie ich wirklich bin, trotz... trotz allem, was in Pedasos passiert ist. Achilles hat sich nicht einmal die Mühe gemacht hinzuschauen, als er ihm das Schwert in die Brust stieß...« Ich sank bebend auf einen Hocker und stützte den Kopf in die Hände. Nicht einmal Tränen zu vergießen war ich mehr in der Lage.

Patroklos wusste nicht, was er sagen sollte. »Das tut mir wirklich leid«, meinte er schließlich. »Ich...«

»Ich will dein Mitleid nicht«, entgegnete ich barsch. »Was er getan hat, lässt sich nicht ungeschehen machen. Aber ich werde es nie vergessen.« Ich schluckte und senkte die Stimme. »Und nie vergeben.«

Patroklos öffnete den Mund, doch ich kam ihm zuvor.

»Nun ist es heraus. Auch wenn du es vor mir zu verbergen versuchst: Mir ist klar, dass du weißt, wo er steckt. Bitte sag es mir.«

Patroklos erhob sich, ging zur Tür, drückte sie mit beiden Händen auf und wandte sich mit schmerzerfülltem Blick mir zu. »In Pedasos, Briseis. Er ist nach Pedasos gegangen.«

Χρυσηίς
Chryseis, Lager der Griechen

Abendstunde
Fünfundzwanzigster Tag des Weizendreschmonats,
1250 v. Chr.

Ich schlüpfte aus der Hütte des Heilers in die feuchte Abendluft. Es hatte zu regnen aufgehört, nun hingen Nebel über der aufgewühlten Oberfläche des Meeres, und das Gold des Himmels wirkte beschlagen, als hätten die Götter auf einen Bronzespiegel gehaucht. Am Ufer drängten sich Gefangene, die als Sklaven dienen würden.

Entrüstung stieg in mir auf, als mein Blick über die unzähligen Frauen wanderte, die an den Handgelenken aneinandergebunden waren. Solche Szenen hatte ich in den zwei Wochen, die ich mich nun schon im Lager der Griechen aufhielt, bereits zu oft gesehen. Wie lange würden die Götter diese Qualen noch zulassen?

Da nahm ich eine Bewegung bei einem der Zelte weiter unten am Ufer wahr. Die Klappe wurde geöffnet, und Nestor und König Agamemnon traten heraus. Nestors weiße Haare leuchteten im Licht der tief stehenden Sonne.

Ich raffte meine Röcke, rannte los in die Richtung von König Agamemnons Zelt und huschte zwischen den am Strand wartenden Sklaven hindurch, in der Hoffnung, nicht bemerkt zu werden.

Βρισηίς
Briseis, Lager der Griechen

**Stunde der untergehenden Sonne
Fünfundzwanzigster Tag des Weizendreschmonats,
1250 v. Chr.**

Ich konnte es nicht fassen. Die Tür bewegte sich im Luftzug und knarrte in ihren schweren Holzangeln.

Er war nach Pedasos gegangen.

Pedasos.

In meine Heimatstadt.

Was, wenn er dort auf meine Mutter und meinen Vater traf? Auf meine Brüder Rhenor, Aigion und Thersites?

Wie konnte ich das herausfinden? Wer wusste das?

Patroklos. Ich hastete zur Tür, drückte sie auf und rannte ihm auf dem Sand nach.

»Patroklos!«, rief ich, doch der Wind trug meine Worte fort übers Meer. »Patroklos! Warte! Komm zurück!«

Aber er war bereits in dem Gewirr griechischer Hütten und Zelte verschwunden.

»*Patroklos!*«

Ich blickte mich verzweifelt nach jemandem um, den ich fragen konnte. Nach jemandem, der mir sagen würde, was mit meiner Familie geschehen war, ob sie alle noch lebten oder bereits in die Unterwelt gegangen waren, aus der kein Normalsterblicher je zurückkehrt. – Während ich hier mit einem Griechen geplaudert hatte.

Der Strand war voller Menschen, schweigender, stiller, gebeugter, an Händen und Füßen gefesselter Menschen.

Ich erkannte die Frauen, mit denen ich aufgewachsen war, meine Dienerinnen, junge wie alte, und all die Damen edlen Geblüts. Es erschien mir wie ein merkwürdiger Albtraum aus Pedasos.

Nirgends Männer.

Ich lief auf sie zu, ohne nach links oder rechts zu schauen.

»Habt ihr Rhenor oder Aigion gesehen?«, keuchte ich, während ich zwischen ihren Reihen hindurchhastete auf der Suche nach jemandem, der mir verraten konnte, wo sie sich befanden.

»Bist du Prinz Thersites oder dem König begegnet? Weißt du, wo sie sind?«

Ich erntete nur verzweifelte Blicke, bisweilen auch einen mitleidigen.

»Aber sie müssen hier irgendwo sein!«, rief ich aus. »Es ist alles in Ordnung, sagt mir nur, wo sie sind. Ich bin die Prinzessin!«

Nichts. Nur das Geräusch der Wellen war zu hören, die sich sanft am Strand brachen, und die klagenden Schreie von Möwen.

»Bitte!«, schluchzte ich, immer noch zwischen den Frauen hin und her rennend, deren schmutzverschmierte Gesichter mir vor den Augen verschwammen. »Bitte … sie müssen …«

»Prinzessin Briseis?«

Die Stimme war mir so vertraut, dass ich mir vorkam wie in einem Traum.

Ich geriet ins Stolpern, wischte die Tränen weg und hielt Ausschau nach der Frau, der diese Stimme gehörte.

»Prinzessin!«

Meine alte Amme Deiope. Ihr Antlitz hätte ich überall erkannt, es war in mein Herz eingebrannt.

»Deiope!«, rief ich mit brechender Stimme aus, eilte zu ihr und löste die Fesseln von ihren Händen und Füßen. Sie schloss mich in die Arme und strich mir über die Haare.

»Seid Ihr es tatsächlich, Prinzessin?«, fragte sie.

»Ja«, antwortete ich. »Ich bin es, Deiope. Ich bin hier. Und mir geht es gut.«

Sie wiegte mich in ihren Armen und drückte meinen Kopf an ihre Brust.

Wieder weinte ich, als ich mich an eine Vergangenheit erinnerte, die sich nicht zurückholen ließ. Auf ihrem Gewand zeichneten sich dunkle Flecken von meinen Tränen ab.

»Wir wussten nicht, wo Ihr seid«, meinte sie. »Wir haben von Lyrnessos gehört. Und auch, dass Prinz Mynes getötet wurde, und dachten, sie hätten Euch gefangen genommen, aber wir konnten nicht sicher sein, ob ...«

»Nein, ich bin hier, als Sklavin. Doch das spielt keine Rolle. Sag mir, was ist geschehen? Was ist mit Pedasos? Weißt du, wo meine Familie sich aufhält?«

Tränen glitzerten in ihren wässrig blauen Augen. Nie zuvor hatte ich sie weinen gesehen. Sie holte tief Luft. »Wir hatten keine Chance«, flüsterte sie. »Er hat uns überrollt wie eine Feuerwalze. Er ...«, sie unterdrückte ein Schluchzen, »... er hat Euren Vater, den König, getötet. Nicht einmal Eure Brüder konnten ihn aufhalten, obwohl sie heldenhaft gekämpft haben.«

Er?, dachte ich. Mein Herz hämmerte wie wild gegen meinen Brustkorb. *Nein. Nicht er.*

Nicht wieder er.

»Wir Dienerinnen haben uns in den Frauengemächern

versteckt. Eure Mutter, die Königin, hatte sich verkleidet als Händlerstochter auf den Weg zum Palast ihres Vaters in Killa gemacht. Die Männer waren in die Schlacht gezogen. Auch Eure Brüder. Und der König war mit seinem Wächter zur Schatzkammer gegangen, um die Gewölbe zu verschließen. Es war niemand mehr da, der den Palast hätte verteidigen können.«

Das Blut rauschte in meinen Ohren.

»Ich habe zum Fenster hinausgeschaut, um festzustellen, ob wir in Sicherheit sind, und gesehen, wie Eure drei Brüder unten im Hof kämpften. Dann tauchte urplötzlich *er* auf, wie von einem Gott gesandt – gut aussehend, schrecklich, größer als Ares.« Sie senkte die Stimme zu einem Flüstern. »Achilles. Er hat sein Schwert geschwungen, als wäre es ein Tanz – wie einer der Tänze früher an unseren Festtagen, wisst Ihr noch? Seine Klinge glänzte in der Sonne. Ich habe mich geblendet abgewendet. Als ich wieder hinblickte, war es schon geschehen. Unsere drei wunderbaren Jungen lagen tot im Staub.«

Ihre Worte verwandelten sich in Tränen. Nun drückte ich sie meinerseits fest an mich, mein Kopf an ihrem.

In meinem Schock spürte ich nichts. Ich konnte nicht fassen, dass es sie nicht mehr gab: meinen Vater, meine Brüder, meine Familie. Dass ich sie nie wiedersehen und nie mehr im Palast von Pedasos mit ihnen sprechen würde.

Das kann nicht wahr sein.

»Tja, jetzt ist es vorbei«, sagte Deiope mit einem letzten Schluchzen und wischte die Tränen mit ihrem schmutzigen Gewand weg. »Zeus weiß, dass es keinen Sinn hat, nachtragend zu sein, nicht einmal bei denen, die es verdient haben, denn damit schaden wir uns nur selbst. Am Ende wird alles gut, Prinzessin, Ihr werdet schon sehen.«

Erinnerungen: Deiope neben mir im Wagen auf dem Weg zu meiner Hochzeit. Deiope, die meine Goldketten und Ohrringe gerade richtete. Deiope, als ich sie nach der Prophezeiung fragte und sie antwortete, alles würde ein gutes Ende nehmen.

Da fiel es mir wie Schuppen von den Augen: *Das ist die Prophezeiung. So hat sie sich erfüllt.*

»Prinzessin?«, fragte Deiope. »Ist irgendetwas?«

Mein Gehirn schien schneller als sonst zu arbeiten; Bilder blitzten vor meinem geistigen Auge auf.

Wer Briseis' Bettgenoss, mordet ihre drei Brüder und deren Tross.

Mein Bettgenosse. Wir hatten geglaubt, es handle sich um einen Freier. Als Mynes sich für mich entschieden hatte, war ich der Ansicht gewesen, von der Weissagung befreit zu sein. *Aber sie bezog sich nicht auf Mynes.* Sondern auf Achilles. Achilles hatte seine blutige Bahn durch den Großen Saal des Palastes von Lyrnessos geschlagen, um zu mir zu gelangen. Er hatte meinen Gatten getötet, ohne sich auch nur zu ihm umzudrehen. Achilles hatte meine Brüder Rhenor, Aigion und Thersites umgebracht.

Es war Achilles, der Mörder meines Gemahls und meiner Brüder, der mich in seinem Bett wollte.

Ich erstarrte. *Die Prophezeiung hatte recht. Es war Achilles, nicht Mynes, der meine Brüder tötete und mein Bettgenosse zu sein wünschte.* Die Worte wiederholten sich in meinem Gehirn wie ein Lobgesang auf die Götter.

Achilles.

»Die Weissagung stimmt«, flüsterte ich.

Deiope sah mich besorgt an. »Die Weissagung?«, wiederholte sie. »Macht Ihr Euch nach wie vor darüber Gedanken?«

»Ja... nein... ich weiß nicht...«

Mir war, als würde mir der Boden unter den Füßen weggezogen. *Alle Menschen, die ich liebe, existieren nicht mehr. Wie konnte das geschehen? Wie konnten die Götter mir das antun?*

Was habe ich verbrochen?

Ich begann zu schluchzen, und Deiope schloss die Arme wieder um mich.

Jemand stieß mir auf seinem Weg durch die Menge den Ellbogen in die Rippen. Ich stolperte über meinen Umhang und fiel hin.

»Was soll das?«, rief ich aus.

Eine junge Frau von auffallender Schönheit beugte sich über mich. Ihre Haare ringelten sich in goldenen Wellen über ihre Schultern, und ihre Augen hatten die Farbe von Honig. »Entschuldigung. Ich habe dich nicht gesehen...« Sie runzelte die Stirn. »Warte.« Ihr Blick fiel auf das Wappen von Achilles' Familie, einen mit einem Löwen verschlungenen Delfin, das auf eine Ecke meines Sklavengewandes aufgenäht war. »Du bist das Mädchen von *Achilles*?«

Schmerz durchzuckte mich beim Klang seines Namens. »Ja, so könnte man das sagen.«

»Wie heißt du?«

»Briseis.« *Nicht mehr Briseis von Pedasos oder Lyrnessos. Nur noch Briseis.*

Deiope schaute die Frau finster und mit verschränkten Armen an, doch diese schien das nicht zu bemerken. Sie kniete neben mir nieder.

»Briseis«, wiederholte sie und senkte die Stimme. »Ich bin Chryseis, die Tochter des Hohepriesters Polydamas von Troja, von den Griechen gefangen und Sklavin im Zelt von Agamemnon. Ich möchte dich etwas fragen.«

In meinem Gehirn mischten sich Verzweiflung und Verwirrung. »Was?«

Sie holte tief Luft. »Was weißt du über Achilles?«

Ich blickte hinaus aufs Meer, ohne etwas zu sehen. »Viel, was ich lieber nicht wüsste. Er ist ein kaltblütiger Mörder und gibt vor, über seine Taten traurig zu sein, bringt aber Männer der Troas um wie eine Seuche.« Mir brach die Stimme. »Er hat alle getötet, die ich je geliebt habe.«

Sie musterte mich. »Hat er dir nichts von… von einer Schwäche erzählt?«

»Nicht er selbst. Aber Patroklos meint, er hätte eine Schwachstelle an der Ferse. Achilles war schrecklich wütend auf mich, als ich sie einmal beim Baden berührte…« Ich versuchte, mich in dem Nebel, der in meinem Gehirn herrschte, zu orientieren. »Warum fragst du?«

»Aus keinem besonderen Grund.«

Doch ich glaubte wahrzunehmen, wie ihre Augen aufblitzten. Dann war dieses Funkeln auch schon wieder verschwunden, und sie streckte mir die Hand hin. »Lass dir aufhelfen.«

Ich stand auf. In ihren Augen erkannte ich Mitleid. »Hast du auch jemanden im Krieg verloren?«, fragte ich. »Bist du deswegen hier im Lager? Bist du ebenfalls allein?«

Sie senkte den Kopf. »Ja.«

Ich legte die Hand auf ihren Arm. »Sag: Hört dieser Schmerz, hört diese Wut jemals auf?« Als ich spürte, wie ich weiche Knie bekam, stützte ich mich auf sie. Die Welt verschwamm vor meinen Augen. »Ich glaube nicht, dass ich das noch länger aushalte.«

Sie sah mich eine ganze Weile an, während Deiope, die Hände in die Hüften gestemmt, uns mit besorgter Miene beobachtete.

»Nein«, antwortete die junge Frau schließlich. »Nein, sie hören nicht auf.« Dann lächelte sie unvermittelt. »Aber es gibt andere Wege, gegen den Kummer anzukämpfen, als mit Wut und Verzweiflung.«

Mit diesen Worten löste sie sich von mir und entfernte sich in die Richtung von Agamemnons Zelt. Deiope und ich schauten ihr nach.

Getrennte Wege

Χρυσηίς
Chryseis, Lager der Griechen

Stunde der untergehenden Sonne
Fünfundzwanzigster Tag des Weizendreschmonats,
1250 v. Chr.

Ich konnte es kaum glauben: Ich hatte das Geheimnis von Achilles aufgedeckt.

Ich wusste, wie Troja zu retten war.

Und wie man den Größten der Griechen töten konnte.

Fast wollte ich umdrehen und Idaeus sofort sagen, was ich soeben erfahren hatte, aber mir war klar, dass ich keine weiteren Verzögerungen riskieren durfte. Wenn der König meine Abwesenheit bemerkte...

Bei den Hütten von Agamemnons Herolden Talthybios und Eurybates hielt ich verblüfft inne, denn vor mir stand kein anderer als mein Vater. Sein grauer Bart war nass, und seine weiße Priesterrobe wehte in der abendlichen Brise um seinen Leib.

»*Vater!*«

Ich konnte es nicht fassen, dass er real war.

»Vater?«, sagte ich noch einmal. »Bist das wirklich du?«

Er nickte.

Ich trat einen Schritt auf ihn zu und kniete vor ihm nieder, um seinen Segen zu erbitten. Wenig später spürte ich, wie seine warme Hand meinen Kopf berührte. Ich erhob mich wieder. »Was machst *du* denn hier?«

Er lächelte, und in seinen Augenwinkeln bildeten sich Fältchen. Als ich seine Tränen wahrnahm, tat ich so, als hätte ich sie nicht gesehen.

»Meine Tochter.« Er zog mich zu sich heran. Ich sog seinen vertrauten Geruch nach Weihrauch und Rauch ein. »O meine Tochter. Dank sei den Göttern, dass du am Leben bist.«

Soldaten gingen lachend und plaudernd an uns vorbei.

Ich löste mich von meinem Vater, weil tausend Fragen in meinem Kopf herumwirbelten. »Wieso bist du hier?« Ich schaute über die Schulter zu einigen Kriegern hinüber, die sich vor den Hütten im Kampf übten. Schwerter trafen auf scharfe Schwerter, und Speere drangen mit einem dumpfen Laut tief in die Ziele aus Binsengeflecht ein. »Kannst du dich in diesem Lager sicher fühlen? Weiß König Priamos Bescheid? Hast du …?«

Mein Vater hob schmunzelnd die Hände. »Genug, Tochter! Lass mich zu Wort kommen, dann erzähle ich dir alles. Ich werde dich von den Griechen wegholen. Der Herold Idaeus hat mir mitgeteilt, dass du als Gefangene im Lager der Griechen bist, und ich habe ein Lösegeld dabei, mit dem ich deine Freiheit erkaufen möchte. Du wirst in unsere Heimat Larisa zurückkehren, wo du in Sicherheit bist.«

Mein Herz machte vor Freude einen Satz. Keine Sklavin mehr. Keine nächtlichen Qualen mehr in Agamemnons Bett.

Da fiel mir Idaeus ein.

Dann kann niemand Idaeus Informationen über das griechische Lager zutragen. Ich dachte an den Kriegsrat, an Odysseus' Worte, Troja werde den Griechen gehören.

Das Lächeln wich aus meinem Gesicht.

»Tochter?« Mein Vater runzelte die Stirn.

Ich schüttelte den Kopf. »Ich kann nicht gehen.«

Das Stirnrunzeln meines Vaters vertiefte sich, seine Augen wurden dunkel vor Zorn. »Chryseis, dies ist nicht der richtige Zeitpunkt für Ungehorsam.«

»Ich will nicht ungehorsam sein, Vater, aber Troja braucht mich hier.«

»Troja«, sagte er, und das klang ungeduldig, »hat sich ganz gut ohne dich geschlagen und wird das auch dann noch tun, wenn du weg bist. Du wirst nach Larisa zurückkehren und dich vor deinem sechzehnten Geburtstag auf deinen Dienst für den Großen Gott Apulunas vorbereiten.«

Ich sah ihn entsetzt an. »Du kannst doch jetzt nicht mehr wollen, dass ich Priesterin werde. Nicht nach allem, was passiert ist.«

»Nun ist es sogar noch wichtiger, dass du den reinen und tugendhaften Göttern dienst und Gehorsam von den anderen Priesterinnen lernst«, erklärte er mit ernster Stimme. »Dein sechzehnter Geburtstag ist in zehn Tagen, und ich bin entschlossen, dich bis dahin in die Initiationsriten einzuführen.« Er holte tief Luft. »Ich will nur dein Bestes, Chryseis. Das Priesteramt ist die höchste Würde, auf die eine Frau deines Standes hoffen kann. Du solltest dankbar sein für diese Gelegenheit, deiner Stadt zu nutzen...«

Mir riss der Geduldsfaden. »Bei allen Göttern! Verstehst du denn nicht? Was für einen Sinn hat es, mich wegzuschicken, damit ich Priesterin werde, wenn die Zukunft unseres Landes und unseres Volkes auf dem Spiel steht? Wenn wir nicht bald etwas unternehmen, wird es keine Stadt mehr geben, der wir nutzen können!«

Ich versuchte, meine Wut zu zügeln. »Als Sklavin in Agamemnons Zelt kann ich wesentliche Erkenntnisse aus dem Kriegsrat des Königs an die Herolde weitergeben. Gerade habe ich die wichtigste Information überhaupt erhalten. Ich kann unserer Seite in diesem Krieg *helfen*, Vater, vorausgesetzt du lässt mich!«

Der Blick meines Vaters war eisig. »Nein.«

Ich starrte ihn mit offenem Mund an. »Nein? Mehr fällt dir nicht dazu ein?«

»Dies ist nicht deine Entscheidung, Tochter. Du wirst nach Larisa gehen, egal, was du denkst. Ich bin immer noch dein Vater und sage, *du gehst*.«

Βρισηίς
Briseis, Lager der Griechen

Stunde der Sterne
Fünfundzwanzigster Tag des Weizendreschmonats,
1250 v. Chr.

Es dauerte lange, bis ich in Achilles' Hütte zurückkehrte. Mond und Sterne standen schon über dem Meer, als ich Deiope verließ und mich auf den Weg zu meinem Herrn machte.

Achilles war allein, er saß auf einem Dreifuß beim Feuer und zupfte müde an seiner Lyra. Ich wandte mich abrupt ab.

»Warte, Briseis«, sagte er, legte die Lyra weg, marschierte auf mich zu und ergriff meinen Arm.

»Fass mich nicht an!« Ich entwand ihm meinen Arm, als würde ich vor Feuer zurückweichen. »Wag es nicht, mich anzurühren.«

»Patroklos hat mir erzählt, dass du die Tochter des Königs von Pedasos bist. Das wusste ich nicht. Wenn, hätte ich nicht...«

»Was hättest du nicht?«, brüllte ich. »Dann hättest du meinen Vater und meine Brüder nicht abgeschlachtet? Und meinen Gemahl nicht getötet?«

»Briseis...«

»*Nein!*« Ich ging mit den Fingernägeln auf sein Gesicht los. »Ich will nichts hören!«

Ich boxte gegen seine Brust, kratzte ihn und trat um mich.

Obwohl Achilles mich an den Schultern packte, schlug ich weiter auf ihn ein. Er versuchte nicht, sich zu wehren.

»Ich wusste es nicht, Briseis«, sagte er sanft.

Ich stieß einen Schrei aus. »Ist das deine Entschuldigung? *Du* hast sie umgebracht! Niemand hat dich gezwungen, ihr Henker zu sein!«

Sein Griff um meine Schultern wurde fester. »Ich tue, was ich tun muss. Egal, ob der Götter, meines Schicksals oder der Befehle meines Königs wegen: Ich muss es tun. Von Kindesbeinen an bin ich zum Kämpfen erzogen. Das ist meine Pflicht und meine Bestimmung. Ich bin Sklave meiner Berufung, Briseis, genau wie du.«

Mein Zorn verrauchte. Ich war schrecklich müde. Aus meinen Armen wich die Kraft, und meine Schläge wurden schwächer.

Ich schaute ihn an. Er erwiderte meinen Blick mit seinen dunklen Augen.

Darin konnte ich keinen Hass entdecken. Keinen Mörder.

Das Einzige, was ich sah, war ein Mann, der Schmerzen litt.

Und ich spürte, wie sich in meinem Herzen kaum merklich etwas veränderte.

»Ich wollte dir nicht wehtun. Niemals, Briseis. Wenn ich meine Taten rückgängig machen könnte...«

»Das ist unmöglich«, flüsterte ich.

»Doch wenn ich es könnte... Ich würde liebend gern sterben, um dir zu beweisen, wie sehr ich wünschte, ich hätte nicht...«

Sein Gesicht war nur wenige Zentimeter von meinem

entfernt, sein Atem berührte das meine warm. Tränen traten mir in die Augen.

»Ich habe immer alles des Ruhmes wegen getan«, erklärte er mit leiser Stimme. »Aber vielleicht gibt es auch eine andere Möglichkeit.«

Seine Hände wanderten von meinen Schultern zu meiner Taille.

Wie in meinem Traum schmiegte ich mich, als würde ich mich einer übermenschlichen Kraft beugen, an ihn und hörte nur noch das Blut in meinen Ohren rauschen. Ich spürte seine Wärme, seine starken Arme um mich, die mich näher zu sich heranzogen. Seine Hand wölbte sich um meinen Hinterkopf, seine Lippen berührten die meinen. Meine Tränen rannen auf unser beider Münder, und plötzlich küsste ich ihn leidenschaftlich und verzweifelt, weil er trotz allem das Einzige war, was ich auf der Welt noch hatte. Weil nichts sonst Sinn ergab.

Er war mein Verderben und mein Schicksal.

In jener Nacht teilte ich das Bett mit Achilles.

Gebet zu Apollo

Ida-Gebirge, mit Blick auf die trojanische Ebene

Im Himmel bricht die Nacht herein. Der Sturm ist vorüber, und die Heldinnen, Königinnen und Nymphen, die die Sterne darstellen, nehmen ihre Positionen ein und schimmern in der Abenddämmerung wie Glühwürmchen über den Wolken. An den Hängen des Ida-Gebirges herrscht Stille, an der trojanischen Küste kommt das einzige Licht von der erlöschenden Glut der Feuer im griechischen Lager und von den Fackeln der Wachleute.
Alles ist friedlich.
Plötzlich ertönt ein Ruf. »Apollo! Hey, Apollo! Hier ist eine junge Frau, deren Vater zu meinen scheint, dass sie eine gute Priesterin für dich wäre!«
Hermes deutet durch die Lücke zwischen den Wolken und biegt sich vor Lachen.
Apollo stöhnt, versucht, ihn zu ignorieren. Er poliert seinen langen silbernen Bogen und schenkt Hermes' Bemühungen, seine Aufmerksamkeit auf sich zu lenken, keine Beachtung.
Die meisten Götter lagern sich um das Ida-Gebirge. Ares hält sich im trojanischen Rat auf und hilft, einen Plan für die Verteidigung der Stadt auszuarbeiten, während Aphrodite damit beschäftigt ist, Paris und Helena in ihrem Schlafgemach in Troja zu unterhalten. Die anderen üblichen Verdächtigen sind anwesend. Zeus und Hera sitzen ruhig und gelassen nebeneinander auf ihren Thronen und genießen einen abendlichen Drink. Apollo und seine Zwillingsschwester Artemis säubern ein wenig abseits ihre Pfeile und Bogen mit kleinen mondbe-

schienenen Wolkenbüscheln. Athene verwöhnt ihre zahme Eule mit Schlückchen von ihrem Nektar. Und Hermes blickt weiter lachend von einem Wolkenbausch neben der Lücke über der trojanischen Ebene nach unten.

Zeus wendet sich Hera zu.

»Schon komisch«, meint er im Plauderton, »dass Sterbliche glauben, Wissen über die Götter würde sich mit einem Fingerschnippen einstellen, nicht wahr? Warum gewähren wir ihnen wohl so ein langes Leben, wenn es nur fünf Sekunden dauern würde, alles zu durchschauen?«

»Bestimmt weißt du das«, antwortet Hera, »schließlich hast du sie geschaffen, wie sie sind.«

Zeus wendet sich majestätisch der Lücke zu, um den peinlichen Moment zu kaschieren.

»Sie ist sehr hübsch, Apollo«, sagt Hermes und wischt sich, immer noch lachend, die Augen ab. »Könnte sich lohnen, einen Blick zu riskieren, selbst wenn du auf die Gebete nicht scharf bist.«

Athene verzieht den Mund.

Apollo kann nicht so tun, als hätte er nichts gehört, weil Hermes' Stimme laut genug ist, um selbst noch auf Lesbos vernommen zu werden, wenn er das möchte. Er hebt den Blick.

»Wusste doch, dass dich das interessiert«, erklärt Hermes schmunzelnd. »Sie ist sogar dein Typ: güldenes Haar, gute Figur, tolle Beine. Komm her und schau sie dir selber an.«

Endlich legt Apollo den Bogen weg und steht auf, um durch die Lücke zwischen den Wolken hinunterzusehen. Bei den Zelten und Hütten des griechischen Lagers, ein paar hundert Schritte vom Ufer entfernt, sind zwei kleine Gestalten in der sich herabsenkenden Dunkelheit zu erkennen. Die eine ist ein alter Mann mit einem langen grauen Bart, der weißen Robe und dem Stirnband eines Priesters. Er hat die Hände zum Gebet erhoben; von dem Altar neben ihm steigt Rauch zum Himmel auf – seine Opfergabe für die Götter. Die andere Gestalt ist eine hübsche junge Frau mit blonden Locken, auf denen sich das Licht der Sterne spiegelt. Sie hat gebräunte Haut, und unter ihrem Gewand verbergen sich wohlgeformte Rundungen.

Apollo betrachtet sie ziemlich lange. »Wer ist der alte Mann?«, erkundigt er sich nach einer Weile. »Doch nicht ihr Gemahl, oder?«

»Aber nein«, antwortet Hermes, stützt sich auf eine Wolke und freut sich wie ein Schneekönig, Aufmerksamkeit auf sich gezogen zu haben und obendrein Unfug anstellen zu können. »Ich glaube, das ist ihr Vater. Was er sagt, finde ich ziemlich amüsant.«

»Was will er denn?«, fragt Apollo, ohne den Blick von der jungen Frau zu wenden.

»Er möchte sie aus dem Lager der Griechen auslösen. Sie scheint Trojanerin zu sein und Gefangene. Der alte Mann…«, er deutet auf den Lederbeutel, der schlaff an seinem Gürtel hängt, »… wollte sie von Agamemnon freikaufen. Hat allerdings nicht funktioniert. Agamemnon hat ihm das Gold abgenommen und sich geweigert, das Mädchen rauszurücken.« Hermes reibt sich schadenfroh das Kinn. »Schätze, das hat der alte Mann nicht erwartet. Das Mädchen muss ziemlich gut im Bett sein, wenn Agamemnon sie nicht hergeben will.«

Apollo hebt die Augenbrauen.

»Jedenfalls«, fährt Hermes fort, »ist ihr Vater entschlossen, sie in ihre Heimat Larisa mitzunehmen und sie dort zur Priesterin zu machen. Deswegen bringt er dir Opfer.«

Artemis gesellt sich zu ihnen und schaut ebenfalls durch die Lücke zwischen den Wolken. »Ist das nicht der Priester, der immer so schrecklich lange betet?«

»Ja«, antwortet Apollo ein wenig erstaunt. »Aber er hat nie was von seiner hübschen Tochter erwähnt.«

Hermes lacht schallend. »Natürlich nicht. Der weiß doch, dass du sofort hinter ihr her wärst wie ein Bluthund. Vermutlich denkt er, jetzt, wo er in Schwierigkeiten steckt, muss er das Risiko eingehen.«

Apollo runzelt die Stirn.

»Was will er also?«, *erkundigt sich Artemis, nimmt ihren Köcher und überprüft auf ihrer weißen Handfläche, ob die Pfeile spitz genug sind.*

»Er wünscht den Griechen die Pest an den Hals dafür, dass sie ihn ausgetrickst haben«, *meint Hermes und lehnt sich zurück.*

Apollo sieht ihn fragend an.

»Das Übliche.« *Hermes macht eine gleichgültige Handbewegung.* »Krankheit. Tod. Haufenweise Leichen. Er glaubt, wenn die Griechen mit einer Seuche geschlagen werden, kann er sie davon überzeugen, dass Agamemnon das Lösegeld nicht hätte nehmen dürfen, ohne seine Tochter herzugeben.«

»Klingt logisch«, *sagt Apollo achselzuckend.*

Hermes grinst.

Sogar Apollo gestattet sich ein kleines Lächeln.

»Noch eins.« *Hermes blickt zu Hera und Athene hinüber, die sie belauscht haben.* »Pass auf das Dream-Team auf.« *Er nickt in Richtung der beiden Göttinnen.* »Die würden es dir übelnehmen, wenn du ihren Lieblingen die Pest an den Hals schickst. Sie würden nicht tatenlos zusehen. Also nimm dich in Acht, ja?«

Apollo betrachtet die junge Frau mit dem güldenen Haar.

Hera und Athene wirken angespannt wie Hunde vor der Jagd.

Dann...

»Sieht ganz so aus, als gäb's was zu tun«, *meint Apollo schließlich, erhebt sich, nimmt seinen langen Silberbogen und legt einen Pfeil an.*

Hermes klatscht begeistert.

Zeus lehnt sich zurück und faltet die Hände.

Heras und Athenes Augen verengen sich.

Artemis steht auf, taucht die rasierklingenscharfe Spitze ihres Pfeils in eine Schale mit Gift, die soeben zu ihren Füßen aufgetaucht ist, und schiebt den Pfeil in die Kerbe ihres Bogens. Bruder und Schwester zielen nebeneinander an der Lücke zwischen den Wolken auf das griechische Lager.

Artemis spannt ihren Bogen und fragt: »Also Bruder: Wer zuerst?«

Pest

Βρισηίς
Briseis, Lager der Griechen

Stunde der aufgehenden Sonne
Sechsundzwanzigster Tag des Weizendreschmonats,
1250 v. Chr.

Als ich die Augen aufschlug, lag ich in Achilles' Armen in seinem Bett, die Wolldecken um unsere Füße. Ein Strahl der frühmorgendlichen Sonne fiel auf seine nackte Brust. Patroklos' Schlafstelle war verwaist – er schien schon aufgestanden zu sein. Wir waren allein.

Eine Welle verwirrter Gefühle ergoss sich über mich, als ich mich erinnerte: unsere Leidenschaft, die Haut eines Gottes auf meiner. Patroklos' Blick, als er mir von Pedasos erzählte. Meine Verzweiflung; Deiopes vertrautes faltiges Gesicht; die Prophezeiung; der Schmerz in Achilles' Augen; meine Erleichterung, als ich in seine Arme sank.

Ich wusste nicht mehr, was ich denken sollte.

War das in Kriegen immer so?

»Briseis?«

Achilles hatte die Augen halb geöffnet.

Ich sah ihn an. »Ja?«

Er drehte sich mit einer schnellen Bewegung zu mir, schlang die Arme um mich, küsste mich, legte sich auf mich. Ich hob mich ihm entgegen und spürte neue Lust. Mein Körper reagierte, während mein Gehirn alledem einen Sinn abzugewinnen versuchte.

»Vergangene Nacht«, sagte er, als wir uns schließlich voneinander lösten, »vergangene Nacht war ...«

Da wurde die Tür der Hütte aufgerissen.

»Mein Fürst ...«

Patroklos stürzte mit schweißnassem Gesicht herein und blieb wie angewurzelt stehen, als er uns beieinander sah. Er wurde tiefrot. »Oh.«

»Kann das warten, Patroklos?«, fragte Achilles.

Patroklos schüttelte den Kopf. »Nein.«

Achilles gab mir einen Kuss, schlug die Decken zurück und stand auf. »Was ist los?« Er zog eine Tunika über den Kopf, marschierte zum Wasserkrug und wusch sich das Gesicht. »Hoffentlich ist es etwas Wichtiges.«

»Im Lager ist die Pest ausgebrochen«, teilte Patroklos ihm mit. »Die Soldaten sterben wie die Fliegen. Ihre Leichname liegen zu Dutzenden am Strand, ihre Haut ist über und über mit roten Pusteln bedeckt. Sie verbrennen sie, so schnell sie können, aber das ist nicht schnell genug. Der Heiler Machaon meint, er hätte noch nie erlebt, dass sich eine Seuche so rasant ausbreitet. Seiner Ansicht nach ist sie von einem Gott geschickt worden. Die Krankheit wird die gesamte Armee hinwegraffen, wenn wir sie nicht bald in den Griff bekommen, und wie du weißt, hat König Agamemnon mehr Angst um seine eigene Person als um seine Männer.«

Achilles richtete sich, Leinentuch in der Hand, auf. »Die gesamte Armee?«, wiederholte er.

»Nicht einmal du kannst Troja allein in die Knie zwingen«, sagte Patroklos. »Du musst deine Männer hinter dir wissen. Wir müssen handeln, und zwar sofort.«

Sie schwiegen einen Moment, dann drehte Achilles sich um. »Du hast recht. Agamemnon ist feige. Wenn er nichts unternimmt, muss ich es tun. Ich berufe den Rat ein. Patroklos, geh zu den Herolden und bitte sie, die Truppen zu sammeln.«

Patroklos eilte zur Tür.

»Briseis.« Achilles trat zu mir ans Bett. »Ich wünschte, ich müsste dich nicht verlassen.«

»Ich warte hier auf dich.«

Sein Mund verzog sich zu einem Lächeln, er küsste mich erneut.

»Sag mir noch eines«, bat ich, als wir uns voneinander lösten.

Er ging neben mir in die Hocke und nahm meine Hand. »Alles, was du willst.«

Ich holte tief Luft. »Hätte es einen Unterschied gemacht, wenn es dir bewusst gewesen wäre?«

Er musterte mich schweigend. Ihm war klar, was ich meinte.

»Selbst wenn du dich geweigert hättest, nach Pedasos zu ziehen«, erklärte ich, »hätte Agamemnon seine Truppen geschickt. Und mein Gatte, mein Vater und meine Brüder«, es kostete mich Mühe, meine Stimme unter Kontrolle zu halten, »wären trotzdem getötet worden.«

Er nickte. »Das stimmt.«

»Warum bist du nach Troja gekommen?«, fragte ich.

»Ich bin ein Mann und der Sohn eines griechischen Fürsten«, antwortete er erst nach einer Weile. »Ich wurde zu Heldentaten erzogen. Die Götter und mein König rufen mich immer wieder zum Kampf.« Er drückte meine Hand. »Du darfst nicht vergessen, Briseis, dass dein Vater und deine Brüder mir das gleiche Schicksal beschieden hätten, wenn die Waagschale des Zeus sich in die andere Richtung geneigt hätte.«

Ich erinnerte mich an das kampflustige Blitzen in Mynes' Augen in der Nacht, in der Lyrnessos überfallen worden war. Und daran, wie meine Brüder mit Holzschwertern im sandigen Hof von Pedasos spielten, wie ihnen fast sofort, als sie laufen konnten, das Kämpfen beigebracht wurde. Mein Vater war immer gern in den Krieg gezogen, und als kleines Mädchen hatte ich auf seinem Schoß gesessen und mir Geschichten von Soldaten angehört, die über die Ebene marschierten und Staub aufwirbelten wie ein Sturm, von Kriegern, die durch spitze Bronzespeere zu Tode kamen.

Doch das waren Geschichten gewesen.

Zum ersten Mal wurde mir bewusst, dass mein Vater, meine Brüder und Mynes geborene Krieger waren – für ihre Gegner *Feinde*, wie Achilles und seine Leute für sie.

Wenn die Trojaner in Griechenland einmarschiert wären, hätten griechische Mütter und Ehefrauen um ihre geliebten Männer trauern müssen.

Ich betrachtete die Decke, auf die die Strahlen der Sonne goldene Muster zeichneten. Endlich glaubte ich zu verstehen, was Mynes gemeint hatte, als er mir in dieser grässlichen Nacht das Versprechen abnahm, ohne ihn leben zu lernen.

Wir Sterblichen waren alle gleich: verbunden durch unseren Zorn und Kummer und die Gewissheit, wie sehr wir uns unterschieden.

Doch so musste es nicht sein.

»Kannst du mir vergeben, Briseis?«

Als ich Achilles ansah, spürte ich, wie noch der letzte Rest Hass und Zweifel sich auflöste.

»Ja«, sagte ich. »Ja, ich vergebe dir.«

Χρυσηίς
Chryseis, Lager der Griechen

Mittagsstunde
Sechsundzwanzigster Tag des Weizendreschmonats,
1250 v. Chr.

Am Abend hatte ich meinen Vater immer wieder angefleht, als trojanische Spionin im Lager der Griechen bleiben oder wenigstens nach Troja zurückkehren und dem König selbst sagen zu dürfen, was ich gehört hatte. Ohne Erfolg. Mein Vater war, nachdem König Agamemnon ihm das Lösegeld ohne Gegenleistung abgenommen hatte, entschlossen, mich zum Tempel in Larisa zu bringen.

Als die Nacht hereinbrach und die Sterne am Firmament zu funkeln begannen, hatte er mich gezwungen, ihm zu lauschen, während er zu den Göttern um eine Seuche für die Griechen betete, die diese zwingen würde, mich nach Hause zu lassen.

Nun, am folgenden Tag, begleitete ich meinen Vater zum Versammlungsplatz wie eine Verurteilte zum Richtblock.

Soldaten strömten, einander fragend, was los sei, auf den offenen Platz. Durch den Lärm hindurch hörte ich aus den Hütten und Zelten das gedämpfte Jammern derjenigen, die die Pest ereilt hatte, welche in der Nacht wie aus heiterem Himmel über die Griechen hereingebrochen war. Und das – wie mein Vater mir mit einem hässlichen Lächeln mitteilte – meinetwegen. Heiler und Sklaven rannten mit

Handtüchern und heißem Wasser hin und her, und auf der anderen Seite des Lagers brannte ein großes Feuer, auf das die Toten geworfen wurden. Menschen, deren Haut mit Pusteln übersät war, wurden auf Karren transportiert, auf denen man zuvor Schätze aus den von den Griechen eingenommenen Städten befördert hatte.

Eine einzelne lange Trompetenfanfare erklang. Mein Vater blieb stehen, seine Finger um mein Handgelenk, als wollte ich weglaufen, obwohl ich doch keinen Ort hatte, an den ich mich flüchten konnte.

Einer der Generäle, der rechts von König Agamemnon auf einem Podium saß, war aufgestanden. Aus der Ferne erkannte ich eine schlanke, muskulöse Gestalt mit langen blonden Haaren und einer Rüstung, die so hell glänzte wie die Sonne selbst. Der Name ging durch die Reihen wie der Wind durch die Blätter einer Eiche: »Achilles!«

Achilles hob die Hand, das Raunen verebbte. Die Soldaten sahen mit einem Ausdruck der Ehrfurcht auf ihren vernarbten, wettergegerbten Gesichtern zu ihm auf.

»Brüder«, sagte er, und noch der Letzte verstummte. »Diese Nacht ist eine Seuche in unserem Lager ausgebrochen.« Er ließ den Blick über die Menge schweifen und schaute dann hinüber zu den Karren, die zu dem großen Feuer holperten. »Sie hat bereits viele unserer Männer dahingerafft. Wenn wir ihr nichts entgegensetzen, werden wir bald keine Armee mehr haben, um Troja anzugreifen. Sollen wir nach unserer Reise übers Meer, nachdem wir dem göttlichen Fluch bei Aulis entgangen sind, hier sterben, nur weil wir uns scheuen, zu den Göttern zu flehen?«

Ein paar Männer schüttelten den Kopf und riefen: »Wir sind keine Feiglinge!«, oder: »Sag uns, was wir tun sollen, Achilles, wir folgen dir!«

Die meisten jedoch klangen weniger überzeugt. »Was, wenn die Götter gegen uns sind?«, hörte ich einige fragen. »Troja lässt sich nicht einnehmen, und dies ist der Beweis!«

Achilles brachte sie erneut mit einer Handbewegung zum Schweigen. »Brüder! Habt keine Angst vor den Göttern!« Er breitete die Arme aus. »Sie sind den Griechen gewogen und stehen auf der Seite ihrer Lieblinge. Was wir brauchen«, meinte er mit einem weiteren Blick über die Menge, »ist ein Priester, erfahren in der Kunst, Träume zu deuten, der uns erklären kann, warum Apollo uns die Pest geschickt hat. Wenn wir wissen, was wir falsch gemacht haben, können wir ihm ein Opfer darbringen und seine Gunst zurückgewinnen. Habt keine Angst, Brüder, denn ich verstehe die Götter.«

Ich runzelte die Stirn. Hier war er wieder, dieser Apollo, von dem auch Odysseus geredet hatte. Was für ein Gott war das? Warum strafte dieser Gott der Griechen, den sie als den der Weissagung zu verehren schienen, sie mit einer grässlichen Krankheit, wenn sie nicht einmal wussten, wie sie gefehlt hatten? Ich sah meinen Vater an, der starr geradeaus schaute.

»Sobald unser Fehler berichtigt ist«, fuhr Achilles fort, »egal, wie er beschaffen sein mag, kämpfen wir wieder um Troja und seine Schätze. Es ist uns prophezeit, dass die Stadt fallen wird – und dass ihr diejenigen sein werdet, die sie einnehmen!«

Die Männer riefen jubelnd seinen Namen und schüttelten ihre Speere.

Achilles streckte seinen Speer gen Himmel.

Agamemnon hingegen wirkte missmutig. Offenbar fand er nicht so viel Gefallen an dem Ganzen wie Achilles.

Da geschah etwas Schreckliches. Mein Vater, der in seinem weißen Priestergewand aus der Masse des dunklen Leders und der Bronzerüstungen und -waffen der Soldaten hervorstach, erhob seine Stimme über den Lärm hinweg.

»Ich bin der Hohepriester des Großen Gottes Apulunas, des Beschützers von Troja. Es ist der Zorn unserer Götter, der wahren Götter des Ida-Gebirges, nicht der euren, der die Pest über euch gebracht hat«, rief er laut und vernehmlich. Die Köpfe aller wandten sich ihm zu.

Ich spürte, wie ich vor Zorn rot wurde. Wie konnte er das tun? Wie konnte er nur?

»Bedenkt«, meinte mein Vater, »dass das, was ich zu sagen habe, bestimmt nicht allen gefällt. Möglicherweise ziehe ich damit den Zorn des Königs auf mich. Versprecht mir also, mich unbehelligt zu lassen, wenn ich euch die Geheimnisse unserer Götter verrate.«

Achilles verbeugte sich. »Das verspreche ich dir, alter Priester. Niemand wird Hand an dich legen, solange ich lebe – nicht einmal Agamemnon.«

Mein Vater erwiderte die Verbeugung, ohne auf den wütend-verächtlichen Blick von Agamemnon zu achten. »So wisst, dass der Große Gott euch diese Seuche nicht irgendeines Fehlers von euch oder eurer Armee wegen schickt, sondern weil Agamemnon, der oberste König der Griechen, mich betrogen hat.«

Ich verbarg mein Gesicht hinter den Händen, da ich nicht sehen wollte, wie mein Vater meine Zukunft und Trojas letzte Hoffnung vor meinen Augen zerstörte.

»Ihr müsst wissen«, fuhr er fort, während die Soldaten vor uns zurückwichen, sodass wir eine Insel in der Menge bildeten, »dass ich König Priamos von Troja diene. Es gibt einen Grund, warum ich gestern Abend mit den Gesandten von König Priamos ins griechische Lager gekommen bin. Der Grund ist meine Tochter.«

Ich behielt die Hände vor dem Gesicht.

»Sie wurde von euren Männern gefangen genommen, als sie Prinz Troilus töteten. Sobald ich wusste, dass sie noch am Leben ist, wollte ich ihr natürlich beistehen. Deshalb machte ich mich mit dem Doppelten ihres Wertes ins Lager der Griechen auf und bot König Agamemnon im Namen des Großen Gottes Apulunas, des mächtigsten unserer Götter, dessen Priesterin sie werden soll, Gold für sie an. Euer König hat das Gold genommen, weigert sich aber, meiner Tochter die Freiheit zu geben. Damit beleidigt er mich und meinen Gott.«

Die Worte meines Vaters drangen mir in die Ohren wie eine Harke in frisch gepflügte Erde.

»Nun wundert Ihr euch, dass der Große Gott eure Armee mit einer Seuche geschlagen hat«, endete mein Vater in dem selbstbewussten Ton, den ich so gut kannte. »Er hat meine Bitte erhört, euren König, der sich nicht an die Gepflogenheiten hält, zu bestrafen. Und er wird weiter seine Pfeile auf das griechische Lager herabsenden, bis Ihr Agamemnons Unrecht sühnt. Schickt meine Tochter zurück nach Larisa und opfert unserem Gott dort einhundert Ochsen. Es gibt keine andere Möglichkeit, ihn zu besänftigen.«

Stille. Als ich hinter meinen Händen hervorlugte, sah ich, dass König Agamemnon sich von seinem Platz erhob. »Du redest, als wäre es ein großes Geschenk für die Griechen, wenn du mit deinem Beutel armseligen Goldes zu uns kommst, Polydamas«, meinte er verächtlich, während er auf dem Podium auf und ab ging. »Aber ich erkenne den Nutzen für uns nicht.« Er winkte der Menge zu. »Und…«, er näherte sich der vorderen Kante des Podiums, »…von einem trojanischen Emporkömmling wie dir muss ich mir keine Vorwürfe machen lassen.«

Mein Vater presste die Lippen aufeinander.

»Was hingegen deine Tochter Chryseis anbelangt«, fuhr König Agamemnon mit einem anzüglichen Grinsen fort, »kann ich dich verstehen. Sie ist ein hübsches Ding. Ich habe sie gern bei mir. Lieber als meine Gattin Klytämnestra, wenn du weißt, was ich meine.«

Die Soldaten lachten schallend und stießen einander mit einem vielsagenden Augenzwinkern in die Rippen.

Ich starrte meine Füße an und versuchte die Männer zu ignorieren, die grinsend auf mich deuteten.

»Trotzdem«, sagte Agamemnon mit lauter Stimme und hob eine Hand, um seine Leute zum Verstummen zu bringen, »habe ich beschlossen, sie zurückzugeben. Ich schicke sie noch heute mit einem Schiff nach Larisa und verspreche dir, Priester, sogar...«, er verbeugte sich spöttisch in Richtung meines Vaters, »...bei deiner Rückkehr nach Troja sicheres Geleit durch meine Herolde, damit dir kein Unheil widerfährt. Keiner soll behaupten, Agamemnon sei ein kleinmütiger König. Allerdings habe ich eine Bedingung.« Er schwieg kurz. »Es wäre doch nicht gerecht, wenn ich *meine* Kriegsbeute hergeben muss, während ihr alle die eure behaltet.« Seine Stimme war so glatt wie feinstes Olivenöl. »Schließlich bin ich euer König.«

Die meisten Soldaten nickten. Es war eine simple Gleichung: Könige mussten mehr haben, weil mehr Besitztümer mehr Ruhm bedeuteten, und Ruhm war das Fundament der Macht. Und die Männer wussten, dass sie einen mächtigen König brauchten, um Erfolg zu haben.

»Meine Bedingung sieht folgendermaßen aus: Findet mir einen geeigneten Ersatz, und ich schicke das Mädchen gern nach Hause, bringe das Opfer, das der Priester verlangt, und beende somit diese Seuche.«

Er nahm mit einem selbstzufriedenen Ausdruck Platz.

Achilles sprang auf. »Und wie sollen wir einen Ersatz für Euch, den ruhmreichen Sohn des Atreus, finden, wenn die Kriegsbeute aus den Städten bereits verteilt ist?«, fragte er.

»Warum hört Ihr nicht ausnahmsweise auf die Vernunft und nicht auf Eure Gier? Ihr wisst, dass keinerlei Kriegsbeute aus den Städten der Troas mehr übrig ist. Die Männer haben ihre Belohnung bekommen, und die können wir ihnen nicht wieder nehmen. Schickt dieses Mädchen nach dem Willen der Götter zurück, und ich verspreche Euch: Wenn wir Troja einnehmen – und das werden wir – erhaltet Ihr ein Vielfaches von dem, was wir Euch jetzt geben könnten.«

Erneut jubelten die Männer, doch Agamemnon stand auf und hob die Hand, um sie zum Schweigen zu bringen.

»Ach, Achilles«, sagte er, »du amüsierst mich. Dachtest du wirklich, das würde funktionieren?« Er schlug Achilles auf die Schulter. »Willst du hier bei den Schiffen sitzen und dich an deiner Kriegsbeute, der hübschen Briseis, erfreuen, während ich die meine aufgeben muss?« Er schüttelte lachend den Kopf. »Nein, so geht das nicht. Mir kommt da gerade eine Idee...«, er strich sich über den Bart und trat ans andere Ende des Podiums, »...sozusagen ein Geistesblitz von den Göttern. Kennst du eine bessere Möglichkeit, deine Loyalität gegenüber deinem König sowie deine Hingabe an diese Sache zu beweisen, als auf *deine* Kriegsbeute zu verzichten?«

Er kehrte zu seinem Platz zurück und bedachte Achilles mit einem spöttischen Grinsen. »Wenn die Götter mir die reizende Chryseis nehmen, lasse ich *deine* Kriegsbeute, die schöne Briseis, aus deiner Hütte holen, Achilles.«

Blitzschnell zog Achilles sein Schwert, und bevor die Leibwächter des Königs auf das Podium eilen konnten, um ihn zu schützen, lag seine glänzende Klinge schon an Agamemnons Kehle. Das Gesicht ganz nah an dem von Agamemnon, zischte Achilles: »Sagt das noch einmal, Agamemnon, und Ihr werdet mein Schwert spüren, bevor Ihr Zeit habt, die Götter dafür zu verfluchen, dass Ihr geboren wurdet.«

Agamemnon war leichenblass.

Seine Leibwächter, von denen keiner Achilles das Wasser reichen konnte, erstarrten.

Agamemnon und Achilles standen, ohne sich zu bewegen: Agamemnon mit schreckverzerrtem Gesicht, Achilles, die in der Sonne funkelnde Spitze seines Schwertes am Hals des Königs.

Langes Schweigen. Alle starrten Achilles an, der dem verängstigten Agamemnon in die Augen sah.

Dann begann die Luft um Achilles zu flirren, als würde Hitze vom Boden aufsteigen. Plötzlich erklang ein Geräusch, wie von Wind, der durch Wasser bläst oder einen Stein zum Singen bringt.

»Ein Gott!«, hörte ich die Soldaten in meiner Nähe flüstern. Einige legten die Finger im Zeichen der Götter zusammen, andere blickten zum Himmel empor. »Der Olymp rette uns, das muss ein Gott sein!«

Ein Schauder überlief mich, als Achilles verharrte, als würde er der seltsamen Musik lauschen. Schließlich steckte er sein Schwert in die Scheide und trat, heftig atmend, die Hand nach wie vor drohend auf dem Griff, einen Schritt von Agamemnon zurück.

Da hörte die Luft auf zu schimmern.

Mein Herz pochte wie wild.

»Ihr seid ein Feigling, Agamemnon«, herrschte Achilles den König an. »Ein verdammter Trunkenbold und Feigling. Ich verabscheue Euch. Seid Ihr nach Troja gekommen, um bequem in Eurem Zelt zu sitzen, während Eure Männer ihr Leben in der Schlacht riskieren, und um ihnen, wenn sie vom Kampf zurückkehren, auch noch ihre Beute zu nehmen? Nennt Ihr das Krieg führen? Mir klingt das eher nach *Diebstahl*!«

Agamemnon zitterte vor Wut und Angst.

Achilles packte ihn am Kragen seines Gewandes. »Ihr seid so dumm, mir Briseis wegzunehmen, also hört den Preis dafür.«

Er ließ Agamemnon los. Der König stolperte und griff sich keuchend an den Hals. »Ihr könnt das Mädchen haben«, dröhnte Achilles. »Ich werde Euch nicht daran hindern, sie zu holen, und Ihr werdet heute auch nicht durch meine Hand sterben, weil die Göttin Athene mir gerade mitgeteilt hat, dass ich Euch ihr überlassen muss. Ich wäre ein Narr, die Befehle der Götter zu missachten. Aber wenn Ihr glaubt, ich würde nach dieser Beleidigung noch für Euch kämpfen, täuscht Ihr Euch.«

Achilles wandte sich den Soldaten zu. »Ich liege nicht im Streit mit den Trojanern – was haben sie mir getan? Nein, Agamemnon, ich liege im Streit mit Euch, weil Ihr mir meine Kriegsbeute geraubt habt, um Eure Gier zu befriedigen.« Seine Stimme erzitterte.

Noch einmal zog er sein Schwert und reckte es hoch in die Luft. »Ich prophezeie Euch bei diesem Schwert und beim allmächtigen Zeus, der über den Himmel herrscht und die Rechte der Menschen hütet, dass Ihr schon bald, wenn die Söhne Griechenlands durch Hektor dezimiert sind, meine Hilfe brauchen werdet. Und dann, Agamemnon, werdet Ihr es bereuen, mir meine Frau, meine Kriegsbeute und meine Ehre genommen zu haben.«

Achilles stieß sein Schwert mit so viel Kraft in den Boden, dass seine Klinge das Podium durchdrang und mit bebendem Griff im Sand stecken blieb. Dann sprang er herunter und stürmte durch die Menge, die ihn schweigend durchließ.

Raunen erhob sich, sobald Achilles den Versammlungsplatz verlassen hatte.

König Agamemnon glättete sein Gewand und versuchte, seine Haltung wiederzuerlangen, während die Soldaten sich in ihre jeweiligen Hütten zurückzogen.

Ich sah meinen Vater an, kaum fähig zu begreifen, was sich soeben ereignet hatte. *Achilles ... ein Gott ... Und ich soll nach Larisa zurück ...*

»Komm«, sagte mein Vater mit fester Stimme. »Komm, Chryseis. Wir müssen ein Schiff finden, das dich nach Hause bringt.«

Abschied

Βρισηίς
Briseis, Lager der Griechen

Stunde der Opfergaben
Sechsundzwanzigster Tag des Weizendreschmonats, 1250 v. Chr.

Ich lag auf Achilles' Schlafstelle und dachte über das nach, was geschehen war.

Ich habe mit ihm das Bett geteilt. Ich habe mit Achilles geschlafen.

Das klang nicht merkwürdig, sondern ganz sachlich. Es war gleichbedeutend mit meinem Schicksal.

Und meine Familie – mein Vater, meine Brüder?, fragte eine leise Stimme in meinem Innern. *Und Mynes?*

Mein Herz schlug ein wenig schneller.

Habe ich etwas Falsches getan?

Habe ich sie vergessen?

Ich überlegte.

Und schüttelte den Kopf.

Nein. Mynes wird immer da sein. Aber ich habe ihm versprochen zu vergessen, was ich nie mehr zurückbekommen kann, bis wir uns wiedersehen. Ich habe ihm versprochen, mich selbst zu schützen und nicht zu trauern.

Und getan, worum er mich gebeten hat.

Mynes würde in der Unterwelt auf mich warten, bis ich mich zu ihm gesellte und wir auf ewig zusammen sein konnten.

Aber noch nicht. Noch nicht jetzt.

Plötzlich flog die Tür zur Hütte auf, und ich ballte erschreckt die Fäuste um die Decken. Achilles trat ein, Patroklos im Schlepptau.

»Beruhige dich«, sagte Patroklos. »Es ist nicht...«

Doch Achilles hörte gar nicht zu. Er packte den groben Holztisch mitsamt den Tellern von der Mahlzeit am Vorabend und schleuderte ihn hoch. Mit einem lauten Knall landete er auf dem Boden und zerbrach in tausend Teile.

Patroklos ging auf ihn zu. »Achilles, warte...«

Achilles war zorniger, als ich ihn je erlebt hatte, ergriff nun auch die Lyra und warf sie durch den Raum. Sie kam mit einem misstönenden Geräusch auf den Binsen auf. Als Nächstes folgten die Stühle, die Kleidertruhe und die Öllampen – alles, was ihm in die Finger fiel.

Ich beobachtete entsetzt, wie Achilles das gesamte Mobiliar der Hütte zerstörte.

»Achilles, so nimm doch Vernunft an...«

Achilles wandte sich Patroklos mit einem wütenden Blick zu, der einen weniger mutigen Mann hätte erbleichen lassen. »Vernunft?«, brüllte er, so laut, dass es in meiner Brust widerhallte. »Du willst mir etwas von Vernunft erzählen? Rede darüber lieber mit diesem feigen, hinterhältigen Hund von einem König!«

Er nahm einen Helm am Federbusch und knallte ihn so heftig gegen die Tür, dass sie zuschlug und die Wände erzitterten.

»Was ist passiert?«, fragte ich bestürzt.

Achilles, der bewegungslos in der Mitte des Raums verharrte, gab mir keine Antwort. Seine Brust hob und senkte sich, seine dunklen Augen funkelten, und er sah sich nach etwas um, an dem er weiter seine Wut auslassen konnte.

»König Agamemnon verlangt, dass Achilles dich ihm überlässt«, klärte Patroklos mich auf.

Ich schaute ihn mit großen Augen an. »Warum?«

Patroklos blieb ruhig. »Weil Apollo als Bedingung dafür, die Seuche zu beenden, Agamemnons Kriegsbeute fordert, ein anderes trojanisches Sklavenmädchen namens Chryseis. König Agamemnon scheint der Ansicht zu sein, dass ihm Ersatz dafür zusteht, und hat dich auserkoren. Achilles behauptet, die Göttin Athene sei ihm vor der Versammlung erschienen, um ihn daran zu hindern, dass er Agamemnon verärgert, weswegen er nun Agamemnons Forderung erfüllen muss.«

Ich brauchte eine Weile, um den Sinn seiner Worte zu begreifen. »Das heißt, ich muss *gehen*?«

Patroklos nickte.

»Ich muss weg von Achilles und zu Agamemnon?«

Wieder nickte Patroklos.

Ich spürte, wie Verzweiflung in mir hochstieg. »Aber ich kann nicht! Ich kann dich nicht verlassen – nicht jetzt! Achilles, erklär ihm, dass das nicht möglich ist!«

Achilles lief mit geballten Fäusten in der Hütte auf und ab, an seiner Schläfe zuckte eine Ader.

»Wie kann dieses rückgratlose Schwein es wagen, mir eine Lektion erteilen zu wollen?«, brüllte Achilles und schlug mit der Faust gegen den Waschkrug, der auf den Boden flog. »Für wen hält er sich? Für Zeus höchstpersönlich? Dass er den Nerv hat, *mir* vorzuschreiben, was ich tun oder lassen soll! Ich bin der Sohn von Thetis und der größte Krieger im griechischen Heer – der Größte, den es je gegeben hat! Er glaubt, er könnte mich demütigen – vor allen! Und denkt, er kann mir die Einzige wegnehmen, die …«, seine Stimme klang belegt; er ergriff den Speer, der auf dem Boden lag, und schleuderte ihn blitzschnell in einen der Tannenholzbalken, in dem er mit bebendem Schaft stecken blieb, »…die einzige Frau, die ich je…« Er atmete schwer. »Ich schwöre, wenn da nicht Athenes Befehl wäre, würde ich ihm sein feiges Herz aus der Brust reißen und den Hunden zum Fraß vorwerfen!«

Ich stand vom Bett auf, schlang ein Gewand um meine Schultern und trat zu Achilles. »Musst du den Göttern gehorchen?«, fragte ich ihn. »Hast du mir nicht erklärt, dass du dein Schicksal selbst bestimmst?«

Achilles stöhnte. »Meine Mutter hat mir gesagt, dass das passieren würde, dass du mir genommen werden würdest und ich es geschehen lassen muss, weil es der Wille der Götter und der Befehl von Zeus ist.« Er fuhr sich mit der Hand durch die Haare. »Warum?«, brüllte er gen Himmel.

Schweigen. Dann drangen, zuerst noch von ferne, schließlich näher kommend, Stimmen zu uns.

»Agamemnons Herolde«, sagte Patroklos. »Sie kommen.«

»Lass mich nicht im Stich, Achilles. Ich kann es nicht ertragen, wieder allein zu sein«, flehte ich ihn voller Panik an.

Achilles zog mich zu sich heran. »Du wirst nie allein sein, Briseis«, versprach er mir und hob mein Kinn an. »Ich schicke dir Patroklos. Er sorgt dafür, dass dieses Schwein von einem König dich ordentlich behandelt. Ihm kannst du Botschaften für mich anvertrauen.«

Eine einzelne Träne rollte meine Wange hinab. »Ich halte das nicht aus…«

»Talthybios und Eurybates sind da, Achilles«, verkündete Patroklos und öffnete die Tür.

Ohne Vorwarnung küsste Achilles mich leidenschaftlich. Seine Lippen pressten sich so heftig auf die meinen, dass ich kaum Luft bekam.

Dann ließ er mich los und wandte sich ohne ein Wort ab.

Agamemnons Boten standen draußen, beide ausgestattet mit einem goldenen Heroldsstab. Ihnen schien nicht allzu wohl in ihrer Haut zu sein.

Angespanntes Schweigen, als Achilles aus der Hütte trat.

»Keine Angst, Talthybios«, hörte ich ihn sagen. »Ich mache dir keine Vorwürfe. Agamemnon wird sich dafür verantworten müssen, nicht seine Herolde.«

Sie gingen vorsichtig einen Schritt auf ihn zu.

»Übergib sie, Patroklos«, wies Achilles seinen Freund an, und ihm brach die Stimme. Er wandte sich ab, als Patroklos mich durch die Tür und zu den Herolden geleitete.

Ich sah hinüber zu Achilles. In meinen Augen glänzten Tränen, und meine Lippen formten eine unausgesprochene Bitte, einen Protest, doch er stand mit dem Rücken zu mir.

Als Patroklos mich übergab, wich er meinem Blick aus.

»Dann stören wir nicht länger, Achilles«, meinte Eurybates verlegen.

Sie machten sich mit mir auf den Weg in die Richtung von Agamemnons Zelt.

Ich wandte den Kopf. Patroklos und Achilles standen vor der Hütte. Patroklos schaute mir mit merkwürdiger Miene nach, während Achilles unverwandt aufs Meer starrte.

Es war das letzte Mal, dass ich die beiden lebend miteinander sah.

Χρυσηίς
Chryseis, Lager der Griechen

Stunde des Gebets
Sechsundzwanzigster Tag des Weizendreschmonats,
1250 v. Chr.

Als ich, jeweils einen Wächter rechts und links von mir, meinem Vater zu den Schiffen der Griechen folgte, entdeckte ich die dunkelhaarige, hellhäutige Briseis, die von den Herolden der Griechen aus Achilles' Hütte geführt wurde. Sie waren nur noch etwa zwanzig Schritte von uns entfernt. Mein Herz machte einen Sprung.

Vielleicht gab es für Troja doch noch eine letzte Chance. Ich blieb stehen.

»Was machst du?«, fragte einer der Wachleute mich mit rauer Stimme. »Wir sollen ohne Halt zu den Schiffen gehen. So lautet der Befehl des Königs.«

Ich deutete auf meine Füße. »Der Riemen meiner Sandale hat sich gelockert.«

Der Wachmann wechselte einen Blick mit seinem Gefährten.

Der zuckte mit den Achseln. »Frauen...«

Ich fasste dies als Erlaubnis auf und ging in die Hocke. Während die Wächter sich abwandten, um sich zu unterhalten, wagte ich einen Blick nach oben. Und sah, dass Briseis fast auf gleicher Höhe mit mir war.

Die Herolde, die sie geleiteten, hielten inne, um mit meinen Wachleuten zu reden. Ich streckte die Hand aus, packte Briseis' Umhang und zog mit aller Kraft daran.

Der Verschluss zerbrach, und der Umhang glitt zu Boden. Sie drehte sich um. »Was...«

Ich legte einen Finger an die Lippen. Ihre Augen weiteten sich, als sie mich erkannte.

»Du!«, flüsterte sie und bückte sich, um ihren Umhang aufzuheben. »Was machst du hier? Man hat mir gesagt, du wärst auf einem Schiff, auf dem Weg nach Hause!«

Ich sprach schnell und leise. »Dort werde ich bald sein. Briseis, bevor ich wegfahre, muss ich dich warnen. Die Griechen haben eine Prophezeiung erhalten, dass Troja fallen wird. Ich weiß nicht, ob das stimmt, aber wenn, bist du die Einzige, die noch im griechischen Lager ist und das verhindern kann.« Ich schwieg kurz. »Du musst Achilles töten. Nur du und ich kennen sein Geheimnis, und in Larisa kann ich nicht...«

»Chryseis?«

Die Stimme meines Vaters. Er klang ungeduldig.

»Versprich es mir«, sagte ich rasch. »Versprich mir, dass du alles in deiner Macht Stehende tun wirst, damit Achilles stirbt und Troja gerettet wird.«

Ihr Gesicht war seltsam fahl. Briseis schüttelte den Kopf. »Nein.« Sie holte tief Luft. »Nein, das kann ich nicht.«

»*Chryseis!*«

»Aber...«

Hände packten mich an den Schultern und zogen mich hoch. »Es reicht. Keine Verzögerungen mehr.«

Ich schaute zu Briseis zurück, als ich von den Wachen halb zum Wasser geschoben und halb gezerrt wurde, doch sie erwiderte meinen Blick nicht. Mit einem Gefühl der Verzweiflung beobachtete ich, wie sie die Schultern straffte und auf König Agamemnons Zelt zumarschierte wie ein Soldat in die Schlacht.

Meine letzte Hoffnung: dahin.

Ich sah ihr nach. Wie konnte ich darauf vertrauen, dass sie zur Vernunft kam und tat, was sie für Troja tun musste? Warum hatte sie es sich plötzlich anders überlegt? Hatte sie nicht gesagt, Achilles habe die Menschen getötet, die sie am meisten liebte? Warum bei allen Göttern wollte sie nicht, dass er vernichtet wurde?

Mir blieb nur noch eines.

»Vater?«

Ich versuchte, mich aus dem Griff der Wachleute zu befreien, doch sie packten mich noch fester an den Schultern.

»Ich darf mit meinem Vater sprechen«, herrschte ich sie an.

Sie ließen mich nicht los.

»Vater, ich muss dir etwas sagen. Unter vier Augen.«

Mein Vater drehte sich nicht zu mir um. »Was auch immer du mir mitteilen möchtest, kann warten, bis wir beide in Larisa sind.«

Ich wehrte mich gegen die Wächter, doch ihre Finger bohrten sich in mein Fleisch wie Metall. »Es kann nicht warten!«, keuchte ich. »Es geht um den Fall von Troja! Ich muss in die Stadt und es dem König persönlich sagen!«

Endlich wandte mein Vater sich mir zu. »König Priamos hat Anweisung gegeben, dich nicht nach Troja zurückkehren zu lassen. Sein Sohn ist gestorben, weil er sich seinen Befehlen widersetzt hat, und zum Teil macht er dich dafür verantwortlich.«

Ich schnappte nach Luft. »Nein! Das kann er nicht tun!«

Mittlerweile hatten wir die Schiffe erreicht, deren Buge

hoch in den Himmel ragten wie riesige Bäume in einem Wald.

»Auf Wiedersehen, meine Tochter«, sagte mein Vater und drehte sich von mir weg.

»Nein!« Ich wehrte mich mit Zähnen und Klauen gegen die Wächter, die mich auf die Leiter am Bauch des Schiffes schoben und mich an Deck hievten. »Nein! Vater...«

Doch meine Worte wurden übertönt vom Knattern des Segels im Wind. Mein Vater hörte mich nicht mehr.

Göttinnen

Ida-Gebirge, mit Blick auf die trojanische Ebene

Immerhin freut es irgendjemanden, dass Chryseis von den Gestaden Trojas weggeschleppt wird. Im Himmel über ihr, oben auf dem Ida-Gebirge, beobachten Hera und Athene das Ganze mit unverhohlenem Vergnügen. Es ist ein wolkenloser Nachmittag, dafür hat Hera gesorgt. Die Sonne, die sich dem Horizont im Westen zuneigt, strahlt sanft golden, sodass die See in Gelb- und Grünblautönen schimmert und Chryseis' Haar gülden erglänzen lässt.

Sie sehen zu, wie die Segel des Schiffs, weiß wie die Flügel eines Vogels über dem Meer, gehisst werden und wie der Bug durch die Wellen pflügt. Bald schon umrundet das Schiff die Landzunge der trojanischen Bucht.

Athene bricht das Schweigen. »Es hat funktioniert«, bemerkt sie.

Hera nickt. »Ja.«

Sie wechseln einen vielsagenden Blick. »Natürlich hatte ich erwartet, dass Agamemnon sie für sich beansprucht«, fährt Athene im Plauderton fort. »Vermutlich auch ohne mein Eingreifen. Aber wer hätte gedacht, dass wir Chryseis am Ende so leicht loswerden?«

Hera lehnt sich lächelnd auf ihrem Thron zurück. »Apollo hat uns in die Hände gespielt«, meint sie, ziemlich selbstzufrieden. »Was für Narren er und seine Schwester doch sind. Wahrscheinlich konnten sie sich nicht vorstellen, dass wir sie wegen all der Probleme, die sie verursacht, indem sie den Trojanern In-

formationen zuspielt, tatsächlich loshaben wollen.« Sie wendet sich Athene mit anerkennender Miene zu. *»Du hast deine Rolle gestern Abend gut gespielt.«*

Athene zuckt mit den Achseln. *»Es ist mir nicht schwergefallen, so zu tun, als wäre ich über die beiden verärgert. Hermes geht mir sowieso oft auf die Nerven.«*

Hera seufzt mitfühlend. *»Ja, das macht er gern.«* Sie wendet sich nach Süden, der kleinen Stadt Larisa zu. *»Die Frage ist allerdings«,* fährt sie mit einem leichten Stirnrunzeln fort, *»wie wir Chryseis in ihrer Heimat halten können, sobald sie dort ankommt.«*

»Du meinst, sie wird nicht bleiben wollen?«

Hera lacht grimmig. *»Nein. Sie wird alles in ihrer Macht Stehende tun, um wegzukommen und den Trojanern zu verraten, was sie über Achilles herausgefunden hat. Und das können wir nicht zulassen – oder?«*

Athene schüttelt den Kopf. *»Nein, das können wir nicht.«*

Hera trommelt mit den Fingern auf ihrem gebräunten Oberschenkel. *»Ich habe nachgedacht«,* sagt sie schließlich. *»Du hast doch gesehen, wie hingerissen Apollo gestern Abend von ihr war, oder?«*

»Ist er jemals nicht hinter einer Sterblichen her gewesen?«

»Nein.« Hera schmunzelt. *»Doch diesmal, finde ich, sollten wir ihn ein wenig ermuntern, ihm einen Stups in die richtige Richtung geben, um Chryseis abzulenken.«*

»Was ist, wenn sie so wie Kassandra reagiert?«

Hera winkt majestätisch ab. *»Die ist eine Prinzessin. Hast du schon einmal gehört, dass die Tochter eines Priesters einen Gott abweist?«*

»Wenn du meinst …« Athene wendet sich dem kleinen Apollo-Tempel in Larisa zu, der nicht weit vom blau schimmernden Meer steht. Von seinem Altar steigt Opferrauch auf. Sie sieht Hera an. *»Wer von uns beiden soll's machen?«*

Hera verzieht den Mund zu einem Lächeln. »Ich denke, das erledige ich. Auf dich würde Apollo nicht hören.«

Athene grinst spöttisch. »Ich fasse das mal als Kompliment auf.«

Hera erhebt sich von ihrem Thron und segelt zu Apollos Palast.

TEIL III

Ortswechsel

Βρισηίς
Briseis, Lager der Griechen

Stunde der Abendmahlzeit
Sechsundzwanzigster Tag des Weizendreschmonats,
1250 v. Chr.

Obwohl es zu Agamemnons Zelt nicht weit war, fühlte sich jeder Schritt, den ich von Achilles' Hütte weg machte, an wie tausend, wie eine unendliche Entfernung, und meine Tränen benetzten den Sand am Strand.

Talthybios hob die Klappe am Eingang hoch und verbeugte sich spöttisch vor mir. »Nach Euch, Prinzessin.« Er schob mich hinein.

Agamemnon saß auf einem Thron, der mit dicht gewebtem Stoff und so vielen Kissen bedeckt war, dass kaum Platz für ihn selbst blieb. Andere griechische Anführer lagerten auf Liegen neben ihm oder saßen auf mit Schnitzereien verzierten Hockern um einen großen runden Tisch und begrapschten lachend halb nackte trojanische Sklavenmädchen. Agamemnon trank in großen Schlucken aus einem edelsteingeschmückten Kelch. Er bemerkte uns bei dem Lärm erst, als Eurybates sich laut räusperte.

»Ah, Eurybates!«, meinte er ein wenig undeutlich und leckte sich die Lippen. Dann bekam er einen Schluckauf. »Und Talthybios. Ihr habt das Mädchen gebracht. Wunderbar.«

Talthybios stieß mir seinen knochigen Finger in den

Rücken und zischte mir ins Ohr: »Verbeug dich vor dem König!«

Als ich das Haupt neigte, rutschte Agamemnon leise kichernd ein wenig auf seinem Thron nach vorn. Er sah mich mit kurzsichtigen Augen aus seinem ehemals attraktiven Gesicht an, das von Alkohol und üppigem Essen alt und schwammig war. Sein übler Körpergeruch wehte zu mir herüber.

»Sie ist tatsächlich hübsch«, meinte er rülpsend und tätschelte seinen dicken Bauch. »Das muss ich Achilles lassen – sie ist sogar verdammt hübsch. Sieht ganz so aus, als hätten wir heute einen guten Tausch gemacht, nicht wahr, Männer?«

Die Fürsten, die nicht volltrunken am Boden lagen oder mit den trojanischen Mädchen beschäftigt waren, hoben jubelnd ihre Kelche. »Auf König Agamemnon, unseren Heerführer!«, rief einer, streckte seinen Kelch in die Luft und verschüttete dabei ziemlich viel Wein.

»Auf König Agamemnon!« Dann wurde es still in dem Raum, weil alle tranken.

Agamemnon stemmte sich schwer atmend von seinem Sitz hoch. »Ich denke, ich werde mich ins Bett zurückziehen. Heute Nacht habe ich anders als Achilles eine neue Gefährtin, die mich wärmt.« Er grinste in die Runde und freute sich über das Nicken der Speichellecker wie ein überfütterter Hund.

»Der hat jetzt nur noch Patroklos!«, höhnte einer der Fürsten, und die anderen brachen in schallendes Gelächter aus.

»Ich frage mich schon lange, was die beiden da in ihrer Hütte treiben!«

»Warum, glaubt Ihr denn, hat er ihn mit nach Troja gebracht?«, spottete einer.

»Und warum, glaubt Ihr, lässt er Patroklos nicht kämpfen?«, fiel ein weiterer ihm ins Wort. »Hat wohl Angst, seinen hübschen Jungen zu verlieren, was?«

»*Es reicht!*« Ein weißhaariger Fürst erhob sich. Seine Glieder zitterten vor Zorn, und seine leuchtend blauen Augen blitzten. »Wie sollen wir je diesen gottverdammten Krieg gewinnen, wenn wir nicht aufhören können, über unsere eigenen Leute herzuziehen?«

Die Fürsten hörten ihm gar nicht zu. Der alte Mann sah wütend zu König Agamemnon hinüber.

Agamemnon musste sich beherrschen, nicht ebenfalls zu höhnen, als er eine Hand hob. »Ihr habt Nestor gehört. Beruhigt euch. Es geht uns nichts an, was Achilles und Patroklos in ihrer Hütte treiben.« Er grinste verächtlich, und einige der Fürsten lachten spöttisch.

Nestor schwieg, weil er wusste, dass es keinen Sinn hatte, noch etwas zu sagen.

Agamemnon hob sein langes Gewand an und stieg von dem Podium herunter. »Ich gehe jetzt zu Bett.«

Er streckte mir seine Hand mit den schweren Ringen hin, und ich ergriff sie mit gesenktem Blick, bemüht, sein aufgedunsenes Gesicht und seine dicken Lippen nicht anzuschauen.

Agamemnon hob den Vorhang zu seinem Schlafgemach an und trat ein. Kurz darauf hievte er ächzend sein riesiges Hinterteil auf den Haufen Kissen und Webdecken in seinem Bett.

Der große Raum war angefüllt mit üppigen Wandteppichen und verzierten Tischen, darauf goldene Kelche mit Weinresten. Ich blieb am Eingang stehen.

»Komm«, sagte der König mit einem anzüglichen Grinsen und klopfte auf die Decken neben sich. »Komm zu mir.«

Dabei löste er den mit silbernen Nieten verzierten Gurt um seinen dicken Bauch.

Wieder stieg mir sein säuerlicher Geruch in die Nase, als er die Tunika über den Kopf zog. Darunter kamen seine wabbelige Brust und ein Bauch, nicht unähnlich dem eines alten Schweins, zum Vorschein.

Ich ballte die Fäuste. »Lieber nicht, mein Herrscher.«

Das anzügliche Grinsen verschwand, und seine Äuglein verengten sich. »Es ist nicht wichtig, was du willst, Mädchen, hier zählt, was *ich* möchte. Und ich befehle dir herzukommen.«

»Glaubt mir, wenn Ihr wüsstet, welche Folgen das haben kann, würdet Ihr anders darüber denken.«

»Was redest du da, Sklavin?«, herrschte er mich an. »Du bist mein Besitz, du gehörst mir. Ich kann mit dir machen, was ich will.«

Ich neigte das Haupt. »Jetzt bin ich Eure Sklavin.« Meine Finger zitterten. Egal, was es mich kostete: Mit diesem stinkenden König der Griechen würde ich nicht das Bett teilen. »Aber zuvor war ich die Sklavin von Achilles.«

Er lachte höhnisch. »Das bist du nun nicht mehr.«

Ich nickte, hoffend, dass ich das Richtige sagen würde. »Achilles scheint das anders zu sehen. Er denkt nach wie vor, dass ich ihm als Kriegsbeute zustehe, obwohl er gezwungen wurde, auf mich zu verzichten.«

»Und warum sollte mich das kümmern?«

Ich holte tief Luft. »Haltet Ihr Achilles für einen Mann, der das Teilen gewöhnt ist? Was wird er Eurer Ansicht nach tun, wenn ich ihm verrate, dass Ihr mich in Euer Bett geholt habt, die Sklavin, die er nach wie vor als seinen alleinigen Besitz erachtet?« Ich schluckte. »Meint Ihr wirklich, dass er seinen Zorn dann noch einmal zügeln kann und Euch nicht tötet?«

Sekunden vergingen. Ich konnte Agamemnons Gefühle von seinem Gesicht ablesen – Furcht, Trotz, erneut Furcht –, während er über meine Worte nachdachte.

»Gut«, sagte er schließlich, seine Miene beherrscht, obwohl ich sah, wie seine Brust vor Wut bebte. Er entließ mich mit einem Schnippen seiner beringten Finger. »Entferne dich aus meinen Gemächern, Sklavin. Und sag den Wachen, dass Diomedes das Mädchen aus Theben hereinschicken soll, mit dem er sich vorhin vergnügt hat.« Er wandte sich von mir ab. »Ich möchte eine Frau, die Achilles schon gehabt hat, sowieso nicht in meinem Bett.«

Ich verneigte mich und verließ den Raum rückwärts, so schnell ich konnte. »Ja, mein Herrscher.«

Χρυσηίς
Chryseis, Larisa

Stunde des Tagesanbruchs
Siebenundzwanzigster Tag des Weizendreschmonats,
1250 v. Chr.

Die Fahrt nach Larisa dauerte einen halben Tag. Wir kamen an, als die Sonne gerade am Horizont ins Meer versank und der Abendwind sanft durch die Blätter der Olivenbäume wehte. Lycaon, der Priester, der den Tempel des Apulunas in Larisa in Abwesenheit meines Vaters hütete, empfing mich und brachte mich in unsere alte Steinhütte beim Heiligtum, wo ich schlafen sollte.

Doch ich konnte nicht schlafen.

Ich wurde in Troja gebraucht, befand mich aber mindestens einen halben Tagesritt von der Stadt entfernt, und es waren nur noch neun Tage bis zu meiner Initiation. Bis dahin konnte Achilles Prinz Hektor leicht töten und Troja einnehmen.

Als die Nacht ihren dunklen Mantel vom Himmel hob und die Morgendämmerung mit rosigen Fingerspitzen über die Wipfel der Bäume strich, schlug ich die Decken und Schaffelle zurück und tastete in der düsteren Hütte nach meinen Kleidern. Mein Beschluss war gefasst. Ich durfte mich nicht von meinem Vater aufhalten lassen, auch wenn er es gut mit mir meinte und er mich retten wollte. Nicht wenn die Zukunft unseres Volkes auf dem Spiel stand.

Ich würde nach Troja fliehen und König Priamos persönlich sagen, wie man Achilles töten konnte.

Es dauerte nicht lange, meine wenigen Habseligkeiten einzupacken. Ich warf meinen Reiseumhang über die Schulter, blickte mich noch einmal in dem kleinen Raum um, öffnete die Tür und schlüpfte hinaus.

In den Bäumen zwitscherten die Vögel. Ich war froh um ihren Gesang, weil er das Geräusch meiner Schritte auf den trockenen Kiefernnadeln, die den Waldboden bedeckten, übertönte. Ich hatte keine Ahnung, wie früh Lycaon aufstehen würde, und konnte es mir nicht leisten, bemerkt zu werden. Doch im Tempelbezirk schien es ruhig zu sein. Nur die Vögel und die Wellen waren zu hören, die in der Bucht am Strand leckten.

Ich atmete auf, als ich den Trampelpfad erreichte, der sich zwischen den Bäumen hindurchwand. Diesen Weg der Jäger zu Lycaons Hof kannte ich seit meiner Kindheit. Ich hatte Lycaon und seine Frau Eurycleia oft besucht, aber das letzte Mal war ich fünf Jahre zuvor in Larisa gewesen.

Zum Glück hatte jemand den Pfad frei gehalten. Farne und Gestrüpp waren ordentlich gestutzt und die auf den Weg gefallenen Äste weggeräumt. Ansonsten schien der Wald in meiner Abwesenheit sein Recht zurückgefordert zu haben.

Ich schritt schneller aus.

Lycaons Hof bestand aus einer Ansammlung verstreuter Gebäude aus grauem Stein auf einem Hügel, von dem aus in Richtung Westen das noch dunkle Meer zu erkennen war. Schweine wühlten in einem Koben beim Tor, und Lycaons Jagdhund Dromas, dessen Schnauze in den letzten Jahren ergraut war, schlief auf der Veranda. Er öffnete verschlafen ein Auge, als ich leise den Riegel am Tor zurückzog.

»Still, Dromas«, ermahnte ich ihn, schloss das Tor wieder und eilte zu ihm, um ihn hinter den Ohren zu kraulen. »Still, ich bin's, Chryseis. Mich kennst du doch, oder?«

Der Hund schnüffelte am Saum meines Gewandes und musterte mich. Als ich ihn an seiner Lieblingsstelle am Hals zu streicheln begann, schloss er zufrieden seufzend die Augen und legte den Kopf auf die Pfoten, um weiterzuschlafen.

Ich richtete mich erleichtert auf. Die Ställe befanden sich auf der anderen Seite des Hofs, in Richtung Meer. Ich zog den Umhang enger um den Leib, folgte den Karrenspuren um die Kate herum und hob den Blick. Hinter dem Fenster des Zimmers, in dem Lycaon und Eurycleia schliefen, war es dunkel.

»Chryseis?«

Lycaon kam von seinen Bienenstöcken auf mich zu. Er hielt einen bis obenhin mit dunklem Honig gefüllten Tonkrug in der Hand. Seine Stirn war gerunzelt, seine Miene grimmig.

»Was, in aller Götter Namen, hast du hier verloren?«

Lycaon rief zwei junge Landarbeiter von den Feldern herbei, die mich zur Hütte zurückbringen sollten. Sie rochen stark nach Gras und Ziegendung. Ich versuchte, nicht zusammenzuzucken, als sie mir die Hände schwer auf die Schultern legten und mich voranschoben. Wir trotteten weg von dem Haus, in den Wald, Lycaon mit Dromas voran, die Arbeiter mit mir in der Mitte hintendrein.

»Ich habe es dir doch erklärt«, sagte ich, als Lycaon mich wohl schon zum zehnten Mal fragte, was ich so weit vom Heiligtum entfernt zu suchen gehabt habe. »Ich bin Jahre nicht mehr in Larisa gewesen und wollte alles wiedersehen.«

»Seit wann gehört mein Haus zu den Sehenswürdigkeiten von Larisa?«

Ich versuchte, mit den Achseln zu zucken. »Als Kind bin ich oft dort gewesen.«

»Das erklärt nicht, warum du dich im Morgengrauen außerhalb des Tempelbezirks aufhältst.«

»Ich konnte nicht schlafen.« Immerhin entsprach das der Wahrheit.

Lycaon bückte sich seufzend, um einen Stock aufzuheben und ihn für Dromas zu werfen. »Dein Vater hat mir vor ein paar Tagen durch einen Boten mitteilen lassen, dass du kommen würdest, und uns gewarnt, dass du möglicherweise fliehen willst. Ich begreife nicht ganz, warum du mitten im Krieg weglaufen möchtest, aber ich kann mir ja auch nicht erklären, wieso du bei Tagesanbruch um meinen Stall herumschleichst.« Er sah mich an. »Wolltest du tatsächlich fliehen?«

Ich schwieg.

Er seufzte. »Habe ich es mir doch gedacht.«

Wir gingen wortlos weiter. Der Pfad war schmal, weswegen die Landarbeiter rechts und links von mir durch kniehohen Farn und Gestrüpp stapfen mussten, was unser Vorankommen erschwerte. Nach einer Weile – es erschien mir viel länger als der Hinweg – lichtete sich der Wald, und ich erblickte die Steinmauern des Heiligtums vor uns. Ich wollte zu der kleinen Steinhütte abbiegen, doch Lycaon schüttelte den Kopf. »Wir gehen zum Tempel.«

Ich wäre vor Überraschung stehen geblieben, aber die Helfer schoben mich weiter. »Warum? Ich darf den Tempel vor Vollendung meines sechzehnten Lebensjahrs nicht betreten.«

Lycaon nickte. »Das stimmt. Doch Eurycleia und ich

können keinen weiteren Fluchtversuch deinerseits riskieren, Chryseis. Du bist deinem Vater und uns zu kostbar, um dich zu verlieren.« Er wandte sich mir mit ungewöhnlich ernster Miene zu. »Da draußen auf der Ebene tobt ein Krieg. Dein Vater hat sein Leben bereits einmal aufs Spiel gesetzt, um dich vor dem Feind zu retten. Wir wollen das Schicksal kein zweites Mal herausfordern.«

Ich runzelte die Stirn. »Aber warum bringst du mich zum Heiligtum?«

Er gab mir keine Antwort.

Mittlerweile hatten wir den äußeren Rand des Bezirks erreicht, eine hohe Steinmauer, die den Tempel umgab, eine kleinere Version des großen Heiligtums in Troja.

Lycaon gab Dromas mit einem Pfiff zu verstehen, dass er sich unter einen Feigenbaum legen solle. Die Landarbeiter wies er an, ebenfalls dort auf ihn zu warten. Er nickte dem Wachmann zu, der vor den Toren zum Bezirk stand, und drückte sie auf.

Mein Vater hatte immer darauf bestanden, dass niemand außer den Eingeweihten den geheiligten Bezirk des Gottes betreten dürfe. Warum setzte Lycaon sich, nur wenige Tage bevor ich zur Priesterin geweiht werden sollte, über diese Vorschrift hinweg?

Lycaon stieg die Stufen zum Tempel hinauf. Dabei klapperte sein hölzerner Gehstock auf dem Stein.

»Was machen wir hier?«

Lycaon blieb, ohne etwas zu sagen, ein wenig atemlos stehen und wartete auf mich. Zwei Sklaven hielten sich im Schatten des Portikus neben den großen Bronzetüren auf, die weit geöffnet waren, um die Wärme des Sommermorgens hineinzulassen.

Ich erhaschte einen Blick auf einen dunklen polierten

Steinblock, der bis zum Dach des Tempels aufragte und in den ein Gesicht gemeißelt war – das heilige Bildnis des Apulunas. »Warum hast du...?«, fragte ich Lycaon.

Lycaon legte sanft die Hände auf meine Schultern. »Es schmerzt mich sehr, das tun zu müssen, Chryseis.« Seine buschigen Augenbrauen hoben sich. »Aber es ist zu deinem eigenen Schutz. Ich hoffe, du wirst das eines Tages verstehen.«

»Was tun? Lycaon, was musst du tun?«

In dem Moment hörte ich, wie die Sklaven einen Schritt vortraten, und ich spürte ihre Hände unter meinen Armen.

»Wartet – nein!«

Doch sie hoben mich hoch und zerrten mich durch die riesigen Bronzetüren des Tempels.

»Lycaon!«, rief ich voller Angst zurück. »Lycaon, was soll das?«

Die Sklaven ließen mich auf den harten Steinboden fallen. Ich bemerkte Lycaons gequälten Gesichtsausdruck, als sie zu ihm zurückkehrten, dann nahm ich ein letztes Aufleuchten des Sonnenlichts auf Bronze wahr, bevor die Tore sich dröhnend schlossen und der schwere Holzriegel vorgeschoben wurde.

Ich saß in der Falle.

Schicksalhafte Worte

Βρισηίς
Briseis, Lager der Griechen

Mittagsstunde
Erster Tag des Weinerntemonats, 1250 v. Chr.

Einige Tage später ging ich mit den Abfällen von König Agamemnons Mittagsmahlzeit zum Meer hinunter. Die Seuche war so schnell wieder verschwunden, wie sie die Griechen heimgesucht hatte. Ihr giftiger Schleier hatte sich vom Lager gehoben wie Nebel vor Tagesanbruch, und am Morgen waren die Soldaten zur Schlacht auf der Ebene marschiert. Die vergangenen Stunden hatte ich mich bemüht, nicht auf die Kampfgeräusche zu lauschen, die der Wind herantrug, auf das gedämpfte Klirren von Metall auf Metall und die Klagen der Verwundeten. Die Sonne, der Streitwagen des Apulunas, befand sich an der höchsten Stelle ihrer Reise über den Himmel. Ihre Strahlen brannten auf mein Haupt hernieder. Als ich spürte, wie mir Schweiß den Rücken hinunterlief, lockerte ich mein Gewand am Hals.

Ich warf die Abfälle ins seichte Wasser und drehte mich um, weil ich über die Dünen zurück zum Zelt gehen wollte. Dabei versuchte ich, meine Ohren vor dem Lärm jenseits des Zauns zu verschließen und nicht auf die Todesschreie der Soldaten zu achten, um nicht an Lyrnessos denken zu müssen. Da hörte ich Geräusche von der anderen Seite des Strands. Ich beschattete die Augen mit den Händen und blickte hinüber.

Achilles stand vor seiner Hütte, umzingelt von mindestens vierzig Männern, und kämpfte, wie kein Sterblicher kämpfen kann. Sein Schwert fuhr so schnell durch die Luft, dass ich nur einen bronzefarbenen Schimmer wahrnahm. Sein Gewand wirbelte um seinen Leib, wenn er parierte, zustach, vorpreschte oder sich wegduckte, während alle Krieger ihn gleichzeitig angriffen.

Ich sog scharf die Luft ein.

Hatte Agamemnon diese Soldaten geschickt, um Achilles zu töten, während die Truppen in der Schlacht waren?

Ich überlegte, ob ich Hilfe holen sollte, ob mir das gelingen könnte, bevor sie ihn umbrachten. Ich schaute zum Zelt zurück, zu den Wachen, die zu beiden Seiten des Eingangs standen. Sie beobachteten mich, die Speere im Sand, die Augen unter ihren Helmen zusammengekniffen.

Wieder blickte ich zu Achilles hinüber. Selbst in meiner Angst konnte ich nicht anders, als ihn zu bewundern. Es war, als wüsste er, wo die Schwerter landen würden, bevor seine Gegner es ahnten. Achilles sah jede Bewegung voraus, jeden Stoß, sodass er den Klingen ein ums andere Mal entging. Er duckte und drehte sich, der Schweiß glänzte auf seiner Haut. Als zwei Kämpfer auf ihn losstürmten, schlug er ihre Schwerter zu Boden, drehte sich um und wehrte drei weitere Männer mit dem Schild ab. Dabei variierte er tödliche Kraft und Schnelligkeit, wie er sie brauchte.

Ein junger Soldat griff an. Achilles entwaffnete ihn in Sekundenschnelle, warf ihn zu Boden und setzte einen Fuß auf seinen Nacken. Ich wartete halb entsetzt, halb fasziniert darauf, dass Achilles den Kopf des jungen Mannes abtrennen würde.

Doch das tat er nicht. Achilles streckte ihm die Hand hin und zog ihn hoch. Dann begann der Kampf von Neuem.

Da begriff ich.

Das waren keine Leute, die Agamemnon geschickt hatte, um Achilles zu töten, sondern Achilles' eigene Männer. Er übte den Schwertkampf mit ihnen, während die anderen Griechen jenseits des Lagers in einer echten Schlacht fochten und starben.

In dem Moment wurde mir klar, dass die Griechen ohne Achilles den Krieg niemals gewinnen konnten.

»Briseis!«

Ich schaute über die Schulter. Eine Gestalt in braunem Umhang kam über den Strand auf mich zu. Als ich die Augen mit der Hand beschattete, roch ich das Salz des Meeres in der Luft. »Patroklos!«

Er beschleunigte seine Schritte. Ich hatte den Eindruck, dass er müde wirkte.

»Patroklos!«, sagte ich noch einmal, als er mich erreichte. »Wie schön, dich zu sehen.«

Er wurde rot. »Tut mir leid, dass ich nicht früher kommen konnte. Es war sehr ...«

Patroklos verstummte.

Ich begann, den Strand entlangzumarschieren. »Wie geht es Achilles?«

Er folgte mir und senkte die Stimme. »Achilles geht es gut. Er ist wütend auf König Agamemnon und frustriert, dass er nicht in den Kampf ziehen kann.« Patroklos blickte kurz über die Schulter zurück. »Er will, dass Agamemnon sieht, wie er seine Kraft hier vergeudet, während unsere Kameraden draußen auf der Ebene ihr Leben lassen.«

Ich sah die Staubwolken, die jenseits des Palisadenzauns aufstiegen, und hörte die gedämpften Schlachtrufe und Geräusche der klirrenden Waffen. »Hat er irgendetwas über mich gesagt?«

Patroklos zuckte mit den Achseln. »Möglich. Aber es gibt wichtigere Dinge, als über dich zu reden, Briseis.«

»Was für Dinge?«

»Den Krieg. Ein Krieg, den König Agamemnon verliert, wenn Achilles nicht mitkämpft. Seit Pedasos ist es den Griechen nicht mehr gelungen, auch nur eine einzige Stadt zu erobern.«

Ich runzelte die Stirn. »Erwartest du Mitleid von mir?«

»Nein, natürlich nicht. Tut mir leid.«

Wir gingen eine Weile schweigend weiter.

»Behandelt König Agamemnon dich anständig?«

»Die meiste Zeit lässt er mich in Ruhe. Ich sehe ihn nur bei der Abendmahlzeit.«

»Wie bitte? Er will nicht… Du musst nicht…?«

»Ich muss nicht mit ihm das Bett teilen?« Ich verzog den Mund zu einem Lächeln. »Nein. Mir ist es gelungen, ihm das auszureden.«

»Es gibt Gerüchte, dass Agamemnon eine Gesandtschaft zu Achilles schicken will.«

Ich blieb stehen. »Eine Gesandtschaft? Warum?«

Patroklos wandte hastig den Blick ab, als bedauerte er, das erwähnt zu haben. »Wahrscheinlich ist es nicht mehr als ein Gerücht. Aber es heißt, der König möchte Achilles überreden, wieder in den Kampf zu ziehen, und dafür wird er ihm dich anbieten.«

»Ich könnte zu Achilles zurück?«

»Wie gesagt: Es ist nur ein Gerücht.«

Ich wandte mich in Richtung von Agamemnons Zelt, von dem wir uns ein ganzes Stück entfernt hatten. »Und wenn Achilles mich nehmen und in die Schlacht zurückkehren würde…«

Ich musste daran denken, wie ich ihn umringt von vierzig

Kriegern gesehen hatte, und an meine Angst, dass er getötet werden könnte. »Wäre Achilles dann sicher? Ich meine, wenn er sich wieder ins Getümmel stürzt?«

Patroklos hob fragend die Augenbrauen.

»Ich will nicht, dass noch jemand meinetwegen stirbt«, erklärte ich mit Nachdruck.

Er lachte. »Achilles ist der größte Krieger der Griechen! Du hast ihn kämpfen gesehen. Seine Gegner sollten zittern, nicht er. Außerdem«, fügte er hinzu, »steht Achilles unter dem Schutz seiner Mutter. Er kann nicht sterben.«

»Der Schutz seiner Mutter...«

Patroklos beschleunigte seine Schritte. »Thetis. Sie ist mit ihm in die Unterwelt gegangen, als er ein Kind war, und hat ihn in das lebensspendende Wasser des Flusses Styx getaucht. Sein Körper ist unverwundbar, wo es ihn berührt hat. Abgesehen natürlich von seiner Ferse.«

»Seine Ferse?«, wiederholte ich. »Du meinst... Als ich sie vor einigen Wochen angefasst habe und er in die Luft gegangen ist... Du hast mir gesagt, das sei seine einzige Schwäche...«

»Das ist die einzige Stelle, an der man Achilles töten kann.« Patroklos runzelte die Stirn. »Ich dachte, das sei dir klar?«

Als mir einfiel, was ich der trojanischen Sklavin Chryseis erst ein paar Tage zuvor verraten hatte, wurde ich von Entsetzen ergriffen.

Sie hatte von Achilles' »Geheimnis« gesprochen und mich gebeten, dafür zu sorgen, dass er getötet würde.

Sie wusste es. *Sie wusste es.*

Und sie wollte, dass Achilles starb.

»Nein«, stammelte ich. Plötzlich fühlte sich meine Haut kalt an, und meine Hände wurden klamm. »Nein, das darf nicht sein.« Ich herrschte Patroklos an: »Warum hast du mir das nicht erklärt? Wenn ich das gewusst hätte...«

»Ich dachte, du wüsstest es.«

»Nein«, entgegnete ich und begann, hin und her zu laufen.

Patroklos sah mich erstaunt an. »Was...?«

»Patroklos, wenn König Agamemnon Achilles tatsächlich eine Gesandtschaft schickt, um ihn zum Kämpfen zu überreden, musst du dafür sorgen, dass er sich weigert.«

»Sich weigert? Willst du denn nicht zu Achilles zurück?«

»Achilles muss der Schlacht fernbleiben«, ich holte tief Luft, »koste es, was es wolle. Selbst wenn ich ihn nie wiedersehe.«

Patroklos musterte mich argwöhnisch. »Warum?«

»Das spielt keine Rolle. Aber wenn es dir wichtig ist, dass er am Leben bleibt...«

»Wichtiger als mein eigenes Leben«, versicherte Patroklos.

»Dann darf er nicht in den Kampf ziehen. Hast du mich verstanden?«

Patroklos schaute mich ziemlich lange an. »Warum bist du so versessen darauf, Achilles zu retten, nach allem, was er dir angetan hat? Er hat doch das Volk von Pedasos vernichtet, *dein* Volk?«

»Bist du je verliebt gewesen, Patroklos?«

Er senkte hastig den Blick. »Ja.«

»Dann weißt du, dass du, wenn du den geliebten Menschen verlierst – wenn du mit eigenen Augen mitansehen musst, wie er getötet wird –, alles daransetzen würdest, um so etwas ein zweites Mal zu verhindern.«

Nach langem Schweigen nickte Patroklos fast unmerklich. »Ja«, sagte er, »das weiß ich.«

Die Götter bereiten sich vor

Ida-Gebirge, mit Blick auf die trojanische Ebene

»Findest du, dieser Kranz passt zu meinen Haaren?«, fragt Apollo Hermes und drapiert eine seiner goldenen Locken zu einer verwegenen Stirntolle.

Widerstrebend löst Hermes den Blick von Aphrodite, die eine Elfenbeinhaarnadel aufhebt, und sieht Apollo an. »Das ist ziemlich egal«, meint Hermes, nimmt einen großen Bissen Ambrosia und zerquetscht ihn genüsslich mit der Zunge. »Wenn Aphrodite mit dir fertig ist, interessieren deine Haare niemanden mehr.«

Aphrodite beugt sich über Apollo. Ihr Duft – ein Destillat aller Blumen der Welt – steigt ihm in die Nase.

»Nicht bewegen«, ermahnt sie ihn. Sie schiebt seine Hand von seinen Haaren weg und rückt den Lorbeerkranz zurecht. Putti flattern mit Olivenölkrügen, Fläschchen voll Parfüm und Haarnadeln um sie herum. Als sie einen Schritt zurücktritt, um ihr Werk zu begutachten, seufzen sie anerkennend.

Hermes betrachtet Apollo. »Es wundert mich«, meint er, den Mund voll Ambrosia, »wie positiv Hera war. Normalerweise missbilligt sie unsere kleinen Abenteuer doch. Jedenfalls die, von denen sie erfährt«, fügt er schelmisch hinzu. »Sie schien ganz angetan zu sein von dir und dieser ... wie heißt sie noch gleich?«

Apollo versucht zu nicken, kann aber nicht, weil Aphrodite seinen Kopf festhält. »Mich hat das auch erstaunt. Vielleicht kann sie mich nun endlich leiden.« Er grinst. »Möglicherweise hat die Pest sie beeindruckt. Die war ziemlich spektakulär, auch wenn sie einige von ihren geliebten Griechen hinweggerafft hat.«

In diesem Augenblick schlendert Athene, ihre zahme Eule auf der Schulter, heran. Als sie Aphrodite sieht, erstarrt sie – sie kann ihr nicht verzeihen, dass Paris sich für sie entschieden hat –, doch als sie bemerkt, dass Apollo sich auf einem Wolkenbausch sitzend von Aphrodite frisieren lässt, lächelt sie freundlich.

»Was machst du da?«, erkundigt sie sich.

»Nichts«, antwortet Apollo nonchalant und versucht erfolglos, den Blick nicht auf Aphrodites üppigen Busen zu richten, als diese sich über seine Schulter beugt und eine Locke drapiert. »Kann sich ein Gott nicht ungestört stylen lassen?«

Athene öffnet den Mund, um etwas zu sagen, aber Hermes kommt ihr zuvor. »Lass ihn in Ruhe, Athene«, *meint er, nach wie vor laut kauend.* »Wenn du dich nicht schminkst, bedeutet das noch lange nicht, dass wir anderen uns nicht hin und wieder eine kleine Beauty-Session gönnen dürfen.«

Athene bedenkt ihn mit einem Lächeln, süßer als Ambrosia. »Dagegen hab ich ja auch gar nichts. Du siehst sogar ziemlich fesch aus, Apollo. Dieser Kranz steht dir gut. Er passt zu deinen Haaren.«

Die beiden Götter wechseln einen erstaunten Blick.

»Also, was läuft hier?«, *fragt sie, geht um Aphrodite herum und beäugt ihre Duftfläschchen und Elfenbeinkämme.* »Warum schmust ihr zwei mit Aphrodite und ihren fliegenden Liliputanern rum?«

»Es gibt keinen besonderen Grund«, *antwortet Apollo.* »Wir wollten nur ein...«

»Apollo hat eine neue Flamme«, *fällt Hermes ihm augenzwinkernd ins Wort.*

»Was, schon wieder?« *Athene wirkt untypisch nachsichtig. Als Hermes ihr signalisiert, dass sie den Mund halten soll, senkt sie die Stimme.* »Wer ist diesmal die Glückliche?«

Hermes blickt sich um, als wollte er sich vergewissern, dass niemand sie belauscht. »Noch mal eine Trojanerin«, antwortet er.

»Noch mal?«, erkundigt sie sich, als wüsste sie es nicht bereits. »Was haben diese trojanischen Frauen nur? Warum ist Paris bis nach Griechenland gefahren, um Helena zu holen, wenn sie alle so schön sind?«

»Gutes Argument«, meint Hermes.

Da klatscht Aphrodite in die Hände. »Fertig!«, ruft sie aus. Die Putti applaudieren.

»Hermes... Athene... wie findet ihr's?«, fragt Apollo, selbstzufrieden mit seinem Lorbeerkranz spielend und im Meer sein Spiegelbild bewundernd.

Athene nickt anerkennend.

Hermes klopft Apollo auf die Schulter. Kurz schauen die drei Götter auf einen kleinen Tempel unten an der Küste, südlich von Troja.

»Du bist der attraktivste Gott im Olymp«, sagt Hermes grinsend. »Vertrau mir, Bruder. Diesmal geht nichts schief.«

Gesandtschaft

Χρυσηίς
Chryseis, Larisa

Stunde der untergehenden Sonne
Dritter Tag des Weinerntemonats, 1250 v. Chr.

Die folgenden Stunden lief ich wütend in dem Tempel auf und ab. Mir war unbegreiflich, was Lycaon getan hatte. Wie konnte er nur so dumm sein und mich einsperren, die Einzige, die eine Ahnung hatte, wie sich der Krieg gewinnen ließ? Und wie konnte mein Vater mich hierherschicken? Wollten sie denn, dass Troja fiel?

Ich würde Lycaon zwingen, mich gehen zu lassen. Wenn er erfuhr, was ich wusste, würde er mich sicher nicht bei sich behalten.

Für den Fall, dass Lycaon oder die Sklaven kamen, versagte ich mir den Schlaf. Von Zeit zu Zeit wurden ein Essenskorb und mit Wasser vermischter Wein durch eine Klappe auf der Westseite hereingeschoben, doch sobald ich zu der Klappe eilte, um mit Lycaon zu sprechen, war niemand mehr dort.

Nach gefühlt mehreren Tagen, in denen ich hin und her gegangen war, gerufen, geflucht und mit den Fäusten gegen die Bronzetüren gehämmert hatte, gab ich auf. Ich war hundemüde, und alles tat mir weh. Als man mich eingesperrt hatte, waren einige Fackeln in Halterungen an den Säulen, die das Dach trugen, angezündet worden. Nun flackerten sie nur noch schwach. Ich rollte mich unter einer auf dem kalten Steinboden zusammen und versuchte, meine Finger zu wärmen, indem ich sie aneinanderrieb.

Als ich aufwachte, konnte ich nicht feststellen, welche Tageszeit es war, weil durch die schweren Bronzetüren kein Licht drang, und es gab auch keine Fenster. Jemand musste bei mir gewesen sein, während ich schlief, denn ein großer Korb mit Essen stand direkt neben mir, und die abgebrannten Fackeln waren durch neue ersetzt worden. Ich sprang auf, zuckte vor Schmerz zusammen, da mein Rücken und mein Nacken vom Liegen auf dem harten Steinboden steif waren, rannte zur Tür und schlug dagegen. Die getriebene Bronze erzitterte mit einem dumpfen Geräusch.

Keine Reaktion.

Ich fluchte leise, dass ich ausgerechnet dann geschlafen hatte, als Lycaon gekommen war, und wandte mich dem Korb zu.

Und hielt mitten in der Bewegung inne. Das Licht der Fackeln verbreitete einen orangegelben Schein in dem Tempel. Aber wo es sich zuvor im dunkel glänzenden Stein gespiegelt hatte, war jetzt nichts.

Die Statue des Apulunas war verschwunden.

Βρισηίς
Briseis, Lager der Griechen

Stunde der Sterne
Dritter Tag des Weinerntemonats, 1250 v. Chr.

Zwei Tage später, als die Sterne den Himmel mit silbernem Staub zu bedecken begannen, kam Patroklos zu mir. Ich legte gerade im hinteren Teil des Zelts Wolldecken und Stoff zusammen, um sie in die Trockenregale hinter der Küche einzuordnen, wo das Feuer sie warm und trocken halten und vor dem Wind vom Meer schützen würde.

»Talthybios hat mir gesagt, dass ich dich hier finden könnte, Briseis.«

Patroklos stand neben dem Trockenregal. Sein brauner Umhang lag um seine Schultern, er hatte die Arme vor der Brust verschränkt, und sein Gesicht war blass.

Ich legte die Tücher weg und trat stirnrunzelnd näher zu ihm. »Ist alles in Ordnung?«

Er nickte angespannt. »Ich habe einiges mit dir zu bereden.«

Ich folgte ihm aus dem Zelt zum Strand wie schon bei anderen Gelegenheiten. Es war ein kühler Abend, der Wind strich über meine nackten Unterarme. Die Wellen liefen sanft am Ufer aus, und an manchen Stellen des Himmels verdeckten Wolken das Licht der Sterne. Der Vollmond leuchtete wie das Auge der Götter, das uns beobachtete. In der salzgeschwängerten Luft wirkte alles fast friedlich.

Patroklos wartete, bis wir gut einhundert Schritte gegangen waren, bevor er etwas sagte. »König Agamemnon hat die Gesandtschaft geschickt«, verkündete er.

»Und?«

Er hob einen Stein auf und warf ihn übers Wasser. »Achilles weigert sich.«

Ich atmete auf.

»Er weigert sich«, wiederholte ich und schloss die Augen. »Dann kann ihm nichts passieren. Er vertraut mir also mehr, als ich dachte.«

Patroklos ließ einen weiteren Stein übers Wasser hüpfen. »Natürlich tut er das.«

Ich wandte mich ihm zu. Er verzog den Mund gequält und kniff die sonst so freundlichen Augen zusammen.

»Wie meinst du das?«, fragte ich.

»Wie solltest du, schön, wie du bist, das auch verstehen? Du, die jeder Mann begehrt.« Wieder schleuderte er einen Stein in Richtung Meer. »Vermutlich kannst *du* dir nicht vorstellen, wie es sich anfühlt, wenn der Mensch, den man liebt, einen verschmäht. Wie es sich anfühlt, die Begierde auf seinem Gesicht zu sehen, die eigentlich dir gelten sollte, jedoch auf jemand anders gerichtet ist.«

»Was? Du... aber du hast nie...« Ich versuchte, meine Gedanken zu ordnen. »Du bist in *mich* verliebt?«

Patroklos begann zu lachen. Das klang nicht, als wollte er sich über mich lustig machen, sondern eher wie das Lachen eines Menschen, der geglaubt hatte, in einer Komödie mitzuspielen, und feststellen muss, dass es sich von Anfang an um eine Tragödie gehandelt hat. »Du glaubst, ich bin verliebt in *dich*?«

Ich runzelte die Stirn. »Nun ja... in wen sonst?«

Er bedachte mich mit einem ungläubigen Blick.

»Briseis«, sagte er mit rauer Stimme und schwieg lange. »Briseis, ich liebe Achilles.«

Ich starrte ihn mit offenem Mund an.

Erneut langes Schweigen.

»Tut mir leid, wenn ich dich erschreckt habe«, meinte Patroklos schließlich steif. »Ich weiß, dass Achilles meint, dich zu lieben. Aber ich liebe ihn schon viel länger.« Er trat ans Wasser. »Du hattest kein Recht, einen Keil zwischen uns zu treiben. Immerhin wirst du nun, da er das Angebot der Gesandtschaft ausgeschlagen hat, nicht zu ihm zurückkehren, und er und ich können wieder so leben wie früher.«

Ich spürte, wie Wut in mir aufstieg. »Ich soll einen Keil zwischen euch getrieben haben? Ich habe nichts Derartiges getan! Achilles hat sich in *mich* verliebt, Patroklos!«

»Ach, tatsächlich?« Er wurde lauter. »Warum weigert er sich, dich zurückzunehmen, wenn er dich so sehr liebt, wie du behauptest?«

Röte schoss mir in die Wangen. »Weil er auf meinen Rat hört!«

»Ich habe ihm gar nicht gesagt, was du mir aufgetragen hast! So, nun ist es heraus!«

Seine Pupillen waren geweitet, seine Fäuste geballt, und die Fingerknöchel traten weiß hervor.

Ich sah ihn voller Zorn an.

»Kein Wunder, dass Achilles dich nicht liebt, Patroklos. Du bist ein unehrenhafter Mann!«, brüllte ich ihn an. »Meinst du denn, ein Krieger wie Achilles könnte einen Feigling lieben, der sich die ganze Zeit hinter den Zäunen des Lagers versteckt? Er hält dich für einen *Feigling*! Das hat er mir selbst erklärt.«

Patroklos' Gesicht wurde schneeweiß. Er wandte sich ab. »Hat er das wirklich gesagt?«, fragte er leise.

Sofort bereute ich meine Worte.

»Es tut mir leid, Patroklos. In meiner Wut wollte ich dich aus der Fassung bringen.«

Patroklos hob die Hand. »Ich muss gehen. Achilles wird sein feiger Gefährte fehlen.«

»Patroklos... nein, ich...« Ich versuchte, ihn an der Schulter zurückzuhalten, doch er entfernte sich mit schnellen Schritten über den mondbeschienenen Strand.

»Patroklos!«, rief ich ihm nach.

Und bekam keine Antwort.

Χρυσηίς
Chryseis, Larisa

Nachtstunden
Dritter Tag des Weinerntemonats, 1250 v. Chr.

Ein grelles weißes Licht blendete mich. Ich fiel hin, die Hände schützend vor den Augen.
Die Helligkeit dämpfte sich zu einem warmen Goldton. Ich nahm die Finger herunter.
Ein junger Mann stand in der Mitte des Tempels, wo sich eigentlich der heilige Stein von Apulunas hätte befinden sollen. Er war so attraktiv, dass mir die Luft wegblieb. Sein Körper und seine Haut schienen aus Gold zu sein, als wäre er ein Geist, ein Lichtwesen, gemacht aus den Strahlen der Sonne. Seine blonden Haare hatten goldene Strähnen, und sein athletischer Körper war wie gemeißelt. Um seine Taille lag ein goldenes Tuch, und die Haut seiner nackten Brust wölbte sich über seinen Muskeln. Auch seine Augen glänzten golden wie reinstes Sonnenlicht, und ein Duft wie von allen Blumen dieser Welt stieg von ihm auf – der Geruch der Begierde.
»Entschuldigung«, sagte er, auf ein dünnes goldenes Zepter gestützt.
Die Luft um ihn herum schimmerte wie von Hitze oder Licht.
»Ich vergesse immer, wie empfindlich ihr Sterblichen seid.«

»Wir Sterblichen?«, fragte ich mit weichen Knien. »Was soll das heißen? Wo ist der Stein? Und wer bist du?«

Als er lachte, klang das wie goldene Glöckchen in einer sanften Brise. »Ich bin ein Gott, Chryseis«, verkündete er und wand eine Locke seines Haars um einen Finger. »Ich bin Apollo.«

Langes Schweigen. Dann stand ich vom Boden auf. »Das verstehe ich nicht.«

»Apollo«, wiederholte er und bückte sich, um sein Spiegelbild in dem weißen Marmorbecken zu betrachten, das sich dort befand, wo zuvor der heilige Stein gewesen war. »Ach so«, meinte er. »Apulunas? Vielleicht Apaliunas?« Er rieb sich die Stirn. »Es sind so viele Namen, ich kenne sie gar nicht mehr alle. Bestimmt hast du von mir gehört.«

Meine Beine drohten unter mir nachzugeben. *Apulunas?* »Natürlich habe ich von dir gehört! Aber mein Vater behauptet, die Götter erschienen nur ihren auserwählten Priestern! Warum erscheinst du mir? Ich bin ja noch nicht deine Priesterin!«

Fast hätte ich hinzugefügt: *Und die will ich auch nie werden.* Doch wenn das wirklich der Große Gott höchstpersönlich war... Ich kniff mich in den Unterarm. Es tat so weh, dass mir Tränen in die Augen traten. *Das kann nicht wahr sein.* »Träume ich?«

Wieder dieses himmlisch attraktive Lächeln. »Zum Glück für dich: nein. Ich weiß, dass es für euch Sterbliche angenehmer ist, im Schlaf Zwiesprache mit uns Göttern zu halten. Aber von Zeit zu Zeit *reden* wir gern mit jemandem. Ich habe ein Angebot für dich, schöne Chryseis.«

Ich schluckte. »Was für ein Angebot?«

Er schmunzelte. »Vielleicht sollten wir das bei einem Gläschen Wein besprechen.« Er deutete auf den Korridor hinter den dicken Kalksteinsäulen, wo weiche Sitzkissen auf dem Boden auftauchten, niedrige Zedernholztische voll mit Braten, Trockenfrüchten, Mandeln und Wein, und von hohen schmalen Ständern hingen Lampen aus polierter Bronze.

Ich schnappte nach Luft. »Wie …?«

Er streckte mir die Hand hin, doch als ich danach griff, stellte ich fest, dass ich seine Haut nicht berühren konnte. Es war, als befände sich eine unsichtbare Barriere zwischen meinen Fingern und dem golden schimmernden Gott. Ich sah ihn fragend an.

Er zuckte mit den Achseln. »Das ist einer der Nachteile des Göttlichen. Wir können nichts Irdisches anfassen. Kein Essen, keine Getränke und…«, er bedachte mich mit einem listigen Grinsen, »…noch ein paar andere Dinge nicht.«

Ich schüttelte den Kopf. *Bestimmt träume ich. Das kann nicht wahr sein.*

»Setz dich«, sagte er und deutete auf die Kissen.

Ich ging hinüber und nahm Platz, halb erwartend, dass ich auch sie nicht berühren könnte, sank aber ohne Probleme hinein. Das war etwas ganz anderes als der kalte Stein, auf dem ich geschlafen hatte! Ich griff nach einer mit Honig glasierten Aprikose, dann nach einer dicken Scheibe Wildbret und einem Kelch mit tiefrotem Wein. Plötzlich merkte ich, wie hungrig ich war.

Apulunas – falls das tatsächlich Apulunas war und nicht eine Ausgeburt meiner Fantasie – setzte sich ebenfalls auf eines der Kissen und beobachtete mit einem seltsamen Gesichtsausdruck, wie ich aß. War das Verlangen?

Als ich fertig war, beugte er sich vor. »Wie gesagt, ich habe ein Angebot für dich.«

Ich schwieg.

»Ich kenne deinen Herzenswunsch, Chryseis.«

»Meinen Herzenswunsch?«, wiederholte ich erstaunt. »Wie kannst du den kennen?«

Apulunas lachte, und seine goldenen Umrisse leuchteten noch ein wenig heller. »Ich bin ein Gott«, antwortete er. »Ich weiß alles. Zum Beispiel, wie sehr du dich danach sehnst, eine trojanische Prinzessin zu sein.«

Ich sah ihn mit offenem Mund an.

Er machte es sich ein wenig bequemer. »Ich weiß, wie sehr du dir wünschst, deiner Freundin Kassandra ebenbürtig zu sein, wie klein du dich in ihrer Gesellschaft fühlst, auch wenn du das zu verbergen suchst. Ich weiß, wie sehr du es hasst, die einfache Tochter eines Priesters zu sein, und wie sehr es dir widerstrebt, selbst Priesterin zu werden und mir den Rest deines Lebens in diesem Tempel dienen zu müssen, wie dein Vater es verlangt.« Er schwieg einen Moment. »Ich kann es dir ermöglichen, dich auszuzeichnen. Ich kann dir die Macht geben, dein Schicksal selbst zu bestimmen, über die Stadt zu herrschen, die du liebst, und den Menschen in Troja zu helfen.«

Apulunas senkte die Stimme zu einem Flüstern, sodass ich Mühe hatte, ihn zu verstehen. »Ich kann dich zur Königin der Königinnen machen«, hauchte er.

Die Worte breiteten sich in der stillen, staubigen Luft des Tempels aus wie ein Tropfen goldenes Öl auf Wasser. »Das kannst du?«, murmelte ich und spürte, wie ich rot wurde.

»Natürlich.« Apulunas stützte den Kopf auf seinen Arm. »Du musst dich nur bereit erklären, mit mir zum Ida-Gebirge zu kommen und die Geliebte von mir, einem Gott, zu werden, dann schenke ich dir alles, wovon du je geträumt hast, und noch mehr.«

Mein Herz schlug wie wild. *Du musst dich nur bereit erklären, mit mir zum Ida-Gebirge zu kommen und die Geliebte von mir, einem Gott, zu werden, dann schenke ich dir alles, wovon du je geträumt hast, und noch mehr.*

Vor meinem geistigen Auge tauchte ein Bild von mir als Königin auf, endlich Kassandra ebenbürtig, nicht mehr länger die Tochter eines Priesters, nicht mehr voller Angst und fremdbestimmt, sondern frei, mein Schicksal selbst in die Hand zu nehmen. Es fiel mir schwer, mich zu konzentrieren. Endlich etwas bewirken zu können, mich nicht länger von meinem Vater und Lycaon herumkommandieren lassen zu müssen, sondern in der Lage zu sein, über meine Zukunft zu entscheiden und das Schicksal von Troja zu verändern... Ich konnte so vieles tun, so vielen Menschen helfen. Was machte es schon, wenn ich mich einem Gott hingab, noch dazu dem attraktiven, unsterblichen Sonnengott höchstpersönlich, um meine Stadt zu retten?

»Warte.« Ich runzelte die Stirn. »Da sind ein paar Dinge, die ich nicht verstehe.«

Apulunas hob die Augenbrauen. »Zum Beispiel?«

Ich versuchte, meine Gedanken zu ordnen.

»Mein Vater hat dir sein ganzes Leben lang gedient, ohne dass du ihm je erschienen wärst. Warum hast du mich auserkoren, wenn du der Gott Apulunas bist, wie du behauptest? Warum erscheinst du nicht meinem Vater, wenn du uns und unserer Stadt wirklich helfen willst?«

Er lachte. Dieses Lachen erinnerte mich an das Licht der Sonne auf einem Fluss. Doch er gab mir keine Antwort.

»Und ich soll dich zum Ida-Gebirge begleiten, aber du hast mir erklärt, du könntest nichts Irdisches berühren«, sagte ich errötend. »Außerdem hat mein Vater mir beigebracht, dass die Götter rein und tugendhaft sind und keine

Begierden kennen wie wir Sterblichen. Warum möchtest du mich dann mitnehmen?«

»Wenn ein Sterblicher sich bereit erklärt, uns zu unserem Sitz in den Bergen zu begleiten, können wir ihn anfassen. Aber er muss freiwillig mitkommen. Mein Vater Zeus versteht im Hinblick auf den freien Willen keinen Spaß.« Er verdrehte die Augen. »Und was das ›rein und tugendhaft‹ anbelangt: Glaubst du wirklich, wir möchten bis in alle Ewigkeit allein leben? Das wäre doch ein ziemlich hartes Los, Chryseis.«

Ich dachte über seine Worte nach. »Und ich kann hinterher wieder auf die Erde? Nach Troja?«

Erneut lachte Apulunas. »Sobald du und ich, sobald wir unser beider Gesellschaft ein wenig länger – wie soll ich es ausdrücken? – genossen haben, darfst du in die Stadt zurück.«

»Gibst du mir darauf dein Wort?«

Er schmunzelte. »Brauchst du das Wort eines Gottes? Du kannst mir vertrauen.« Apulunas beugte sich vor, der Duft von Ambrosia stieg mir in die Nase. »Und du kehrst als mächtigste Königin der Welt zurück.«

Ich versuchte, diese Information zu verarbeiten. »Da ist noch etwas anderes«, wandte ich ein. »Im Lager der Griechen habe ich erfahren, dass ihre Götter ihnen prophezeit haben, Troja würde fallen. Sie sagten, ihre Götter beschützten sie. Das kann doch nicht stimmen, oder? Die einzigen wahren Götter sind die unseren – ich meine dich –, die Beschützer Trojas. Wie können die Griechen annehmen, sie hätten eine Weissagung von ihren Göttern erhalten?«

Er machte eine wegwerfende Handbewegung. »Ein Irrtum«, erklärte er nonchalant. »Diese Propheten ... auf sie ist kein Verlass. Es gibt so viele Weissagungen. Oft hören sie die falschen. Wenn du das Bett mit mir teilst, Chryseis, steht dir meine ganze Kraft zur Verfügung, die du für Troja einsetzen darfst.«

Ich überlegte. »Wenn Kraft das Einzige ist, was wir brauchen, um Troja zu retten: Warum hast du uns dann noch nicht geholfen? Du besitzt alle Macht der Welt, um meiner Heimat und den Menschen beizustehen, die du zu schützen und zu lieben behauptest. Trotzdem tobt der Kampf schon seit Wochen. Warum sorgst du nicht dafür, dass wir diesen Krieg gewinnen?«

»Du bist eine Sterbliche, und Sterbliche verstehen nichts von solchen Dingen.« Er bedachte mich mit einem hochmütigen Lächeln. »Ihr Menschen lasst euch von eurer Liebe zu euren Familien und eurer Heimat ablenken. Ihr begreift nicht, dass alles sehr viel komplexer ist.«

Ich fand seine Worte merkwürdig. *Als ob*, dachte ich unvermittelt, *als ob er sich darum herumdrücken will, mir die Wahrheit zu sagen.* »Ich weiß nicht, was daran komplex ist, wenn man nicht will, dass die Menschen, die man liebt, vernichtet werden.«

Weitere Bilder tauchten vor meinem geistigen Auge auf: Troilus, der mich in seinem Bett voller Liebe ansah. Kassandra, die in unseren Gemächern mit mir über unsere kleinen Geheimnisse lachte. Die warme Hand des trojanischen Sängers im Lager der Griechen.

Da wurde mir klar, dass Apulunas meinen Herzenswunsch möglicherweise doch nicht kannte – weil ich ihn selbst nicht erkannt hatte.

Ich kämpfte gegen diese Gewissheit an, die so stark und fremd schmeckte wie der neue Wein im Frühjahr. Und ich hob den Blick zu der golden schimmernden Gestalt des Apulunas.

Nun wusste ich, was ich tun musste. »Ich kann dein Angebot nicht annehmen.«

Apulunas' Stirn legte sich in goldene Falten, und er lächelte leicht spöttisch. »Du weißt nicht, was du sagst. Arme Chryseis. Da siehst du nun zum ersten Mal einen Gott, und er möchte gleich mit dir das Bett teilen. Du bist überwältigt. Das kann ich verstehen.«

»Nein«, widersprach ich verärgert. »Nein, du verstehst mich nicht. Ich kann das Angebot nicht annehmen. Ich *werde* es nicht annehmen.«

Sehr langes Schweigen.

»Du *wirst* es nicht annehmen?«, wiederholte Apulunas. Sein Lächeln verschwand.

»Nein.«

Wir sahen einander an.

Dann leuchtete wieder dieses grelle Licht auf, und ohne Vorwarnung verschwanden das Essen, die Tische und die Kissen, sodass ich unsanft auf dem harten Steinboden landete.

Apulunas sprang auf. »Du gibst einem Gott einen Korb wie deine törichte Freundin Kassandra?« Seine Haut schimmerte tiefrot. Nun wirkte er nicht mehr attraktiv, sondern wie ein schmollendes Kind, und sein sinnlicher Mund verzog sich verächtlich.

Voller Schrecken wurde mir bewusst: Kassandra hatte also die Wahrheit gesagt. Aber ich ließ mich nicht einschüchtern. »Ja.«

»Du schlägst mein Angebot aus, obwohl ich dir all den Einfluss und die Macht versprochen habe, die du dir je wünschen könntest?«

»Ja.«

»Was für Narren ihr Sterblichen doch seid!« Er begann, um mich herumzugehen. »Begreifst du denn nicht, Chryseis? Die Götter, die ihr Trojaner verehrt, damit sie euch beschützen, und die Götter, die die Griechen anrufen... Glaubt ihr denn, wir machen uns etwas aus euch? Meinst du, wir schützen die eine Seite mehr als die andere? Denkst du wirklich, *ich* würde den Trojanern helfen, den Krieg zu gewinnen, wenn ich weiß, dass sie am Ende verlieren werden? Meinst du denn, Athene...«, seine Augen funkelten, »...oder *Atana*, wie ihr sie nennt, wendet sich nicht in dem Moment von den Griechen ab, in dem sie sie verärgern? Der Gott des Krieges, die Göttin der Liebe, der Gott von Blitz und Donner... bist du wirklich so dumm, nicht zu begreifen, dass wir alle *eins* sind?«

Ich sah ihn bestürzt an. Da erinnerte ich mich an jenen Tag im Lager der Griechen, als Achilles sagte, Athene habe ihn aufgesucht. Und an Odysseus, der behauptete, Apollo habe ihnen die Weissagung über den Fall von Troja geschenkt. Wie hatte ich das nicht erkennen können?

Apulunas bedachte mich mit einem hässlichen Lächeln. »Wir sind *Götter*, Chryseis. Die Sterblichen verehren uns unter verschiedenen Namen. Wie viele Götter, meinst du, haben im Himmel Platz? Die Griechen verwenden sogar Namen, die den euren ähneln. Ich dachte, wenigstens ein paar von euch hätten das gemerkt... irgendwann.« Seine Augen blitzten. »Aber vielleicht ist es gar nicht schlecht, dass mein Vater Zeus euch nicht allzu viel Verstand mitgegeben hat. Denk nur, wie wenige Kriege stattfänden, wenn ihr die Wahrheit kennen würdet.«

Ich schüttelte benommen den Kopf. »Und alle glauben, du seist der Beschützer von Troja...«

Apulunas lachte. »Trojas Fall war beschlossene Sache, bevor die Griechen überhaupt eure Küste erreicht hatten, tausend Jahre zuvor! Bereits als ich die Stadt mit meinen eigenen Händen erbaute, bereits als ich den Tempel errichtete, in dem ihr törichten Sterblichen mich als euren Beschützer verehrt, wusste ich, dass das alles dem Untergang geweiht war: eine Stadt, gegründet, um irgendwann niedergebrannt und geplündert zu werden. Hera hat es darauf abgesehen, seit Paris Aphrodite den goldenen Apfel zuerkannte.« Er schnippte mit dem Zeigefinger gegen seinen Daumen und zuckte mit den Achseln. »Und du, die du dich für so wichtig hältst, bist nichts weiter als Staub, eine Sterbliche, die ein paarmal Luft holt und schon wieder verschwunden ist. Was macht es denn, wenn die Menschen in Troja sterben? Was am Ende bleibt, sind *wir*.«

»Nein...«, stammelte ich.

Sein Lächeln verwandelte sich in ein Grinsen. »Du arme törichte Sterbliche. Dachtest du, du würdest das Schicksal Trojas verändern können?«

»Du lügst«, sagte ich mit rauer Stimme. »Du lügst.«

»Du wirst bald genug begreifen, wer von uns allwissend und wer töricht ist«, entgegnete er. »Es geht nicht um Macht oder Liebe oder Schönheit – nein, es geht nur um das, was wir Götter wollen.« Er legte den Kopf schief. »Apropos: Du bekommst ein Andenken an meinen Besuch. Einem Gott widerspricht man nicht ungestraft, Chryseis.«

»Wie meinst du das?«

»Ich habe deine Freundin verflucht. Sie muss immer die Wahrheit sagen, doch niemand wird ihr glauben. Das ist die Strafe dafür, dass sie sich mir widersetzt hat. Und dir werde ich das Einzige nehmen, was du noch hast.«

Ich sah ihn trotzig an, obwohl ich weiche Knie bekam. »Und was ist das?«

Er beugte sich zu mir vor. »Deine Schönheit.«

ÜBERFALL AUF DAS LAGER

Βρισηίς
Briseis, Lager der Griechen

Nachtstunden
Dritter Tag des Weinerntemonats, 1250 v. Chr.

Ich wälzte mich auf meiner Schlafstelle im Sklavenbereich von Agamemnons Zelt hin und her. Immer wieder tauchte das aschfahle Gesicht von Patroklos vor meinem geistigen Auge auf. Wenn ich nur nichts gesagt hätte! Patroklos war stets gut zu mir gewesen. In meiner Wut hätte ich ihn nicht verhöhnen dürfen. Wenn er mich nur nicht herausgefordert hätte...

Ich drehte mich auf die Seite, versuchte eine bequeme Stellung auf dem harten Stroh zu finden. Der Gedanke, der mich schon die ganze Nacht verfolgte, kehrte mit der Macht zurück, die all unsere schlimmsten Ängste besitzen.

Was, wenn Patroklos recht hatte?

Was, wenn Achilles sich tatsächlich nichts aus mir machte?

Ich schloss die Augen. *Nein. Das darfst du nicht denken. Es stimmt nicht. Er hat es nur gesagt, um dich aus der Fassung zu bringen.*

Aber warum war Achilles nicht auf das Angebot der Gesandtschaft eingegangen, wenn Patroklos meine Warnung tatsächlich nicht an ihn weitergegeben hatte? Wollte er mich nicht zurück? War ich nicht der Grund, warum er sich aus dem Kampf heraushielt?

Ich drehte mich auf die andere Seite. Eine der Sklavinnen neben mir schlug die Augen auf und bedeutete mir verärgert, ich solle ruhig sein.

Ich zog die Knie an, um mich zu wärmen, und versuchte, meine Ängste zu verdrängen. Morgen würde ich Patroklos aufsuchen und mich bei ihm entschuldigen. Wenn nötig, würde ich den ganzen Tag am Strand auf ihn warten und ihm mitteilen, dass meine Worte nicht so gemeint gewesen waren und es mir leidtat.

Dann würde er mir sicher gestehen, dass auch er im Zorn gesprochen hatte.

Dass Achilles sich nach wie vor etwas aus mir machte.

Χρυσηίς
Chryseis, Larisa

Nachtstunden
Dritter Tag des Weinerntemonats, 1250 v. Chr.

Das Einzige, woran ich mich erinnerte, waren ein weißer Blitz und ein kalter Windhauch und dann Schwärze, als mein Kopf auf dem Steinboden aufkam. Ich nahm den dunklen Tempel zuerst nur verschwommen wahr, dann wurde das Bild allmählich klarer. Die Fackeln an den Säulen waren gelöscht, doch kühles, silberweißes Licht erhellte den Boden um mich herum.

Mondlicht.

Ich hob den Blick. Die Tore hingen offen in den Angeln und schwangen in der kühlen Brise vom Meer, als wären sie von einer übernatürlichen Kraft aufgestoßen worden. Draußen funkelten die Sterne am Nachthimmel, und der Vollmond schimmerte fahl.

Ich stand mit wackeligen Beinen auf. Die Kraft, die mich umgeworfen hatte... die Tore...

Als die Erinnerung zurückkehrte, starrte ich mit rasendem Puls in den Schatten des Tempels, um festzustellen, ob ich noch jemanden entdecken konnte. Doch ich war allein.

Apulunas war verschwunden.

Ich schlang meinen Umhang um den Leib und lief zur Tür. Nun war es wichtiger denn je, dass ich nach Troja zurückkehrte. Wenn das, was Apulunas behauptete, stimmte, befand sich meine Stadt in größerer Gefahr, als wir alle ahnten.

Ich musste zu Prinz Hektor und ihm sagen, was ich wusste.

Der Weg durch den Wald fühlte sich unendlich lang an. Obwohl mir der Kopf wehtat und ich übernächtigt war, gestattete ich mir keine Pause. Das Licht des Mondes warf helle Flecken auf den Waldboden und ließ die Blätter der Olivenbäume und die Kiefernnadeln silbern schimmern.

Nach einer Weile trat ich aus dem Wald heraus. Dromas hob nicht einmal den Kopf, als ich um die Kate herum zu den Ställen schlich. Drei kastanienbraune Kaltblüter und eine graue Stute, die im Hof standen, sahen mich mit ihren dunklen Augen verschlafen an. Ich ging zu der Stute und streichelte ihre weichen, warmen Nüstern, nahm Lederzaumzeug und eine Gebissstange aus Bronze von einem Haken an der Stallwand und zäumte sie auf. Dann führte ich sie leise zur Aufstiegshilfe. Es war still; vermutlich würde es noch Stunden dauern, bis Lycaon aufwachte und merkte, dass ich seine Stute gestohlen hatte. Ich holte tief Luft, bevor ich auf ihren Rücken kletterte und die Zügel ergriff. Wenig später lenkte ich sie, zuerst im Schritt, dann im Trab, zum Hof hinaus auf die mondbeschienenen Felder. Dort stieß ich ihr die Fersen in die Flanken und galoppierte mit wehendem Haar über die Ebene in Richtung Norden, immer an der Küste entlang, nach Troja.

Βρισηίς
Briseis, Lager der Griechen

Stunde des Tagesanbruchs
Vierter Tag des Weinerntemonats, 1250 v. Chr.

Am folgenden Morgen schreckte ich in derselben Haltung auf, in der ich eingeschlafen war. Mein Rücken war steif, und meine Füße fühlten sich kalt wie Eis an. Die Sonne ging fahl hinter dem dünnen Stoff des Zelts auf. Draußen brüllten Soldaten und schrien Sklaven.

Ich roch Rauch.

Es war wieder genauso wie in Lyrnessos.

Der Brandgeruch verstärkte sich.

Ich setzte mich auf. Die anderen Sklavinnen im Zelt erwachten ebenfalls und sahen sich verwirrt um. Der Vorhang zu dem Raum wurde beiseitegeschoben, und eine der Küchendienerinnen streckte den Kopf mit panischer Miene herein. »Raus!«, rief sie. »Raus hier! Die Trojaner überfallen das Lager! Es brennt!«

Ich packte meinen Umhang und sprang von meiner Schlafstelle auf. Alle schrien durcheinander, Sklavinnen liefen kopflos herum, und in der Ferne waren Kampfgeräusche zu hören. Ich hastete durch den Küchenbereich ins Freie.

Dort herrschte Chaos: Soldaten lärmten, Frauen kreischten, Pfeile mit Bronzespitzen schlugen in Holz ein. Im Palisadenzaun beim südlichen Tor des Lagers klaffte ein riesiges Loch, durch das trojanische Soldaten strömten. Sie schlugen laut mit den Speeren gegen ihre Schilde. Einer Gruppe von ihnen war es gelungen, eines der Schiffe anzuzünden, aus dem leuchtend orangerote Flammen züngelten, die den Himmel erhellten, und dunkler Rauch breitete sich über das Lager aus.

»Truppen nähern sich!«, rief einer der Wachposten vom Wall herunter. »Die gesamte trojanische Armee sammelt sich zum Angriff! Gebt Alarm!«

Trompetenstöße, die die Griechen warnen sollten, übertönten den bereits herrschenden Lärm. Ich blickte zur Oberstadt von Troja hinauf, die hoch über der Bucht aufragte. Würden die Trojaner mich erkennen? Oder – ich erschauderte – würden sie mich töten, bevor ich Gelegenheit hatte, ihnen zu erklären, wer ich war?

Ich sah mich, die Haut vor Angst klamm, verzweifelt nach jemandem um, der mir helfen konnte.

Doch diesmal war ich allein. Ich hatte keinen Mynes, der mich beschützte.

»Briseis!«, hörte ich da eine Stimme ganz in der Nähe, und ich spürte, wie sich Finger um mein Handgelenk schlossen. Bevor ich wusste, wie mir geschah, wurde ich über den Sand gezerrt.

»Patroklos!«, keuchte ich. »Was machst du hier? Warum...?«

»Keine Zeit für Fragen!« Patroklos bahnte uns einen Weg zwischen griechischen Soldaten hindurch, ohne mein Handgelenk loszulassen, und hielt einen groben Schild aus gehämmerter Bronze über unsere Köpfe, um uns vor den Feuerpfeilen zu schützen, die vom Himmel regneten.

»Hier lang!« Patroklos zog mich am Rand des offenen Versammlungsplatzes entlang. Soldaten rannten in alle Richtungen, manche in Gruppen, die sich hastig zum

Kampf rüsteten, die Spitzen ihrer Speere überprüften oder ihre Brustpanzer und Schienbeinschützer festzurrten, andere hasteten zum Palisadenzaun und setzten unterwegs Bronzehelme auf oder packten einen Schild.

»Hier rein!« Patroklos schob mich in einen großen Schuppen voller Speere, Schwerter und runder Schilde: das Waffenlager, bewacht von vier gedrungenen Kriegern mit Bronzebrustharnischen. Dort waren bereits mindestens dreißig junge Sklavinnen versammelt, alle vor Angst leichenblass, die Gewänder schmutzverkrustet. Patroklos folgte mir und stützte sich schwer atmend auf einen Holzbalken, den Schild schlaff an seinem Arm. Seine linke Hand blutete, wo ein Pfeil sie gestreift hatte. »Hier dürfte dir nichts passieren«, sagte er und wandte sich zum Gehen.

Ich ergriff seinen Arm. »Patroklos, du hast mir das Leben gerettet. Danke.«

Er zuckte mit den Achseln. »Ich konnte dich nicht schutzlos zurücklassen. Und wenn auch nur, weil Achilles dich liebt.«

Wieder wollte er sich zum Gehen wenden, doch ich hielt ihn fest. »Warte. Ich muss dir etwas gestehen. Was ich dir gestern Abend gesagt habe, stimmt nicht. Ich war wütend.«

»Briseis, ich muss fort.«

»Gut. Aber du glaubst mir doch, oder?«

Er wandte den Blick ab. »Wachen!«

Die Tür schwang auf.

»Auf Wiedersehen, Briseis«, verabschiedete er sich. Dann hörte ich nur noch das Zischen von Pfeilen und das Knistern der Flammen an den brennenden Schiffen.

Χρυσηίς
Chryseis, Troja

Stunde der aufgehenden Sonne
Vierter Tag des Weinerntemonats, 1250 v. Chr.

Als die Sonne zwischen den Bäumen aufging, schmerzten meine Oberschenkel und mein Rücken vom langen Reiten. Der Pfad wand sich durch die dichten Wälder, die sich entlang des Flusses Scamandros bis nach Troja erstreckten. Nun, da es heller wurde und über den Wipfeln ein Hauch von Rosa zu sehen war, fiel es mir leichter, wach zu bleiben.

Vor mir, zwischen den dichten Ästen der Eichen, entdeckte ich hellen Stein. Ich brachte das Pferd zum Stehen. Wenn ich blinzelte, konnte ich fast ...

Ich trieb die Stute, alle Müdigkeit vergessend, zu leichtem Galopp an. Nun konnte ich sie deutlich sehen, die vertrauten Mauern, die Türme, die sanft zum Meer abfallende Ebene ...

Troja.

Vor Aufregung schlug mein Herz schneller. Als wir uns der Stadt näherten, ließ ich die Stute Schritt gehen, um festzustellen, wo ich herausgekommen war. Ich entdeckte eine Steinmarkierung des Gottes Apulunas im Boden, und dann das Südtor, das hoch in den Himmel aufragte.

Kurz darauf stieg ich ab, band die Zügel am Stamm eines Olivenbaums fest und überlegte. Die Wachleute würden eine entflohene Gefangene der Griechen niemals ohne Befragung hineinlassen, und auf den Zinnen wimmelte es von trojanischen Bogenschützen. Und was, wenn griechische Soldaten den Wald durchstreiften oder sich auf der Ebene aufhielten?

Ich lehnte mich an eine alte Eiche, massierte meine schmerzenden Muskeln und spähte hinter dem dicken Stamm hervor zur Stadt hinüber. Eine Gruppe Bauern kam gerade auf dem breiten Waldpfad daher, der vom Ida-Gebirge nach Troja führte. Sie führten zwei Ochsenkarren voll mit Gerstenspelz, schmutzbedeckten Zwiebeln und Steinlinsen mit sich. Das war meine Chance.

Ich zog die Kapuze meines Reiseumhangs über den Kopf und eilte zu ihnen, darauf bedacht, im Schatten der Bäume zu bleiben. Dabei ließ ich den Blick schweifen, um möglicherweise auftauchende griechische Soldaten rechtzeitig zu bemerken. Auch die Bauern sahen sich ängstlich um, und ihre Kinder liefen flüsternd neben ihnen her. Als mich der Größte aus der Gruppe entdeckte, stoppte er die Karren. »Wer da?«, rief er und holte einen Knüppel hervor. »Halt! Komm nicht näher!«

Ich machte vorsichtig einen Schritt auf ihn zu. »Bitte, ich will euch nichts Böses«, versuchte ich, ihn zu beruhigen.

Der Mann hob die Augenbrauen und schaute die anderen an.

»Eine Frau! Eine Trojanerin!«, stellte er mit stark ländlichem Akzent fest. »Was machst du allein hier draußen auf der Ebene? Weißt du nicht, wie gefährlich das ist?«

»Ich war unterwegs und ... und habe mich verlaufen. Ich muss nach Troja hinein.«

Die Bauern murmelten untereinander.

Der Mann runzelte die Stirn. »Wir sind die Einzigen, die mit ausdrücklicher Genehmigung von Prinz Äneas, dem Sohn des Königs, in die Stadt dürfen. Seit Wochen, seit Prinz Troilus, die Götter mögen ihn selig haben, getötet wurde, kann niemand mehr hinein oder heraus.«

Ich versuchte, mir meine Trauer nicht anmerken zu lassen. »Und ihr? Warum dürft ihr hinein?«

Er rieb sein Kinn. »Prinz Äneas hat die Bauern gebeten, Lebensmittel zu bringen, weil es in Troja kaum noch etwas zu essen gibt. Gerade findet ein Angriff auf das griechische Lager statt. Niemand weiß, wann sich wieder eine Gelegenheit eröffnet, sich gefahrlos über die Ebene zu bewegen.«

»Lasst ihr mich mit euch in die Stadt gehen?«

Die Bauern wechselten Blicke.

»Woher sollen wir wissen, dass du keine griechische Spionin bist?«

»Wie viele Griechen, glaubt ihr, sprechen in trojanischem Tonfall?«, fragte ich ungeduldig. Wir verloren Zeit, und je länger wir auf der Ebene blieben, desto höher war die Wahrscheinlichkeit, dass Griechen uns entdeckten und gefangen nahmen.

Der Bauer zuckte mit den Achseln. »Alles ist möglich.«

Seufzend nahm ich die Kapuze ab, sodass meine blonden Haare sich über meine Schultern ergossen, und öffnete meinen Umhang, um ihnen das weiße Gewand einer zukünftigen Priesterin zu zeigen, das ich in Larisa hatte tragen müssen. »Ich bin die Tochter von Polydamas, dem Hohepriester des Apulunas, und Gefährtin von Prinzessin Kassandra. Und ich habe ein Pferd.« Ich deutete auf den Olivenbaum etwa hundert Schritte entfernt, an dem ich die Stute festgemacht hatte. »Ihr könnt es haben. Ich brauche es nicht mehr.« Ich sah dem Bauern in die Augen. »Im Namen des Königs und der Königin von Troja: Ich bitte dich, mich mitkommen zu lassen.«

Der Bauer musterte mich. »Der Name Polydamas sagt mir etwas.« Er schaute die Frau an, die neben ihm stand – vermutlich seine Gattin. »Und ein Pferd, das auf der trojanischen Ebene gezähmt wurde, lässt sich leicht bei den Mysianern verkaufen. Gut. Wir nehmen dich mit nach Troja.«

Ich stieß einen Seufzer der Erleichterung aus, bedankte mich, zog die Kapuze wieder über den Kopf und mischte mich unter die Gruppe der Bauern, bemüht, nicht auf die Kinder zu achten, die mich mit offenem Mund anstarrten.

Die Ochsen trotteten über die Ebene, die Bauern stapften neben ihnen her. Als wir uns dem Tor näherten, zog ich meinen Umhang enger um den Leib.

»Händler?«, rief der Wachmann vom Turm.

Der groß gewachsene Mann blinzelte hinauf. »Bauern aus dem Ida-Gebirge«, rief er zurück. »Wir bringen Lebensmittel für die Stadt, wie Prinz Äneas es befohlen hat.«

Der Wachmann beriet sich mit einem Beamten, der einen Stapel Tontafeln hervorzog. »Namen?«, bellte der Beamte.

»Mesthles von Gargara, und das sind meine Frau Phegea und meine Brüder Biantes und Gyrtios«, antwortete der Bauer.

»Und die da?«, fragte der Beamte.

»Meine Kinder«, meinte der Bauer, ohne sich umzudrehen.

Langes Schweigen, während der Beamte die Dokumente überflog. Mein Mund war trocken, und mein Herz hämmerte gegen meine Rippen.

»Ihr dürft herein«, verkündete der Wachmann und gab den Männern unten ein Signal.

Die Tore der Stadt schwangen auf.

Sobald die Karren drinnen waren, bedankte ich mich,

trennte mich von der Gruppe und rannte die Straße entlang, auf der die Trojaner ihren Alltagsgeschäften nachgingen. Ich hastete über die kopfsteingepflasterten Wege, auf denen ich wenige Monate zuvor noch mit Kassandra gelaufen war.

Auf dem Marktplatz standen keine Buden mehr. Stattdessen wand sich eine lange Reihe von Sklaven über den offenen Platz zum Tor des königlichen Kornspeichers, wo der Palast Tongefäße mit Gerste und bitterem Grünzeug austeilte, ein Essen, das wie eine Mischung aus gekochtem Gemüse und feuchten Lappen roch. Ich eilte die Stufen zur Oberstadt immer zwei auf einmal hinauf, durch das Südtor mit den Steinlöwen zu beiden Seiten, und...

»Kassandra!«

Ich war geradewegs in eine schlanke junge Frau mit leuchtend roten Haaren gerannt. Sie starrte mich an, als wäre ich ein Gespenst. »*Chryseis*! Was machst du denn hier? Ich dachte, dein Vater hätte dich aus dem Lager der Griechen ausgelöst, um dich nach Larisa zu schicken! Was ist passiert?«

Als ich ihr antworten wollte, winkte sie ab. »Nicht jetzt, das hat keine Eile. Erzähl es mir später. Komm lieber mit zum Aussichtsturm!« Ihre Augen leuchteten. »Das Lager der Griechen ist erobert, Chryseis!«

Ich holte tief Luft. »Das habe ich gehört.«

»Lass es uns anschauen!« Sie wollte loslaufen, doch ich hielt sie zurück.

»Was, wenn mein Vater mich sieht, oder der König?«, flüsterte ich. »Dann schicken sie mich zurück nach Larisa.«

»Dein Vater ist nach Didyma gegangen, um das Orakel über den Ausgang des Krieges zu befragen. Er ist frühestens in einem Monat wieder da, und um meinen Vater kümmere *ich* mich. Ich erkläre ihm, dass dich keine Schuld an Troilus' Tod trifft.«

Ich zögerte. »Würdest du das wirklich tun? Du glaubst also nicht, dass ich an seinem Tod schuld bin?«

Ihre blauen Augen glänzten. »Chryseis, was ist das für eine Frage? *Natürlich* nicht. Ich habe gehört, wie der Bote von Troilus dich zum Südtor bestellt hat! Als ich erfuhr, dass die besten Pferde aus dem Stall verschwunden waren, wusste ich, was mein Bruder, der Hitzkopf, getan hatte.« Sie legte eine Hand auf meinen Arm. »Du musst kein schlechtes Gewissen haben. Und das werde ich auch meinem Vater sagen.«

Ich dankte ihr mit einem Lächeln. Es schien mir das erste seit Wochen zu sein.

»Komm«, sagte sie. »Nun mach schon!«

Wir eilten die gepflasterte Straße entlang zum Palast mit seinen glatt geschliffenen Steinböden und bunt bemalten Wänden, durch die Korridore und unzähligen Räume, die ich so gut kannte. Dann stiegen wir die Wendeltreppe zum Aussichtsturm hinauf und trafen atemlos oben ein.

Da waren wir wieder wie damals, als Paris Helena nach Troja gebracht hatte. Ich blickte über die Ebene zum Meer.

Das Lager der Griechen stand in Flammen. Eines der Schiffe brannte im Wasser; dichter dunkler Rauch wehte in unsere Richtung.

Trojanische Soldaten strömten aus dem Skäischen Tor unter uns auf die Ebene. Sie sahen aus wie schwarze Ameisen, die zum griechischen Lager ausschwärmten, den Holzzaun erklommen und Hütten und Zelte in Brand steckten.

Kassandra ergriff meine Hand. »Wollen wir zusehen?«

Ich nickte.

Wir traten an den Rand des Turms, um die Schlacht mitzuverfolgen, die über unser Schicksal entscheiden sollte.

Neuer Plan

Ida-Gebirge, mit Blick auf die trojanische Ebene

Zeus thront, das Kinn auf die Faust gestützt, auf dem höchsten Gipfel des Ida-Gebirges und schaut nachdenklich durch die Lücke zwischen den Wolken hinunter zur trojanischen Ebene, auf das rauchende Lager der Griechen.

Er reibt sich müde die Schläfen. Es fällt ihm schwer, sich auf die Trojaner zu konzentrieren. Wie immer behindern Probleme in der Familie die Arbeit. Momentan hat Zeus es mit einem ungeratenen Sohn zu tun, der sich zu sehr zum weiblichen Geschlecht hingezogen fühlt. Vergangene Nacht hat er ihn wieder einmal dabei beobachtet, wie er versuchte, sich an eine Sterbliche heranzumachen.

Zeus seufzt, als er sich erinnert, wie aufgeregt Apollo bei seiner Rückkehr zum Ida-Gebirge war, wird aber abgelenkt, als das Bild von dem güldenen Haar und dem vollkommenen Körper der jungen Frau vor seinem geistigen Auge auftaucht. Er schüttelt den Kopf, um den Gedanken loszuwerden.

Ein Regenschauer geht auf die Insel Tenedos hernieder.

Am schlimmsten findet Zeus es, dass Apollo, wenn er so weitermacht, genauso enden wird wie sein Vater.

»Zeus, mein Schatz?«

Zeus dreht sich nicht um. Das ist Hera. Bestimmt will sie ihm eine Standpauke halten, weil er den Trojanern einen kleinen Sieg gestattet hat. Seine Stirn legt sich in Falten, er presst das Kinn störrisch weiter auf seine Faust.

»Zeus?«

Sie klingt merkwürdig freundlich, ja zuckersüß. Zeus kann nicht ewig so tun, als würde er sie nicht bemerken. Er wendet sich ihr zu.

Die Kinnlade fällt ihm herunter.

Sie schenkt ihm ein Lächeln. »Ist etwas, geliebter Gatte?«

Zeus bemüht sich, zum Lager der Griechen hinunterzublicken, aus dem die Flammen auflodern, doch Hera zieht unweigerlich seine Aufmerksamkeit auf sich. »Nein ... ich meine ...«, stottert er schwer atmend. »Du ... Du ... siehst wunderschön aus.«

Es stimmt. Heras Haut leuchtet wie die Sonne, ihre Augen glänzen, und in ihren Ohren stecken nicht weniger als drei funkelnde Brillanten. Sie erscheint ihm vollkommen. Und der Hauch eines Dufts, in dem sich alle Blumendüfte der Welt vereinen, umweht ihre Haare.

Sie schlendert mit schwingenden Hüften zu ihm, die irgendwie runder und einladender wirken als tags zuvor.

Zeus sieht mit offenem Mund zu, wie sie sich auf den Thron neben dem seinen setzt und beginnt, über seine Haare und seinen Bart zu streichen. »Wie fühlst du dich, geliebter Gatte?«

Er bringt kein Wort heraus.

Sie lacht glockenhell. Als die Brillanten in ihren Ohren funkeln, erhebt sich ein Regenbogen von den Gipfeln des Ida-Gebirges zum Meer. Sie liebkost seinen Nacken und küsst ihn sanft.

»Hera, was ist nur mit dir?«

»Darf ich meinen Gatten denn nicht begehren?«, fragt sie zwischen zwei leidenschaftlichen Küssen und klettert auf seinen Schoß.

Zusammen rollen sie vom Thron ins Gras. Unter ihnen sprießen purpurfarbene Hyazinthen, Krokusse und Lotosblumen empor, deren Duft aufsteigt, als sie unter ihren Leibern zerquetscht werden.

Zeus packt Heras Haare, seine Augen werden dunkel vor Lust.

»Moment.« Er hält mitten im Kuss inne. Als seine Hand einen Kreis um sie beschreibt, umhüllt eine Wolke in der Farbe der untergehenden Sonne die beiden Liebenden. Zeus wendet sich wieder Hera zu. »Damit die anderen uns nicht sehen.«

* * *

Eine Stunde später erschüttert Zeus' Schnarchen das Ida-Gebirge. Vogelschwärme flattern laut protestierend aus den Wäldern auf.

Hera betrachtet zufrieden lächelnd den schlummernden Gott. Es wird ein paar Stunden dauern, bis er aufwacht, und das sollte reichen. Sie erhebt sich, streckt sich und blickt durch die Lücke zwischen den Wolken hinunter zum Lager der Griechen.

Es wird Zeit, Achilles wieder ins Spiel zu bringen.

Zweikampf

Χρυσηίς
Chryseis, Troja

Stunde des Gebets
Vierter Tag des Weinerntemonats, 1250 v. Chr.

Kassandra und ich unterhielten uns leise oben auf der Stadtmauer, während wir über die Brüstung zum Lager der Griechen hinunterschauten. Unsere Soldaten strömten durch eine Lücke in der Befestigung und drängten die griechischen Krieger unerbittlich zwischen den Hütten zurück zum Meer.

Die Griechen saßen in der Falle, unser Sieg stand unmittelbar bevor.

Plötzlich stöhnte Kassandra auf. »O nein! Das kann nicht sein. Achilles.«

»*Wie bitte?*«

Sie deutete hinab. »Achilles«, wiederholte sie mit bebender Stimme.

Ich folgte ihrem Blick. Achilles rannte auf die Ebene. Die Nachmittagssonne ließ seinen Bronzeharnisch blendend weiß erglänzen. Er lief, den Eschenholzspeer hoch erhoben, über den Sand, und hinter ihm sammelten sich die griechischen Truppen. Die Soldaten kamen aus allen Winkeln des Lagers herbeigeeilt. Mit frischem Mut riefen sie immer wieder »Achilles!«, während sie auf unsere Krieger einschlugen und einstachen.

Unsere Männer stolperten, von diesem Angriff überrascht, in ihrer Hast übereinander und wurden von den Griechen überrollt wie von einem gleißenden Bronzesturm.

Ihre *A-chil-les-*, *A-chil-les*-Rufe klangen mir in den Ohren.

»Aber Achilles hat doch erklärt, er würde sich aus dem Kampf heraushalten!«, sagte ich entsetzt. »Ich war dabei, Kassandra. Im Lager der Griechen hat er bei den Göttern geschworen, dass er nicht mehr in die Schlacht ziehen würde, wenn König Agamemnon sein Mädchen für mich nimmt! Warum kämpft er jetzt doch?«

Sie schüttelte voller Angst den Kopf. »Ich weiß es nicht. Dies ist das erste Mal, dass er gegen Troja selbst vorrückt. Wir haben schreckliche Geschichten gehört, was passierte, als er die Städte der Troas einnahm…« Sie verstummte.

»Sie wurden dem Erdboden gleichgemacht«, führte ich den Satz leise für sie zu Ende. »Alle Männer wurden getötet und die Frauen gefangen genommen. Ich habe sie gesehen.«

Sie nickte. »Mein Bruder ist irgendwo da unten. Was wird mit Hektor passieren?«

Furcht packte mich. *Er weiß nicht, wie man Achilles töten kann.*

Immer mehr trojanische Edelleute versammelten sich auf dem Turm, deuteten auf die Ebene und flüsterten bestürzt den Namen Achilles. Kaum, dass sie ihren Augen trauten. Aber es stimmte: Achilles, der gottgleiche Achilles, griff nun doch wieder in die Schlacht ein.

Achilles preschte mit glänzender Rüstung auf Troja zu.

Unsere Soldaten flüchteten sich zu den Stadttoren; sie rannten in einer riesigen Staubwolke um ihr Leben. Panisch wiehernde Pferde stürzten unter dem Ansturm des Fußvolks zu Boden.

»Wo ist mein Sohn?«, fragte Königin Hekuba, die, gefolgt von König Priamos und ihrer Familie, aus der Turmtür trat.

König Priamos nahm auf dem mit einem Baldachin geschützten Thron Platz, während die Königin zur Brüstung eilte und sich darüberbeugte, um den ungeordneten Rückzug der Trojaner zu beobachten. Ich wandte mich ab, damit sie mich nicht bemerkte, doch sie hatte ohnehin nur Augen für ihren Sohn. »Hast du ihn gesehen?«, fragte sie Kassandra besorgt. »Ist mein Hektor noch am Leben?«

»Ich weiß es nicht, Mutter«, antwortete Kassandra. »Vor einer Weile habe ich ihn beim Lager der Griechen entdeckt, aber wo er jetzt ist, kann ich Euch nicht sagen.«

»Wenn Achilles...«, Königin Hekuba verstummte, unfähig, ihren Gedanken auszusprechen.

Inzwischen war Achilles nur noch zweihundert Schritte von der Stadtmauer entfernt.

Er hatte unsere Armee bis an die Mauer zurückgedrängt, die Ebene war mit Leichen übersät. Die Griechen schlugen mit ihren Speeren gegen ihre Schilde und brüllten ohrenbetäubend laut »Achilles!«.

Die Tore wurden geschlossen. Es war zu riskant, sie offen zu halten, weil wir Angst haben mussten, dass die Griechen sich Zugang zur Stadt verschafften.

Die trojanischen Soldaten hatten keinen Ort mehr, an den sie sich flüchten konnten.

Unvermittelt wurde es still.

Anfangs war es schwierig zu erkennen, was geschah. Die Trojaner schienen auf eine Seite auszuweichen, die Griechen sich auf die Ebene zurückzuziehen.

»Was ist los?«, flüsterte ich Kassandra zu. »Was haben die Griechen vor?«

»Keine Ahnung«, meinte sie.

Da bewegte sich Achilles in die Schneise, die die Truppen gebildet hatten, und mir wurde klar, was jetzt kommen würde.

Ein Zweikampf.

Aber Achilles ist unverwundbar.

»Hektor«, rief Königin Hekuba, als ein groß gewachsener Krieger mit breiter Brust und goldenem Helmschmuck aus den Reihen der Trojaner auf Achilles zuging. »O mein Junge, mein Junge!« Sie begann, auf den Fußballen vor und zurück zu wippen, die Arme um den Leib geschlungen. »Warum konntest du nicht zu Hause bleiben wie deine Brüder und unsere Männer für dich kämpfen lassen?«

Plötzlich erklang eine andere Stimme. »Habe ich die Schlacht verpasst?«

Prinz Paris betrat, Helena an der Hand, den Turm. Trotz meiner Anspannung und Angst um Prinz Hektor empfand ich wieder diese eigenartige Mischung aus Faszination und Begierde, als ich sah, wie Helena auf die Brüstung zuschritt. Ihre langen Haare fielen über ihre Schultern wie flüssiges Silber, ihre graublauen Augen glänzten wie Quecksilber, und erneut umwehte sie dieser Duft nach Rosen und Jasmin.

»Du hast den ganzen Krieg verpasst«, antwortete Prinz Äneas, der neben König Priamos' Thron stand, mit lauter Stimme. »Schön, dass du dein Boudoir verlassen hast, um deinen Bruder sterben zu sehen.«

Paris wurde leichenblass. »Ist... ist Hektor da unten?«, fragte er mit bebender Stimme.

Helena beugte sich über die Brüstung. »Ja, er ist bei... aber...«, sie wandte sich mit gerunzelter Stirn Paris zu, »...das kann nicht sein. Der Mann dort sieht aus wie Achilles.«

Noch der letzte Rest Farbe wich aus Paris' Wangen.

Die Kämpfer schlichen umeinander herum wie wilde Tiere und versuchten, einander abzuschätzen. Einer sprang vor, wagte einen kurzen Stich mit dem Speer und zog sich wieder zurück. Merkwürdigerweise wirkte Hektor wie der Stärkere, als er voller Kraft vorstieß und zurückwich, doch Achilles war schnell und umtanzte ihn leichtfüßig wie ein Akrobat.

»Greif ihn an, bevor er dich müde macht, Sohn«, hörte ich König Priamos murmeln. Er stützte sich auf die Armlehne seines Throns, die Fäuste so fest geballt, dass die Knöchel weiß hervortraten. »Wirf – *jetzt*!«

Als hätte er den Rat seines Vaters gehört, holte Hektor weit aus, lief ein paar Schritte und schleuderte den Speer. Die Waffe löste sich von seiner Hand und flog zischend durch die Luft.

Pfeilschnell duckte sich Achilles und hielt den Schild schützend über seinen Kopf.

Die Speerspitze glitt von der Bronze ab und schoss über ihn hinweg.

Hektor hatte ihn nicht getroffen.

König Priamos bedeckte das Gesicht aufstöhnend mit den Händen.

Königin Hekuba murmelte, immer noch vor und zurück wippend, Gebete an die Götter, hob den Blick gen Himmel und begann zu weinen.

Ich ballte die Fäuste so fest, dass meine Nägel sich in die Handflächen gruben.

Hektor hatte, während Achilles sich aufrichtete, seinen Speer aus dem Sand gezogen.

Die Griechen lachten und verhöhnten ihn mit Pfiffen und derben Bemerkungen.

Dann spielte sich das Gleiche noch einmal ab, nur dass diesmal Achilles über den Sand rannte und seinen Speer mit aller Kraft schleuderte.

Ich hielt mir die Augen zu, lugte aber zwischen den Fingern hindurch, weil ich doch sehen wollte, was mit unserem Prinzen passierte.

Achilles hatte zu niedrig gezielt, weswegen es Hektor keine Mühe bereitete, den Speer abzuwehren. Die Bronzespitze traf auf die Lederschichten des großen ovalen Schilds, und die Waffe fiel klappernd auf den Boden wie ein harmloser Stock.

Hektor näherte sich Achilles.

Der zog sein Schwert aus dem Gürtel und stürmte auf den größten Helden Trojas zu.

Wenn Hektor jetzt starb, war Troja verloren.

Ich packte Kassandras Hand fester.

Hektor rannte schneller denn je, zog den linken Arm an seinen Körper, um diesen mit dem Schild zu schützen, holte gleichzeitig mit dem rechten nach hinten aus und hob blitzschnell den Speer über den Kopf. Seine in der Sonne funkelnde Spitze flog wie ein Komet auf seinen Gegner zu, als er ihn schleuderte.

Achilles hielt mitten im Lauf inne, das Schwert nach wie vor hoch über dem Kopf, als die Speerspitze knapp über dem Schlüsselbein in seinen Körper drang und auf der anderen Seite wieder herauskam. Er geriet ins Stolpern, Blut spritzte aus seinem Hals.

Kurz darauf sank er auf die Knie und kippte mit dem Gesicht nach vorn in den Sand.

Ich schaute mich um. Niemand konnte glauben, was soeben geschehen war. Auch ich konnte es nicht fassen.

Achilles ist tot!

Wie ist das möglich? Er wurde am Hals getroffen, nicht an der Ferse, er…

Ich hörte das Raunen oben auf dem Turm und sein Echo von unten, von den Soldaten. Es klang wie der Wind in den Bäumen.

Achilles, der tapferste Krieger der Griechen und Sohn eines Gottes, ist tot!

Das Raunen schwoll an, verwandelte sich in ein Grollen und schließlich ein Brüllen.

»Achilles ist tot! Achilles, der tapferste Krieger der Griechen, ist tot!«

Die Edelleute auf dem Turm klatschten in die Hände. Sogar König Priamos lächelte.

Ich wandte mich laut lachend Kassandra zu. Sie schlang die Arme um mich.

Die Trojaner auf der Ebene schüttelten ihre Speere und riefen Hektors Namen. Die Griechen standen schweigend dabei, als wären sie in Statuen aus Bronze verwandelt worden.

Hektor näherte sich bedächtigen Schrittes dem Toten, ging daneben in die Hocke und drehte ihn herum. Dann zog er den Speer mit einem gewaltigen Ruck aus Achilles' Hals, ergriff seinen Helm mit beiden Händen und nahm ihn ihm ab.

Die Griechen drängten sich heran, um einen Blick auf den Leichnam zu erhaschen.

Nun waren es die Trojaner, die plötzlich stockstarr dastanden und den Toten anstarrten.

»Warum bewegen sie sich nicht?«, fragte Prinz Äneas ungeduldig. »Mein Bruder hat gerade Achilles getötet. Sie sollten sofort zum Angriff übergehen, die Dummköpfe!«

Helena schob den Schleier aus ihrem Gesicht und sah hinunter. »Das ist nicht Achilles«, stellte sie fest.

»Nicht Achilles?«, rief König Priamos erstaunt aus, und ich hörte, wie die anderen Anwesenden seine Worte leise wiederholten. Mir blieb die Luft weg. *Wie konnte das sein?* Als mir einfiel, was Briseis über seine Ferse gesagt hatte, sank mir der Mut. »Aber ... aber das ist unmöglich! Das ist die Rüstung von Achilles! Ich bin mir ganz sicher!«

Helena wandte den Blick nicht von dem Toten vor den Mauern. »Das ist Patroklos.«

Βρισηίς
Briseis, Lager der Griechen

Stunde der untergehenden Sonne
Vierter Tag des Weinerntemonats, 1250 v. Chr.

In der Rüstkammer, in der ich mich mit den anderen Sklavinnen versteckt hielt, hörten wir die Soldaten über die Ebene zurückstapfen. Schon seit fast einer Stunde hagelte es keine Wurfgeschosse mehr auf das Dach, aber wir hatten zu viel Angst, um unsere Zuflucht zu verlassen. Wir hatten gedämpfte Rufe gehört, ohne etwas zu verstehen, dann das ferne Geräusch von aufeinanderprallenden Waffen.

Und schließlich Stille.

Die Armee kehrte zurück – ob siegreich oder geschlagen, wussten wir nicht.

Wir wussten auch nicht mehr, welcher Seite wir den Sieg wünschten.

Irgendwann ertrug ich die angespannte Stille in der Rüstkammer nicht mehr und beschloss hinauszugehen.

Die Wachleute, die draußen standen, als Patroklos mich hergebracht hatte, waren verschwunden. Im Lager herrschte unheimliche Stille. Der Strand war übersät mit Bronzeschilden und zerbrochenen Speeren, wilde Hunde schlichen schnüffelnd bei den Hütten herum. Ich suchte mir einen Weg zwischen Pfeilen, die im Sand steckten, und verkohltem Holz, das von den brennenden Schiffen auf den Versammlungsplatz gefallen war.

Da hörte ich Wehklagen, ein langes, durchdringendes Heulen wie von einem verletzten Tier.

Ich erstarrte, denn diese Stimme hätte ich überall erkannt.

Achilles.

Ich raffte die Röcke und rannte los, zwischen den zerstörten Zelten und umgestürzten Pfosten hindurch. Mein einziger Gedanke galt Achilles. Das Geräusch war vom Versammlungsplatz gekommen.

Ich wich einem weggeworfenen Speer aus, eilte an einem auf der Seite liegenden Soldaten vorbei, der vor Schmerz stöhnte, um Agamemnons Zelt herum auf den freien Platz…

Und hatte das Gefühl, dass mir der Boden unter den Füßen weggezogen wurde.

Auf einer Bahre oben auf einem Erdhügel lag Patroklos, die braunen Augen im Tode geschlossen, bekleidet mit dem einfachen braunen Gewand, das Krieger unter ihren Brustharnischen trugen. Rundherum Soldaten mit ehrfurchtsvoll-traurigem Blick. Als ich seinen Leichnam so sah, tauchte vor meinem geistigen Auge der unbestattete Mynes in den Ruinen von Lyrnessos auf. Und die Leichname von meinen Brüdern, von meinem Vater und allen anderen, die ich je geliebt hatte.

Ich stolperte zwischen den Griechen hindurch zur Mitte des Versammlungsplatzes.

Dort hatte sich eine Gruppe behelmter Generale versammelt, zu denen ich mir durch das gemeine Fußvolk einen Weg bahnte. Unter ihnen erkannte ich Agamemnon, Odysseus, Menelaos…

Ich erreichte sie und Patroklos. Sein junger Körper war zerbrochen wie vor ihm der von Mynes, der von Rhenor,

Aigion und Thersites. Ich stieß einen erstickten Schrei aus und sank schluchzend neben ihm auf die Knie.

Einer von Agamemnons Wächtern fasste mich an der Schulter. »Was machst du da, Mädchen?«, fragte er und zog mich grob von Patroklos weg. »Du hast kein Recht, dich bei den Generalen aufzuhalten.«

Ich wehrte mich kreischend und tretend und rief zwischen Schluchzern immer wieder Patroklos' Namen.

»Warte«, hörte ich da Odysseus sagen, und sofort lockerte sich der Griff des Soldaten. »Lass sie, Thoas. Vielleicht können wir sie noch gebrauchen.«

Der Wächter stieß mich so unvermittelt weg, dass ich auf dem Boden landete. Ich kroch zu Patroklos zurück.

»Briseis?«, fragte eine Stimme. »Briseis, bist du das?«

Achilles. Seine Haare waren voller Staub, und über sein ascheverschmiertes Gesicht rannen Tränen. Er sank neben Patroklos' Bahre auf die Knie.

Ich hangelte mich zu ihm vor. »Was ist passiert?«, erkundigte ich mich mit brechender Stimme.

Achilles schüttelte stumm den Kopf.

Odysseus musterte uns mit merkwürdigem Gesichtsausdruck. »Patroklos hat die Armee gegen Troja geführt. Es ist ihm gelungen, die Trojaner von unserem Lager zur Stadtmauer zurückzudrängen. Ein Zweikampf hat stattgefunden, und Hektor hat ihn getötet.«

Wieder lautes Wehklagen von Achilles.

»Kann mir irgendjemand sagen, warum er sich überhaupt ins Schlachtgetümmel gestürzt hat?«, erkundigte sich Nestor stirnrunzelnd.

Odysseus zuckte mit den Achseln. »Nein. Jedenfalls …«, er betrachtete den zusammengesunkenen Achilles neben mir, »… ist er keinem Befehl gefolgt.«

Schrecken ergriff mich. Die Worte, die ich im Zorn gesprochen hatte, hallten in meinem Kopf wider.

Meinst du denn, ein Krieger wie Achilles könnte einen Feigling lieben, der sich die ganze Zeit hinter den Zäunen des Lagers versteckt?

Ich bekam eine Gänsehaut, und Tränen liefen mir über die Wangen.

O Patroklos. Warum bist du in die Schlacht gezogen? Hast du dir meine Worte so zu Herzen genommen, diese dummen Worte? Ich wollte es dir erklären! Dir sagen, dass sie keine Bedeutung hatten...

»Aber was ist mit der Rüstung?«, fragte Diomedes. »Wir haben ihn alle in der Rüstung von Achilles kämpfen gesehen. Warum hat er sie getragen? Und wo ist sie jetzt?«

Odysseus wandte sich Achilles zu. »Wir wissen nicht, warum Patroklos sie genommen hat. Vermutlich glaubte er – offenbar zu Recht –, dass dies die einzige Möglichkeit für ihn wäre zu kämpfen, da alle um Achilles' Schwur wussten, ihn niemals in die Schlacht ziehen zu lassen.« Sein Ton wurde geschäftsmäßig. »Jedenfalls haben wir die Rüstung verloren. Hektor hat sie an sich gerissen, bevor Menelaos und ich zu Patroklos' Leichnam vordringen konnten.«

Achilles fuhr sich stöhnend und weinend mit den Fingern durch die Haare.

»Achilles«, sagte Odysseus unvermittelt, »du magst Patroklos verloren haben, und Zeus weiß, dass ich mit dir trauere, aber wir brauchen dich jetzt mehr denn je.« Die anderen Generale nickten.

»Nein!«, rief ich aus. »Nein, Achilles – du darfst nicht in die Schlacht ziehen!«

Der Wachmann Thoas trat mir so heftig in die Rippen, dass ich nach Luft schnappte.

Odysseus schenkte mir keine Beachtung. »Du hast gesehen, wie knapp unser Lager davor stand, niedergebrannt zu werden, und wenn wir nicht Patroklos für dich gehalten und geglaubt hätten, dass du bei uns bist und uns anführst... Lege endlich deinen Streit mit dem Völkerfürsten Agamemnon bei und beteilige dich wieder am Kampf, dann wird der König...«, er sah Agamemnon an, der nickte, »...bestimmt nur zu gern sein Versprechen einlösen.«

Achilles erhob sich. »Der Streit interessiert mich nicht mehr.«

»Wie bitte?«

»Du hast mich gehört, Odysseus. Der Streit ist nicht länger wichtig. Ich habe Patroklos verloren. Und meine Ehre, weil ich mein Versprechen gegenüber Menoetios nicht halten kann.« Seine Augen funkelten dunkel und gefährlich, und obwohl seine Stimme ruhig klang, war seine Wut zu hören. »Hektor wird dafür bezahlen.« Er schwieg kurz. »Und wenn es mich das Leben kostet: *Hektor wird dafür bezahlen.*«

Mein Mund war so trocken, dass ich kein Wort hervorbrachte. Ich konnte nur weinend den Kopf schütteln.

Agamemnon rieb sich die Hände. »Gut, dann wäre das also geklärt«, meinte er. »Und Achilles, falls ich ein wenig schroff gewesen sein sollte – du weißt ja, wie es ist, wenn Zeus die Göttin der Verblendung zu uns Sterblichen herabsendet...«

Odysseus fiel ihm ins Wort: »Ich denke, wir können uns das Geplänkel sparen. Was Achilles wissen möchte, Agamemnon, ist doch, ob Ihr ihm das Mädchen zurückgebt, das Ihr ihm genommen habt.« Er deutete auf mich.

»Ach«, sagte Agamemnon. »Das.« Er sah mich an, als würde er mich gar nicht wahrnehmen. »Ja, du kannst sie haben, Achilles. Ich schwöre bei allen Göttern des Olymp, dass ich nicht das Bett mit ihr geteilt habe.«

»Nein«, stöhnte ich. »Achilles, nein... Bitte... *zieh nicht in die Schlacht.*«

Langes Schweigen, während die beiden Männer, der König und der Held, einander musterten.

Die gesamte Armee schien den Atem anzuhalten.

Dann nickte Achilles kurz, und meine Welt brach in sich zusammen.

Agamemnon stieß einen Jubelschrei aus.

Achilles ließ den Blick über das Meer stummer Soldaten und bronzebehelmter Generale wandern. Seine Augen leuchteten, und er reckte grimmig das Kinn vor. Nun zog er das Schwert aus der Scheide und hob es in die Luft. Die Klinge erglänzte golden im Licht der untergehenden Sonne. Die Männer begannen zu trampeln, einander gegenseitig auf die Schulter zu klopfen, Achilles' Namen zu rufen und ihre Speere und Schilde zu schütteln.

Achilles rüstete sich zum Kampf.

Und ich konnte ihn nicht daran hindern.

Appell an den Prinzen

Χρυσηίς
Chryseis, Troja

Stunde der Sterne
Vierter Tag des Weinerntemonats, 1250 v. Chr.

An jenem Abend veranstaltete König Priamos ein Festmahl zu Hektors Ehren. König und Königin wollten den Überfall auf das griechische Lager und Hektors Sieg über Patroklos feiern. Niemand schien sich sonderlich viel daraus zu machen, dass es nicht Achilles getroffen hatte. Ein toter Grieche war besser als gar keiner. König Priamos und Königin Hekuba verbargen ihre Erleichterung darüber, dass ihr Sohn noch lebte, nicht.

Doch Hektor musste erfahren, wie er Achilles töten konnte, falls er tatsächlich auf ihn traf: Wenn er es nicht wusste, wäre Troja verloren.

Kassandra und ich bereiteten uns in ihren zedernduftgeschwängerten Gemächern auf das Festmahl vor. Ich hatte ihr die ganze Geschichte erzählt: meine Gefangennahme und Troilus' Tod; die Weissagung über den Fall von Troja; die Geheimnisse, die ich aus dem Lager der Griechen herausgeschmuggelt hatte; dass ich nach Larisa geschickt worden war; und schließlich die schrecklichen Worte des Apulunas und sein Fluch. Als ich diesen Teil erreichte, seufzte sie tief.

»Du hast Glück gehabt.«

Ich lächelte traurig. »Glück? Nach mir wird sich nie mehr ein Mann umdrehen.«

Kassandra zuckte mit den Achseln.

»Es hätte schlimmer kommen können. Schau.« Sie reichte mir den kleinen Handspiegel aus Bronze, den ich von früher kannte.

Ich nahm ihn und hielt ihn mit zitternden Fingern vors Gesicht. Was würde ich wohl darin sehen?

Auf den ersten Blick erkannte ich keinen Unterschied. Aus dem Spiegel schauten mich nach wie vor meine honigbraunen Augen an, mein güldenes Haar ergoss sich wie immer über meine Schultern, und auch meine vollen Lippen waren unverändert. Dann wurde mir klar, was Apulunas getan hatte.

Ich war nach wie vor ich, aber doch anders. Ich hatte nichts Bemerkenswertes mehr. Das Leuchten in meinen Augen und die Röte in meinen Wangen waren verschwunden; ich war nur noch ein farbloser Schatten meiner selbst. Die Blicke der Männer würden über mich hinweggleiten. Apulunas hatte mich nicht hässlich gemacht, sondern einfach nur unauffällig.

»Schönheit muss wahrgenommen werden«, hauchte ich, als ich Kassandra den Spiegel zurückgab. »Er hat mich praktisch unsichtbar gemacht.«

Ich trat an die Tür.

»Hektor muss erfahren, wie er Achilles töten kann.«

Sie seufzte. »Ja. Das habe ich mir auch schon gedacht.«

Ich sah sie erstaunt an. »Tatsächlich?«

Sie nickte. »Ja, seit ich weiß, was Briseis dir im Lager der Griechen gesagt hat. Mach dich auf den Weg, Chryseis, sonst verlässt Hektor das Festmahl, bevor du hinkommst, und du hast heute Abend keine Gelegenheit mehr, den Schicksalsgöttinnen die Stirn zu bieten.«

Ich öffnete schmunzelnd die Tür und ging durch meine alten Gemächer hinaus auf den Flur und weiter über den

Hof. Dort schlug mir der säuerliche Geruch von Gerstenschrot entgegen. Über mir funkelten die Sterne am dunklen Himmel. Mir fiel ein, wie ich das letzte Mal in meinem Festgewand vor dem Großen Saal gestanden hatte, meiner Schönheit und Troilus' Liebe gewiss. Nun waren Troilus und meine Schönheit für immer verloren.

Doch es hatte keinen Sinn, darum zu trauern. Es gab Wichtigeres zu tun.

Ich holte tief Luft und öffnete die Tür.

Hektor war leicht zu finden. Die Angehörigen der Königsfamilie saßen wie immer auf ihren reich verzierten Steinthronen rechts neben dem Feuer. Alle stießen auf Hektor an, schickten Gebete für ihn zu den Göttern, und der Sänger widmete seine Lieder samt und sonders ihm. Die Trojaner feierten, als hätten sie den Krieg gewonnen, nicht nur eine Schlacht und einen Zweikampf.

König und Königin waren damit beschäftigt, die Edelleute der Stadt zu begrüßen. Wenn ich mich beeilte, konnte ich ihrer Aufmerksamkeit entgehen. Ich hastete zu Prinz Hektor und verbeugte mich tief. »Gratuliere zu Eurem Sieg, Prinz Hektor.«

Hektor, der sich bis dahin mit seinem Bruder Paris unterhalten hatte, wandte sich mir zu. Es fühlte sich seltsam an, in seinem Blick keine Anerkennung ob meiner Schönheit aufblitzen zu sehen. Den meisten Prinzen schien meine Anwesenheit gar nicht aufzufallen.

»Chryseis«, begrüßte Hektor mich mit einem leichten Stirnrunzeln. »Ich dachte, mein Vater hätte dir verboten, Troja zu betreten.«

»Ja. Und ich wäre auch nicht zurückgekehrt, wenn ich nicht glauben würde, dass unsere Stadt in großer Gefahr schwebt und ich ihr dienen kann.«

Kurzes Schweigen.

»Ich bitte Euch, mir zuzuhören«, sagte ich leise. »Wir kennen uns seit Kindertagen. Ich muss mit Euch sprechen, bevor Euer Vater mich bemerkt. Es geht um die Zukunft Trojas.« Ich schaute zu Paris hinüber. »Könnten wir uns unter vier Augen unterhalten?«

»Die Zukunft Trojas?«, wiederholte er und senkte die Stimme. »Der Herold Idaeus hat mir mitgeteilt, du hättest uns Informationen von großer Bedeutung aus dem Lager der Griechen zugespielt. Er hielt es für das Beste, meinen Eltern nicht zu offenbaren, dass du unser Spion warst. Das hätten sie nach Troilus' Tod möglicherweise nicht wohlwollend aufgefasst. Es war sehr mutig von dir, bei den Griechen für uns die Ohren offenzuhalten, und dafür danke ich dir. Bringst du mir nun selbst weitere Neuigkeiten?«

Ich nickte.

Hektor erhob sich und ging mit mir unter dem wachsamen Blick von Paris in eine Ecke des Saals.

Als ich sicher war, dass man uns bei dem Lärm des Festmahls nicht hören konnte, begann ich: »Ihr wisst, dass es heißt, Achilles könne nicht getötet werden. Das stimmt auch grundsätzlich. Aber er hat eine Schwachstelle.« Obwohl Hektor mich zweifelnd ansah, fuhr ich fort. »Seine Mutter, die die Griechen die Göttin Thetis nennen, hat ihn unverwundbar gemacht. Nur nicht die Ferse.« Ich holte tief Luft. »Das ist der einzige verletzliche Teil seines Körpers. Trifft man ihn dort, stirbt er. Ihr müsst unseren schlimmsten Feind vernichten, solange Troja noch steht.«

Hektor hatte mir schweigend zugehört. Nun begann er zu meinem Erstaunen zu lächeln. »Meine gute Chryseis«, hob er mit sanfter Stimme an, »du hast recht, wir sind zusammen aufgewachsen und haben hier im Palast miteinander gespielt. Du bist wie eine Schwester für mich, wie Kassandra, und als Bruder weiß ich deine Worte zu schätzen. Aber du kannst nicht von mir erwarten, dass ich so etwas glaube. Das sind Geschichten für Kinder, nicht für erwachsene Männer und Krieger. Wenn ich alles für bare Münze nehmen würde, was ich höre, müsste ich Achilles' Körper völlig durchlöchern.«

»Ihr ... Ihr glaubt mir nicht?«

Er legte die Hände auf meine Schultern. »Meine Gattin Andromache ... auch sie meint, die Schlacht von ihrem Webstuhl aus lenken zu können. Mir ist klar, dass es für euch nicht leicht ist, hier in der Stadt zu sitzen, während wir auf der Ebene kämpfen, aber du musst verstehen: Ich kenne mich mit Schlachten besser aus als du, Chryseis. Ich habe einen Kriegsrat. Man hat mich zum Krieg erzogen und ausgebildet, noch bevor ich richtig sprechen oder schreiben konnte. Ich mache dir keine Vorwürfe dafür, dass du einer solchen Geschichte Glauben schenkst, aber ...«, er tätschelte meine Schulter, »... damit solltest du dich nicht belasten.«

War das zu fassen? »Hektor ...«

Doch der Prinz hatte sich bereits von mir abgewandt und kehrte zur königlichen Familie zurück. Ich vernahm deutlich, wie er dort schmunzelnd die Geschichte von Achilles' Ferse erzählte und Paris schallend lachte.

Daraufhin sank ich niedergeschlagen zu Boden. Würde mir denn niemand außer Kassandra glauben? Zählten meine Worte nichts, weil ich nur die Tochter eines Priesters war und eine Frau? Würde *niemand* auf mich hören?

Wie würde Troja sich dann retten lassen?

TEIL IV

Tod eines Helden

Ida-Gebirge, mit Blick
auf die trojanische Ebene

Mehrere Wochen sind vergangen. Achilles nimmt wie versprochen am Kampf teil, das Blatt hat sich gewendet. Die Ebene vor Troja ist nicht wiederzuerkennen, ein dunkles Feld voller Staub und Toter, unablässig gepflügt von den Füßen der kämpfenden griechischen und trojanischen Soldaten.

Der größte Verlust ist Hektor. Hektor, König Priamos' Sohn und Erbe, Hektor, der Beschützer der Stadt und Pferdezähmer, der größte Held der Trojaner, Vater des nächsten trojanischen Königs. Er ist der Rache des blutrünstigen Achilles zum Opfer gefallen, die ganze Mauer von Troja entlanggelaufen, bevor dessen tödlicher Speer durch seinen Hals drang und sein Blut in den Boden sickerte. Achilles hat Hektors Leichnam an seinen Streitwagen gebunden und so lange geschleift, bis sein dunkles Haar über und über von Dreck und Blut beschmutzt war. Hektors Frau fiel in Ohnmacht, als sie es erfuhr. Seine Mutter weinte. Die Prophezeiung seiner Schwester war vergebens gewesen. Sogar der Göttervater trauert über seinen Tod, denn er bedeutet den Fall von Troja.

Doch zuvor muss noch ein anderer Mann sterben.

Die Götter beobachten die Schlacht von ihren Plätzen über dem Ida-Gebirge aus. Alle bis auf Hermes.

»Ich nehme Wetten an, wer als Nächster dran glauben muss«, flüstert Hermes Apollo in der hinteren Reihe des Götterrats ins Ohr. »Ajax gegen Äneas.« Er bedenkt Apollo mit einem verschlagenen Blick. »Sieben zu eins darauf, dass Äneas gewinnt.«

Apollo tut so, als würde er die Schlacht da unten mitverfolgen, doch die Verlockung ist zu groß. Einer guten Wette hat er noch nie widerstehen können, und das weiß Hermes. »Sieben zu eins? Gegen Ajax? Der ist nach Achilles der beste griechische Kämpfer.« Er schnaubt verächtlich. »Versuch's mit zehn zu eins, dann können wir drüber reden.«

Hermes überlegt. »Gut, zehn zu eins, aber wenn du verlierst, krieg ich die Wassernymphe, die uns gestern über den Weg gelaufen ist.«

Apollo will widersprechen, doch Athene, die in der ersten Reihe sitzt, dreht sich mit strengem Blick zu ihnen um. Die beiden sind eine Weile still.

»Also schön«, raunt Apollo kaum hörbar wenig später. »Zehn zu eins, und obendrauf die Wassernymphe, aber mehr gibt's nicht.«

Hermes lehnt sich auf seinem Sitz zurück und verschränkt zufrieden die Arme.

Erneut senkt sich Schweigen herab. Hermes und Apollo konzentrieren sich auf ihre beiden Streiter. Ajax befindet sich mittlerweile in Sichtweite von Äneas – jeden Moment kann der Kampf zwischen den beiden beginnen.

»Nun mach schon«, murmelt Apollo Äneas, der fernen Gestalt mit dem roten Helmbusch, zu. »Ein bisschen weiter nach links...«

Da gerät ein anderer Held – Odysseus, seinem auffälligen Helm mit den Eberhauern nach zu urteilen – in die Bahn des Äneas, und die beiden beginnen einen langwierigen Zweikampf.

Ajax bewegt sich weg von Äneas.

Apollo wendet sich Hermes zu. »Wie langweilig.«

Hermes nickt. Apollo hat recht. Abgesehen von einigen Scharmützeln hat sich in den letzten Tagen nicht viel getan. Nichts Aufregendes ist passiert, kein Tod eines Helden, der die Sache belebt hätte.

Hermes lässt den Blick über die anderen Götter schweifen.

Athene und Hera beobachten die Erfolge ihrer griechischen Schützlinge selbstgefällig und mit sichtbarem Stolz. Doch allen anderen Göttern mangelt es an Interesse. Hephaistos spielt Krocket mit seinem Gehstock und einem Wolkenbausch. Ares trommelt ungeduldig mit den Fingern auf einem seiner muskulösen Oberschenkel herum und schaut immer wieder zu der atemberaubend schönen Aphrodite, die direkt hinter ihm sitzt.

»Warum müssen wir hierbleiben, Vater?«, fragt Ares Zeus grollend.

Hermes schmunzelt. Ares kann es offenbar gar nicht erwarten wegzukommen. Bestimmt hat Aphrodite ihm ein weiteres Tête-à-Tête in ihrem Schlafzimmer versprochen. Hermes blickt zu Hephaistos hinüber, der nach wie vor nichts zu ahnen scheint. Der Arme. Schaut ihn euch an, wie er Krocket spielt, *denkt Hermes.* Fast könnte man Mitleid mit ihm haben.

Hermes, der es Ares nicht verdenken kann, dass er frustriert ist, tippt verärgert mit dem Fuß auf die Wolke; sein kurzer Moment der Belustigung ist vorüber. Ihn ärgert, wie Zeus immer abwartet, dass die Schicksalsgöttinnen es richten. Was ist nur aus dem allmächtigen Götterkönig geworden? Worin liegt der Sinn der Unsterblichkeit und der fantastischen Fähigkeiten, wenn man sie nicht nutzt?

Hermes hat genug vom Herumsitzen. Er fasst einen Beschluss. Einen Gott gibt es immerhin noch, den man zu Aktivitäten ermuntern kann. »Pst«, zischt Hermes Apollo zu, der gerade dabei ist wegzunicken. Sein Kopf sinkt auf die Brust, sein Atem lässt seine güldenen Locken sanft auf und ab wippen.

Hermes stößt ihm in die Rippen. »Pst, Schlafmütze.«

Apollo schreckt hoch und gibt ein lautes Grunzen von sich.

Erneut dreht Athene sich um und bedenkt die beiden mit einem missbilligenden Blick, den Apollo interessiert erwidert.

»Mir ist eine Idee gekommen«, flüstert Hermes.

Apollo wendet sich Hermes zu. »Was?«

»Eine Idee, die ein bisschen Leben in die Bude bringt.«

Apollo verdreht die Augen. »Wird auch Zeit«, meint er und rollt den Kopf, weil er einen steifen Hals hat. »Wie lange kämpfen die da unten schon? Ein Jahr? Zwei?«

»Fühlt sich eher an wie zehn«, antwortet Hermes gähnend. »Ich finde«, er senkt die Stimme, »wir sollten die Sache ein bisschen aufpeppen.«

Ein Grinsen breitet sich auf Apollos Gesicht aus. Hermes versteht es, ihn aufzuheitern. Sie erheben sich leise von ihren Sitzen und schleichen sich von der Ratsversammlung weg. Die Vorsicht wäre gar nicht nötig, weil die meisten Götter entweder schlafen oder Hephaistos beim Krocketspielen zusehen. Die beiden verschwinden hinter einer besonders großen Wolke, sodass die anderen sie nicht mehr sehen können.

»Also«, meint Apollo, sobald sie außer Hörweite sind, »was ist das für eine Idee?«

Hermes grinst schelmisch. »Ich finde, Athene hätte ein bisschen Ärger verdient, meinst du nicht auch?« Er schnippt ein paar Wolkenfetzen weg wie Löwenzahnschirmchen. »Die Erfolge der Griechen sind so vorhersehbar. All diese Siege, einer nach dem anderen.« Er gähnt herzhaft. »Wir wissen ja, wie's am Ende ausgeht. Und Athene und Hera sind mir zu selbstgefällig. Zu leicht wollen wir es dem Dream-Team doch auch nicht machen, oder?« Er beugt sich zu Apollo hinüber, um ihm etwas ins Ohr zu flüstern.

Apollo strahlt. Die beiden Götter wechseln einen verschlagenen Blick. Sie verstehen sich einfach.

»Und wer soll's erledigen?«, fragt Apollo mit einem höchst ungöttlichen Kichern. »Wer kann Athene am besten piesacken?«

Hermes überlegt lange und ausführlich, wie ein Kenner den

Wert eines Schmuckstücks beurteilt. Vor den Mauern Trojas dreschen die Truppen immer noch aufeinander ein. Sein Blick fällt auf eine Gestalt auf den Zinnen, die ohne das geringste Zielgefühl Pfeile nach rechts, links und in die Mitte abschießt. Auffällig ist das Leopardenfell, das über einer gebräunten und sorgfältig eingeölten Schulter des Mannes liegt.

»*Ah.*« *Hermes hebt eine Hand ans Kinn.* »*Paris, der ist perfekt.*«

Apollo runzelt die Stirn. »*Paris? Der würde doch nicht mal was treffen, wenn's ihm ans Leben ginge. Er hat sich nicht auf den Kampf vorbereitet wie Hektor und ist obendrein ein schrecklicher Feigling! Schau ihn dir an!*« *Paris hat soeben einen weiteren Pfeil abgeschossen. Er zischt hoch in die Luft und landet etwa fünfzehn Meter vom äußersten griechischen Kämpfer entfernt.* »*Wie will er so irgendwas treffen außer einem zufällig vorbeifliegenden Vogel?*«

Hermes legt Apollo einen Arm um die Schulter. »*Gerade deswegen macht's doch so viel Spaß! Und deswegen brauchen wir dich, Bruder. Du bist doch der Gott der Bogenschießkunst. Oder…*«, *fügt er mit Unschuldsmiene hinzu,* »*… ist das nur wieder eine dieser Geschichten, die sich die Sterblichen erzählen?*«

Apollo wirft sich in die Brust. »*Du weißt, dass ich der beste Schütze des Olymp bin.*«

»*Tja*«, *meint Hermes mit blitzenden Augen,* »*dann solltest du diesem jungen Trojaner zeigen, wie er seinen Bogen am besten nutzt, bevor's zu spät ist.*«

Sie sehen einander ein letztes Mal grinsend an. Kurz darauf zwinkert Hermes Apollo zu, und der schwingt Bogen und Köcher auf den Rücken und fliegt anmutig wie ein Vogel von der Wolke.

Am Horizont erblickt er die kleine Insel Tenedos, die wie

ein grünes Kleinod in der glitzernden See liegt, und die weiße Küste der Troas davor. Er erkennt die schmalen blauen Linien der beiden trojanischen Flüsse, die Felder, Oliven und Tamariskenbäume und den Eichenwald, der sich in Richtung Süden erstreckt. Dann den Staub des Schlachtfeldes, die Schiffe der Griechen, die mit ihren hohen, gebogenen Bugen am Strand liegen, und über allem ragen die Türme von Troja auf.

Er landet, leicht wie ein Blatt, das der Wind heranweht, auf der Mauer.

Neben einem jungen Mann, dessen aufdringlicher Duft ihn als Paris ausweist. Hermes winkt spöttisch hinter einer der Wolken hervor. Apollo schmunzelt, als er sich Athene und die anderen Götter dort oben vorstellt, die das Kampfgeschehen beobachten, ohne zu ahnen, was er vorhat.

Nicht einmal die jungfräuliche Göttin ist schnell genug, um ihn nun noch aufzuhalten.

Der junge Trojaner schießt nach wie vor Pfeile in alle Richtungen ab. Seine Hände sind feucht, und auf seiner Stirn steht der Schweiß.

Apollo stellt sich unsichtbar neben ihn. »Hallo«, flüstert er ihm ins Ohr.

Paris zuckt zusammen.

»Wer ... was?«, stammelt er und schaut sich hektisch um, als hätte er es mit einem Geist aus der Unterwelt zu tun. »Hektor?«, wispert er ängstlich. »Bist du das?«

Apollo lacht. Er weiß, dass der junge Mann ihn nicht sehen kann, aber es macht immer Spaß, die Sterblichen zu überraschen.

»Nicht Hektor«, antwortet er. »Ein Gott. Ich habe eine Aufgabe für dich, Trojaner.«

Paris beginnt zu zittern. »Was für eine Aufgabe?« Seine Stimme klingt unnatürlich hoch. »Du willst mich doch nicht töten, oder?«

»Dich töten?«, *wiederholt Apollo, lehnt sich gegen die Brüstung und zwinkert Hermes hinter den Wolken zu. »Gütiger Himmel, nein. Ich möchte, dass du das Töten für mich übernimmst.«*

Paris blickt auf das Schlachtfeld. »Da gehe ich nicht hinunter, falls du das meinst«, sagt er trotzig, doch seine bebende Lippe verrät, wie groß seine Angst ist. »Ich bin kein Held.«

»Das musst du auch nicht sein«, beruhigt ihn Apollo. »Was hältst du da in der Hand?«

»Einen Bogen«, antwortet Paris zögernd. »Aber ich würde nicht einmal dann jemanden treffen, wenn es mir ans Leben …«

»Doch, du kannst das«, fällt Apollo ihm ins Wort. »Vergiss nicht, wer dir beisteht, Paris.«

Der Prinz schluckt.

Apollo rückt näher zu ihm heran. »Tu's«, flüstert er und haucht dem jungen Mann Mut ein. »Nichts ist einfacher.«

Langsam, wie im Traum, hebt Paris den Bogen und spannt ihn. Der Pfeil zittert heftig zwischen seinen Fingern.

»Genau so«, meint Apollo und drückt den Bogen ein wenig herunter, sodass er geradewegs auf die Ebene gerichtet ist. »Und jetzt: loslassen!«

Paris tut, wie ihm geheißen. Der Pfeil fliegt mit tödlicher Kraft durch die Luft.

Apollo begleitet ihn, windet sich um ihn und lenkt ihn mit dem Wind auf sein Ziel zu. Er sucht nach dem Helden, dessen Namen Hermes ihm ins Ohr geflüstert hat.

Die Ebene kommt näher. Plötzlich sind überall Schilde und Blut und Streitäxte, und noch immer eilen der Pfeil und der Gott weiter.

Kämpfende Männer springen und schlagen zu, beugen sich und stürzen im Tanz des Krieges, doch der Pfeil schießt zwischen ihnen hindurch, ohne einen von ihnen zu treffen, durch die Lücken zwischen den Schilden und unter gehobenen Armen, als wären die Bewegungen der Soldaten um ihn herum choreografiert. Ein Streitwagen kreuzt seinen Weg; die wiehernden Pferde galoppieren mit wehenden Mähnen dahin. Ein Schwert saust knapp an dem Pfeil vorbei, streift noch seine Spitze. Überall ringen Griechen und Trojaner miteinander, Männer und Knaben. Die Lebenden, die Sterbenden und die Toten vermengen sich zu einer großen Masse und verändern die Form in den Wirren des Krieges...

Schließlich erspäht der Gott sein Ziel.

Eine lange Mähne blonden Haares. Funkelnde dunkle Augen. Kraft, mit der kein anderer Sterblicher sich messen kann.

Der Pfeil senkt sich dem Boden zu, geleitet vom Wind, den der Gott steuert. Er dreht sich und glänzt in der Abendsonne.

Achilles wirbelt auf dem Schlachtfeld wie ein Sturm und erschlägt ringsum Männer. Sein Speer trifft einen Trojaner im Rücken. Er rennt zu ihm und wirft ihn in den Staub. Sein Schwert ist so schnell, dass nur ein Schleier aus Bronze und Blut zu sehen ist. Er holt zu einem tödlichen Hieb aus, dreht sich herum, duckt sich unter dem Speer eines Feindes weg, hebt sein Schwert hoch in die Luft, um den Schädel eines Trojaners zu spalten.

Kurz sind seine Füße im Staub zu sehen.

Seine Ferse liegt frei.

Der Pfeil trifft sie. Bronze dringt in Fleisch.

Bevor Achilles Zeit hat nachzusehen, was passiert ist, bohrt sich die Pfeilspitze durch Knorpel, Sehnen und Knochen, kommt auf der anderen Seite des Knöchels wieder heraus und gräbt sich in den Boden der Ebene. Blut – dunkles Blut – bildet eine Lache um Achilles' Fuß.

Achilles hält inne.

Alle um ihn herum halten inne.

Alle verstummen, als sie die größer werdende Blutlache um Achilles und den Pfeil, der schräg aus seinem Fuß ragt, bemerken. Niemandem außer Apollo fällt der weiße Lichtblitz vom Himmel auf, der verrät, dass Athene beobachtet hat, was geschehen ist, und ihrem Schützling zu Hilfe eilt.

Doch sie kommt zu spät.

Achilles ist bereits auf die Knie gesunken. Die Kampfgeräusche dringen nur noch gedämpft an sein Ohr. Seine Lebenskraft versickert mit seinem Blut im Boden. Nach Luft schnappend kriecht er ein Stück, gerät ins Wanken. Und stürzt.

Der Schleier des Todes bedeckt seine Augen.

Achilles, der größte Held der Griechen, ist nicht mehr.

Letzte Dinge

Βρισηίς
Briseis, Lager der Griechen

Stunde der Abendmahlzeit
Siebzehnter Tag des Pflügemonats, 1250 v. Chr.

Ich kümmerte mich gerade in Achilles' Hütte um den kleinen Apollo-Altar, ein Bronzekohlebecken, in dem Weihrauch abgebrannt wurde, als ich die Truppen ins Lager zurückmarschieren hörte. Ihr Schweigen verriet mir, dass etwas nicht in Ordnung war.

Meine Finger wurden kalt. Ich erhob mich, ging zur Tür und öffnete sie.

Die Kämpfer kehrten zu ihren Hütten zurück, lösten ihre blutigen Brustharnische und ließen mit gebeugten Schultern, den Blick auf den Boden gesenkt, ihre Speere und Schwerter fallen, als könnten sie einander nicht in die Augen schauen.

»Was ist passiert?«, fragte ich in die Stille hinein, die über dem Lager hing wie dichter Nebel. »Haben wir verloren?«

Keiner von ihnen sah mich an. Ich bemerkte, wie Ajax die Tür zu seiner Hütte aufstieß und darin verschwand.

»Was ist passiert?«, fragte ich noch einmal.

Ein junger Soldat mit glatter Stirn und Bartflaum, dessen Augen älter wirkten, als er tatsächlich war, antwortete mir mit rauer Stimme: »Achilles, er ist...«

»Nein«, flüsterte ich. »Nein...«

»Er ist tot«, sagte der Soldat und wandte sich ab.

Ich ließ den Blick über die Männer wandern, mit denen er gekämpft und die er angeführt hatte. »Das ist unmöglich«, murmelte ich. »Er war unverwundbar, nicht zum Sterben bestimmt.«

Doch die Soldaten, die ihr eigenes Leben und ihre eigenen Verluste beschäftigten, hörten mich nicht.

Ich wandte mich benommen der Hütte zu. Der Schmerz in meinem Innern war stärker als bloße Trauer. Er gab mir das Gefühl, auf allen Seiten vom Tod umgeben zu sein, der mich mit seinen dunklen, ausgebreiteten Schwingen belauerte und nur darauf wartete, mir alle zu nehmen, die ich liebte. In der Mitte stand ich und musste mitansehen, wie sie einer nach dem anderen verschwanden, bis es auch mich traf.

Ich öffnete die Tür zu der dunklen, leeren Hütte. Auf der Schlafstelle von Achilles lagen die Decken zerwühlt über den Schaffellen, wie er sie am Morgen verlassen hatte, um in die Schlacht zu ziehen. Seit jener ersten Nacht vor der Pest, bevor ich zu Agamemnons Zelt gebracht wurde, hatten wir nicht mehr das Bett geteilt. Nach meiner Rückkehr hatte Achilles mich kaum angesehen, und ich war seinem Blick ausgewichen. Patroklos' Tod hatte uns beide verändert. Achilles war wie besessen, er dachte nur noch an den Krieg, ans Töten und seine Rache. Konnte ich in ihm nach wie vor den Mann erkennen, der mir erklärt hatte, dass auch er ein Sklave seines Schicksals sei?

Nein.

Diesen Mann gab es nicht mehr. Er war vernichtet worden wie ein Weizenfeld im Sommersturm, als er Patroklos' Leichnam vor Augen gehabt hatte. In mir war an jenem Tag ebenfalls etwas zerbrochen. Wir waren beide nicht mehr wie früher.

Als ich spürte, wie mir die Tränen kamen, lehnte ich mich an den Türpfosten und wischte sie mit einem Zipfel meines Gewands weg.

Mynes.
Patroklos.
Achilles.

Gatte, Freund, Geliebter. Sie alle wandelten nun im finsteren Land der Toten.

Schluchzend stützte ich den Kopf in die Hände. Die Tränen rannen zwischen meinen Fingern hindurch.

Ich konnte es nicht glauben, dass auch er nicht mehr lebte.

Dass ich in dieser Welt der Männer wieder einmal allein war.

Χρυσηίς
Chryseis, Troja

**Stunde der untergehenden Sonne
Siebzehnter Tag des Pflügemonats, 1250 v. Chr.**

Etliche Wochen nachdem Hektors Tod Troja in seinen Grundfesten erschüttert hatte, sammelten Kassandra und ich im Kräutergarten duftenden Lavendel und Majoran. Mein Vater war noch nicht aus Didyma zurück, und ich hatte mich in Kassandras Gemächern aufgehalten und mich unter den zahlreichen Dienerinnen und Sklavinnen im Frauenbereich vor dem König verborgen. Kassandra war blass und schweigsam, oft sah ich Tränen in ihren Augenwinkeln glänzen. Ich hingegen konnte nicht trauern. Ich fühlte mich leer und betrogen. Wenn Hektor auf mich *gehört* hätte ... Wenn er nur ...

»Was soll das Ganze?«, platzte es aus mir heraus. Ich verstreute den Majoran, den ich gesammelt hatte, über die Reihen gepflanzter Kräuter, deren Namen ordentlich auf weißen Holzschildern vermerkt waren. »Was soll das Ganze, wenn nichts von dem, was wir tun, etwas bewirkt?«

Kassandra stellte erstaunt ihren Korb ab. »Chryseis...«

»Nein!«, rief ich aus. Ich konnte es nicht ertragen, dass Hektor trotz allem, was ich getan hatte, gestorben war. Dass er sich geweigert hatte, auf mich zu hören. Dass Kassandra ihren Bruder und Troja seinen stärksten Beschützer verloren hatte und dass meine Mühen vergebens gewesen waren.

»Wie hältst du das aus, wenn niemand dir zuhört, du in der Welt nichts bewirken kannst und in ihr lebst wie ein Schatten, hilflos ausgeliefert den Launen von Männern und Göttern?«

Ich lief aufgeregt zwischen den Pflanzen hin und her und zerquetschte dabei auch das eine oder andere duftende grüne Kraut. »Ich habe dir erzählt, was Apulunas mir gesagt hat, Kassandra. Er hat mir erklärt, dass der Krieg für die Götter nur ein Spiel ist!«

Ich wandte mich ihr zu.

»Wenn das wahr ist und die Griechen und wir dieselben Götter haben, warum sollten sie sich dann mehr aus uns als aus ihnen machen? Was, wenn die Götter den Fall Trojas beschlossen haben und wir nichts dagegen tun können?«

»Nichts dagegen tun können?«, wiederholte Kassandra und packte mich an den Schultern. »Du hast dein Leben im Lager der Griechen riskiert, um Troja Informationen zu liefern. Das ist doch etwas, Chryseis! Oder meinst du, es würde sich nicht lohnen, wenigstens das Leben einiger Menschen in Troja zu retten?«

Ich senkte den Blick. »Du hast recht, Kassandra. Wenn auch nur ein einziger Mann lebend zu seiner Frau und seiner Familie zurückkehrt, haben sich meine Bemühungen ausgezahlt. Es ist nur...«

Da hörten wir schnelle Schritte in dem Gang jenseits des Kräutergartens. Wir drehten uns mit stockendem Atem um. Welche Katastrophe drohte uns nun wieder?

»Prinzessin Kassandra!«, rief eine Stimme. Zwischen den Säulen, die den Garten von dem Korridor daneben trennten, tauchte ein Bote auf. Er atmete schwer, sein Gesicht war gerötet. »Nachricht von Eurem Vater! Ihr sollt sofort auf die Stadtmauer kommen. Achilles ist tot!«

Ich sah Kassandra mit großen Augen an. »Tot?«, wiederholte ich. Das Herz schlug mir bis zum Hals. »Wie?«

Der Bote trat in seiner Aufregung von einem Fuß auf den anderen. »Prinz Paris hat mit einem Pfeil seine Ferse durchbohrt.«

Ich starrte ihn ungläubig an und begann laut zu lachen.

Kassandra packte mich an den Armen, und wir führten einen Freudentanz auf.

»Er ist tot! Achilles ist tot, endlich!«

Erst nach einer Weile hielten wir nach Luft ringend inne.

Der Bote wollte gehen, das war ihm deutlich anzusehen. »Soll ich Euch zum Turm geleiten, Prinzessin?«

Kassandra schüttelte den Kopf. »Sag meinem Vater, ich komme gleich.«

Der Bote entfernte sich.

Kassandra strahlte. »Paris muss gehört haben, was du Hektor gesagt hast, Chryseis!«

Ich nickte. »Ja, das *hat* er. Prinz Hektor hat es ihm berichtet! Und ich dachte...« Ich verstummte, weil mir eine Idee kam.

Wenn sie funktionierte...

»Chryseis?«, fragte Kassandra. »Was ist los?«

Ich schlug mir mit der flachen Hand gegen die Stirn. »Natürlich! Warum ist mir das noch nicht früher eingefallen?«

Kassandra blickte mich verwirrt an. »Was eingefallen?«

Ich lief die Kieswege auf und ab und überlegte. »Ja«, murmelte ich. »Ja, so könnte es gehen.« Ich wandte mich wieder Kassandra zu. »Kassandra, ich denke, ich kann tatsächlich etwas bewirken.«

»Und was?«

Ich packte sie am Arm und zog sie in Richtung Korridor.

»Komm, wir müssen zum Turm. Zu König Priamos.«

»Aber mein Vater hat dir doch verboten zurückzukehren...«

»Das spielt jetzt keine Rolle mehr. Ich habe noch eine letzte Information für ihn.«

König Priamos und Königin Hekuba saßen auf ihren verzierten Holzthronen mit den blauen Glasdelfinen im Kreis ihrer Söhne und Berater, als Kassandra und ich aus dem Treppenhaus die Plattform des Turms betraten. Die Königin drehte sich um, weil sie hörte, wie sich die Tür schloss, und Kassandra ging zu ihr, um ihren Segen zu empfangen.

»Erhebe dich, Kassandra«, sagte König Priamos, als sie vor ihm auf die Knie sank. »Erhebe dich und sieh selbst: Achilles ist tot. Unser schlimmster Feind ist besiegt. Zweifelst du immer noch daran, dass Troja die nächsten tausend Jahre überdauern wird?«

Kassandras bleiche Wangen röteten sich leicht.

»Ach, Tochter«, seufzte der König und nahm ihre Hand, »das war ein Scherz. Ich weiß, wie ernst dir deine Prophezeiungen sind. Trotzdem kann ich nicht umhin, ihnen zu widersprechen, wenn ich Achilles dort unten auf der Ebene sehe, vom Pfeil deines eigenen Bruders niedergestreckt!«

»Beste Mutter, bester Vater«, entgegnete sie. »Chryseis möchte Euch etwas mitteilen.«

Die beiden bemerkten mich erst, als ich vor sie trat und niederkniete.

»*Du!*«, rief Königin Hekuba aus.

König Priamos legte die Stirn in Falten. »Wie kannst du es wagen, in die Stadt zurückzukehren, Tochter des Polydamas? Wie kannst du es wagen, mir unter die Augen zu kommen, nachdem mein Sohn durch deine Schuld gestorben ist?«

Ich erhob mich mit klammen Händen, entschlossen zu sagen, was ich sagen musste, und machte den Mund auf, doch Kassandra kam mir zuvor.

»Sie trifft keine Schuld«, erklärte sie laut und deutlich.

König Priamos bedachte seine Tochter mit einem missbilligenden Blick.

»Troilus hat sie gebeten, sich am Südtor mit ihm zu treffen«, fuhr Kassandra fort. »Ich habe den Boten gehört, der ihr die Nachricht überbrachte. Troilus wollte mit ihr aus Troja fliehen und hatte zu diesem Zweck Pferde bringen lassen. Ich habe den Stallburschen und Axion, den Torwächter, befragt. Sie haben mir unabhängig voneinander versichert, dass dies ausschließlich der Plan von Troilus war. Fragt sie, Vater, sie werden es Euch bestätigen. Chryseis ist nicht schuld am Tod von Troilus. Sie hat sogar versucht, ihn aufzuhalten.«

Ich bedankte mich mit einem Lächeln bei ihr und wandte mich wieder Priamos zu. »Mein König«, hob ich an, und mein Herz schlug wie wild, »als ich im Lager der Griechen war, hat der Herold Idaeus Euch Informationen aus dem Zelt des Agamemnon überbracht, so viele, wie ich ihm übermitteln konnte.«

Der König stutzte. »*Du* warst unsere Spionin bei den Griechen?«

Ich nickte. »Ja.«

Königin Hekuba holte tief Luft. »Du bist ein solches Risiko für uns eingegangen?«

Ich nickte noch einmal. »Für Troja – ja.« Langes Schweigen. Ich spürte das Misstrauen und Erstaunen des Königs und der Königin. »Da wäre noch etwas«, meinte ich hastig.

»Als ich mit Prinz Troilus im Wald vor der Stadtmauer war, haben wir ein Gespräch der Griechen belauscht.« Mein Mund war trocken, ich schluckte. »Sie sagten, sie hätten beschlossen, im Wald keine Wachen zu postieren, aus Angst, dass unsere Bogenschützen die Bäume mit Feuerpfeilen beschießen. Das habe ich Idaeus mitgeteilt. Nun ist diese Information noch viel wichtiger als zu dem Zeitpunkt, als ich davon erfahren habe.«

»Warum?«, fragte Königin Hekuba skeptisch.

Ich schaute ihr in die Augen. »Herrscherin, ich weiß, dass der Tod von Achilles unseren Sieg in greifbare Nähe zu rücken scheint. Doch ich habe den Gott Apulunas gesehen und sogar mit ihm gesprochen. Er hat mir erklärt, dass es Troja vorbestimmt ist zu fallen. Und zwar bald. Wir müssen alles in unserer Macht Stehende tun, um die Stadt zu retten.«

König und Königin wechselten einen argwöhnischen Blick.

»Du hast den Gott Apulunas mit eigenen Augen gesehen?«, fragte Königin Hekuba.

Ich neigte das Haupt. »Ja, Herrscherin. Die Stadt wird fallen. Apulunas hat mir versichert, dass ihr Untergang schon vor der Ankunft der griechischen Schiffe beschlossene Sache war.«

Der König beugte sich auf seinem Thron vor. »Tochter des Polydamas«, hob er an, und es wunderte mich, dass er lächelte. »Troja ist tausend Jahre nicht eingenommen worden. Unsere Mauern sind die stärksten der Welt. Unser gefährlichster Feind ist tot. Wie kommst du auf die Idee, dass ich den albernen Mutmaßungen Glauben schenke, die du dir mit meiner Tochter ausgedacht hast, wenn alles darauf hindeutet, dass wir diesen Krieg gewinnen können und werden?«

»Ich verlange nicht, dass Ihr mir glaubt«, erwiderte ich. »Ich bitte Euch nur, Vorkehrungen zu treffen. Ich habe gesehen, wie man Gefangene im griechischen Lager behandelt. Die Männer werden ohne Erbarmen getötet, und die Frauen müssen als Sklavinnen das Bett ihrer Herren teilen oder werden zur Arbeit in den thrakischen Silberminen geschickt. Mein Herrscher, wenn wir verlieren sollten...«

König Priamos schüttelte ungläubig den Kopf.

»...wenn wir verlieren sollten«, wiederholte ich mit fester Stimme, »müssen die Männer und Frauen, die die Stadt Troja zu dem machen, was sie ist, gerettet werden. Denn Troja besteht aus weit mehr als nur seinen Gebäuden und Mauern: aus seinen Menschen.«

König Priamos hob die Augenbrauen, doch ich ließ mich nicht einschüchtern.

»Aus den Frauen, die die Kleidung zum Trocknen auf den Dächern von Troja auslegen. Aus den Fischern, die mit ihren Booten in die Bucht hinausfahren«, ich deutete über die Ebene zum Meer, das im Licht der Sonne blau glitzerte, »und die Fische in den Buden auf dem Marktplatz verkaufen. Aus den Prinzen, die im Palast hoch über der Stadt leben, und den Sklaven, die Wasser aus den Brunnen holen. Das, mein König, ist Troja. Wenn wir jetzt handeln, können wir unsere Stadt vielleicht retten, bevor es zu spät ist.«

König Priamos schüttelte noch einmal den Kopf. »Ich weiß, dass König Agamemnon seinen Gefangenen keine Gnade gewährt, aber wenn wir gewinnen, benötigen wir seine Gnade nicht.«

»Vater«, hörte ich da eine Stimme sagen. Prinz Äneas, König Priamos' drittältester Sohn, trat vor. »Darf ich mich dazu äußern?«

König Priamos nickte.

Äneas räusperte sich. »Was Ihr ausführt, ist richtig und angemessen, wie es sich für einen Herrscher geziemt. Aber ich muss Euch daran erinnern, dass unsere Kornspeicher so gut wie leer sind und gerade die letzten Vorräte an Gerstenschrot, Hirse und Steinlinsen an die Bedürftigen verteilt werden. Die Ernte ist nicht eingebracht, weil die Höfe ihrem Schicksal überlassen wurden, als die Trojaner sich in die Stadt flüchteten, was bedeutet, dass die Weizenspeicher nicht aufgefüllt werden konnten. Seitdem durften Eurem Befehl entsprechend kaum Händler oder Bauern in die Stadt oder heraus. Wann haben wir das letzte Mal Meeresfrüchte aus der Bucht auf unseren Tellern gesehen? Oder frisch erlegtes Wild aus den Hügeln?« Er holte tief Luft. »Ich fürchte, wenn wir die Armen, die Kranken und die Kampfunfähigen nicht bald aus der Stadt herausbringen, bleibt uns nichts mehr, womit wir unsere Truppen ernähren können. Und wie sollen unsere Soldaten den Krieg gewinnen, wenn sie nichts zu essen haben?«

König Priamos legte die Stirn in Falten und fragte seinen Berater: »Stimmt das, Dryops?«

Dryops verneigte sich. »Ja, mein König. Nach Einschätzung der Kornspeicherverwalter haben wir nur noch für ein paar Wochen Vorräte an Gerste, müssen aber viele zusätzliche Münder stopfen, und es sind kaum Steinlinsen übrig.«

Der König trommelte nachdenklich mit den Fingern auf der Armlehne seines Throns.

Ich hielt gespannt die Luft an und wagte kaum zu hoffen.

Schließlich wandte König Priamos sich wieder mir zu. »Gut, Tochter des Polydamas«, meinte er barsch. »Dann bringen wir die Frauen, Sklaven und Kinder sowie die Alten und Verwundeten aus der Stadt heraus, wie mein Sohn es vorschlägt. Dryops, schick eine Bekanntmachung an die

Herolde, die sie in der ganzen Stadt verlesen sollen und die besagt, dass alle Kampfunfähigen Troja verlassen müssen. Wir brauchen Lebensmittelvorräte für unsere Soldaten und die Fürsten. Unser Volk kann nach Troja zurückkehren, sobald wir die Griechen von unseren Gestaden vertrieben haben.«

Dryops nickte. »Ja, mein König.«

»Tochter des Polydamas, du wirst Dryops helfen, unser Volk durch die Wälder zu führen, falls diese, wie du behauptest, tatsächlich unbewacht sind. Von meinen Spionen weiß ich, dass es bei den Griechen Sitte ist, zwölf Tage lang Leichenspiele und Festmahle zu veranstalten und dann den Scheiterhaufen zu entzünden und die Toten zu verbrennen. Unser Volk wird der Stadt in der Nacht den Rücken kehren, in der die Griechen Achilles den Flammen überantworten.« Er bedachte mich mit einem prüfenden Blick. »Glaubst du, du schaffst das?«

Mein Puls raste, aber ich nickte. *Zwölf Tage...*

»Unser Volk«, fuhr er fort, »soll zu den befestigten Städten jenseits der Berge im Süden, an der Grenze zu Mäonien, gebracht werden, dort unseren Sieg abwarten und danach zurückkehren.«

In Kassandras Augen glänzte ungläubige Freude wie in den meinen. Ich kniete vor dem Königspaar nieder und hob den Blick zu den Letzten aus der Dynastie der Laomedoner, in deren Hand das Schicksal der Stadt lag, die ich liebte. »Ich mache mich sofort an die Arbeit, mein Herrscher.«

Βρισηίς
Briseis, Lager der Griechen

Stunde der Sterne
Neunundzwanzigster Tag des Pflügemonats, 1250 v. Chr.

Obwohl ich sofort nach Achilles' Tod in Agamemnons Zelt geschickt worden war, wagte der König noch immer nicht, das Bett mit mir zu teilen, weil er die Rache der Totengeister fürchtete, wenn er mich nahm, bevor das Feuer den Leichnam von Achilles verzehrt hatte.

Nun, nach zwölf Tagen der Trauer, der Leichenspiele und Geschenke, verbrannten sie Achilles auf einem Scheiterhaufen. Von meinem Platz auf der Plattform des Holzzauns im Osten aus konnte ich erkennen, wie die Flammen funkensprühend in den dunklen Nachthimmel züngelten.

Ich ertrug niemanden um mich, ertrug es nicht, die gespielte Trauer auf Agamemnons Gesicht zu sehen. Ertrug es auch nicht zu erleben, wie die Generale und Soldaten um einen Mann weinten, den sie nie wirklich gekannt hatten. Der quälende Schmerz in meinem Innern, das Gefühl der Einsamkeit und Leere, waren fast zu viel für mich. Als ich gehört hatte, dass Achilles von einem Pfeil Paris' in die Ferse getroffen worden war, und ich Achilles' Hütte noch einmal verlassen und ins Zelt des Königs zurückkehren musste, war mir, als hätte ich einen Teil von mir verloren, den ich nie mehr wiederfinden konnte. Als hätte Mynes mehr als die Hälfte von mir mit in die Unterwelt genommen, und als hätten Patroklos und Achilles das wenige, was danach noch übrig war, für sich beansprucht.

Ich wandte den Blick von dem Scheiterhaufen ab, dessen orangefarbener Schein sich in meine Iris eingebrannt hatte. Das Lachen der würfelnden Wachen klang hohl in meinen Ohren. Ich begriff nicht, wie irgendjemand jetzt, da Achilles tot war, noch lachen konnte.

In der stillen Abendluft ragte Troja in den Himmel auf. Einige Wachfeuer glommen auf den Mauern, aber abgesehen von dem flackernden Licht der Fackeln rührte sich nichts.

Oder doch?

Ich schaute genauer hin. Am Horizont schien sich auf dem schmalen Stück Ebene zwischen dem Südtor der Stadt und dem Wald, der sich bis fast zum Ida-Gebirge erstreckte, kaum wahrnehmbar etwas zu bewegen. Es war, als würde ein Strom die Ebene durchqueren, wo doch kein Strom war...

Ein Strom von *Menschen*.

Meine Pupillen weiteten sich.

Die Trojaner.

Sie flohen aus der Stadt.

Ich versuchte festzustellen, ob die Wachen das auch bemerkt hatten. Es waren nur zwei, weil sich auf dieser Seite des Lagers kein Tor befand und die meisten Posten am südlichen Teil des Zauns standen, wo man am ehesten mit einem Angriff rechnete. Dem Klappern der Würfel und dem Gelächter nach zu urteilen, hatten sie nichts gesehen.

Wenn sie mitbekamen, wie die Trojaner die Stadt verließen...

Ich fasste einen Beschluss. Die Röcke raffend, hastete ich zur nächsten Leiter und kletterte sie so schnell hinunter, wie ich konnte. Die Hütten waren verwaist – alle Soldaten hatten sich um Achilles' Scheiterhaufen versammelt –, sodass ich ungehindert zwischen ihnen hindurcheilen konnte. Eine Hand presste ich gegen meine stechende Seite, mit der anderen lüpfte ich mein Gewand, damit es den Boden nicht berührte.

Ich erreichte die Hütte des Heilers, öffnete die Tür und schlüpfte hinein. Bis dahin war ich lediglich einmal darin gewesen, um Arzneien für Agamemnon zu holen. Im Innern brannte nur eine einzige Terrakottalampe. Mit zitternden Fingern ergriff ich sie und hielt sie nacheinander an die Tonbehälter, um in dem flackernden Licht zu entziffern, was daraufstand.

Heliotrop… Gewöhnlicher Erdrauch… Malve… Sonnenröschen… Steinsame…

Da war er, in einem großen, mit Wachs versiegelten Gefäß: *Mohnsaft*. Meine Hand bebte, als ich es vom Regal nahm und zu einem Tisch trug, auf dem ein Krug mit Rotwein – bestimmt aus einem Laden in Pedasos oder Lyrnessos entwendet – sowie ein halb voller Kelch standen. Daneben lagen einige Tafeln, die der Heiler offenbar gelesen hatte, bevor er sich zu der Verbrennung von Achilles' Leichnam aufmachte. Ich zog den Wachspropf aus dem Behälter mit dem Mohnsaft, kippte ihn und gab einige Tropfen davon in den Rotweinkrug, genug, wie Deiope mir beigebracht hatte, um sofort tiefen Schlaf herbeizuführen.

Dann kehrte ich langsam zum Zaun zurück, damit ich nichts verschüttete. Die Wachen würfelten noch immer. Ich hörte, wie sie die Götter anriefen, ihnen Glück zu bescheren, und wie ihr Lachen und ihre Flüche lauter wurden, als ich vorsichtig die Leiter hinaufstieg. Sie waren so auf das Spiel konzentriert, dass sie mich fast nicht bemerkt hätten.

»Tapfere Wachen«, begrüßte ich sie, bemüht, meine Nervosität zu verbergen. Einer hob den Blick und stieß den anderen in die Rippen. Der brummte etwas.

»Ich bringe euch Wein von König Agamemnon«, teilte ich ihnen mit und streckte ihnen den Krug hin. »Er bittet euch, den Göttern zu Ehren des großen Achilles ein Trankopfer darzubringen, und sendet euch diesen Wein als Zeichen seiner Anerkennung dafür, dass ihr heute Nacht Wache haltet.«

Sie sahen den Krug gierig an.

»Gib ihn schon her«, sagte der eine, riss ihn mir aus der Hand und ließ ein paar Tropfen des Weins auf den Boden fallen, bevor er den Löwenanteil in ihre Becher goss. Sein Atem stank nach Alkohol, und der Krug schwankte beim Einschenken in seiner Hand. »Auf den großen Achilles!«

Sie hoben ihre Becher und leerten sie.

Die Würfel auf dem Tisch zeigten zweimal die Eins, die schlechteste Kombination.

Kurz darauf entspannten sich die Gesichtszüge der Wächter, die Augen fielen ihnen zu. Sie sanken auf ihre Hocker und schliefen sofort ein.

Erleichtert schaute ich nach Troja hinüber. Nach wie vor bewegte sich ein unablässiger Strom von Menschen aus dem Südtor in die Dunkelheit und auf den schwarzen Wald zu. Es würde einige Stunden dauern, bis die Wächter aufwachten, doch dann würden sie gleich wissen, was ich getan hatte.

König Agamemnon würde mich für meinen Verrat bestrafen, mich nicht lebend davonkommen lassen.

Ich wandte den Blick noch einmal in Richtung der fliehenden Trojaner.
Aber ich bin vorbereitet.

Χρυσηίς
Chryseis, Troja

Nachtstunden
Neunundzwanzigster Tag des Pflügemonats, 1250 v. Chr.

»Ich lasse dich nicht hier zurück.«

Ich nahm Kassandras Hand und drückte sie. Obwohl ich ihr Gesicht in der Dunkelheit nicht sehen konnte, wusste ich, dass sie weinte.

Wir standen mit ihrer Sklavin Lysianassa beim Südtor, wo sich die letzten trojanischen Männer, Frauen und Kinder dicht zusammendrängten, um sich zu wärmen, während sie darauf warteten, dass die Reihe an sie kam, der Stadt den Rücken zu kehren. Die vergangenen zwölf Tage waren damit ausgefüllt gewesen, Namen mit den Listen der Herolde zu vergleichen, Habseligkeiten einzupacken, Führer zu finden, die die Gruppen zu den Bergen bringen konnten, sowie die Trojaner davon zu überzeugen, dass sie ihre Stadt und ihre Besitztümer verlassen mussten. Kassandra und ich hatten mehrere Nächte nicht geschlafen. Nun, in der zwölften Nacht nach Achilles' Tod, flohen die Bewohner Trojas im Schutz des Neumondes. Alle hofften, dass die Griechen zu beschäftigt wären mit ihrer Trauerfeier, um die Menschen zu bemerken, die über die Ebene zu den unbewachten Waldpfaden und den Bergen im Süden zogen.

Ich wandte mich Kassandra mit müdem Blick zu. »Du musst, Kassandra! Ich folge dir mit Äneas' Frau, sobald sie das Kind zur Welt gebracht hat, vermutlich morgen. Es ist sinnvoller, wenn ich allein mit ihnen gehe, als die Flucht noch weiter hinauszuzögern.«

»Bitte lass mich bei dir bleiben.«

»Eine trojanische Prinzessin ist bedeutend wertvoller als ich. Du musst dich mit den anderen Trojanern in Sicherheit bringen, für König Priamos und Königin Hekuba, wenn schon nicht für dich selbst.«

Kassandra zögerte kurz, dann sah ich in der Dunkelheit, wie sie nickte. Sie fasste meine andere Hand und beugte sich vor, um mir ins Ohr zu flüstern: »Troja hat dir viel zu verdanken, Chryseis. Du hast dafür gesorgt, dass unser Volk überlebt.«

Sie schwieg eine Weile.

»Offenbar ist es dir doch noch gelungen, den Göttern ein Schnippchen zu schlagen«, meinte sie leise, und ich spürte, dass sie schmunzelte.

Ich lächelte ebenfalls und umarmte meine Freundin. »Möglich.«

Als wir uns voneinander lösten, trat ein Mann aus den Schatten, ein junger Schafhirte mit einfachem Gewand und breiten Wangenknochen. »Wir sollten jetzt gehen, Prinzessin.« Er deutete auf die wartenden Trojaner, deren Zahl sich stetig verringerte. »Wir haben einen langen Weg vor uns, und es sind nur noch wenige Stunden bis Tagesanbruch.«

Ich nickte. »Ja. Danke, Japyx. Sorge dafür, dass auch die letzten Männer, Frauen und Kinder die Hügel hinter dem Wald vor dem Morgengrauen erreichen.«

Er blickte gen Himmel und sah dann mich an. »So die Götter wollen.«

»Sei wachsam, Japyx«, entgegnete ich, »dann brauchen wir die Hilfe der Götter vielleicht gar nicht.«

Der letzte Gesang

Βρισηίς
Briseis, Lager der Griechen

Stunde der Musik
Dreißigster Tag des Pflügemonats, 1250 v. Chr.

In jener Nacht tat ich kein Auge zu. Die Sklavinnen, mit denen ich im großen Zelt von Agamemnon untergebracht war, schlummerten selig. Auch ich fühlte mich seit Langem das erste Mal unbelastet.

Endlich wusste ich, was ich tun musste.

Da der Tod beschlossen hatte, mir die Männer zu rauben, die ich liebte, würde ich endlich mein Schicksal selbst in die Hand nehmen und mich in der Unterwelt zu ihnen gesellen.

Am folgenden Morgen ging die Sonne am blauen Himmel auf. Die wenigen Wolken hatten goldene Ränder, und der Horizont erstrahlte in klarem Rosa wie das Innere einer Muschel. Dieser Tagesanbruch war seltsam schön, als wüsste die Göttin der Morgenröte, dass ich ihre Fingerspitzen nie wieder über den Horizont streichen sehen würde. Ich bahnte mir einen Weg zwischen den Sklavinnen hindurch, die bereits damit beschäftigt waren, das frühe Mahl für den König zuzubereiten, und bewegte mich in die Richtung von Agamemnons Ratszelt, in das sich die Fürsten zu ihrem üblichen morgendlichen Treffen mit dem König verfügten.

Am Eingang stand eine junge Sklavin, bestimmt nicht

älter als zwölf, mit einem Weinkrug in der Hand. Sie war blass und hatte dunkle Ringe unter den Augen.

»Gib mir den«, sagte ich zu ihr. »Und leg dich noch ein wenig schlafen.«

Sie schaute mich dankbar an. »Bist du sicher?«

Ich nickte. Sie reichte mir den Krug und verschwand ohne ein weiteres Wort in den Bereich der Sklavinnen.

Inzwischen waren alle Fürsten eingetroffen. Wie üblich saßen sie auf ihren Wacholderholzhockern um den runden Tisch neben Agamemnons Thron.

»Wir sind hier zusammengekommen«, hob Nestor an, »um unsere Taktik für die bevorstehenden Schlachten zu besprechen, nun, da Achilles nicht mehr ist.«

Einer nach dem anderen verstummten die Fürsten. Beim Klang seines Namens schlossen sich meine Finger fester um den Tonkrug.

Ich wartete darauf, dass entdeckt wurde, was ich mit den Wachleuten gemacht hatte.

»Wir haben keine Chance mehr, die Stadt mit Gewalt einzunehmen«, bemerkte der König finster und schmallippig. Es war klar, dass er ob des Verlusts von Achilles nur Wut empfand. »Egal, wie halsstarrig er war: Ohne ihn könnten wir die trutzigste Stadt der Ägäis genauso gut mit einer Armee von mit Webschiffchen und Webstühlen bewaffneten Mädchen angreifen.«

Ajax sprang auf. »Moment...«

Odysseus legte ihm eine Hand auf die Schulter. »Setzt Euch, Ajax. Ich hätte einen Vorschlag, mein Herrscher. Darf ich ihn Euch erklären? Einen Vorschlag...«, er schmunzelte listig, »...der keinerlei Truppenstärke erfordert.«

»Ist das wieder eine deiner Finten?«, brummte der König. So leicht würde er sich nicht beeindrucken lassen.

Odysseus neigte das Haupt. »Ja.«

Er schob die Hand in sein Gewand, holte eine Papyrusrolle heraus, breitete sie vor den versammelten Fürsten auf dem Tisch aus und erläuterte mit so leiser Stimme seinen Plan, dass ich ihn nicht verstehen konnte. Allgemeines Gemurmel, und allmählich verwandelte sich Agamemnons Skepsis in Erstaunen und schließlich Erregung.

Ich bemühte mich zu erkennen, was sie betrachteten, doch das war von meinem Platz aus unmöglich, und ich wagte nicht, näher heranzugehen.

Noch nicht.

Der König schlug mit der Faust auf die Armlehne seines Throns. »Wunderbar!«, rief er aus, und dabei wackelte sein riesiger Bauch. »Listiger Odysseus, du kannst Hermes das Wasser reichen! Ihr guten Fürsten, schon bald werden wir in die Stadt Troja eindringen, und Ihr werdet Gelegenheit haben, Euch die Frauen der Stadt zu holen.«

Die Fürsten hoben jubelnd ihre Kelche.

»Und ich«, fuhr Agamemnon fort, »bekomme endlich das Sklavenmädchen von Achilles.« Er leckte sich die fetten Lippen. »Eine gute Übung für die trojanischen Frauen.«

Die Fürsten lachten. Als der König mich beim Eingang entdeckte, verengten sich seine Augen.

In dem Moment wurde die Zeltklappe geöffnet, und zwei Männer rannten mit klirrender Rüstung herein. Die Helme unter den Armen, knieten sie vor Agamemnon nieder.

Ich ballte die Fäuste so fest, dass die Knöchel weiß hervortraten. *Jetzt gibt es kein Zurück mehr.*

»Mein Herrscher!«, keuchte der eine und stand auf. »Wir überbringen Euch schlimme Nachricht von Hochverrat!«

König Agamemnon rutschte auf seinem Thron vor. »Hochverrat? Wer ist der Übeltäter?«

Der Soldat holte tief Luft. »Eine Sklavin. Sie hat uns mit Wein betäubt.«

König Agamemnons Blick wanderte zu mir.

Die Wachleute drehten sich zu mir um.

»Das ist sie, mein Herrscher!«, rief der eine aus und deutete auf mich.

»Du wolltest meine Wachleute vergiften?«

Ich schüttelte den Kopf. »Nein.«

Diomedes lachte. »Was soll sie auch anderes sagen? Sie ist eine trojanische Sklavin. Diese Trojaner sind alle schmutzige Lügner und Diebe.«

Die Fürsten fielen in sein höhnisches Lachen ein.

Ich spürte Mut in mir aufsteigen, nun, da der letzte Moment gekommen war. Hatten Achilles und Mynes sich auch so gefühlt, als sie in den Kampf zogen?

Ich stellte den Krug auf dem Tisch ab und trat vor, sodass ich vor dem Kriegsrat stand. Die Fürsten beäugten mich wie ein ungezähmtes Pferd. In ihren Augen waren Furcht und Spott gleichermaßen zu lesen.

»Kehr an deinen Platz zurück, Sklavin!«, herrschte Ajax mich an. »Du hast kein Recht, dich den wohlgeborenen Söhnen Griechenlands zu nähern.«

Agamemnons Lippen verzogen sich zu einem freudlosen Lächeln. »Lasst sie uns anhören, bevor sie stirbt.«

Ich schaute in die Gesichter der griechischen Fürsten – Odysseus, Ajax, Nestor, Diomedes, Agamemnon –, deren Gefangene ich war, und holte tief Luft.

»Ihr Griechen habt mich unterschätzt«, erklärte ich ruhig.

Ein Aufschrei der Entrüstung von den Fürsten.

»Wie kann sie es wagen, so mit uns zu reden?«, brüllte Diomedes. »Was für eine Beleidigung!«

König Agamemnons gespielt amüsierter Gesichtsausdruck verwandelte sich in offene Wut, und seine Augenbrauen zogen sich zusammen wie Zeus' Blitze über den Wolken.

»Ihr haltet Frauen für wertlos«, übertönte ich den Lärm, »doch einer Sklavin wegen hat der tapferste Krieger der Griechen den Tod gefunden. Und einer Sklavin wegen werdet Ihr nie das Troja einnehmen, das Ihr zu gewinnen sucht. Und Agamemnon...«, ich bot dem König die Stirn, »...auch *mich* werdet ihr nie bekommen!«

Ich handelte, bevor sie sich darüber klar werden konnten, was ich vorhatte. Blitzschnell war ich am Eingang, aus dem Zelt heraus und an den Wachen vorbei, ehe sie mich überhaupt wahrnahmen. Ich rannte am Strand entlang und über den Versammlungsplatz zu dem riesigen Scheiterhaufen in der Mitte, der dem griechischen Brauch gemäß bis zum Abend des zwölften Tages lichterloh brannte.

Hinter mir hörte ich jemanden rufen: »*Haltet sie auf!*«

Nach all der Mühsal würde ich mein Schicksal nun endlich selbst in die Hand nehmen, wie die beiden Männer, die ich liebte, es mir prophezeit hatten.

Als ich mich Achilles' Scheiterhaufen näherte, spürte ich die Hitze und sah, wie die Luft rundherum flirrte und die Flammen zum blauen Himmel hochschlugen. Das frische trockene Holz, das auf dem Erdhügel aufgeschichtet war, knisterte einladend. Es erinnerte mich an das Feuer, das Patroklos in Achilles' Hütte geschürt hatte. Eine provisorische Leiter lehnte an dem Hügel.

In Windeseile kletterte ich sie hinauf und warf mich in die Flammen. Als der schwarze Rauch mich umfing, wanderten meine Gedanken zu Achilles; ich dachte daran, wie er mich in jener Nacht gehalten hatte, an die Wärme seiner Arme, und mir wurde klar, dass wir gegenseitig unseren jeweiligen Untergang herbeigeführt hatten. Ich erinnerte mich an Patroklos, wie er mich im Pfeilhagel durchs Lager der Griechen zerrte und wie er einen kleinen Vogel aus Holz schnitzte; daran, wie seine braunen Augen leblos in die Luft starrten. Und an Mynes, den Gatten, den ich geliebt hatte, an den Klang des Regens auf dem Olivenbaum, während wir uns liebten, an den Geschmack des Weins, den er mir in unserer Hochzeitsnacht kredenzte.

»Haltet sie auf! Sie gehört mir. *Ich* werde sie töten!«

Aber es war zu spät. Ich befand mich bereits auf halbem Weg ins Land der Toten und zu den nebelverhangenen Ufern des Styx. Das Geräusch der Wellen, die an den Gestaden Trojas leckten, und die verwirrten Rufe der Wachen waren das Letzte, was ich hörte. Ich richtete den Blick gen Himmel, wo das Blau allmählich in Weiß überging und dann in helles, grelles, blendendes Licht.

Warte auf mich in der Unterwelt.
Warte auf mich, geliebter Mynes.
Ich bin gleich da.
Warte auf mich.
Warte auf mich.

Χρυσηίς
Chryseis, Troja

Stunde der untergehenden Sonne
Dreißigster Tag des Pflügemonats, 1250 v. Chr.

Alle einfachen Bürger Trojas hatten die Stadt verlassen. Nur die Soldaten waren noch da, ein paar ihrer treuesten Sklavinnen und diejenigen von den Prinzen und Edelleuten, die beschlossen hatten zurückzubleiben und ihre Reichtümer zu bewachen, während ihre Gattinnen flohen. Mein Vater war aus Didyma wiedergekehrt, wollte aber seinen geliebten Tempel um keinen Preis im Stich lassen, obwohl ich ihn zur Flucht zu überreden versuchte. Und König Priamos und Königin Hekuba hatten geschworen, in ihrer Stadt zu weilen, bei den Vornehmen und Kriegern, weil sie der Dicke ihrer Mauern vertrauten und bis zuletzt an einen Sieg über die Griechen glaubten.

Als ich mich an jenem Abend von Kassandras verwaisten Gemächern auf den Weg zu meiner letzten Mahlzeit in Troja machte, hielt sich kaum noch jemand im Palast auf. Ich würde der Stadt in dieser Nacht im Schutz der Dunkelheit den Rücken kehren und Prinzessin Creusa begleiten, die am Morgen den kleinen Acanius zur Welt gebracht hatte. Die hallenden Räume und langen, leeren Flure hatten etwas Gespenstisches; fast meinte ich schon, die Ruinen in ihnen zu erkennen, die sie bald sein würden: die tiefen Gräben, niedrigen Steinmauern und Schutthaufen, die nur unvollkommen Zeugnis ablegten von der atmenden Seele Trojas, seinem Volk. Die hohen, duftgeschwängerten Gemächer junger Liebender, die Gärten, durch die einmal hübsche Mädchen gewandelt waren, und die breiten Straßen, die sich durch die geschäftige Stadt voll laut rufender fremder Händler und dunkelhäutiger Sklavinnen wanden – all das war nichts ohne die Menschen, die ihm Leben eingehaucht hatten.

Ich betrat den Großen Saal und ging zu meinem angestammten Platz am Fenster, weit weg von den königlichen Thronen, weil ich meine letzten Augenblicke in der Stadt allein genießen wollte. Der Große Saal, das Rückzugsgebiet der Reichen und Vornehmen, war nach wie vor bevölkert von prahlenden Kriegern und Fürsten – doch nun tranken sie Dünnbier und keinen Wein mehr, und auf ihren Tellern lagen gekochte Steinlinsen und Gerste. Sie schienen immer weiter so tun zu wollen, als wäre dies das Festmahl einer Stadt mit üppigen Weizen-, Wein- und Feigenvorräten, nicht die Henkersmahlzeit eines darbenden Ortes. Ihre Hoffnung lag im entschlossenen Ignorieren der Tatsachen.

Als die Teller abgeräumt wurden und die Mundschenke das letzte Dünnbier verteilten, stimmte der Barde seine viersaitige Lyra, sodass sie sang wie eine Schwalbe im Frühling.

Warum hatte er Troja nicht mit den anderen verlassen? Er war jung, dunkelhaarig und von der Sonne gebräunt, hatte muskulöse Arme und ein offenes, ehrliches Gesicht. Die Augen hielt er geschlossen, als würde er konzentriert seiner eigenen Musik lauschen. Seine Lieder erzählten wie die Werke vieler Poeten von den Göttern: Gerade beschrieb er die skandalöse Affäre von Are und Arinniti. Er sang davon, wie Arinnitis Gatte Haphaistios die beiden, als er sie in seinem Bett erwischte, mit Ketten fesselte und die anderen Götter herbeirief, um sie sich anzuschauen. Und davon, wie sehr diese sich darüber amüsierten, Are und Arinniti beim Liebesspiel zu ertappen, nackt, wie sie das Licht der Welt erblickt hatten!

Als das Lied endete, lachten König Priamos und Königin Hekuba, die Helden und Fürsten. Die Edlen erhoben sich, manche lösten Silbernadeln von ihren Umhangspangen – die einzigen Schätze, die sie noch besaßen – und legten sie, Geschenke für den Gesang des Barden, neben seinen Lederbeutel, bevor sie durch die bemalten Türen in den Hof hinausschritten.

Jetzt war der Große Saal leer. Der Poet verstaute seine Lyra und steckte die Silbergeschenke in seinen Beutel. Als er aufstand, fiel mir auf, wie groß er war, und mein Herz schlug ein wenig schneller.

»Du singst gut«, bemerkte ich. Meine Stimme hallte in dem Saal wider.

Er füllte weiter seinen Beutel, ohne sich zu mir umzudrehen.

»Ich habe gesagt, du singst gut«, wiederholte ich lauter.

Noch immer wandte er sich nicht mir zu. Nun befestigte er Gurte an seiner Lyra und schnallte sie auf den Rücken.

»Hörst du mich nicht?«, fragte ich. »Ich habe gesagt…«

»Ich habe dich sehr wohl gehört, Chryseis«, entgegnete er mit klarer Stimme.

Ich wurde rot. »Oh. Woher kennst du meinen Namen?«

Er gab mir keine Antwort. Ich betrachtete ihn nachdenklich, während er die Lyra festmachte. Eine Erinnerung regte sich in mir: das Lager der Griechen, eine freundliche, klare Stimme, die meinen Namen sagte.

Da fiel es mir wie Schuppen von den Augen.

»Das warst *du*!«, rief ich aus. »Im Lager der Griechen! Auch dort hast du mich erkannt.«

Er nickte, nach wie vor ohne sich umzudrehen, und blickte durch einen Bogen des Säulengangs hinaus zum Olivenhain.

»Woher wusstest du, dass ich es bin?«, erkundigte ich mich. »Wir haben einander nie gesehen, und ich bin mir sicher, dass ich dir niemals zuvor begegnet bin.«

»Ich habe ein gutes Gehör für Stimmen.« Er bückte sich, um seinen Lederbeutel vom Boden aufzuheben. »Und jeder junge Mann der Troas kennt den Namen der hübschesten jungen Frau von Troja.«

Ich wurde noch röter und versuchte abzulenken. »Dein Gesang hat mir gefallen.«

Er verbeugte sich. »Danke.« Dann schickte er sich an zu gehen.

»Warte«, sagte ich. »Woher stammt dieses Lied? Ich würde es gern lernen.«

»Das habe ich mir ausgedacht. Ich erzähle gern Geschichten.« Er bewegte sich in Richtung Tür.

Ich wiederholte im Geiste seine Worte: *Jeder junge Mann der Troas kennt den Namen der hübschesten jungen Frau von Troja.* Ich lächelte. *Hübsch. Er hat mich hübsch genannt.*

»Warte!«, rief ich ihm ein weiteres Mal nach. »Hast du gerade gesagt, du findest mich hübsch?«

Er blieb stehen.

»Du findest mich hübsch!«, wiederholte ich mit wild pochendem Herzen. *Konnte es sein, dass Apulunas' Fluch nicht funktioniert hatte?* »Du siehst mich doch, oder?«

Nach kurzem Zögern schüttelte er den Kopf.

»Nein, Chryseis. Ich mag nicht taub sein, aber ich bin…«,

er drehte sich zu mir und deutete auf seine Augen, die milchig weiß waren, »...blind.«

»Oh, das tut mir leid.«

Er kam lächelnd auf mich zu und griff nach meiner Hand. Wieder spürte ich die Wärme, die meinen Körper an jenem Tag im griechischen Lager durchströmt hatte. »Doch ich muss dich nicht sehen, um zu wissen, wie schön du bist. Schönheit nimmt man nicht nur mit den Augen wahr.«

Plötzlich rollte etwas Hartes, Schweres über den Boden auf uns zu. Der Barde ließ meine Hand los und bückte sich, um es aufzuheben. Er reichte es mir.

»Gehört das dir?«

Es war ein goldener Apfel. Ich nahm ihn und betrachtete seine sanft schimmernde Oberfläche. Darauf befand sich in eleganten Buchstaben eine Inschrift. Ich hielt ihn ins Licht.

Der Schönsten.

Ich sah die Inschrift nachdenklich an.

Dann ging ich zu dem Bogen des Säulengangs, holte aus und warf den Apfel hoch in die Luft. Er flog in der Abendsonne glänzend gen Himmel.

Und verschwand.

Epilog

»Das war die Geschichte«, teilt Hermes den Putti mit. Sie sehen ihn fasziniert, die kleinen Münder ein wenig geöffnet, an. Sogar die Älteren von ihnen hängen pflichtvergessen, das Kinn auf die Faust gestützt, an Hermes' Lippen. »Die Geschichte des Trojanischen Krieges, die wahre Geschichte, erzählt von den Menschen, denen sie widerfahren ist, und von mir, Hermes, dem Gott, der alles beobachtet hat.

Nicht lange nach dem Ende der von mir beschriebenen Ereignisse beschloss König Agamemnon, Odysseus' Plan in die Tat umzusetzen, und die Trojaner zogen das große hölzerne Pferd voll griechischer Soldaten erfreut in die Stadt wie ein Geschenk der Götter. Als es dunkel und in Troja still wurde, kletterten die Griechen aus dem Bauch des Pferdes und öffneten ihrer Armee die Tore. Die Stadt wurde bis auf die Grundmauern niedergebrannt, man schleifte die dicken Wälle und riss die Türme ein.

So erfüllte sich Kassandras Prophezeiung, und die schönste Stadt der Ägäis ging in Rauch auf. Als die Griechen ihre Gestade verließen, stand Helena am Heck von Menelaos' Schiff und beobachtete, wie die Mauern von Troja einstürzten.

Ja«, fährt Hermes fort, während die Putti ihn weiter gespannt anschauen, »die Griechen haben den Trojanischen Krieg gewonnen, weswegen sie und ihre Dichter von ihrem Sieg kündeten. Aber was die Griechen und die Musen nicht erwähnten ...«, er gestattet sich ein Schmunzeln, »... war, dass die Griechen, als sie in die Stadt eindrangen, nur Soldaten, Edelleute, den König und die Königin vorfanden. Es gab keine Frauen zu vergewal-

tigen, keine Kinder zu morden und zu versklaven, keine einfachen Bürger zu töten oder Diener zu stehlen und für Gold zu verkaufen. Alle Bewohner Trojas waren verschwunden – geflohen in Richtung Ida-Gebirge und darüber hinaus. Dort lebten und gediehen sie, und viele Jahre später, als ihre Sprösslinge erwachsen waren, kehrten sie auf die Ebene zurück, um ein neues Troja zu erbauen. So wurde das trojanische Volk am Ende doch gerettet.«

Er deutet hinunter, und die Putti blicken über den Rand der Wolke, als könnten sie die Trojaner auf der Ebene erkennen – Kinder auf dem Arm ihrer Mutter, Ehemänner, die ihre alten Väter an der Hand führten –, unterwegs über die Flanken der Berge, nach Norden, nach Troja.

»Aber Briseis ist nicht weggegangen«, fährt Hermes fort. »Sie starb am Strand vor Troja, von Feuer und Liebe verzehrt. So ist sie dem Schicksal entgangen, von Agamemnon wegen Hochverrats gefoltert und getötet zu werden. Am Ende war sie in der Unterwelt wieder mit Mynes vereint, dem Mann, den sie am meisten geliebt hatte. Sie werden auf ewig zusammen sein, wie es auf Erden nicht möglich war.

Chryseis ist in jener Nacht mit ihrem Barden aus der Stadt geflohen, bevor die Griechen sie einnahmen. Wenn ich mir's recht überlege: Daran war ich nicht ganz unschuldig. Wem sonst wäre es wohl eingefallen, damals den goldenen Apfel von Aphrodites Frisiertisch zu nehmen? Wer sonst hätte einen Weg gefunden, Apollos Fluch zu umgehen? Und wer sonst hätte es gewagt, meinem lieben Bruder einen Streich zu spielen, indem er dafür sorgte, dass sich ein blinder Sänger in seine widerspenstige Angebetete verliebte?

Ich bin einfach ein schlaues Kerlchen.«

Die Putti kichern, einige klatschen.

Hermes grinst. »Ich muss zugeben, dass Apollo nicht sonder-

lich erfreut war, als er es gemerkt hat, aber inzwischen ist er darüber hinweg. Und er hat andere Möglichkeiten und andere Frauen gefunden, um sich zu trösten.

Chryseis und ihr Poet sind unbemerkt von den Göttern irgendwo südlich von Troja unterwegs, nicht berühmt genug für Geschichten, jedoch mit so viel Glück gesegnet, dass es für ihr ganzes Leben reicht. Vielleicht sogar noch darüber hinaus.

Letztlich sind es die Erinnerungen, die zählen.

Und sind Geschichten nicht genau das?«, fragt Hermes.

Anmerkung der Autorin

Der Roman, den Sie gerade gelesen haben, basiert auf der *Ilias*, dem zweieinhalbtausend Jahre alten Versepos des altgriechischen blinden Dichters Homer, der im achten Jahrhundert vor Christus auf den Inseln vor der Küste der heutigen Türkei lebte. Darin erzählt er die Geschichte von Achilles, dem berühmtesten Krieger des Altertums. Es geht darin um seinen Zorn auf König Agamemnon, seine Trauer über den Tod von Patroklos und den Zweikampf mit Hektor, der sein Schicksal besiegelt. Diese Geschichte dreht sich um den Krieg und die Entscheidungen, die Menschen darin treffen müssen. Sie handelt von Blut, unzähligen Toten und dem Kampf um Helena und die Stadt Troja.

Doch die *Ilias* hat noch eine andere, verborgene Seite, über die Homer fast kein Wort verliert: die Sicht der Frauen. Mich haben immer schon die weiblichen Figuren der *Ilias* fasziniert, die hinter den Kulissen, hinter den Mauern von Troja oder in den Hütten des griechischen Lagers wirken. Bei ihren kurzen Auftritten in dem Gedicht sind sie liebevoll und sensibel wie Hektors Frau Andromache oder Verführerinnen oder reuige Opfer des Schicksals wie Helena. Sie können aber auch fürsorgliche Mütter wie Königin Hekuba oder besorgte Mütter wie Thetis oder Töchter, Schwestern, Freundinnen und Ehefrauen sein.

Am meisten interessieren mich seit jeher Briseis und Chryseis. Warum gerade sie? Diese beiden Frauen setzen die Ereignisse in der *Ilias* in Gang. Das Versepos beginnt mit den Geschehnissen, die ich in dem vorliegenden Buch beschreibe: mit dem Ausbruch der Pest im Lager der Griechen und damit, dass Achilles die Ratsversammlung einberuft. In den ersten Gesängen der *Ilias* zwingt Chryseis' Vater König Agamemnon, sie herauszurücken, worauf Agamemnon seinerseits Achilles Briseis wegnimmt. Daraufhin weigert Achilles sich erzürnt, weiter am Kampfgeschehen teilzunehmen. Man könnte fast behaupten, ohne diese beiden Frauen wäre die *Ilias*, eines der größten Werke der Weltliteratur, nicht möglich gewesen. Aber trotz ihrer wesentlichen Rolle für den Beginn der Handlung werden Briseis und Chryseis später kaum noch erwähnt. Chryseis wird ein paar Zeilen nach Ende der Versammlung mit dem Schiff weggebracht, während Briseis zwar weiter in dem Versepos vorkommt, jedoch jeweils nur in einzelnen Zeilen und bei einer kurzen Trauerrede zum Tod von Patroklos.

Wenn man sich auf diese zwei faszinierenden Frauen konzentriert und in der *Ilias* und anderen literarischen Texten Informationen über ihr Leben und ihre Kriegserfahrungen sammelt, fängt man an zu begreifen, wie aufregend und erhellend ihre Geschichten für sich genommen sind. Sie können sich beinahe mit der von Achilles messen.

Als ich die *Ilias* genauer las, entdeckte ich Hinweise auf das traurige Leben von Briseis, die Prinz Mynes von Lyrnessos heiratet, ihren Gatten und drei Brüder durch die Hand von Achilles verliert und schließlich als Sklavin in sein Bett gezwungen wird. Und als ich mir die *Ilias* parallel zu späteren Schilderungen des Trojanischen Kriegs vornahm – darunter Shakespeares Drama *Troilus und Cressida* –, stieß ich auf die uralte Sage von Troilus' Liebe zu Chryseis, von ihrer Gefangennahme durch die Griechen und ihrer Freilassung nach Larisa. (Chryseis' Heimatstadt heißt in der *Ilias* Chryse. Ich habe in meiner Fassung die Bezeichnung eines nahe gelegenen homerischen Ortes gewählt, um Verwechslungen mit ihrem Namen zu vermeiden.)

Die Lebensgeschichten dieser beiden Frauen warteten nur darauf, erzählt zu werden.

Aber sie sind nicht bloß gute Storys. Die Erfahrungen von Chryseis und Briseis lassen uns die *Ilias* und Kriege allgemein auf neue Weise sehen. Wenn wir uns vor Augen halten, was weibliche Gefangene im Lager der Griechen durchgemacht haben, wie es gewesen sein muss, den Ehemann, den Vater und die Brüder zu verlieren und dann Sklavin des Mannes zu werden, der sie getötet hat, beginnen wir intensiver über die Folgen nachzudenken, die ein Krieg für sämtliche Beteiligten hat, nicht nur für diejenigen, die auf dem Schlachtfeld kämpfen. Welches Leid ein solcher Krieg in Familien und Haushalte und das Alltagsleben bringt. Wir erkennen, was bei einem Krieg grundsätzlich auf dem Spiel steht und wofür sowohl Männer als auch Frauen sich einsetzen können, selbst in schlimmsten Zeiten: für Liebe, Schönheit und Frieden.

Möglicherweise fragen Sie sich nun, wie viel von der Geschichte, die ich erzähle, tatsächlich wahr ist. Eigentlich zielt diese Frage in zwei Richtungen: Wie eng hält sie sich an die historischen Fakten? Hat es Achilles wirklich gegeben? Hat Troja existiert? Und wie sehr lehnt sich mein Roman an die *Ilias* an, die mich zum Schreiben angeregt hat? Meine Antwort lautet: Alle wichtigen Ereignisse und Fakten stammen aus der *Ilias*. Der große Bogen der Geschichte – Chryseis' Fahrt nach Larisa (Chryse), Briseis' Umzug in Agamemnons Zelt, Achilles' negative Antwort an die Gesandtschaft, der Tod von Patroklos und Hektor – besteht zu wesentlichen Teilen aus Elementen der *Ilias*. Hinzugefügt habe ich lediglich die Motivationen, Gedanken und Gefühle meiner Figuren; ihre Reaktionen auf die ungerechte Welt, in der sie leben und kaum Möglichkeiten haben, die Ereignisse zu beeinflussen. Außerdem habe ich einige Figuren erfunden oder in neue Verwandtschaftsverhältnisse eingebettet und lasse den Krieg, um die Handlung dramatisch zuzuspitzen, in einem einzigen Jahr spielen, während er sich in der *Ilias* sehr lange hinzieht (bei Gustav Schwab ist die Rede von zehn oder sogar zwanzig Jahren). Mein Ziel ist es, einen neuen Blick auf die *Ilias* zu ermöglichen und Leser und Leserinnen die Lage meiner Protagonistinnen zu veranschaulichen.

Nun zur ersten Frage: Ist die *Ilias* vollständig ein Werk der Fiktion? Man könnte meinen, sie sei einfach nur eine gute Geschichte, und genau das glaubten die Menschen auch Tausende von Jahren. Doch 1876 wurden die Paläste von Agamemnon, Nestor und Menelaos auf dem griechischen Festland entdeckt, die große Ähnlichkeit mit den von Homer beschriebenen haben. Und ebenfalls in den Siebzigerjahren des neunzehnten Jahrhunderts stieß Heinrich Schliemann in der Nähe der türkischen Dardanellen auf das alte Troja, genau dort, wo Homer die Stadt verortet hatte. Die Ausgrabungsstätte gewährt faszinierende Einblicke in die schrittweise Rekonstruktion historischer Sachverhalte, denn in ihr sind übereinander die Schichten verschiedener Ansiedlungen von 3000 v. Chr. (Troja I) bis 500 n. Chr. (Troja IX) zu sehen. Ich finde es besonders interessant, dass die Stadt, die als Homers Troja identifiziert wurde – die Archäologen nennen sie Troja VI/VIIa –, nach dem sogenannten »Fall« von Troja etwa 1250 v. Chr. bis weit in die Zeit des Römischen Reichs hinein an exakt derselben Stelle wieder und wieder neu aufgebaut wurde. Wer weiß? Vielleicht hat das trojanische Volk, auch wenn Homer seine Geschichte anders erzählt, am Ende doch überlebt.

Die Welt der Frauen und Helden von Troja ist faszinierend, und wie vieles in der Geschichte eröffnet sie neue Perspektiven. Wenn Sie mehr zu dem Thema erfahren möchten, werfen Sie doch einen Blick auf die Liste der weiterführenden Literatur in diesem Buch oder besuchen Sie meine Website: www.emilyhauser.com.

Dank

Ich möchte mich bei zahlreichen Menschen für ihre freundliche Unterstützung bei der Entstehung dieses Buches bedanken. Als Erstes bei meinen Lehrern: bei Andrew Clarke, dafür, dass er mich zum Schreiben ermutigt hat, als ich noch nicht wusste, wie das geht. Dann bei Bob Bass, dafür, dass er in mir die Leidenschaft für die Altphilologie geweckt hat. Bei David Rawson dafür, dass er mir beigebracht hat, weniger Adjektive zu verwenden. Bei Professor Mac Marston für seine Informationen über Landwirtschaft und Ökologie in der Troas. Bei Professor Dr. Ernst Pernicka für seine Erkenntnisse über die neuesten archäologischen Funde in Troja. Bei Professor Emily Greenwood für ihre Hilfe und Ermutigung und bei Professor Irene Peirano Garrison für ihren Kurs mit dem Titel »Die Erfindung der Antike«, in dem letztlich die Idee zu dem vorliegenden Band entstand.

Dann natürlich bei meinem unermüdlichen Agenten Roger Field, nicht zuletzt dafür, dass er mir gezeigt hat, wie man Mauern richtig hochklettert. Und bei meinem Verlag Transworld: meinem wunderbaren Lektor Simon Taylor (dem die fähige Bella Bosworth zur Hand geht) für die hilfreichen Kommentare und Gespräche über die Welt der Antike, und dem tollen Team, das dieses Buch so ansprechend gestaltet hat, besonders Alice Murphy-Pyle, Becky Glibbery, Gareth Pottle, Patsy Irwin, Phil Lord und Tash Barsby.

Bei meiner Familie und meinen Freunden: der HGS-Crew – besonders Brian, Charlotte, Katherine und Nicki –

dafür, dass sie immer ein offenes Ohr für mich hatten (beim Abendessen und sogar bei Ausflügen). Bei allen von PED für die Hilfe und den Drucker. Bei den BSA-Girls Arabella, Athina und Natalia für die erste Reise nach Griechenland, die das Projekt in Gang gesetzt hat, und bei Clem, Farzana, Eva, Dietmar und Marlis sowie George und Katy für ihre Zuneigung und ihr Lachen auf dem Weg zur Vollendung. Bei meinen Eltern, die mir beigebracht haben, meinem Herzen zu folgen, und die sich immer meine Geschichten angehört haben, auch wenn sie nichts taugten. Ihr alle habt mir mehr geholfen, als ihr ahnt.

Und *last, not least* bei meinem Mann Oliver, ohne den dieser Roman und mein Leben nicht so wären, wie sie sind. Danke für Deine Geduld und Liebe und Unterstützung und Deinen unerschütterlichen Glauben an mich und dieses Buch – es ist für Dich.

Kalender der Bronzezeit

Heutzutage ist bekannt, dass sich das alte Troja weit stärker an den anatolischen Gebräuchen der Hethiter im Osten orientierte als an denen der Griechen. Wir haben nur wenige Hinweise darauf, wie in Troja Tages- und Jahreszeiten sowie Monate berechnet wurden, weswegen ich mich in dieser Hinsicht am griechischen Mykene orientiere. Die kalendarischen Informationen aus den Mykenischen Linearschriften sind fragmentarisch und schwierig zu rekonstruieren, allerdings wurden Begriffe gefunden, die sich auf die Monate des Jahres zu beziehen scheinen. Zum Beispiel *wodewijo* – »Rosenmonat«; *emesijo* – »Weizendreschmonat«; *metuwo newo* – »Monat des Neuen Weins«; *ploistos* – »Segelmonat«; und so weiter. Obwohl wir keinerlei Anhaltspunkte besitzen, welchen heutigen Monaten diese Begriffe entsprachen, habe ich sie in Bezug zu dem landwirtschaftlichen Kalender aus Hesiods *Werke und Tage* sowie zu den Pflanzenwachszyklen und Erntezeiten an der Westküste der Türkei gesetzt und daraus den folgenden Bronzezeitkalender entwickelt, an den ich mich im gesamten Text halte. Auslassungen (…) und Fragezeichen markieren Namen und Übersetzungen, bei denen Unsicherheit besteht.

dios	Monat des Zeus	Januar
metuwo newo	Monat des Neuen Weins	Februar
deukijo	Monat des Deukios (?)	März
ploistos	Segelmonat	April

amakoto(s)	Erntemonat	Mai
wodewijo	Rosenmonat	Juni
emesijo	Weizendreschmonat	Juli
amakoto(s)	Weinerntemonat	August
…	Pflügemonat	September
lapatos	…	Oktober
karaerijo	…	November
diwijo	Monat der Göttin	Dezember

Die alten Griechen teilten die Stunden mit Tageslicht in zwölf Einheiten auf, egal, welche Jahreszeit herrschte – was bedeutet, dass diese sogenannten »Stunden« im Sommer länger und im Winter kürzer waren. Alle Stunden wurden nach den Horen benannt, den Göttinnen der Jahreszeiten. Ich gehe von den Stunden mit Tageslicht bei der Sommersonnenwende im Gebiet von Troja aus (15 Stunden, 5 Minuten) und teile sie durch zwölf, um einen Näherungswert an die Stunden der Horen zu erhalten:

Augé	Stunde des Tagesanbruchs	05.29 Uhr
Anatolé	Stunde der aufgehenden Sonne	06.44 Uhr
Mousiké	Stunde der Musik	07.59 Uhr
Gymnastiké	Stunde der Körperertüchtigung	09.14 Uhr
Nymphé	Stunde des Bades	10.29 Uhr
Mesémbria	Mittagsstunde	11.44 Uhr
Spondé	Stunde der Opfergaben	12.59 Uhr
Életé	Stunde des Gebets	14.14 Uhr
Akté	Stunde der Abendmahlzeit	15.29 Uhr
Hesperis	Abendstunde	16.44 Uhr
Dusis	Stunde der untergehenden Sonne	17.59 Uhr
Arktos	Stunde der Sterne	19.14 Uhr
…	Nachtstunden	20.32 Uhr
		bis zur Morgendämmerung

Auftretende Figuren

Die meisten Figuren in diesem Buch entstammen den Sagen und Versepen der alten Griechen; die Namen der trojanischen Götter sind entweder hethitischen Texten entnommen (das gilt zum Beispiel für Arinniti, Apulunas und Zayu) oder den Mykenischen Linearschriften B. Sterbliche sind **fett** ausgewiesen, Götter ***fett kursiv***. Figuren, die ich eigens für meine Geschichte erfunden habe, sind mit einem Sternchen (*) markiert.

Achilles – Sohn von Thetis und Peleus. Achilles ist der größte Held der Griechen im Trojanischen Krieg. Er wuchs mit seinem Freund und Gefährten Patroklos, der ihn nach Troja begleitet, auf.

Äneas – Mitglied der trojanischen Königsfamilie und (in meiner Version) Sohn von König Priamos; Gatte von Creusa und Vater von Ascanius. In der auf die in diesem Buch beschriebenen Ereignisse folgenden Geschichte wird er zum Anführer der aus dem geschleiften Troja Geflohenen und schließlich der Gründer von Rom.

Agamemnon – Oberster König oder Völkerfürst der Griechen und Herrscher über Mykene. Agamemnon führt das Heer mit seinem Bruder Menelaos gegen Troja. Er zieht sich den Zorn Athenes zu, kehrt nach dem Krieg in die griechische Heimat zurück und wird dort von seiner Frau und seinem Cousin getötet, die den Thron von Mykene für sich beanspruchen.

Aigion – Zweitältester Bruder der Briseis in Pedasos.

Ajax – Griechischer Krieger, Fürst von Salamis. Nach dem Trojanischen Krieg, als Athene den Griechen zürnt, treibt sie ihn in den Wahnsinn, und er begeht vor Scham Selbstmord.

Andromache – Prinzessin von Theben und Tochter des Königs Eëtion, später Gattin des Hektor. Nach dem Fall von Troja wird sie von den Griechen gefangen genommen und Konkubine von Achilles' Sohn Neoptolemos.

Aphrodite – Göttin der Liebe. Paris erkennt ihr im Schönheitswettbewerb der drei Göttinnen den goldenen Apfel zu.

Apollo – Gott der Bogenschieß-, Heil- und Dichtkunst sowie der Sonne. Apollo taucht oft im Zusammenhang mit seinem Halbbruder Hermes auf. In hethitischen Texten heißt er Apulunas oder Apaliunas und trifft eine Abmachung mit König Aleksandros von Wilusa, einem König des alten Troja.

Ardys – König von Lyrnessos, Gatte von Königin Hesione und Vater von Prinz Mynes.

Ares – Gott des Krieges.

Artemis – Göttin der Jagd, des Mondes, des Gebärens und der Jungfräulichkeit; Zwillingsschwester von Apollo.

Athene – Göttin der Weisheit und des Krieges. Athene stellt sich auf die Seite der Griechen und tut alles, um ihnen zum Sieg zu verhelfen.

*Bias – Vater von Prinzessin Briseis und Gatte von Königin Laodice.

Briseis – Eine der beiden Protagonistinnen unserer Geschichte, Prinzessin von Pedasos.

Chryseis – Die zweite Protagonistin unserer Geschichte, Tochter des Hohepriesters von Troja, Polydamas.

Cycnos oder Kyknos – Sohn des Poseidon und König von Colonae, südlich von Troja.

*Deiope – Briseis' Amme in Pedasos.

Deiphobus – Zweiter Sohn des Königs Priamos.

Diomedes – Griechischer Held und Fürst von Argos.

Eurybates – Einer der beiden Herolde von König Agamemnon.

Hektor – Ältester Sohn des Königs Priamos von Troja und Gatte von Andromache. Er ist der beste Kämpfer Trojas und Anführer der trojanischen Truppen.

Hekuba – Gattin des Königs Priamos von Troja und Mutter von Hektor, Deiphobus, (in meiner Version) Äneas, Paris, Troilus und Kassandra. Nach dem Fall Trojas wird sie von Odysseus gefangen genommen und als Sklavin nach Griechenland verschleppt.

Helena – Die Dame, die den Trojanischen Krieg auslöst. Sie galt als schönste Frau der damals bekannten Welt und war ursprünglich mit König Menelaos von Sparta verheiratet. Als Aphrodite den Schönheitswettbewerb der drei Göttinnen gewinnt, verspricht sie Paris Helena. Nachdem die Griechen Troja eingenommen haben, nimmt ihr gehörnter Ehemann Menelaos sie zurück. Angesichts ihrer Schönheit bringt er es nicht übers Herz, sie zu töten. Sie kehren zusammen nach Griechenland zurück.

Hephaistos – Der hinkende Gott des Feuers und der Schmiedekunst, Gatte von Aphrodite.

Hera – Königin der Götter und Gemahlin von Zeus. Hera unterstützt im Trojanischen Krieg die Griechen und wünscht sich nichts sehnlicher, als Troja zu vernichten.

Hermes – Sohn von Zeus und Maja. Hermes ist der Götterbote und der Gott der Diebe und Betrüger.

*****Hesione** – Königin von Lyrnessos, Gattin von König Ardys und Mutter von Mynes.

Homer – Verfasser der *Ilias*. Angeblich lebte er im achten Jahrhundert vor Christus. Nach Ansicht der alten Griechen war er blind und wohnte auf der Insel Chios vor der Westküste der heutigen Türkei.

Kassandra – Tochter von König Priamos und Königin Hekuba von Troja und Chryseis' beste Freundin.

*Laodice – Mutter von Prinzessin Briseis und Gattin von König Bias.

*Lycaon – Während der Abwesenheit des Hohepriesters Polydamas Priester in Larisa.

Menelaos – Fürst von Sparta und Bruder von König Agamemnon von Mykene. Menelaos war der Gatte von Helena, als Paris diese nach Troja entführte, und kehrt nach dem Fall von Troja mit ihr nach Sparta zurück.

Menoetios – Vater des Patroklos. Als Odysseus Achilles und Patroklos aufruft, mit ihm in den Krieg gegen Troja zu ziehen, nimmt Menoetios Achilles das Versprechen ab, Patroklos nicht kämpfen zu lassen.

Musen, die – Die neun Göttinnen der Dichtkunst und des Gesangs, Töchter von Zeus und der Göttin des Gedächtnisses.

Mynes – Prinz von Lyrnessos und Gatte der Briseis.

Nestor – Betagter griechischer Edelmann und Fürst von Pylos. Nestor ist ein angesehener Redner.

Nymphen – Weibliche Naturgeister. Sie bewohnen Wälder, Flüsse, Berge und das Meer.

Odysseus – Fürst von Ithaka und Gatte der Penelope, bekannt als Listenreicher. Weil Poseidon ihm zürnt, nimmt seine Heimreise nach dem Fall von Troja zehn Jahre in Anspruch.

Paris – Sohn von König Priamos und Königin Hekuba. Paris wird von Zeus erwählt, die Siegerin in dem Schönheitswettbewerb um den goldenen Apfel zu küren. Wenig später wird er mit seinem älteren Bruder Hektor als Gesandter zu Fürst Menelaos von Sparta geschickt. Er raubt ihm prompt seine Gattin Helena und entführt sie nach Troja.

Patroklos – Sohn des Menoetios, enger Freund und Gefährte von Achilles.

*Polydamas – Hohepriester von Apulunas in Troja und Vater von Chryseis.

Poseidon – Gott des Meeres und Bruder von Zeus.

Priamos – König von Troja, Gatte von Hekuba und Vater von Hektor, Deiphobus, (in meiner Version) Äneas, Paris, Troilus und Kassandra. Während des Falls von Troja wird er von Achilles' Sohn Neoptolemos getötet.

*Rhenor – Ältester Bruder von Briseis und Prinz von Pedasos.

Schicksalsgöttinnen (Moiren) – Drei Göttinnen, die den Faden des Lebens spinnen.

Talthybios – Einer der Herolde von König Agamemnon.

*Thersites – Jüngster Bruder von Briseis.

Thetis – Meernymphe und Mutter des Achilles.

Troilus – Jüngster Sohn des Königs Priamos von Troja.

Tyndareus – Fürst von Sparta und Vater von Helena.

Zeus – Göttervater, der Donnerer. Gatte von Hera.

Viele der Namen finden sich in Nachschlagewerken in variierenden Schreibweisen.

Erwähnte Orte

Ägäis – Der Teil des Mittelmeers, der das griechische Festland vom Festland der heutigen Türkei trennt.

Ägypten – Eine der mächtigsten alten Kulturen des Mittelmeerraums. Die Ägypter erbauten die berühmten Pyramiden und waren wichtige Akteure in der Politik und im Handel der Bronzezeit. Die ägyptischen Pharaonen exportierten Getreide, Papier, Gold und Stoffe im Bereich des Mittelmeers.

Äthiopien – Bei Homer ein fernes mythisches Land am Ende der Welt. Die Götter besuchen häufig Festmahle bei den Äthiopiern, einem edlen und gottesfürchtigen Volk.

Argos – Stadt im antiken Griechenland und Hauptort eines der griechischen Stadtstaaten, Herrscher Diomedes.

Aulis – Ort im nördlichen Griechenland (heute *Avlida*), wo sich die griechische Flotte vor dem Aufbruch nach Troja sammelte.

Colonae – Ort der Troas, südlich von Troja, Herrscher Cycnos, der Sohn Poseidons.

Cranae – Kleine Insel vor der lakonischen Küste Griechenlands, wo Paris und Helena angeblich ihre erste gemeinsame Nacht verbrachten.

Dardanische Ebene – Ebene vor Troja, benannt nach Dardanos, einem legendären König Trojas.

Gargara – Höchster Gipfel des Ida-Gebirges.

Griechenland – Heimat der Griechen, bestehend aus den Stadtstaaten Argos, Ithaka, Mykene, Phthia, Pylos, Sparta und anderen.

Hades – Bezeichnet sowohl den Gott der Unterwelt als auch die Unterwelt selbst, in die nach dem Glauben der alten Griechen die Geister der Toten eingingen. Man erreichte den Hades über den Fluss Styx, auf einem Boot, gelenkt von dem Fährmann Charon. Es gab unterschiedliche Teile der Unterwelt: Tartaros, wo Verbrecher bestraft wurden, die elysischen Gefilde, wo sich die Helden aufhielten, und die Inseln der Seligen, die allerletzte Bestimmung, das ewige Paradies.

Ida-Gebirge – Höchste Erhebung in der Gegend von Troja und Sitz der Götter.

Ithaka – Felseninsel westlich des griechischen Festlands, über die Odysseus herrschte.

Larisa – Heimatstadt von Polydamas und Chryseis, die in der *Ilias* »Chryse« heißt und deren Bezeichnung ich in diesem Buch abgeändert habe, um eine Verwechslung mit dem Namen Chryseis zu vermeiden. Obwohl die genaue Lage der antiken Stadt Chryse nicht bekannt ist, wird sie oft in Verbindung mit einem Apollo-Tempel an der Südwestküste der Troas genannt, in der Nähe des heutigen Ortes Gülpinar.

Lemnos – Insel westlich von Troja.

Lesbos – Große Insel südwestlich der Troas.

Lykien – Alte anatolische Kultur, angesiedelt in der heutigen Südwesttürkei. Herrscher Sarpedon, König der Lykier und Verbündeter der Trojaner, der Troja Hilfstruppen schickt.

Lyrnessos – Die Stadt, über die Prinz Mynes und seine Eltern König Ardys und Königin Hesione herrschen, spätere Heimat von Briseis. Obwohl die genaue Lage von Lyrnessos unbekannt ist, muss sich der Ort laut Homers Beschreibung der Troas zwischen Pedasos und Theben befinden. Heute nimmt man an, dass er dem modernen Antandros und Altınoluk an der Südküste der Troas, einige Kilometer südlich des Ida-Gebirges, entspricht.

Mäonien – Region südlich der Troas.

Mykene – Stadt auf dem Peloponnes, eine der größten in der griechischen Welt der Bronzezeit. Herrscher König Agamemnon. Sie wurde 1876 von Heinrich Schliemann entdeckt. Die Ruinen des imposanten Palastes kann man noch heute besichtigen. Mykene war berühmt für sein Gold: Homer nennt die Stadt »reich an Gold«.

Mysien – Region östlich der Troas.

Okeanos – Die alten Griechen glaubten, dass der Ozean die gesamte Welt, eine flache Scheibe, wie ein Fluss umgebe. Sonne und Mond stiegen ihrer Ansicht nach aus den Wassern des Ozeans auf und versanken auch wieder darin.

Olymp – Gebirgsstock im nördlichen Griechenland, Heimat der olympischen Götter.

Pedasos – Heimatstadt der Briseis an der Südküste der Troas. Üblicherweise mit Assos gleichgesetzt.

Scamandros – Einer der beiden Flüsse, die durch die trojanische Ebene strömen. Dieser Fluss wurde auch als Gott verehrt: Homer beschreibt, wie er in dem Krieg an der Seite der Trojaner gegen Achilles kämpft.

Schwarzes Meer – Fast vollständig von Land umgeben und über den Hellespont (heute Dardanellen) mit dem Mittelmeer verbunden.

Skäisches Tor – Westtor der trojanischen Oberstadt, Hauptzugang zum Meer und zum Schlachtfeld.

Sparta – Stadt im Süden Griechenlands, Herrscher Menelaos und Helena. Später Heimat der berühmten Krieger von Sparta.

Styx – Der Fluss, der die Grenze zwischen Erde und Unterwelt bildet. Um in die Unterwelt zu gelangen, muss man dem Fährmann Charon Geld geben, damit er die Toten ans andere Ufer bringt. Der Fluss war den Göttern heilig; sie schworen oft auf ihn. Sein Wasser verlieh angeblich Unsterblichkeit. Die Göttin Thetis tauchte ihren Sohn Achilles in der Hoffnung, ihn unsterblich zu machen, in das Wasser des Styx.

Taygetos – Gebirgszug auf dem Peloponnes, nahe Sparta.

Tenedos – Kleine Insel unmittelbar vor der Küste Trojas.

Theben – Stadt von Andromache, Hektors Gattin, Herrscher König Eëtion. Die genaue Lage Thebens ist ungewiss, doch die meisten Gelehrten setzen den Ort mit der heutigen Stadt Edremit südlich des Ida-Gebirges gleich.

Thrakien – Gebirgsgegend in Griechenland.

Troas – Halbinsel im westlichen Teil der Türkei, auf der die Stadt Troja erbaut wurde, heutiger Name: Halbinsel Biga. Darauf befanden sich die Städte Troja, Larisa, Chryse, Pedasos, Lyrnessos und Theben und das Ida-Gebirge.

Troja – Alte Stadt des Königs Priamos, die um das zwölfte oder dreizehnte Jahrhundert vor Christus von den griechischen Truppen unter König Agamemnon belagert wurde. 1871 wurde sie von Heinrich Schliemann auf dem Hügel von Hisarlık in der westlichen Türkei entdeckt. Man kann die Ruinen noch heute besichtigen.

Unterwelt – Auch Hades genannt. Hierhin wanderten die Seelen der Toten nach damaligem Glauben. Man erreichte den Hades per Boot, das vom Fährmann Charon gelenkt wurde, über den Fluss Styx. Es gab unterschiedliche Teile der Unterwelt: Tartaros, wo Verbrecher bestraft wurden, die elysischen Gefilde, wohin die Helden gingen, und die Inseln der Seligen, das ewige Paradies.

Viele der Ortsbezeichnungen finden sich in Nachschlagewerken in variierenden Schreibweisen.

Weiterführende Literatur

Ilias
Übersetzungen aus dem Altgriechischen
Übersetzungen der *Ilias* ins Deutsche liegen in unterschiedlicher Form vor. Die einflussreichste frühe Übersetzung ist wohl die von Johann Heinrich Voß in Hexametern vom Ende des 18. Jahrhunderts. Sie ist bei mehreren Verlagen erhältlich, so zum Beispiel bei Fischer, Reclam oder Insel. Wolfgang Schadewaldts Übertragung in freien Rhythmen ist bei Insel erschienen. An moderne Übersetzungen in Vers- oder Prosaform haben sich Raoul Schrott (Fischer und Hanser), Karl F. Lempp (Prosa, Insel Verlag) oder – ganz aktuell – Kurt Steinmann (Versübertragung in Hexametern, Manesse) gewagt.

Grundsätzlich ist allen an der *Ilias* und anderen Sagen der Antike Interessierten Gustav Schwabs Nacherzählung *Sagen des klassischen Altertums* zu empfehlen (Ausgaben bei mehreren Verlagen).

Sekundärliteratur
Schein, Seth, *The Mortal Hero: An Introduction to Homer's Iliad*. Berkeley: University of California Press, 1984.

Silk, Michael, *Homer: The Iliad*. Cambridge: Cambridge University Press, 2004.

Homer

Fowler, Robert (Hrsg.), *The Cambridge Companion to Homer*. Cambridge: Cambridge University Press, 2004.

Griffin, Jasper, *Homer*. Oxford: Oxford University Press, 1980.

Kirk, Geoffrey, *Homer and the Epic*. Cambridge: Cambridge University Press, 1965.

Trojanischer Krieg

Strauss, Barry, *Der Trojanische Krieg: Mythos und Wahrheit*. Darmstadt: Konrad Theiss Verlag, 2008.

Thomas, Carol, und Conant, Craig, *The Trojan War*. Westport: Greenwood Press, 2005.

Wood, Michael, *In Search of the Trojan War*. Film der BBC (Regie Bill Lyons), 1985.

Die Welt in der Bronzezeit

Mylonas, George, *Mycenae and the Mycenaean Age*. Princeton: Princeton University Press, 1966.

Osborne, Robin, »Homer's Society«, in: *The Cambridge Companion to Homer*, Fowler, Robert (Hrsg.), S. 206–219. Cambridge: Cambridge University Press, 2004.

Um die ganze Welt des
GOLDMANN Verlages
kennenzulernen, besuchen Sie uns doch
im Internet unter:

www.goldmann-verlag.de

Dort können Sie
nach weiteren interessanten Büchern *stöbern*,
Näheres über unsere *Autoren* erfahren,
in *Leseproben* blättern, alle *Termine* zu Lesungen und
Events finden und den *Newsletter* mit interessanten
Neuigkeiten, Gewinnspielen etc. abonnieren.

Ein *Gesamtverzeichnis* aller Goldmann Bücher finden
Sie dort ebenfalls.

Sehen Sie sich auch unsere *Videos* auf YouTube an und
werden Sie ein *Facebook*-Fan des Goldmann Verlags!

www.goldmann-verlag.de
www.facebook.com/goldmannverlag